Jennifer Lynn Barnes

The Gifted
Auf ewig dein

Aus dem Amerikanischen
von Tanja Ohlsen

cbt

Kinder- und Jugendbuchverlag
in der Verlagsgruppe Random House

MIX
Papier aus verantwortungsvollen Quellen
FSC® C014496

Verlagsgruppe Random House FSC® N001967
Das für dieses Buch verwendete
FSC®-zertifizierte Papier *Holmen Book Cream*
liefert Holmen Paper, Hallstavik, Schweden.

1. Auflage 2015
Erstmals als cbt Taschenbuch August 2015

Die amerikanische Originalausgabe erschien
unter dem Titel »Killer Instinct« bei
Hyperion Books for Children,
einem Imprint von Buena Vista Books, Inc.

Aus dem Englischen von Tanja Ohlsen
Lektorat: Anita Hirtreiter
Umschlaggestaltung: *Geviert, Grafik & Typografie,
unter Verwendung von Fotos by Howard Huang,
reprinted by permission of Disney –
Hyperion Books, all rights reserved,
und Shutterstock (Axente Vlad, Anastasiya
Domnitch)
TP · Herstellung: SL
Satz: KompetenzCenter, Mönchengladbach
Druck und Bindung: GGP Media GmbH, Pößneck
ISBN: 978-3-570-30996-4
Printed in Germany

www.cbt-buecher.de

Jennifer Lynn Barnes

The Gifted

Auf ewig dein

Foto: © Marsha Barnes

DIE AUTORIN

Jennifer Lynn Barnes hat bereits mehrere hochgelobte Jugendromane veröffentlicht. Sie studierte Psychologie, Psychiatrie und Kognitionsforschung. Ihren Abschluss hat sie an der Yale University gemacht und arbeitet nun als Psychologieprofessorin. »The Gifted – Auf ewig dein« ist der zweite Band um die junge Profilerin Cassie.

Für »Special Agent« Elizabeth Harding.

Danke für alles.

Kapitel 1

Die meisten entführten und ermordeten Kinder werden innerhalb der ersten drei Stunden nach ihrer Entführung getötet. Dank meiner Zimmergenossin, dem wandelnden Lexikon für Wahrscheinlichkeiten und Statistiken, kannte ich die genauen Zahlen. Ich wusste, dass, wenn man erst dazu überging, von Tagen anstatt von Stunden und dann von Wochen zu sprechen, die Wahrscheinlichkeit dafür, das Kind unversehrt zu finden, so gering wurde, dass das FBI die Ausgaben für sein Personal nicht mehr rechtfertigen konnte, um den Fall weiterzuverfolgen.

Wenn so ein *cold case* seinen Weg bis zu uns fand, suchten wir wahrscheinlich nach einer Leiche und nicht länger nach einem kleinen Mädchen. Das war mir durchaus klar.

Aber ...

... Mackenzie McBride war sechs Jahre alt.

... ihre Lieblingsfarbe war Lila.

... sie wollte »Tierarzt-Rockstar« werden.

Man hörte nicht auf, nach so einem Kind zu suchen. Man hörte nicht auf zu hoffen, selbst wenn man es versuchte.

»Du siehst aus wie eine Frau, die etwas Aufmunterung vertragen könnte. Oder vielleicht auch einen Drink.«

Michael Townsend ließ sich neben mir auf dem Sofa nieder und streckte sein verletztes Bein zur Seite aus.

»Mir geht es gut«, erwiderte ich.

»Du ziehst die Mundwinkel hoch«, schnaubte Michael, »obwohl der Rest deines Gesichts dagegen ankämpft, als könnte das kleinste Lächeln, das du dir erlaubst, in ein Schluchzen umschlagen.«

Das war der Nachteil daran, an dem Naturtalente-Programm teilzunehmen. Wir alle waren hier, weil wir Dinge sahen, die andere nicht bemerkten. Michael konnte Gesichtsausdrücke lesen wie andere Menschen Worte und Körpersprache deuten.

Er neigte sich zu mir.

»Du musst es nur sagen, Colorado, dann liefere ich dir die längst überfällige Ablenkung.«

Als Michael das letzte Mal angeboten hatte, mich etwas abzulenken, hatten wir eine halbe Stunde lang Dinge in die Luft gesprengt und uns dann in ein gesichertes Laufwerk des FBI eingehackt.

Na ja, eigentlich hatte sich Sloane in das FBI-Laufwerk eingehackt, aber das Resultat war dasselbe gewesen.

»Keine Ablenkung«, erklärte ich bestimmt.

»Bist du sicher?«, fragte Michael. »Denn zu dieser Ablenkung gehören Lia, Wackelpudding und eine Vendetta, die unbedingt beglichen werden will.«

Ich wollte gar nicht wissen, was unser hauseigener Lügendetektor angestellt hatte, um eine mit Wackelpudding geladene Vendetta zu provozieren. Doch bei Lias Persönlichkeit und ihrer Vorgeschichte mit Michael war die Zahl der Möglichkeiten praktisch unbegrenzt.

»Dir ist schon klar, dass es keine gute Idee ist, einen Kleinkrieg mit Lia anzufangen, oder?«, meinte ich.

»Zweifellos«, erwiderte Michael. »Wenn ich nur nicht so dermaßen vernünftig wäre und einen derartig ausgeprägten Selbsterhaltungstrieb hätte.«

Michael fuhr wie ein Irrer und verabscheute Autorität im Allgemeinen. Zwei Monate zuvor war er mir aus dem Haus gefolgt, obwohl er wusste, dass ein Serienkiller hinter mir her war, und war für seine Mühe angeschossen worden.

Zwei Mal.

Sein Selbsterhaltungstrieb war bestimmt nicht überdurchschnittlich ausgeprägt.

»Und wenn wir uns in diesem Fall irren?«, fragte ich. Meine Gedanken hatten sich im Kreis bewegt: von Michael zu Mackenzie, von dem, was vor sechs Wochen passiert war, zu dem, was Agent Briggs und sein Team gerade taten.

»Wir haben uns nicht geirrt«, widersprach Michael sanft.

Bitte mach, dass das Telefon klingelt, dachte ich. *Briggs soll anrufen und mir sagen, dass dieses Mal … dass mich meine Instinkte dieses Mal nicht getäuscht haben.*

Als mir Agent Briggs die Mackenzie-McBride-Akte gegeben hatte, hatte ich zuerst ein Profil vom Verdächtigen erstellt, einem auf Bewährung entlassenen Mann, der um die gleiche Zeit wie Mackenzie verschwunden war. Anders als Michaels Fähigkeit beschränkte sich mein Talent nicht auf das Lesen von Gesichtszügen oder Körperhaltungen. Mit nur wenigen Details konnte ich mich komplett in andere Menschen hineinversetzen und mir vorstellen, wie es wäre, sie zu sein, zu wollen, was sie wollten, und zu tun, was sie taten.

Verhalten. Persönlichkeit. Umgebung.

Der Verdächtige in Mackenzies Fall hatte kein Ziel. Die Entführung war sehr gut geplant. Das passte nicht zusammen.

Ich hatte die Akte durchforstet und nach jemandem gesucht, der ungefähr passen konnte. Jung, männlich, intelligent, präzise. Ich hatte Lia halb gebeten und halb gezwungen, die Zeugenaussagen durchzugehen, die Befragungen und Vernehmungen – einfach alle Aufzeichnungen zu diesem Fall, in der Hoffnung, dass sie jemanden bei einer Lüge ertappte. Und schließlich hatte sie das auch. Der Anwalt der Familie McBride hatte für seine Klienten ein Statement vor der Presse abgegeben. Mir war es sehr standardmäßig vorgekommen, aber für Lia waren Lügen so offensichtlich wie falsche Töne für einen Menschen mit absolutem Gehör.

»Eine derartige Tragödie ergibt für niemanden einen Sinn.«

Der Anwalt war jung, männlich, intelligent und präzise – und bei diesen Worten hatte er gelogen. Denn es gab einen Menschen, für den das Geschehen einen Sinn ergab und der es nicht für eine Tragödie hielt.

Den Menschen, der Mackenzie entführt hatte.

Michaels Meinung nach hatte es dem Anwalt der McBrides einen Kick gegeben, den Namen des kleinen Mädchens nur auszusprechen. Ich hatte gehofft, das ließe auf eine Chance schließen – wie gering sie auch immer sein mochte –, dass der Mann sie am Leben gelassen hatte, als einen lebenden, atmenden Beweis dafür, dass er dem FBI weit überlegen war.

»Cassie!«

Dean Redding platzte ins Zimmer und sofort schnürte es mir die Kehle zu. Dean war ruhig und selbstbeherrscht. Er hob fast nie die Stimme.

»Dean?«

»Sie haben sie gefunden«, verkündete Dean. »Cassie, sie haben sie auf seinem Grundstück gefunden, genau dort, wo sie nach Sloanes schematischen Berechnungen sein sollte. Sie lebt.«

Ich sprang auf. Das Herz hämmerte in meinen Ohren, und

ich wusste nicht, ob ich weinen, kreischen oder mich übergeben sollte. Dean lächelte. Es war kein schwaches Lächeln. Und auch kein Grinsen. Er strahlte und sein ganzes Gesicht veränderte sich. Funkelnde schokoladenbraune Augen unter den blonden Haaren, die ihm wie üblich ins Gesicht hingen. Und auf einer Wange erschien ein Grübchen, das ich bis jetzt noch nicht bemerkt hatte.

Heftig umarmte ich Dean. Einen Moment später sprang ich zurück und stürzte mich Michael in die Arme.

Der fing mich auf und stieß einen Jubelruf aus. Dean ließ sich auf der Armlehne des Sofas nieder, und so saß ich zwischen den beiden, spürte die Wärme beider Körper und konnte nur daran denken, dass Mackenzie auf dem Weg nach Hause war.

»Ist das eine Privatparty oder kann da jeder mitfeiern?«

Wir drehten uns um und sahen Lia in der Tür. Sie war von Kopf bis Fuß in Schwarz gekleidet und hatte sich nur einen weißen Schal um den Hals geknotet. Sie zog die Augenbrauen hoch und wirkte cool und ruhig und ein klein wenig spöttisch.

»Gib es zu, Lia«, überführte sie Michael. »Du freust dich genauso wie wir.«

Lia sah mich an. Sie sah Michael an und sie sah Dean an.

»Also ehrlich«, meinte sie, »ich bezweifle, dass irgendjemand im Augenblick so glücklich ist wie Cassie.«

Ich wurde immer besser darin, Lias kleine Sticheleien zu ignorieren, aber diese trafen genau ins Schwarze. Eingeklemmt zwischen Michael und Dean wurde ich rot. Ich würde nicht darauf eingehen – und ich würde mir nicht von Lia die Stimmung verderben lassen.

Mit grimmigem Gesicht stand Dean auf und ging auf Lia zu.

Einen Moment lang glaubte ich schon, er wolle ihr die Meinung sagen, weil sie uns die Stimmung verdarb, doch das tat er nicht. Stattdessen hob er sie einfach hoch und warf sie sich über die Schulter.

»He!«, protestierte Lia.

Dean grinste und warf sie neben Michael und mir aufs Sofa. Dann setzte er sich wieder auf die Lehne, als wäre nichts geschehen. Lia verzog das Gesicht und Michael kniff sie in die Wange.

»Gib es zu«, verlangte er. »Du freust dich genauso sehr wie wir.«

Lia warf die Haare über die Schulter, starrte geradeaus und weigerte sich, einen von uns anzusehen.

»Ein kleines Mädchen kommt nach Hause«, sagte sie. »Unseretwegen. Natürlich freue ich mich genauso wie ihr.«

»Berücksichtigt man den individuellen Serotoninspiegel, ist die Wahrscheinlichkeit, dass vier verschiedene Personen den gleichen Grad an Freude gleichzeitig erfahren, ziemlich ...«, meldete sich eine vertraute Stimme zu Wort.

»Sloane«, unterbrach sie Michael, ohne sich umzudrehen, »wenn du den Satz nicht zu Ende bringst, könnte dich in nächster Zukunft eine Tasse frisch gebrühten Kaffees erwarten.«

»In allernächster Zukunft?«, erkundigte sich Sloane misstrauisch. Michael regulierte seit Langem ihre Koffeinzufuhr.

Wortlos sahen Michael, Lia und ich Dean an. Der verstand den Hinweis, stand auf, ging zu Sloane und verfuhr mit ihr ebenso wie zuvor mit Lia. Als er sie sanft auf mich herunterließ, wäre ich kichernd beinahe vom Sofa gefallen, doch Lia hielt mich am Hemdkragen fest.

Wir haben es geschafft, dachte ich, während wir uns mit den Ellbogen auf dem Sofa Platz zu schaffen versuchten und Dean aus seiner Position außerhalb des Gedränges amüsiert zusah. *Mackenzie McBride wird keine Zahl in einer Statistik werden. Sie wird nicht vergessen werden.*

Mackenzie McBride würde aufwachsen können. Unseretwegen.

»Also«, meinte Lia mit einem gefährlichen Funkeln in den Augen, »ist noch jemand der Meinung, dass das gefeiert werden sollte?«

Kapitel 2

Es war Ende September, die Jahreszeit, in der man die letzten, schweren Atemzüge des Sommers fast spüren konnte, der langsam dem Herbst Platz machte. In der untergehenden Sonne war es kühl im Garten, aber das fühlten wir fünf kaum, weil wir trunken waren von unserer Macht und dem Unglaublichen, das wir gerade geschafft hatten. Lia wählte die Musik aus und das gleichmäßige Dröhnen des Basses übertönte die Geräusche der kleinen Stadt Quantico in Virginia.

Bevor ich dem Naturtalente-Programm beigetreten war, hatte ich nie irgendwo dazugehört, doch in diesem Augenblick, diesem einzigen Moment, in dieser Nacht, zählte nichts anderes.

Nicht das Verschwinden meiner Mutter und dass sie vermutlich ermordet wurde.

Nicht die Leichen, die angefangen hatten, sich anzuhäufen, seit ich zugestimmt hatte, für das FBI zu arbeiten.

In diesem Augenblick, diesem einzigen Moment, in dieser Nacht, war ich unbesiegbar und mächtig und Teil eines Ganzen.

Lia nahm mich an der Hand und führte mich von der Terrasse auf den Rasen. Sie bewegte sich mit einer geschmeidigen Anmut, als sei sie zur Tänzerin geboren.

»Lass dich einfach fallen«, forderte sie mich auf, »wenigstens dieses eine Mal.«

Ich konnte nicht besonders gut tanzen, doch meine Hüften

begannen irgendwie wie von selbst im Takt der Musik zu schwingen.

»Sloane«, schrie Lia, »schwing deinen Hintern hierher!«

Sloane, die ihre versprochene Tasse Kaffee bereits intus hatte, kam auf uns zugesprungen. Schnell wurde klar, dass ihre Art zu tanzen aus jeder Menge Herumhüpfen und gelegentlichen Fingerfiguren bestand. Grinsend gab ich es auf, Lias geschmeidige, sinnliche Bewegungen nachahmen zu wollen, und passte mich Sloanes Tanzstil an. Hüpfen, mit den Fingern wackeln, hüpfen.

Lia sah uns ein wenig mitleidig an und wandte sich an die Jungen zur Verstärkung.

»Nein«, weigerte sich Dean strikt. »Auf keinen Fall.« Es wurde schon so dunkel, dass ich sein Gesicht nicht genau erkennen konnte, aber ich konnte mir vorstellen, wie er starrsinnig die Kiefer aufeinanderpresste. »Ich tanze nicht.«

Michael zeigte keine solchen Bedenken. Er kam zu uns, deutlich humpelnd, doch er schaffte ein paar ganz gute einbeinige Hüpfer.

Lia sah gottergeben zum Himmel.

»Ihr seid hoffnungslos«, erklärte sie.

Michael zuckte mit den Achseln und hob die Hände mit gespreizten Fingern.

»Das ist nur eine meiner vielen guten Eigenschaften.«

Lia schlang den Arm um seinen Nacken und schmiegte sich, immer noch tanzend, dicht an ihn. Er zog die Augenbrauen hoch, schob sie aber nicht fort, sondern wirkte eher amüsiert.

Mal waren die beiden zusammen, mal nicht. Mein Magen verkrampfte sich heftig. Lia und Michael waren, seit ich sie kannte, getrennt. *Das geht mich nichts an.* Daran musste ich immer denken. *Lia und Michael können tun und lassen, was sie wollen.*

Michael bemerkte, dass ich sie ansah. Er betrachtete mein Gesicht wie jemand, der ein Buch liest. Dann lächelte er und zwinkerte mir langsam und ganz bewusst zu.

Sloane trat neben mich und sah erst Michael und dann Dean an. Daraufhin hüpfte sie noch näher an mich heran.

»Es besteht die vierzigprozentige Chance, dass jemand heute noch eine geknallt kriegt«, prophezeite sie im Flüsterton.

»Komm schon, Deanilein!«, rief Lia. »Mach mit!«

Ihre Worte waren teils Einladung, teils Herausforderung. Michaels Körper bewegte sich im Einklang mit Lias, und plötzlich wurde mir klar, dass sie ihre Show nicht meinetwegen abzog. Auch nicht für Michael. Sie kam ihm nur so nahe, um Dean eine Reaktion abzuringen.

Seinem Gesichtsausdruck nach zu urteilen funktionierte es offensichtlich.

»Du willst es doch auch!«, neckte sie ihn und drehte Michael im Tanz den Rücken zu. Dean und Lia waren die ersten Rekruten im Programm gewesen. Jahrelang waren die beiden allein gewesen. Lia hatte mir einmal erzählt, dass Dean und sie wie Geschwister gewesen waren, und im Augenblick sah Dean ganz genau wie ein überfürsorglicher großer Bruder aus.

Michael liebt es, Dean zu reizen. Das war keine große Neuigkeit. Lia liebt es, Dean aus seinem Schneckenhaus zu locken. Und Dean ...

In Deans Kiefer zuckte ein Muskel, als Michael seine Hand über Lias Arm gleiten ließ. Sloane hatte recht, wir standen kurz vor einer Schlägerei. Und wie ich Michael kannte, hielt er das sicher für eine verbindende Aktivität.

»Komm schon, Dean«, warf ich schnell ein, bevor Lia etwas sagen konnte, was die Situation noch mehr anheizte. »Du musst ja nicht tanzen, du kannst ja einfach im Takt schmollen.«

Das entlockte Dean sogar ein überraschtes Lächeln. Ich grinste. Michael entspannte sich und brachte etwas mehr Abstand zwischen seinen und Lias Körper.

»Hast du Lust zu tanzen, Colorado?«, fragte er, nahm meine Hand und wirbelte mich herum. Lia sah uns finster an, fing sich aber schnell wieder, schlang den Arm um Sloanes Taille und versuchte sie zu etwas zu zwingen, was ein wenig mehr nach Tanz aussah.

»Du bist nicht zufrieden mit mir«, stellte Michael fest, als ich ihn ansah.

»Ich mag keine Spielchen.«

»Ich habe doch nicht mit dir gespielt«, verwahrte sich Michael und wirbelte mich ein zweites Mal herum. »Und nur zur Information, mit Lia habe ich auch nicht gespielt.«

»Aber du hast mit Dean gespielt«, sagte ich und sah ihn missbilligend an.

»Jeder braucht ein Hobby«, erklärte Michael achselzuckend.

Dean war am Rand des Rasens stehen geblieben, doch ich spürte, dass er mich ansah.

»Deine Lippen kräuseln sich«, bemerkte Michael mit schief gelegtem Kopf. »Aber auf deiner Stirn sehe ich ein Runzeln.«

Ich sah weg. Sechs Wochen zuvor hatte mir Michael gesagt, ich solle herausfinden, wie ich zu ihm stand – und zu Dean. Ich hatte mein Möglichstes versucht, nicht daran zu denken und möglichst gar nichts für einen von ihnen zu empfinden, denn sobald ich etwas fühlte – egal was –, würde Michael es wissen. Ich hatte mein Leben bislang ohne Romanzen gemeistert. Ich brauchte sie nicht, jedenfalls nicht so sehr wie das hier: das Gefühl, zu etwas dazuzugehören, etwas in einer Weise für Menschen zu empfinden, die ich nicht für möglich gehalten hatte. Nicht nur für Michael und Dean, sondern auch für Sloane und sogar Lia. Ich passte hierher. Schon lange hatte ich nicht mehr irgendwo dazugehört.

Vielleicht noch nie.

Das durfte ich nicht aufs Spiel setzen.

»Und wir können dich wirklich ganz sicher nicht zum Tanzen überreden?«, rief Lia Dean zu.

»Nein, ganz sicher nicht.«

»Na, wenn das so ist …«

Lia drängte sich zwischen Michael und mich, und gleich darauf tanzte ich mit Sloane, während Lia wieder an Michael hing. Unter den dichten Wimpern hervor sah sie ihn an und legte ihm die Hand auf die Brust.

»Sag mir, Townsend«, schnurrte sie fast, »fühlst du dich wohl?«

Das konnte nicht gut gehen.

Kapitel 3

Ich war tot. Übermannt, überwältigt, nur Sekunden von einer Katastrophe entfernt – und ich konnte absolut nichts dagegen unternehmen.

»Ich nehme deine drei und erhöhe um zwei«, grinste Michael. Wäre ich ein Emotionsleser gewesen, hätte ich erkennen können, ob das ein »Ich habe ein unglaubliches Blatt und sehe genüsslich deinem Untergang zu«-Grinsen war oder ein »Es ist schon zum Grinsen, dass du nicht weißt, ob ich bluffe«-Grinsen war. Dummerweise war ich besser darin, die Persönlichkeiten und Motivationen anderer Leute zu erkennen als die genaue Bedeutung ihres Gesichtsausdrucks.

Pokere nie mit Naturtalenten, dachte ich. *Das muss ich mir merken.*

»Ich gehe mit.«

Lia drehte sich ihren glänzenden schwarzen Pferdeschwanz um den Zeigefinger, bevor sie die entsprechende Anzahl Oreo-Kekse in die Mitte des Tisches schob. Da sie Lügen erkennen konnte, nahm ich das als gutes Anzeichen dafür, dass Michael bluffte.

Allerdings hatte ich auch keine Ahnung, ob Lia bluffte.

Sloane sah hinter einem ansehnlichen Haufen Kekse hervor.

»Ich passe«, sagte sie. »Übrigens erwäge ich, ein paar von

meinen Pokerchips zu essen. Können wir uns darauf einigen, dass ein Oreo ohne die Glasur ein Drittel weniger wert ist als ein ganzer?«

»Iss einfach deine Kekse«, meinte ich mit neidischem Blick auf ihren Haufen und nur halb im Scherz. »Du hast doch mehr als genug davon.«

Sloane war in Las Vegas geboren und aufgewachsen, ehe sie dem Naturtalente-Programm beigetreten war. Sie hatte Karten gezählt, seit sie zählen konnte. Bei einem Drittel aller Blätter passte sie, die, die sie spielte, gewann sie jedoch unweigerlich.

»Da ist aber jemand ein schlechter Verlierer«, meinte Lia und drohte mir mit dem Finger.

Ich streckte ihr die Zunge heraus.

Der fragliche Jemand hatte nur noch zwei Kekse übrig.

»Ich gehe mit«, seufzte ich und schob sie zu dem Haufen. Es gab keinen Grund, das Unvermeidliche hinauszuzögern. Hätte ich mit einem Fremden gespielt, wäre ich im Vorteil gewesen. Ich hätte mir seine Kleidung und seine Haltung angesehen und sofort gewusst, ob es sich um eine risikofreudige Person handelte oder ob er bluffte oder eine Show abzog. Dummerweise spielte ich aber nicht mit einem Fremden, und bei Leuten, die man bereits kannte, nutzte es einem leider nicht ganz so viel, dass man Persönlichkeiten interpretieren konnte.

»Was ist mit dir, Redding? Bist du dabei oder nicht?«, fragte Michael herausfordernd.

Vielleicht hat ihn Lia ja doch falsch interpretiert, überlegte ich und dachte darüber nach. Vielleicht blufft er doch nicht. Ich bezweifelte, dass Michael Dean herausgefordert hätte, wenn er sich nicht sicher gewesen wäre, gewinnen zu können.

»Ich gehe mit«, verkündete Dean. »Alles.«

Er schob fünf Kekse in die Mitte und sah Michael mit hochgezogenen Augenbrauen an, sodass er dessen Gesichtsausdruck fast perfekt nachahmte.

Michael ging mit Dean mit, Lia mit Michael. Ich war an der Reihe.

»Ich habe keine Kekse mehr«, erklärte ich.

»Ich könnte einen bescheidenen Zinssatz in Erwägung ziehen«, meinte Sloane und beschäftigte sich wieder damit, einen Oreo-Keks von seiner Glasur zu befreien.

»Ich habe eine Idee«, verkündete Lia in dem überaus unschuldigen Tonfall, der mir sofort klarmachte, dass uns Ärger erwartete. »Wir könnten das Spiel ja auf die nächste Ebene bringen.«

Sie löste das weiße Halstuch von ihrem Nacken und warf es mir zu. Ihre Finger spielten mit dem Saum ihres Tanktops und hoben es ein wenig an, um zu verdeutlichen, was die »nächste Ebene« war.

»Soweit ich das verstanden habe, muss sich nach den Regeln des Strip-Poker nur derjenige ausziehen, der verloren hat«, warf Sloane ein. »Bis jetzt hat niemand verloren, ergo ...«

»Nenn es eine Solidaritätserklärung«, meinte Lia und zog langsam ihr Hemd hoch. »Cassie hat fast keine Chips mehr. Ich versuche nur, das Spiel auszugleichen.«

»Lia!« Dean klang wenig erfreut.

»Komm schon, Dean!« Lia schob die Unterlippe zu einem übertriebenen Schmollmund vor. »Bleib locker, wir sind doch alle Freunde hier.« Damit zog sie ihr Top aus. Darunter trug sie ein Bikinioberteil. Offensichtlich hatte sie sich schon passend gekleidet.

»Und jetzt du«, sagte sie zu mir.

Da ich keinen Badeanzug unter dem Top trug, würde ich es auf keinen Fall ausziehen. Langsam nahm ich den Gürtel ab.

»Sloane?«, wandte sich Lia an sie. Sloane starrte sie an und wurde langsam rot.

»Ich ziehe nichts aus, bis wir uns nicht auf eine Umtauschrate geeinigt haben«, meinte sie und deutete auf ihren Keksstapel.

»Sloane«, sagte Michael.

»Ja?«

»Wie wäre es mit einer zweiten Tasse Kaffee?«

Fünfundvierzig Sekunden später stand Sloane in der Küche und die beiden Jungen hatten kein Hemd mehr an. Deans Torso war gebräunt, ein oder zwei Nuancen dunkler als der von Michael. Michaels Haut war wie Marmor, bis auf die Narbe von der Schusswunde, die rosa und geschwollen am Übergang von der Schulter zur Brust prangte. Auch Dean hatte eine Narbe – älter, blasser, als ob jemand ein Messer von seinem Schlüsselbein bis zu seinem Nabel gezogen hätte.

»Ich will sehen«, verlangte Lia.

Einer nach dem anderen drehten wir unsere Karten um.

Drei gleiche.

Flush.

Full House aus Königinnen und Achten. Das war Michaels Blatt.

Ich hatte es doch gewusst, dachte ich. *Er hat nicht geblufft.*

»Du bist dran«, forderte Lia mich auf.

Ich drehte meine Karten um und mein Gehirn registrierte das Ergebnis.

»Full House«, verkündete ich grinsend. »Könige und Zweien. Das heißt wohl, ich habe gewonnen, oder?«

»Wie hast du ...?«, stieß Michael hervor.

»Soll das heißen, die Mitleidsmasche war gespielt?«, entrüstete sich Lia halb bewundernd.

»Das war nicht gespielt«, antwortete ich. »Ich habe tatsächlich erwartet, dass ich verliere, aber ich hatte mir meine letzten Karten noch gar nicht angesehen.«

Ich hatte gedacht, wenn ich nicht weiß, was ich auf der Hand hatte, dann konnten es Michael und Lia auch nicht herausfinden.

Dean war der Erste, der anfing zu lachen.

»Heil dir, Cassie, Königin der Schlupflöcher!«, sagte Michael.

Lia schnaufte.

»Heißt das, ich darf eure T-Shirts behalten?«, fragte ich, griff nach meinem Gürtel und mopste mir einen Keks, da ich schon dabei war.

»Ich denke doch, es wäre das Beste, wenn jeder im Besitz seines eigenen Hemdes bliebe. Und es auf der Stelle anziehen würde!«

Ich erstarrte. Der Befehl wurde von einer weiblichen, scharfen Stimme erteilt. Für den Bruchteil einer Sekunde erinnerte ich mich wieder an die ersten Wochen im Programm, an unsere Betreuerin, meine Mentorin. Special Agent Lacey Locke. Sie hatte mich ausgebildet. Ich hatte sie vergöttert. Ich hatte ihr vertraut.

»Wer sind Sie?«, wollte ich wissen und zwang mich in die

Gegenwart zurück. Ich konnte mir nicht erlauben, an Agent Locke zu denken – wenn ich diesen Weg erst einmal einschlug, würde ich nur schwer wieder zurückfinden. Stattdessen zwang ich mich, mich auf die Person zu konzentrieren, die hier Befehle gab. Sie war groß und schlank, doch nichts an ihr erschien locker. Das dunkelbraune Haar hatte sie im Nacken zu einem strengen Knoten gebunden und hielt das Kinn leicht vorgereckt. Ihre Augen waren grau, ein wenig heller als ihr Anzug. Ihre teure Kleidung trug sie, als sei ihr der Wert nicht bewusst.

An ihrer Seite trug sie eine Pistole im Halfter.

Pistole. Dieses Mal konnte ich die Erinnerung nicht im Keim ersticken. Locke. Die Pistole. Alles stürmte wieder auf mich ein. Das Messer.

Dean legte mir eine Hand auf die Schulter.

»Cassie!«

Ich spürte die Wärme seiner Hand durch mein T-Shirt und hörte ihn meinen Namen sagen.

»Es ist in Ordnung. Ich kenne sie.«

Ein Schuss. Zwei. Michael geht zu Boden. Locke – sie hat eine Pistole …

Ich konzentrierte mich auf meine Atmung und verdrängte die Erinnerungen. Nicht ich war es, die angeschossen worden war. Es war nicht mein Trauma. Ich war nur der Grund dafür, dass Michael da gewesen war.

Ich war diejenige gewesen, die das Monster auf seine eigene verdrehte Weise geliebt hatte.

»Wer sind Sie?«, wiederholte ich scharf und bemühte mich, wieder in die Realität zurückzukehren. »Und was machen Sie in unserem Haus?«

Die Frau in Grau ließ ihren Blick über mein Gesicht gleiten und vermittelte mir das ungute Gefühl, als wüsste sie genau, was in meinem Kopf vorging und woran ich gerade gedacht hatte.

»Mein Name ist Special Agent Veronica Sterling«, sagte sie schließlich. »Und ab sofort wohne ich hier.«

Kapitel 4

»Nun, sie lügt nicht«, durchbrach Lia die darauf folgende Stille. »Sie ist tatsächlich Special Agent, ihr Name ist Veronica Sterling, und aus irgendeinem Grund leidet sie an dem Irrglauben, sie würde unter unserem Dach residieren.«

»Lia, nehme ich an?«, sagte Agent Sterling. »Die Spezialistin für Lügen.«

»Ich sehe sie, erkenne sie – wie auch immer.«

Lia zuckte lässig mit den Schultern, doch ihr Blick war kalt.

»Und dennoch«, fuhr Agent Sterling fort und ignorierte sowohl Lias Achselzucken als auch ihren intensiven Blick, »dennoch hast du täglich mit einer FBI-Agentin zusammengearbeitet, die als Serienmörderin unterwegs war. Sie gehörte zu euren Betreuern und war jahrelang ständig im Haus, ohne dass die Alarmglocken geläutet haben.«

Agent Sterlings Ton war neutral, sie konstatierte lediglich Fakten.

Locke hatte uns alle hereingelegt.

»Und du«, wandte sich Agent Sterling an mich, »du musst Cassandra Hobbes sein. Ich hätte dich nicht für den Typ gehalten, der Strip-Poker spielt. Und nein, du bekommst keine Pluspunkte dafür, dass du abgesehen von mir die Einzige hier im Raum bist, die ihr Oberteil noch anhat.«

Dann wandte Agent Sterling ihre Aufmerksamkeit demonstrativ dem Haufen Kleidungsstücke auf dem Tisch zu, verschränkte die Arme vor der Brust und wartete. Dean griff nach seinem T-Shirt und warf Lia ihr Top zu. Michael schien sich nicht weiter an den verschränkten Armen zu stören und hatte es auch keineswegs eilig, sich anzuziehen. Agent Sterling sah ihn von oben herab an und heftete ihren Blick auf die Narbe auf seiner Brust.

»Ich nehme an, du bist Michael«, meinte sie, »der Emotionsleser mit dem Verhaltensproblem, der ständig dumme Dinge für Mädchen tut.«

»Das ist keine faire Einschätzung«, verwahrte sich Michael. »Ich tue auch haufenweise dumme Dinge nicht für Mädchen.«

Special Agent Veronica Sterling zeigte nicht den leisesten Anflug eines Lächelns. Stattdessen wandte sie sich an uns andere und vervollständigte ihre Vorstellung.

»In diesem Programm ist eine Stelle für eine Betreuerin frei. Ich bin hier, um sie zu besetzen.«

»Stimmt«, sagte Lia gedehnt. »Aber das ist nicht alles.« Da Agent Sterling auf den Köder nicht anbiss, fuhr sie fort: »Es ist sechs Wochen her, seit Locke von der Bildfläche verschwunden ist. Wir haben uns schon gefragt, ob das FBI überhaupt einen Ersatz schicken würde.« Sie musterte Agent Sterling von oben bis unten. »Wo haben sie Sie gefunden? Im Zentralregister? Eine junge weibliche Agentin gegen eine andere ausgetauscht?«

Wie immer verzichtete Lia auf jegliche Höflichkeitsfloskel.

»Sagen wir nur, ich bin einzigartig qualifiziert für diesen Job«, erwiderte Agent Sterling. Ihr nüchterner Ton erinnerte mich an etwas. An jemanden. Und erst in diesem Moment erkannte ich, wo ich ihren Nachnamen schon einmal gehört hatte.

»Agent Sterling«, sagte ich. »Sind Sie mit Director Sterling verwandt?«

Ich hatte den Director des FBI erst ein einziges Mal getroffen. Er hatte eingegriffen, als der Serienmörder, den Locke und Briggs jagten, die Tochter eines Senators entführt hatte. Zu dem Zeitpunkt hatte noch keiner von uns geahnt, dass das UNSUB – das Unbekannte Subjekt – Locke gewesen war.

»Er ist mein Vater«, erklärte Agent Sterling gleichmütig. Zu gleichmütig. Ich fragte mich sofort, was für Probleme sie mit ihrem Vater wohl hatte. »Er hat mich zur Schadensbegrenzung hergeschickt.«

Director Sterling hatte seine eigene Tochter geschickt, um Locke zu ersetzen. Und sie war gekommen, als Agent Briggs gerade wegen eines Falls nicht in der Stadt war. Ich bezweifelte, dass das Timing zufällig war.

»Briggs hat mir erzählt, Sie hätten das FBI verlassen«, sagte Dean leise. »Ich habe gehört, Sie hätten zur Heimatschutzbehörde gewechselt.«

»Das habe ich auch.«

Ich versuchte, Agent Sterlings Gesichtsausdruck zu lesen und ihren Tonfall zu interpretieren. Dean und sie kannten einander, so viel war klar, sowohl durch Deans Aussage als auch durch die Tatsache, dass ihr Gesicht fast unmerklich weicher wurde, als sie ihn ansah.

Ein mütterlicher Zug?, fragte ich mich. Das passte nicht zu der Art, wie sie sich kleidete, ihrer viel zu aufrechten Haltung, wie sie eher über uns andere redete als mit uns. Mein erster Eindruck von Agent Sterling war, dass sie superprofessionell und hyperkontrolliert war und dass sie andere Menschen auf

Abstand hielt. Entweder mochte sie Teenager nicht oder sie mochte uns speziell nicht.

Aber wie sie Dean angesehen hatte, auch wenn es nur für eine Sekunde gewesen war …

Du warst nicht immer so, dachte ich und versuchte, mich in sie hineinzuversetzen. *Dein Haar zu einem strengen Knoten zu binden, jede Aussage klinisch neutral und emotionslos zu lassen. Etwas ist passiert, was dich in diesen superprofessionellen und hyperkontrollierten Zustand versetzt hat.*

»Möchtest du der Klasse etwas mitteilen, Cassie?«

Sollte sich eine gewisse Nachgiebigkeit in Agent Sterlings Ausdruck geschlichen haben, so war sie jetzt verschwunden. Sie hatte mich dabei erwischt, wie ich ein Profil von ihr erstellte, und mich bloßgestellt. Das sagten mir zwei Dinge. Zum einen sagte mir die Art, wie sie es getan hatte, dass hinter ihrem humorlosen Äußeren eine sarkastische Ader schlummerte. Irgendwann früher einmal hätte sie diese Worte mit einem Lächeln anstatt mit einer Grimasse hervorgebracht.

Und zum anderen …

»Sie sind ein Profiler«, sagte ich laut. Sie hatte mich dabei erwischt, wie ich ein Profil von ihr erstellte, und ich hatte mir gedacht: Es braucht einen Profiler, um einen zu erkennen.

»Wie kommst du darauf?«

»Sie haben sie hierhergeschickt, um Agent Locke zu ersetzen.«

Es so zu formulieren – sie als Ersatz zu betrachten – schmerzte mehr als nötig.

»Und?«

Agent Sterlings Stimme war laut und deutlich, doch ihr

Blick blieb hart. Es war eine Herausforderung, ebenso deutlich lesbar wie zuvor bei Dean und Michael.

»Profiler stecken Leute in Schubladen«, erklärte ich, erwiderte Agent Sterlings Blick und weigerte mich, als Erste wegzusehen. »Wir nehmen eine Reihe von Details auf und nutzen sie, um damit das Gesamtbild zusammenzusetzen, um herauszufinden, mit was für einer Art von Mensch wir es zu tun haben. Ihre Art zu reden verrät Sie: Michael ist *der Emotionsleser mit dem Verhaltensproblem*, Sie haben mich nicht *für den Typ gehalten, der Strip-Poker spielt.*«

Ich hielt inne, und da sie nicht antwortete, fuhr ich fort: »Sie haben unsere Akten gelesen und Sie haben ein Profil von uns erstellt, noch bevor Sie einen Fuß in dieses Haus gesetzt haben: Sie wissen also ganz genau, wie schwer es uns belastet, dass wir Agent Locke nicht durchschaut haben. Das bedeutet, dass Sie entweder sehen wollen, wie wir damit fertigwerden, dass Sie es ansprechen, oder Sie wollten uns nur zum Vergnügen Salz in die Wunden streuen.« Einen Augenblick lang musterte ich sie und registrierte all die kleinen Details – den Nagellack, ihre Haltung, ihre Schuhe. »Sie kommen mir eher wie eine Masochistin als wie eine Sadistin vor, daher nehme ich an, Sie wollten sehen, wie wir reagieren.«

Es wurde unangenehm still im Raum und Agent Sterling nutzte diese Stille wie eine Waffe.

»Es ist nicht nötig, dass du mir einen Vortrag darüber hältst, was es bedeutet, ein Profiler zu sein«, sagte sie schließlich leise und überdeutlich. »Ich habe einen Universitätsabschluss in Kriminologie. Ich war die jüngste Abgängerin der FBI-Akademie aller Zeiten. Ich habe mehr Zeit bei der Feldarbeit während meiner Jahre beim FBI verbracht, als du es in deinem ganzen Leben tun wirst, und habe die letzten fünf Jahre beim Heimatschutz damit verbracht, hiesige Terrorismusfälle zu bearbeiten. Solange ich in diesem Haus wohne, wirst du mich mit Agent Sterling oder Ma'am ansprechen, und du wirst dich selbst nicht als Profiler bezeichnen, denn letztendlich bist du nur ein Kind.«

Da war es wieder, dieses Etwas in ihrer Stimme, das auf etwas unter ihrem eisigen Äußeren hindeutete. Doch wie jemand, der ein Objekt betrachtet, das unter meterdickem Eis begraben ist, konnte ich nicht ausmachen, was dieses Etwas war.

»Es gibt kein Wir, Cassie. Es gibt dich, und es gibt mich, und es gibt die Bewertung für dieses Programm, die ich schreiben werde. Daher schlage ich also vor, dass ihr die Sauerei hier aufräumt, ins Bett geht und euch ausschlaft.«

Sie warf Michael sein T-Shirt zu.

»Das hier wirst du noch brauchen.«

Kapitel 5

Ich lag im Bett, starrte an die Decke und konnte die Furcht nicht loswerden, dass, sobald ich die Augen schloss, nichts mehr die Geister zurückhalten würde. Wenn ich schlief, verschwamm alles miteinander: was mit meiner Mutter geschehen war, als ich zwölf Jahre alt war, die Frauen, die Agent Locke letzten Sommer getötet hatte; das Leuchten in ihren Augen, als sie mir das Messer hingehalten hatte. Das Blut.

Ich drehte mich auf die Seite und langte nach dem Nachttisch.

»Cassie?«, fragte Sloane von ihrem Bett aus.

»Schon gut«, sagte ich. »Schlaf weiter.«

Meine Finger schlossen sich um den Gegenstand, den ich gesucht hatte: einen Lippenstift in der Farbe Rose Red, der Lieblingsfarbe meiner Mutter. Er war ein Geschenk von Locke an mich gewesen, Teil des kranken Spiels, das sie gespielt hatte, bei dem sie Hinweise geliefert hatte und mich nach ihrem Bild formen wollte. *Du wolltest mich wissen lassen, wie nah du mir warst.* Ich schlüpfte in ihren Kopf und erstellte ihr Profil wie schon so viele Nächte zuvor. *Du wolltest, dass ich dich finde.* Der nächste Teil war immer der schwerste. *Du wolltest, dass ich so bin wie du.*

Sie hatte mir das Messer hingehalten. Sie hatte mir befohlen, das Mädchen zu töten. Und sie hatte tatsächlich geglaubt, ich würde mich darauf einlassen.

Lockes richtiger Name war Lacey Hobbes gewesen. Sie war die jüngere Schwester von Lorelai Hobbes – einer sogenannten Hellseherin und vermutlichem Mordopfer. Meiner Mutter. Ich drehte den Lippenstift in der Hand und starrte ihn im Dunkeln an. Egal wie oft ich versuchte, ihn wegzuwerfen, ich konnte es nicht. Es war eine Art masochistisches Souvenir: eine Erinnerung an die Menschen, denen ich vertraut und die ich verloren hatte.

Schließlich zwang ich mich, den Lippenstift zurückzustellen. Ich durfte mir das nicht immer wieder antun.

Doch ich konnte nicht aufhören.

Denk an etwas anderes. Irgendetwas anderes. Ich dachte an Agent Sterling, den Ersatz für Locke. Sie trug ihre Kleidung wie eine Rüstung. Sie war teuer und frisch gebügelt. Sie trug klaren Nagellack. Keine French Nails, keine Farbe – nur farblosen Lack. Warum überhaupt Nagellack, wenn er durchsichtig war? Machte ihr das Ritual, ihn aufzutragen, Spaß, eine Schutzschicht zwischen ihre Nägel und den Rest der Welt zu schieben? Unausgesprochen stand er für: Schutz, Distanz, Stärke.

Du erlaubst dir keine Schwäche, dachte ich und redete sie auf die Art an, wie man mir es bei Leuten, deren Profil ich erstellte, beigebracht hatte. *Warum?* Ich ging die Hinweise, die sie mir über ihre Vergangenheit gegeben hatte, noch einmal durch. Sie war die Jüngste gewesen, die je die FBI-Akademie verlassen hatte – und stolz darauf. Irgendwann einmal war sie ehrgeizig gewesen. Vor fünf Jahren hatte sie das FBI verlassen. Warum?

Anstelle einer Antwort hielten sich meine Gedanken an der Tatsache fest, dass sie irgendwann vor ihrem Ausscheiden

Dean getroffen haben musste. Er kann nicht älter als zwölf gewesen sein, als du ihn kennengelernt hast. Der Gedanke löste bei mir einen Alarm aus. Die einzige Möglichkeit für einen FBI-Agenten, zu diesem Zeitpunkt etwas mit Dean zu tun zu haben, war, wenn sie zu dem Team gehörte, das seinen Vater zur Strecke gebracht hatte.

Dieses Team hatte Agent Briggs geleitet. Kurz darauf hatte er begonnen, Dean zu benutzen – den Sohn eines berüchtigten Serienkillers –, um einen Einblick in die Denkweise anderer Mörder zu bekommen. Schließlich war das FBI dahintergekommen, was Briggs tat, doch anstatt ihn zu feuern, hatten sie die Sache offiziell gemacht. Dean war in ein altes Haus in der Stadt in der Nähe der Marine-Corps-Basis Quantico gebracht worden. Briggs hatte einen Mann namens Judd eingestellt, der als Deans Vormund fungierte. Mit der Zeit hatte Briggs noch weitere Teenager mit außergewöhnlichen Fähigkeiten rekrutiert. Zuerst Lia mit ihrer Gabe, zu lügen und Lügen zu erkennen, sobald jemand sie ausgesprochen hatte. Danach Sloane und Michael und zuletzt mich.

Du hast mit Agent Briggs zusammengearbeitet, dachte ich und versuchte, mir Agent Veronica Sterling vorzustellen. *Du warst in seinem Team. Vielleicht warst du sogar seine Partnerin.* Als ich zum Programm gestoßen war, war Agent Locke Briggs' Partnerin gewesen. Vielleicht war sie der Ersatz für Agent Sterling gewesen, bevor sich die Situation umgekehrt hatte.

Es gefällt dir nicht, ersetzbar zu sein, und du willst nicht ersetzt werden. Du bist nicht nur hier, um deinem Vater einen Gefallen zu tun, sagte ich im Stillen zu Agent Sterling. *Du kennst Briggs. Du mochtest Locke nicht. Und irgendwann einmal hast du dir Sorgen um Dean gemacht. Hier geht es um etwas Persönliches.*

»Wusstest du, dass die durchschnittliche Lebenserwartung des Haarnasenwombats zehn bis zwölf Jahre beträgt?«

Als ich gesagt hatte, es sei alles in Ordnung, hatte Sloane offensichtlich entschieden, dass dem nicht so war. Je mehr Kaffee meine Zimmergenossin trank, desto geringer war ihre Hemmschwelle, belanglose Statistiken von sich zu geben – besonders, wenn sie der Meinung war, dass jemand eine Ablenkung brauchte.

»Der älteste Wombat in Gefangenschaft wurde vierunddreißig Jahre alt«, fuhr Sloane fort und stützte sich auf den Ellbogen, um mich anzusehen. Da wir uns ein Zimmer teilten, hätte ich wahrscheinlich stärker dagegen protestieren sollen, ihr eine zweite Tasse Kaffee zu verabreichen. Doch heute fand ich Sloanes Hochgeschwindigkeits-Statistik-Stakkato irgendwie beruhigend. Ein Profil von Sterling zu erstellen hatte mich nicht davon abhalten können, an Locke zu denken.

Das hier vielleicht schon.

»Erzähl mir mehr über Wombats«, verlangte ich.

Sloane strahlte wie ein kleines Kind, das am Weihnachtsmorgen ein Wunder erlebte, und erfüllte mir meinen Wunsch.

Du

Als du sie zum ersten Mal gesehen hast, warst du nervös. Sie stand neben der großen Eiche, ihr langes Haar hing ihr glänzend über den halben Rücken. Du hast sie nach ihrem Namen gefragt und dir jede Einzelheit an ihr eingeprägt.

Doch das alles spielt jetzt keine Rolle. Nicht ihr Name, nicht der Baum, nicht deine Nerven.

Du bist schon zu weit gegangen. Du hast schon zu lange gewartet.

»Wenn du sie lässt, wird sie sich wehren«, flüstert eine Stimme irgendwo in deinem Kopf.

»Ich werde es nicht zulassen«, flüsterst du zurück. Deine Kehle ist wie zugeschnürt. Du bist bereit. Du bist schon lange bereit dazu. »Ich werde sie fesseln.«

»Fessle sie«, verlangt die flüsternde Stimme.

Fesseln. Brennen. Schneiden. Hängen.

Genau so muss es getan werden. Genau das erwartet dieses Mädchen. Die Kleine hätte nicht so weit weg vom Haus des Mannes parken sollen. Und sie hätte vor allem gar nicht mit ihm schlafen sollen.

Hätte sie nicht.

Hätte sie nicht.

Hätte sie nicht.

Du wartest im Auto auf sie, als sie einsteigt. Du bist

darauf vorbereitet. Sie muss heute einen Test bestehen, du allerdings auch.

Sie schließt die Wagentür. Sie sieht in den Rückspiegel und für den Bruchteil einer Sekunde treffen sich eure Blicke.

Sie sieht dich.

Du wirfst dich nach vorne. Sie öffnet den Mund, um zu schreien, doch du presst ihr das feuchte Tuch über Mund und Nase.

»Sie wird sich wehren, wenn du sie lässt«, flüsterst du ihr die Worte wie Koseworte ins Ohr.

Ihr Körper erschlafft. Du ziehst sie auf den Rücksitz und greifst nach den Fesseln.

Fesseln. Brennen. Schneiden. Hängen.

Es hat angefangen.

Kapitel 6

Ich schlief bis Mittag und erwachte dennoch völlig unausgeschlafen. Der Kopf tat mir weh. Ich brauchte etwas zu essen. Und Koffein. Und möglicherweise ein Aspirin.

»Schlecht geschlafen?«, erkundigte sich Judd, sobald ich die Küche betrat. Er hielt einen angespitzten harten Bleistift in der Hand und füllte sein Kreuzworträtsel aus, ohne mich auch nur anzusehen.

»Kann man wohl sagen«, erwiderte ich. »Haben Sie schon Agent Sterling getroffen?«

Judd verzog leicht die Lippen und ahmte mich nach: »Kann man wohl sagen.«

Judd Hawkins war über sechzig. Laut seiner offiziellen Stellenbeschreibung sollte er sich sowohl um das Haus als auch um uns kümmern. Das Haus war in ausgezeichnetem Zustand. Was die fünf Teenager anging, die darin wohnten ... na ja, abgesehen davon, dass er dafür sorgte, dass wir ordentlich aßen und unsere Gliedmaßen einigermaßen intakt waren, ließ uns Judd ziemlich in Ruhe.

»Agent Sterling scheint zu glauben, dass sie hier einziehen kann«, bemerkte ich.

Judd füllte eine weitere Zeile in seinem Kreuzworträtsel aus. Falls es ihn ärgerte, dass mehr oder minder unangekündigt eine FBI-Agentin hier aufgekreuzt war, so ließ er sich jedenfalls nichts anmerken.

»Darf sie das überhaupt?«, fragte ich.

Endlich sah Judd von seinem Kreuzworträtsel auf.

»Wäre sie jemand anderes, würde die Antwort höchstwahrscheinlich Nein lauten«, antwortete er.

Angesichts der Tatsache, dass Agent Sterling auf Wunsch ihres Vaters gekommen war, wurde mir klar, dass Judd höchstwahrscheinlich nichts dagegen sagen konnte. Was ich nicht verstand war, warum Judd offensichtlich nichts dagegen sagen wollte. Sie war hier, um eine Bewertung des Programms zu schreiben. Sie hatte es Schadensbegrenzung genannt. Aber von meiner Position aus klang es eher nach einer Invasion.

»Gut, du bist schon wach.«

Wenn man vom Teufel spricht…, dachte ich. Doch dann hielt ich inne. Ich war nicht objektiv – oder fair. Ich beurteilte Agent Sterling mehr danach, was ich vermutete, dass sie tun würde, als nach dem, was sie tatsächlich getan hatte. Tief im Innersten wusste ich, dass ich, egal wen sie als Ersatz für Locke geschickt hätten, nicht dafür bereit gewesen wäre. Jede Ähnlichkeit war Salz in meiner Wunde. Jeder Unterschied ebenfalls.

»Schläfst du üblicherweise immer bis mittags?«, erkundigte sich Agent Sterling, legte den Kopf schief und musterte mich. Da ich sie nicht daran hindern konnte, tat ich es ihr nach und betrachtete sie ebenfalls aufmerksam. Sie trug Make-up, sah allerdings nicht zurechtgemacht aus. Wie bei dem klaren Nagellack hatte sie die Farben für Augen und Lippen so ausgesucht, dass es fast natürlich wirkte.

Ich fragte mich, wie viel Mühe es sie kostete, so mühelos perfekt zu wirken.

Wenn du einem UNSUB nahekommen willst, aber nicht in seinen Schuhen stecken willst, kannst du noch ein anderes Wort verwenden: Du. Diesen Ratschlag hatte mir Agent Locke gleich zu Beginn gegeben.

»Haben Sie die Nacht hier verbracht?«, fragte ich Sterling und dachte darüber nach.

Locke hatte nie hier geschlafen. Briggs schlief auch nicht hier. *Du machst keine halben Sachen.*

»Im Arbeitszimmer gibt es ein Schlafsofa«, erklärte Judd ein wenig mürrisch. »Ich habe ihr mein Zimmer angeboten, aber Miss Dickkopf wollte es ja nicht annehmen.«

Miss Dickkopf? Bevor Judd beim Naturtalente-Programm eingestiegen war, hatte er im Militär gedient. Ich hatte noch nie gehört, dass er einen FBI-Agenten anders als mit seinem Titel oder dem Nachnamen angesprochen hatte. Warum also redete er mit Agent Sterling in genau dem Ton, den ich normalerweise Lia gegenüber erwartet hätte?

»Ich werde Sie bestimmt nicht aus Ihrem Bett vertreiben, Judd.«

Ihr genervter Tonfall sagte mir, dass sie diese Diskussion schon mindestens zwei Mal geführt hatten.

»Setzen Sie sich«, murrte Judd. »Beide. Cassie hat heute noch nichts gegessen und ich kann ebenso gut zwei Sandwiches machen wie eines.«

»Ich kann mir mein Sandwich selber machen«, entgegnete ich.

Judd warf mir einen merkwürdigen Blick zu. Diese Seite an ihm hatte ich noch gar nicht gekannt. Auf seltsame Weise erinnerte er mich fast an meine durch und durch italienische Großmutter, die glaubte, ich befände mich an einer sehr fortschrittlichen, von der Regierung geförderten Hochbegabtenschule. Nonna hielt es für ihr größtes Lebensziel, Essen in Leute zu stopfen, und wehe dem Unglücklichen, der sich ihr dabei in den Weg zu stellen versuchte.

»Ich habe mir bereits ein Sandwich gemacht«, erklärte Agent Sterling steif.

Judd machte trotzdem zwei. Eines stellte er vor mir ab und das andere vor einem leeren Platz am Tisch, bevor er sich setzte und sich wieder seinem Kreuzworträtsel widmete. Er sagte kein Wort und nach einer kleinen Weile setzte sich auch Agent Sterling.

»Wo sind denn die anderen?«, fragte ich Judd. Normalerweise konnte ich keine fünf Minuten in der Küche verbringen, ohne dass Lia hereinkam, um ein wenig Eiscreme zu stehlen, oder sich Michael von meinem Teller bediente.

An Judds Stelle antwortete mir Agent Sterling.

»Michael ist noch nicht aufgetaucht. Dean, Lia und Sloane sind im Wohnzimmer und befassen sich mit den Prüfungen zur Hochschulzugangsberechtigung.«

Fast wäre ich an einem Stück Schinken erstickt.

»Womit?«

»Es ist Ende September«, informierte mich Agent Sterling, in diesem viel zu ruhigen Tonfall, der sie wahrscheinlich bei der Befragung von Verdächtigen auszeichnete. »Würdest du nicht an diesem Programm teilnehmen, würdest du zur Schule gehen. Ich bin mir sogar ziemlich sicher, dass man deiner Familie erzählt hat, du würdest hier Unterricht bekommen. Manche Leute würden das vielleicht durchgehen lassen. Ich aber nicht.«

Ich hatte das dumpfe Gefühl, dass sie mit »manche Leute« in diesem Fall nicht Judd meinte, sondern Agent Briggs.

»Du hast das Glück, dass du eine Familie hast, die sich irgendwann vielleicht tatsächlich für deine Schulbildung interessiert«, fuhr Agent Sterling fort. »Nicht alle in diesem Haus können das von sich behaupten, aber du wirst genau die Ausbildung erhalten, die man dir versprochen hat.« Sie warf einen Blick auf Judd und sah dann wieder mich an. »Dean und Lia sind jahrelang hier zu Hause unterrichtet worden. Wenn Judd seinen Job richtig gemacht hat, sollten sie die Zulassungsprüfungen bestehen. Bei Sloane mache ich mir da keine Gedanken.«

Damit blieben nur Michael und ich übrig. Wäre das Programm nicht gewesen, würde ich diesen Monat mein letztes Schuljahr beginnen.

»Mach die Zulassungstests«, befahl mir Sterling beiläufig in einem Ton, der mir sagte, dass sie es gewohnt war, keine Widerworte zu hören. »Wenn du einen Tutor brauchst, besorgen wir dir einen, aber auf jeden Fall können die anderen Aspekte deiner ... Ausbildung warten.«

Seit ich dem Programm beigetreten war, hatte ich schon fast vergessen, dass es auch eine Art des Lernens gab, bei der es nicht um das Innen und Außen eines kriminellen Gehirns ging.

»Ihr entschuldigt mich bitte?«, sagte ich und stand vom Tisch auf.

Judd sah mich amüsiert an.

»Das hast du doch sonst auch noch nie gefragt, oder?«

Ich betrachtete das als Antwort und ging zur Tür. Judd beendete sein Kreuzworträtsel und wandte sich dann an Agent Sterling.

»Werden Sie Ihr Sandwich essen, Ronnie?«

Ronnie? Ich riss die Augen weit auf und bremste meinen Abgang ein wenig. Aus den Augenwinkeln sah ich, wie Agent Sterling bei der Nennung des Kosenamens leicht erstarrte.

»Es heißt Veronica«, korrigierte sie Judd. »Oder Agent Sterling. In diesem Haus geht es nicht anders.«

Sie kennen sich, dachte ich. *Sie kennen sich schon sehr lange.*

Und plötzlich kam mir in den Sinn, dass Director Sterling seine Tochter vielleicht aus ganz anderen Gründen für diesen Job ausgesucht hatte als wegen der Tatsache, dass sie miteinander verwandt waren.

Gerade als ich die Küchentür erreicht hatte, schwang diese nach innen auf und stieß mich beinahe um. Agent Briggs stand in der Tür und sah aus, als sei er eben aus einem Flugzeug gestiegen. Er streckte die Hand aus, um mich festzuhalten, doch sein Blick fiel in eine andere Richtung.

»Ronnie!«

»Briggs«, entgegnete Agent Sterling. Sie verwendete bewusst nicht seinen Vornamen oder eine Abkürzung. »Ich nehme an, der Director hat dich informiert?«

Briggs neigte leicht den Kopf.

»Du hättest anrufen können.«

Ich habe recht gehabt, dachte ich. *Die beiden haben definitiv schon zusammengearbeitet.*

»Cassie«, sagte Agent Briggs. Plötzlich bemerkte er, dass seine Hände noch auf meinen Schultern lagen, und er ließ sie fallen. »Wie ich sehe, hast du Agent Sterling bereits kennengelernt.«

»Wir haben uns gestern Abend schon gesehen.« Ich sah Briggs an und suchte nach Anzeichen dafür, dass er die Gegenwart dieser Frau in unserem Haus ablehnte. »Wie geht es Mackenzie?«

Briggs lächelte – was selten genug vorkam.

»Sie ist zu Hause. Sie wird in nächster Zeit viel Unterstützung brauchen, aber sie wird es schaffen. Das Mädchen ist ein Überlebenskünstler.« Er wandte seine Aufmerksamkeit wieder Agent Sterling zu. »Das Naturtalente-Programm hat diesen Monat gerade den zweiten alten Fall abgeschlossen«, erzählte er ihr. »Es ging um eine Entführung.«

Da war er – der Hinweis, dass Agent Briggs keineswegs beabsichtigte, seine Autorität dem Neuankömmling unterzuordnen. Seine Worte sollten eine klare Botschaft übermitteln: Er hatte es nicht nötig, sich bedroht zu fühlen. Das Naturtalente-Programm funktionierte. Wir retteten Leben.

»Beeindruckend«, fand Agent Sterling, obwohl ihr Ton klang, als dächte sie anders darüber. »Besonders, wenn man bedenkt, dass wegen dieses Programms nur zwei Kinder ins Krankenhaus mussten und nur eines davon tatsächlich angeschossen wurde. Das gleicht sich ja offensichtlich ganz gut aus.«

Zwei Kinder – Michael und Dean. Ich machte den Mund auf, um Agent Sterling zu sagen, dass wir keine Kinder waren, doch Briggs warf mir einen warnenden Blick zu.

»Cassie, geh doch bitte mal nachsehen, was die anderen so treiben.«

Genauso gut hätte er sagen können: »Geh doch ein bisschen draußen spielen.«

Verärgert gehorchte ich. Als ich ins Wohnzimmer kam, überraschte es mich kaum, dass der Einzige, der sich mit den Aufnahmetests befasste, Dean war. Lia feilte sich die Nägel und Sloane schien aus Bleistiften und Gummibändern eine Art Katapult zu bauen.

Lia bemerkte mich als Erste.

»Guten Morgen, meine Liebe«, begrüßte sie mich, »ich bin zwar nicht Michael, aber deinem Gesicht nach zu urteilen schätze ich, dass du gerade ein wenig Zeit mit der reizenden Agentin Sterling verbracht hast.« Sie strahlte mich an. »Ist sie nicht die Beste?«

Das Gruselige an Lia war, dass bei ihr alles ehrlich klingen konnte. Sie schätzte das FBI im Allgemeinen nicht besonders, und sie war der Typ, der aus Prinzip auf Regeln pfiff, aber obwohl ich wusste, dass ihre Begeisterung nur gespielt war, konnte ich sie nicht durchschauen.

»Etwas an Agent Sterling lässt in mir den Wunsch aufkommen, mir anzuhören, was sie zu sagen hat«, fuhr Lia ernst fort. »Ich glaube, wir sind so etwas wie Seelenverwandte.«

Dean schnaubte amüsiert, sah aber nicht von seinem Test auf. Sloane schoss ihr Katapult ab, und ich musste in Deckung gehen, um nicht einen Bleistift zwischen die Augen zu bekommen.

»Agent Briggs ist wieder da«, verkündete ich, als ich mich wieder aufrichtete.

»Gott sei Dank.« Lia ließ die Schauspielerei sein und lehnte sich ans Sofa. »Aber wenn ihm das jemand sagt, bin ich wohl gezwungen, drastische Maßnahmen zu ergreifen.«

Ich wollte nicht wirklich wissen, worin ihre Vorstellung von »drastischen Maßnahmen« bestand.

»Briggs kennt Agent Sterling«, erzählte ich. »Und Judd auch. Sie nennen sie Ronnie.«

»Dean«, sagte Lia und dehnte seinen Namen auf diese Art, die ihn jedes Mal auf die Palme brachte, »hör gefälligst auf, so zu tun, als würdest du arbeiten, und erzähl uns, was du weißt.«

Dean ignorierte sie. Lia sah mich an und zog die Augenbrauen hoch. Offensichtlich war sie der Meinung, dass ich bessere Chancen hatte, ihn zum Reden zu bringen, als sie.

»Agent Sterling hat zum Team gehört, das deinen Vater zur Strecke gebracht hat, stimmt's?«, testete ich meine Theorie vorsichtig. »Sie war Briggs' Partnerin.«

Zuerst glaubte ich, dass Dean mich ebenso ignorieren würde wie Lia. Doch schließlich legte er den Bleistift weg, zog die Augenbrauen hoch und sah mich an.

»Ja, sie war seine Partnerin«, bestätigte er. Seine Stimme war leise und angenehm und hatte einen leichten südlichen Akzent. Normalerweise sagte er nicht mehr als notwendig, aber heute gab er uns noch eine weitere Information: »Sie war auch seine Frau.«

Kapitel 7

Sie war seine Frau, dachte ich. *Vergangenheitsform – das bedeutet, dass sie jetzt nicht mehr seine Frau war.*

»Sie ist Briggs' Exfrau?«, fragte ich ungläubig. »Und da schickt der Director sie hierher? Das ist ja nicht gerade die feine Art!«

Lia verdrehte die Augen.

»Ein inoffizielles FBI-Programm, das minderjährige Naturtalente ausnutzt, um Serienkiller zu fangen, ist ja wohl auch nicht gerade die feine Art, oder?« Sie grinste. »Und wie sieht es damit aus, seine eigene Tochter als Ersatz für Agent Locke zu schicken? Offensichtlich sind Vetternwirtschaft und zwielichtige Verhältnisse im FBI-Hauptquartier nichts Ungewöhnliches.«

Sloane, die gerade an ein paar Verbesserungen für ihr Katapult arbeitete, sah auf und gab eine ihrer Statistiken zum Besten: »Laut der Statuten von 1999 hat das FBI keine schriftlichen Regeln für Beziehungen innerhalb der Institution. Ehen innerhalb eines Unternehmens zwischen Abteilungsleitern, Agenten und anderen Mitarbeitern sind nicht ungewöhnlich, auch wenn sie einen eher geringen Anteil an den Ehen der Angestellten ausmachen.«

Lia sah mich an und warf das Haar über die Schulter.

»Wenn das FBI keine klaren Regeln hinsichtlich der Beziehungen hat, dann bezweifele ich, dass es welche für Scheidungen gibt. Außerdem reden wir hier von Director Sterling. Von dem Mann, der Michael praktisch seinem Vater abgekauft hat, indem er ihm versprach, dafür zu sorgen, dass die Steuerfahndung ein Auge zudrückt.« Sie hielt inne. »Der Mann, der mich durch das FBI von der Straße holen ließ und mir sagte, meine zweite Wahlmöglichkeit sei der Jugendknast.«

Es war das erste Mal, dass ich Lia über ihre Vergangenheit sprechen hörte. Jugendknast?

»Briggs und Sterling haben beide am Fall meines Vaters gearbeitet.« Dean gab diese Information freiwillig bekannt und nutzte seine eigene Vergangenheit, um von Lias abzulenken. Es sagte mir, dass sie die Wahrheit gesagt hatte und er sie vor Fragen schützen wollte.

»Briggs war der Stratege«, fuhr Dean fort. »Er war engagiert, ehrgeizig – nicht bei ihr, aber bei jedem UNSUB, das sie gejagt haben. Briggs wollte nicht nur einfach Killer fangen. Er wollte gewinnen.«

Wenn Dean von einem UNSUB sprach, vergaß man leicht, dass sein Vater für ihn nie ein unbekanntes Subjekt gewesen war. Dean hatte bei einem Killer gewohnt – einem richtigen Psychopathen –, und das Tag für Tag, jahrelang.

»Sterling war impulsiv.« Dean beschrieb die Agenten weiter. Ich bezweifelte, dass er seinen Vater noch einmal erwähnen würde. »Furchtlos. Sie hatte ein hitziges Temperament und folgte ihrem Bauchgefühl, auch wenn das nicht immer eine gute Idee war.«

Ich hatte ja schon vermutet, dass Agent Sterlings Persönlichkeit in den letzten fünf Jahren eine drastische Wandlung durchgemacht hatte, aber dennoch fiel es mir schwer, die Verbindung zwischen der hitzigen, instinktgetriebenen Frau aus

Deans Schilderung und der Agent Sterling herzustellen, die jetzt gerade in unserer Küche saß. Die zusätzlichen Daten ließen mein Gehirn auf Hochtouren arbeiten, es verband die Einzelheiten und versuchte, die Verbindung zwischen Vergangenheit und Gegenwart zu finden.

»Briggs hat einen Fall.« Michael liebte es, im Mittelpunkt zu stehen. »Er hat gerade eben einen Anruf erhalten.«

»Aber sein Team ist doch gerade erst zurückgekommen«, wandte Sloane ein und lud erneut ihr Katapult. »Das FBI hat fünfundsechzig Außenstellen und die in D.C. ist die zweitgrößte im Land. Es gibt Dutzende von Teams, die diesen Fall übernehmen könnten. Warum ausgerechnet Briggs?«

»Weil ich am besten dafür qualifiziert bin«, erklärte Briggs, der gerade zusammen mit seiner Exfrau eintrat. »Und«, fügte er leise hinzu, »weil irgendjemand im Universum entschieden hat, mich leiden zu lassen.«

Ich fragte mich, ob es beim letzten Satz um den Fall ging oder um die Tatsache, dass ihm Sterling im Nacken saß. Jetzt, wo ich wusste, dass sie einmal miteinander verheiratet gewesen waren, bezweifelte ich, dass sein Ärger vorhin, als er mich aus der Küche geschickt hatte, ausschließlich professioneller Art gewesen war. Sie spielte in seinem Sandkasten – und sie hatten ganz offensichtlich Probleme.

»Ich gehe mit Agent Briggs.« Sterling ignorierte ihren Exmann demonstrativ und sprach uns direkt an. »Und wenn einer von euch diesen Monat noch die Hoffnung auf eine Übung oder einen alten Fall hat, dann sollte er diese Aufnahmetests fertig haben, wenn ich zurückkomme.«

Lia warf den Kopf in den Nacken und lachte.

»Glaubst du, dass ich scherze, Lia Zhang?«, fragte Agent

Sterling. Es war das erste Mal, dass ich Lias Nachnamen hörte, doch Lia zuckte nicht einmal mit der Wimper.

»Ich glaube gar nichts«, erwiderte sie. »Ich weiß, dass Sie die Wahrheit sagen. Aber die Bosse beim FBI werden bestimmt nicht zulassen, dass Sie ihre Geheimwaffen nicht ihre Arbeit tun lassen. Die haben uns nicht hierhergebracht, damit wir die Aufnahmeprüfungen machen. Die haben uns hergebracht, weil wir ihnen nützlich sind. Ich habe Ihren geliebten Daddy getroffen, Agent Sterling. Er hält sich nur an die Regeln, wenn es für ihn im Moment nützlich ist, und er hat mich sicherlich nicht dazu gedrängt, diesem Programm beizutreten, nur damit Sie mir die Flügel stutzen.« Lia lehnte sich auf dem Sofa zurück und streckte die Beine aus. »Wenn Sie anderer Meinung sind«, fuhr sie fort und lächelte aufreizend, »dann lügen Sie sich selbst etwas vor.«

Agent Sterling antwortete erst, als sie sicher war, Lias ungeteilte Aufmerksamkeit zu haben.

»Du bist nur so lange nützlich, wie du keine Belastung darstellst«, sagte sie ruhig. »Und bei euren jeweiligen Vorgeschichten – von denen einige kriminell sind – bräuchte ich nicht viel, um den Director davon zu überzeugen, dass einer oder zwei von euch ein größeres Risiko sind, als ihr wert seid.«

Dean war der Sohn eines Serienmörders. Michael hatte Aggressionsprobleme und einen Vater, der ihn gegen steuerliche Immunität an das FBI verkauft hatte. Lia war eine notorische Lügnerin – und hatte offensichtlich eine Jugendstrafakte. Sloane zielte mit ihrem Katapult auf Agent Sterlings Stirn.

Und dann war da noch ich.

»Lia, tu ihr doch den Gefallen und mach den Test.«

Agent Briggs klang, als würde ihm gleich der Schädel platzen.

»Mir einen Gefallen tun?«, wiederholte Agent Sterling. »Du rätst ihr, mir den Gefallen zu tun?« Ihre Stimme hob sich um einige Dezibel.

»Lia hat den Test bereits bestanden«, erklärte Dean, bevor Agent Briggs die Gelegenheit hatte zu antworten. Alle im Raum sahen ihn an. »Sie ist ein menschlicher Lügendetektor. Multiple-Choice-Fragen kann sie im Schlaf beantworten.«

Das Aufdecken von Lügen hat genauso viel damit zu tun, welche Worte die Menschen benutzen, als auch, wie sie sie aussprechen. Wenn es ein Muster dabei gab, wie die Testschreiber ihre Fragen stellten, und einen kleinen Unterschied bei der Formulierung der richtigen Antworten und der falschen, würde ein Lügendetektor sie erkennen.

Lia warf Dean einen giftigen Blick zu.

»Du gönnst mir aber auch gar keinen Spaß«, warf sie ihm vor.

Dean ignorierte sie und wandte sich an Agent Sterling.

»Sie haben einen Fall? Arbeiten Sie an Ihrem Fall. Machen Sie sich keine Sorgen um uns. Wir kommen schon klar.«

Ich hatte das Gefühl, dass er eigentlich sagen wollte: Ich komme schon klar. Bei all ihrem Gerede über Belastungen schien Agent Sterling das wohl hören zu wollen.

Briggs und sie haben Daniel Redding geschnappt, dachte ich und beobachtete Agent Sterling sorgfältig. *Sie haben Dean gerettet.* Vielleicht gefiel es Briggs' Ex nicht, dass sie ihn für so etwas hier gerettet hatte. Wir wohnten in einem Haus, in dem die Bilder von Serienmördern an der Wand hingen. Auf dem Grund unseres Pools war der Umriss einer Leiche eingezeichnet. Wir lebten und atmeten Tod und Vernichtung. Dean und ich noch mehr als die anderen.

Wenn sie etwas gegen das Programm hat, warum hat der Director sie dann als Ersatz für Locke geschickt? An dieser ganzen Situation schien irgendetwas nicht zu stimmen.

Briggs' Telefon vibrierte. Er sah Sterling an.

»Wenn du hier fertig bist: Die hiesige Polizei untersucht gerade unseren Tatort, und irgendein Idiot hielt es für angebracht, die Presse zu informieren.«

Agent Sterling fluchte heftig vor sich hin, und plötzlich änderte ich meine Meinung über ihr Make-up, den Nagellack und die Art, wie sie sich kleidete und wie sie sprach. Es war keine Schutzschicht, um den Rest der Welt auszuschließen.

Sie tat das alles, um die alte Veronica Sterling – die, die Dean beschrieben hatte – einzuschließen.

Während ich noch darüber nachdachte, verabschiedeten sich Briggs und Sterling. Sobald sich die Tür hinter ihnen schloss, rannten Lia, Michael und Sloane zur Fernbedienung. Sloane erreichte sie als Erste. Sie schaltete einen lokalen Nachrichtensender ein. Es dauerte einen Augenblick, bis ich verstand, warum.

Irgendein Idiot hielt es für angebracht, die Presse zu informieren.

Agent Briggs würde uns nichts über einen aktiven Fall erzählen. Das Naturtalente-Programm hatte nur die Erlaubnis, an alten Fällen zu arbeiten. Aber wenn die Presse von dem, was Briggs' Team zu einem neuen Einsatz geschickt hatte, Wind bekommen hatte, brauchten wir Briggs nicht, um Informationen darüber zu bekommen.

»Sehen wir doch mal, was Mami und Papi so vorhaben,

oder?«, sagte Lia, die gierig den Fernseher anstarrte und darauf wartete, dass das Feuerwerk begann.

»Lia, ich gebe dir tausend Dollar, wenn du Sterling und Briggs nie wieder als Mami und Papi bezeichnest.«

Lia betrachtete Michael abschätzend.

»Im Prinzip ist das ein verlockendes Angebot«, bewertete sie sein Versprechen. »Aber du kommst erst mit fünfundzwanzig an deinen Treuhandfonds heran und ich glaube nicht an verzögerte Entschädigungen.«

Ich hatte nicht einmal gewusst, dass Michael einen Treuhandfonds hatte.

»Neueste Meldungen.«

Alle Gespräche im Raum verstummten, als eine Reporterin auf dem Bildschirm erschien. Sie stand vor einem Gebäude mit einem gotischen Turm. Ihr Haar war vom Wind zerzaust und sie blickte ernst drein. Die Szene war energiegeladen und hätte mich auch veranlasst hinzusehen, wenn ich von dem, was kommen würde, keine Ahnung gehabt hätte.

»Ich stehe hier vor der Colonial University im Norden von Virginia, wo die sechstausendachthundert Studenten heute sahen, dass eine ihrer Kommilitoninnen brutal ermordet und auf grausame Weise auf dem Rasen des Universitätspräsidenten zur Schau gestellt wurde.«

Der Bildschirm zeigte ein Haus im Kolonialstil.

»Quellen zufolge heißt es, dass das Mädchen gefesselt und gequält wurde, bevor es mit der Antenne seines eigenen Wagens stranguliert und über die Kühlerhaube drapiert wurde. Wagen und Leiche wurden heute früh auf dem Rasen vor dem Haus des Präsidenten der Colonial University, Larry Vernon, gefunden. Die Polizei folgt zurzeit allen Hinweisen, doch eine unserer Quellen bei der Polizei sagt, dass dieser Mann, Professor George Fogle, von der Polizei ins Visier genommen wird.«

Ein weiteres Bild tauchte kurz auf dem Bildschirm auf: ein Mann Ende dreißig mit dichtem schwarzem Haar und einem stechenden Blick.

»Professor Fogle leitet unter anderem den Kurs *Monster oder Menschen? Die Psychologie des Serienkillers,* in dessen Programmbeschreibung steht, dass die Studenten *intensiv mit den Menschen hinter den Legenden um die schlimmsten Verbrechen, die je begangen wurden, bekannt gemacht werden.*«

Die Reporterin hielt sich die Hand ans Ohr und sah vom Teleprompter auf.

»Ich habe gehört, dass ein Video der Leiche im Internet aufgetaucht ist, das ein Student kurz nach der Ankunft der Polizei auf dem Gelände mit dem Handy aufgenommen hat. Die Aufnahmen sollen sehr drastisch sein. Wir erwarten ein Statement der hiesigen Polizei sowohl über das Verbrechen selbst als auch die mangelnden Sicherheitsvorkehrungen, die dazu führten, dass derartige Aufnahmen gemacht wurden. Ich bin Maria Vincent von den Nachrichten für Kanal 9.«

Nur Sekunden später war der Fernseher auf lautlos gestellt und Sloane hatte das Video auf ihrem Laptop gefunden. Sie richtete den Bildschirm so aus, dass wir alle ihn sehen konnten, und drückte die Play-Taste. Eine Handkamera zoomte auf den Tatort ein. *Drastisch* war eine grobe Untertreibung.

Doch keiner von uns sah weg. Für Lia und Michael war es vielleicht nur eine morbide Kuriosität. Für Sloane waren Tatorte Daten: Spuren, die untersucht werden mussten, Zahlen, die geknackt werden wollten. Doch für Dean und mich ging es nicht um den Tatort.

Für uns ging es um die Leichen.

Zwischen einem Mörder und seinem Opfer bestand eine intime Beziehung. Leichen waren wie Botschaften voller symbolischer Bedeutungen, die nur ein Mensch, der die Bedürfnisse, die Wünsche und die Wut verstand, die dazu führten, dass man jemand anderem das Leben nahm, entziffern konnte.

Das ist eine Sprache, die sich niemand zu sprechen wünscht. Dean hatte mir das gesagt, aber ich spürte, wie er seinen Blick ebenso starr auf den Bildschirm richtete wie ich.

Die Leiche hatte langes blondes Haar. Wer immer die Videoaufnahme gemacht hatte, hatte nicht nahe herankommen können, doch selbst aus der Entfernung sah man, dass ihr Körper gebrochen und ihre Haut leblos war. Ihre Hände schienen auf den Rücken gefesselt zu sein, und die Tatsache, dass ihre Beine nicht gespreizt waren, ließ mich vermuten, dass sie ebenfalls zusammengebunden waren. Die untere Hälfte ihres Körpers hing von der Kühlerhaube herunter. Ihr T-Shirt war blutverklebt. Selbst bei der fragwürdigen Kameraführung konnte ich eine Schlinge um ihren Hals erkennen. Ein schwarzes Seil hob sich von dem weißen Wagen ab und führte bis zum Schiebedach.

»Hey!« Ein Polizist im Video entdeckte den Studenten mit dem Telefon. Der Junge fluchte und rannte los und das Bild wurde schwarz.

Sloane klappte den Laptop zu. Im Raum wurde es still.

»Wenn es hier nur um einen einzigen Mord geht, dann ist es kein Serienkiller«, meinte Michael schließlich. »Warum holen sie dann also das FBI dazu?«

»Der Verdächtige hält einen Kurs über Serienkiller«, äußerte ich meine Gedanken laut. »Wenn der Professor etwas damit zu tun hat, will man vielleicht jemanden mit Erfahrung auf diesem Gebiet bei den Nachforschungen dabeihaben.«

Ich sah Dean an, um zu sehen, ob er mir zustimmte, doch er saß nur da und starrte den stummen Bildschirm an. Ich bezweifelte allerdings stark, dass ihn der Wetterbericht so faszinierte.

»Dean?«

Er reagierte nicht.

»Dean!« Lia streckte den Fuß aus und stieß ihn mit der Hacke an. »Erde an Redding!«

Dean sah auf. Das blonde Haar hing ihm ins Gesicht. Braune Augen sahen durch uns hindurch. Er sagte etwas, doch die Worte erstickten in seinem Hals und kamen halb als Keuchen, halb als Flüstern heraus.

»Was hast du gesagt?«, fragte Sloane.

»Fesseln«, sagte Dean immer noch heiser, aber dieses Mal lauter. »Brandmarken. Schneiden. Hängen.« Er schloss die Augen und ballte die Hände zu Fäusten.

»He!« Blitzartig war Lia neben ihm. »He, Dean!« Sie berührte ihn nicht, blieb jedoch neben ihm stehen. Sie sah ihn aggressiv fürsorglich an – und ängstlich.

Tu etwas, dachte ich.

Ich tat es Lia nach und hockte mich auf Deans andere Seite. Ich streckte die Hand aus, um seinen Nacken zu berühren. Er hatte mehr als einmal das Gleiche für mich getan, als ich anfing zu lernen, wie man in das Gehirn von Serienmördern klettert.

Sobald ich ihn berührte, zuckte er zusammen. Sein Arm

schoss vor und packte mein Handgelenk in einem schmerzhaften Griff. Michael sprang mit blitzenden Augen auf, doch ich wies ihn mit einer Kopfbewegung an, sich zurückzuhalten. Ich konnte auf mich selbst aufpassen.

»He«, wiederholte ich Lias Worte. »He, Dean!«

Dean zwinkerte schnell, drei oder vier Mal. Ich versuchte, mich auf die Details seines Gesichts zu konzentrieren und nicht auf den Griff um mein Handgelenk. Seine Wimpern waren nicht schwarz, sie waren braun, heller als seine Augen. Diese Augen sahen mich jetzt groß und dunkel an. Er ließ mein Handgelenk los.

»Geht es dir gut?«, fragte er.

»Der geht es bestens«, antwortete Lia für mich, runzelte die Stirn und warnte mich, ihr zu widersprechen.

Dean ignorierte sie und sah mich unverwandt an.

»Cassie?«

»Mir geht es gut.« Das stimmte. Ich spürte, wo er mich gerade noch angefasst hatte, aber es tat nicht mehr weh. Mein Herz schlug heftig, doch ich wollte nicht, dass meine Hände zitterten. »Und ist bei dir alles in Ordnung?«

Ich erwartete, dass Dean mich ausschloss, dass er sich weigerte zu antworten, dass er fortging. Als er antworte, erkannte ich seine Worte als das, was sie waren: Buße. Er zwang sich selbst, mehr zu sagen, als ihm angenehm war, um sich dafür zu bestrafen, dass er die Beherrschung verloren hatte.

Um es bei mir wiedergutzumachen.

»Mir ging es schon mal besser.«

Er hätte es dabei belassen können, doch er sprach weiter, und jede Silbe musste er sich erkämpfen. Mir krampften sich die Eingeweide zusammen, als mir bewusst wurde, was es ihn kostete, die Worte hervorzubringen.

»Der Professor, nach dem sie suchen. Derjenige, der den Kurs *Monster oder Menschen?* gibt. Ich würde jede Menge darauf wetten, dass einer der Gründe, warum sich die Polizei für ihn interessiert, ist, dass er in seiner Klasse über meinen Vater spricht.« Dean schluckte und sah zu Boden. »Der Grund, warum sie Briggs und Sterling gerufen haben, ist, weil sie die Agenten waren, die den Fall meines Vaters bearbeiteten.«

Ich erinnerte mich daran, wie es war, über einen Tatort zu gehen und zu wissen, dass er nach dem Mord an meiner Mutter angelegt worden war. Dean war mit mir dort gewesen. Er war für mich da gewesen.

»Fesseln. Brennen. Schneiden. Hängen«, sagte ich leise. »So hat dein Vater seine Opfer getötet.« Ich formulierte es nicht als Frage, weil ich es wusste. Ich wusste es einfach deshalb, weil ich Dean ansah.

»Ja«, antwortete er und sah dann den immer noch stummen Fernseher an. »Und ich bin mir sicher, dass diesem Mädchen genau das passiert ist.«

Du

Das mit dem Rasen des Präsidenten war nett. Du hättest sie überall ablegen können. Du hättest nicht riskieren müssen, gesehen zu werden.

»Niemand hat mich gesehen.« Du murmelst die Worte mit selbstzufriedenem Summen. »Aber sie haben sie gesehen.«

Sie haben die Linien gesehen, die du in ihren Körper geritzt hast. Sie haben die Schlinge gesehen, die du um ihren Hals gelegt hast. Schon daran zu denken, wie ihr die Augen aus dem Kopf traten, während das Leben aus ihr wich, wie sich die zarten kleinen Arme gegen die Fesseln wehrten und sich die blasse Haut von den kleinen roten Rinnsalen verfärbte ...

Deine Lippen kräuseln sich zu einem Lächeln. Der Moment ist vergangen, aber das Spiel – das Spiel dauert noch lange. Nächstes Mal wirst du nicht so eifrig sein. Nächstes Mal musst du nichts mehr beweisen. Nächstes Mal wirst du dir Zeit lassen.

Kapitel 8

Dean verließ den Raum, nachdem er die Bombe über den M.O. seines Vaters hatte platzen lassen. Wir anderen blieben schweigend sitzen und ließen die Minuten verstreichen. Die Luft wurde immer dicker von den vielen Dingen, die wir nicht sagten.

Es hatte keinen Sinn, mit den Aufnahmeprüfungen weiterzumachen. Das Einzige, an das ich denken konnte, war das Mädchen, das von der Kühlerhaube des Autos herunterhing, die schwarze Schlinge eng um den leblosen Hals geschlungen. Dean hatte nicht gesagt, was an dem Video ihn davon überzeugt hatte, dass das UNSUB die Verbrechen seines Vaters nachahmte.

Die Tatsache, dass die Kleine an Armen und Beinen gefesselt worden war?

Die Art und Weise, wie sie am Auto hing?

Doch das hätten logischerweise auch Zufälle sein können. Aber Dean war so sicher gewesen, und damals, als ich eine Theorie entwickelt hatte, die sich verrückt anhörte – vielleicht sogar noch verrückter –, hatte er mir geglaubt.

»Du denkst an den letzten Sommer«, stellte Michael fest und durchbrach damit die Stille. »Dein ganzer Körper ist verkrampft, weil du es verhindern willst.«

»Findest du das nicht merkwürdig?«, fragte ich und sah von Michael zu den anderen. »Vor sechs Wochen hat Locke den

Mord an meiner Mutter nachgestellt, und jetzt ist jemand da draußen, der Deans Vater kopiert?«

»Ich habe Neuigkeiten für dich, Cassie!« Lia stand mit blitzenden Augen auf. »Es geht nicht immer um dich.«

Ich schreckte vor ihrer giftigen Stimme zurück. Wir waren vielleicht nicht gerade Freundinnen, aber normalerweise betrachtete sie mich auch nicht als Feindin.

»Lia ...«

»Hier geht es nicht um dich!«

Sie drehte sich auf dem Absatz um und stapfte zur Tür, blieb jedoch auf halbem Weg stehen, wandte sich um und durchbohrte mich mit ihren Blicken.

»Du glaubst zu wissen, was das für Dean bedeutet? Du glaubst, du kannst es nachvollziehen? Du hast ja überhaupt keine Ahnung, was er durchmacht! Überhaupt keine!«

»Du bist gar nicht wütend auf Cassie, Lia«, warf Michael ein. »Du bist wütend wegen der ganzen Situation und der Tatsache, dass Dean sich irgendwohin verdrückt hat und sich allein damit auseinandersetzen will.«

»Scheiß auf dich, Michael!«, fuhr Lia ihn an und ließ die Worte in der Luft hängen. Ihre Wut war zum Greifen nahe. Dann ging sie. Ein paar Sekunden später hörten wir, wie die Haustür aufging und wieder zuknallte. Sloane, Michael und ich sahen uns stumm und erschrocken an.

»Möglicherweise habe ich mich ja geirrt«, sagte Michael schließlich. »Vielleicht ist es nicht nur diese Situation, die sie so wütend macht.«

Michael konnte die genaue Gefühlsmischung einer Person exakt diagnostizieren. Er konnte den Unterschied zwischen Ärger, underdrücktem Zorn und blinder Wut feststellen. Aber wenn es um die Gründe für Emotionen ging ... das lag irgendwo zwischen seinen und meinen Fähigkeiten. Die Dinge, die den Menschen etwas bedeuteten, was sie verletzte, was sie zu den Menschen machte, die sie waren ... das fiel ganz in meinen Bereich.

»Lia kennt Dean länger als wir alle«, sagte ich und ging im Geiste die Details der Situation und der beteiligten Persönlichkeiten durch. »Egal wie viele Leute hier ins Haus kommen, für Lia werden sie beide immer eine Zweier-Gruppe bilden. Aber Dean ...«

»Dean ist eine Einer-Gruppe«, beendete Michael den Satz für mich. »Der einsame Wolf.«

Wenn es schwierig wurde, neigte Dean dazu, Mauern aufzubauen und andere Leute von sich zu stoßen. Doch ich hatte noch nie gesehen, dass er Lia ausgeschlossen hatte. Sie war seine Familie. Und dieses Mal hatte er sie außen vor gelassen – bei uns.

»Dean mag Cassie«, stellte Sloane fest, der es völlig entging, dass es vielleicht kein günstiger Zeitpunkt für ein Gespräch über Deans mögliche Gefühle mir gegenüber war. Michael, selbst Meister beim Verbergen seiner eigenen Gefühle, ließ sich nichts anmerken, als sie fortfuhr: »Lia weiß, dass Dean Cassie mag. Ich glaube nicht, dass ihr das etwas ausmacht. Ich glaube, im Grunde findet sie es ganz lustig. Aber jetzt im Moment ... nein, da ist es ganz und gar nicht witzig.«

Sloanes Verständnis der menschlichen Psyche war bestenfalls mangelhaft, aber dennoch kam ich nicht umhin, einen wahren Kern in dem zu erkennen, was sie sagte. Lia hatte absolut kein romantisches Interesse an Dean. Trotzdem gefiel es ihr aber noch lange nicht, dass er, als er uns die Sache erklärt hatte, auf meine Fragen geantwortet hatte. Ich war diejenige gewesen, die zu ihm durchgedrungen war. Das passte Lia nicht. Sie wollte diejenige sein, auf die er sich verließ, nicht ich. Und dann hatte ich meinen Fehler auch noch verschlimmert, indem ich auf die Ähnlichkeit der Situation von Dean und dem, was ich mit Locke durchgemacht hatte, hinwies.

»Ich wollte ja gar nicht sagen, dass ich genau weiß, wie er sich fühlt.« Ich hatte das Gefühl, mich rechtfertigen zu müssen, obwohl Sloane und Michael das wahrscheinlich gar nicht von mir erwarteten. »Ich habe ja bloß gemeint, dass es eine grausige Schicksalswendung ist, dass wir alle hierhergebracht wurden, um alte Fälle zu lösen, und uns Briggs' aktive Fälle trotzdem irgendwie betreffen.« Ich sah von Michael zu Sloane. »Im Ernst, wie groß sind denn die Chancen dafür?«

Sloane presste die Lippen aufeinander.

»Willst du uns nicht sagen, wie die Chancen dafür stehen?«, fragte Michael sie.

»So einfach ist das nicht«, erwiderte Sloane und schob sich mit dem Handballen das weißblonde Haar aus dem Gesicht. »Dabei hat man es nicht mit einzelnen Variablen zu tun. Dean gehört zu einem Programm, weil er Killer versteht. Und Dean versteht Killer, weil sein Vater ein Killer ist.«

Sloane hielt die Hände vor sich, als versuche sie etwas zu greifen, was nicht da war.

»Es hängt alles miteinander zusammen. Unsere Familien. Die Dinge, die uns geschehen sind. Die Dinge, die wir tun können.«

Ich warf einen Blick auf Michael, doch er wich mir aus.

»Ein Naturtalent zu sein bedeutet nicht nur, mit einer bestimmten unglaublichen Fähigkeit geboren zu sein. Man muss sie trainieren. Unser ganzes Leben muss sie trainieren.« Ihre Stimme wurde weicher. »Wusstet ihr, dass es Studien über Leute wie Lia gibt? Ich habe sie gelesen. Alle.«

Ich verstand wie immer, ohne auch nur darüber nachdenken zu müssen, dass Sloane, wenn sie alle Artikel über menschliche Lügendetektoren las, versuchte, Lia besser zu verstehen. Wir anderen verstanden Menschen intuitiv. Sloane war besser mit Objekten. Mit Zahlen oder Fakten.

»Bei Erwachsenen scheint eine erhöhte Fähigkeit, Lügen zu erkennen, meist auf einer Kombination aus angeborenem Talent und besonderer Ausbildung zu sein. Aber bei Kindern ist das anders.« Sie schluckte schwer. »Es gibt eine bestimmte Schnittmenge von Kindern, die ausgezeichnet darin sind, Lügen zu erkennen.«

»Und was für eine Schnittmenge ist das?«, erkundigte ich mich.

Sloane spielte mit dem Saum ihres Ärmels.

»Diejenigen, die in besonderem Maße Höhen und Tiefen ausgesetzt waren. Wechselnden Umgebungen. Missbrauch.« Sloane hielt inne, und als sie weiterredete, sprach sie schneller. »Es gibt eine Wechselwirkung. Statistisch gesehen sind die besten Lügendetektoren Kinder, die nicht unterwürfig sind und die in einer Umgebung des Missbrauchs aufwuchsen, es aber dennoch irgendwie schaffen, die Kontrolle zu behalten.«

Wenn Briggs davon redete, was es bedeutete, ein Naturtalent zu sein, benutzte er Worte wie *Potenzial* oder *Begabung*. Aber Sloane sagte, dass das Talent allein nicht genügte. Wir wurden nicht als Naturtalente geboren. Etwas in Lias Kindheit hatte sie zu dem Menschen gemacht, der mühelos lügen konnte und der ebenso mühelos erkannte, wenn sie jemand anlog.

Und irgendetwas hatte Michael dazu gebracht, Emotionen zu lesen.

Meine Mutter hatte mir beigebracht, wie man Menschen liest, damit ich ihr helfen konnte, sie um ihr Geld zu bringen. Wir waren ständig unterwegs gewesen, manchmal jede Woche in einer neuen Stadt. Ich hatte nie ein Zuhause gehabt. Oder Freunde. Andere Menschen zu verstehen und ihre Gedanken zu lesen, selbst wenn sie nicht einmal wussten, dass ich existierte und heranwuchs – näher war ich Freundschaft nie gekommen.

»Keiner von uns hatte eine normale Kindheit«, sagte Sloane leise. »Denn wenn ja, dann wären wir keine Naturtalente.«

»Und bei diesem Stichwort mache ich einen Abgang«, erklärte Michael und stand auf. Er sprach zwar gleichmütig, doch ich wusste, dass er nicht gerne über sein Leben zu Hause sprach. Er hatte mir einmal erzählt, sein Vater wäre sehr cholerisch gewesen. Ich versuchte nicht an die Gründe zu denken, aus denen ein kleiner Junge ein Experte im Lesen der Gefühle anderer werden musste, wenn er bei solch einem Vater aufwuchs.

Auf dem Weg nach draußen blieb Michael neben Sloane stehen.

»Hey«, sagte er leise. Sie sah ihn an. »Ich bin dir nicht böse. Du hast nichts Falsches getan.«

Sloane lächelte, doch ihre Augen hatten keinen Anteil daran.

»Ich habe eine Menge Daten, die mich vermuten lassen, dass ich zu mindestens sechsundachtzig Komma fünf Prozent das Falsche sage.«

»Du sprichst wie jemand, der gerne in den Pool geworfen

werden will«, entgegnete Michael, woraufhin Sloane dieses Mal ein echtes Lächeln zustande brachte. Mit einem letzten Blick in meine Richtung war Michael verschwunden.

»Glaubst du, Dean ist in die Garage gegangen?«, fragte Sloane, nachdem wir beide ein paar Minuten allein geblieben waren. »Wenn er sich aufregt, geht er doch normalerweise in die Garage.«

Dean hatte sich nicht nur aufgeregt. Ich wusste nicht genau, was er in seiner Kindheit durchgemacht hatte, aber als ich Dean einmal gefragt hatte, ob er gewusst hatte, was sein Vater diesen Frauen antat, hatte er geantwortet: »Anfangs nicht«.

»Dean braucht seinen Freiraum«, sagte ich zu Sloane und erklärte es ihr für den Fall, dass sie es selbst nicht erkennen konnte. »Manche Menschen haben gerne ihre Freunde um sich, wenn es ihnen schlecht geht. Andere wollen lieber allein sein. Wenn Dean bereit ist, darüber zu reden, wird er reden.«

Als ich das sagte, erkannte ich, dass ich nicht einfach hier sitzen bleiben und in Ruhe abwarten konnte. Ich musste etwas tun. Irgendetwas. Ich wusste nur noch nicht, was.

»Glaubst du, dass er klarkommt?«, fragte Sloane mich sehr leise.

Ich konnte sie nicht anlügen.

»Ich weiß es nicht.«

Kapitel 9

Ich landete schließlich in der Bibliothek. Die Regale vom Boden bis zur Decke und an allen Wänden enthielten mehr Bücher, als ich in zwei Leben hätte lesen können. An der Tür blieb ich stehen. Ich war nicht wegen eines Buches gekommen. Drittes Regal von links, zweite Borte von unten. Ich schluckte heftig und ging dann zum richtigen Regal. Band 12, Vernehmung 28.

Meine Finger schlossen sich um den richtigen Ordner, und ich zwang mich, ihn herauszunehmen. Als ich das letzte Mal versucht hatte, die Vernehmung 28 aus Band 12 zu lesen, hatte ich aufgehört, als ich den Namen dessen gelesen hatte, der befragt wurde.

Lia hatte recht. Ich wusste nicht so richtig, was Dean durchmachte – aber ich wollte es wissen. Ich musste es wissen, denn wäre ich es gewesen, die kurz davor wäre, in den Abgrund zu stürzen, hätte Dean es verstanden.

Dean verstand immer alles.

Ich setzte mich auf den Boden, legte den Ordner auf meine Oberschenkel und schlug die Seite auf, an der ich vor ein paar Wochen aufgehört hatte. Der Agent, der die Vernehmung im Gefängnis leitete, war Briggs gewesen. Er hatte Deans Vater gerade gebeten, eines seiner Opfer zu identifizieren.

Redding: Sie stellen die falschen Fragen, mein Sohn. Es geht nicht darum, *wer* sie sind. Es geht darum, *was* sie sind.

Briggs: Und was sind sie?

Redding: Sie sind mein!

Briggs: Haben Sie sie deswegen mit Kabelbindern gefesselt? Weil sie Ihnen gehört haben?

Redding: Sie wollen, dass ich sage, ich hätte sie gefesselt, damit sie bleiben. Ihr geschniegelten FBI-Psychologen ergötzt euch daran, mich über die vielen Frauen reden zu hören, die mich verlassen haben. Über meine Mutter und die Mutter meines Sohnes. Aber ist euch je in den Sinn gekommen, dass mir gefällt, wie die Haut einer Frau aussieht, wenn sie sich gegen die Plastikfesseln wehrt? Vielleicht hat es mir gefallen zu sehen, wie sich auf ihren Handgelenken und Knöcheln weiße Streifen bildeten, und zuzusehen, wie ihre Hände und Füße taub wurden. Vielleicht gefiel mir, wie sie die Muskeln anspannten und manche sich wehrten, bis sie bluteten, während ich einfach nur dasaß und zusah ... Können Sie sich das vorstellen, Agent Briggs? Können Sie das?

Briggs: Und sie zu brandmarken? Wollen Sie mir sagen, dass das nichts mit Besitz zu tun hatte? Sie zu besitzen, sie zu dominieren, sie zu kontrollieren – ging es nicht darum?

Redding: Darum? Wer sagt, dass es um irgendetwas ging? Als ich aufwuchs, hat sich nie jemand für mich interessiert. Die Lehrer sagten, ich sei mürrisch. Mein Großvater hat mich aufgezogen, und er befahl mir immer, ihn nicht so anzusehen und meine Großmutter nicht so anzusehen. Irgendetwas war mit mir, etwas war anders. Ich musste lernen, es zu verbergen. Aber mein Sohn? Dean? Er wurde mit einem Lächeln geboren. Die Leute mussten ihn nur ansehen und schon lächelten sie ebenfalls. Alle liebten diesen Jungen. Meinen Sohn.

Briggs: Und Sie? Liebten Sie ihn auch?

Redding: Ich habe ihn erschaffen. Er gehörte mir, und wenn er die Fähigkeit hatte, andere zu verzaubern, oder sie zumindest dazu brachte, sich wohlzufühlen, dann steckte das auch in mir.

Briggs: Ihr Sohn lehrte Sie, wie Sie sich anpassen konnten, wie man von anderen gemocht wurde, wie sie einem vertrauten. Was haben Sie Ihrem Sohn beigebracht?

Redding: Warum fragen Sie nicht Ihre Frau? Hübsches kleines Ding, nicht wahr? Aber ihr Mundwerk ... hmmm, mmm, mmm ...«

[Pause]

»Spannende Lektüre?«, riss mich eine Stimme in die Realität zurück.

»Lia!«

»Du kannst es einfach nicht lassen, nicht wahr?« Ihre Stimme klang scharf, aber sie schien nicht mehr so blind vor Wut zu sein wie zuvor.

»Das von vorhin tut mir leid.« Ich machte den ersten Schritt und riskierte es, mich zu entschuldigen, auch wenn ich wusste, dass sie das wieder wütend machte. »Du hast recht. Ich weiß nicht, was Dean durchmacht. Die Sache mit Locke und mir ... das war nicht das Gleiche.«

»Du bist ja immer so ehrlich«, sagte Lia in leichtem Singsang, aber dennoch spürbar ärgerlich. »Immer bereit, deine Fehler wiedergutzumachen.« Sie sah den Ordner auf meinem Schoß an und fuhr tonlos fort: »Und immer bereit, dieselben Fehler wieder und immer wieder zu machen.«

»Lia«, sagte ich, »ich versuche nicht, mich zwischen euch zu drängen.«

»Mein Gott, Cassie! Ich habe dir gesagt, dass es dabei nicht um dich geht. Glaubst du jetzt etwa, es ginge um mich?«

Ich war mir nicht sicher, was ich denken sollte. Lia legte es darauf an, schwer durchschaubar zu sein. Das Einzige, wobei ich mir sicher war, war ihre Loyalität Dean gegenüber.

»Er würde nicht wollen, dass du das liest.«

Sie klang sehr sicher – andererseits klang Lia eigentlich immer sicher.

»Ich dachte, es würde vielleicht helfen«, erklärte ich. »Wenn ich es verstehen könnte, dann könnte ich vielleicht ...«

»Helfen?«, stieß Lia heftig hervor. »Genau das ist das Problem mit dir, Cassie. Du hast immer die besten Absichten. Du willst immer nur helfen. Aber letztendlich hilfst du niemandem. Irgendjemand wird verletzt, aber das bist nie du.«

»Ich werde Dean nicht verletzen!«, widersprach ich heftig.

Lia stieß ein heiseres Lachen aus.

»Wie nett von dir, dass du das glaubst, aber natürlich wirst du das.« Sie ließ sich an der Wand herabgleiten, bis sie auf dem Boden saß. »Als ich vierzehn war, ließ mich Briggs eine Tonaufzeichnung der Vernehmung von Redding hören.« Sie zog die Knie an die Brust. »Damals war ich gerade ein Jahr hier, und Dean wollte nicht, dass ich irgendetwas, was mit seinem Vater zu tun hatte, auch nur auf zehn Meter nahe komme. Aber ich war wie du. Ich dachte, ich könnte helfen, doch es hat nicht geholfen, Cassie.« Jedes Mal, wenn sie von Hilfe sprach, verzog sie verächtlich das Gesicht. »Diese Vernehmungen sind die Daniel-Redding-Show. Er ist ein Lügner. Einer der besten, die ich je gesehen habe. Er lässt dich glauben, er lügt, wenn er die Wahrheit sagt, und dann sagt er wieder Dinge, die einfach nicht wahr sein können …« Lia schüttelte den Kopf, als könne sie die Erinnerungen daran so vertreiben. »Etwas zu lesen, was Daniel Redding zu sagen hat, wird dich nur verwirren. Und zu wissen, dass du es gelesen hast, wird Dean verwirren.«

Sie hatte recht. Dean würde nicht wollen, dass ich das las. Sein Vater hatte ihn als einen kleinen Jungen beschrieben, der mit einem Lächeln geboren wurde, den jeder sofort liebte, in dessen Gegenwart sich andere mühelos wohlfühlten, doch der Dean, den ich kannte, verbarg sich hinter einem Schutzwall.

Besonders vor mir.

»Sag mir, dass ich mich irre, Cassie, dann werde ich mich lieb und nett entschuldigen. Sag mir, dass dir Daniel Redding nicht jetzt schon unter die Haut gegangen ist.«

Ich würde mich hüten, Lia anzulügen. Es war etwas in mir – der Teil, der Menschen als ein Puzzle betrachtete, das man lösen musste –, das wollte, dass die Dinge, die schrecklichen, entsetzlichen Dinge wie das, was meiner Mutter passiert war oder was Daniel Redding diesen Frauen angetan hatte, irgendeinen Sinn ergaben.

»Dean würde nicht wollen, dass ich das tue«, gab ich daher zu und biss mir auf die Unterlippe, bevor ich fortfuhr: »Aber das heißt nicht, dass er damit recht hat.«

In meiner ersten Woche bei dem Programm hatte Dean versucht, mich zu verjagen. Er hatte mir erzählt, dass es mich zugrunde richten würde, Profile von Killern zu erstellen. Er hatte mir auch gesagt, dass zu dem Zeitpunkt, als Agent Briggs angefangen hatte, ihn bei seinen Fällen um Hilfe zu bitten, bei ihm nichts mehr zugrunde zu richten gewesen wäre.

Wären unsere Positionen vertauscht gewesen, wäre ich diejenige gewesen, die in alldem hier ertrank, hätte sich Dean nicht zurückgezogen.

»Ich habe letzte Nacht in Michaels Zimmer geschlafen.« Lia wartete die Wirkung ihrer Worte ab und grinste dann wie die Grinsekatze. »Ich wollte Revanche für das Strip-Poker-Spiel und Monsieur Townsend hat nur zu gerne mitgemacht.«

Ich hatte das Gefühl, als hätte sie mir einen Eiszapfen in die Brust gestoßen. Ich wurde ganz still und versuchte, überhaupt nichts zu fühlen.

Lia schnappte sich den Ordner von meinem Schoß und schnaufte: »Echt, Cassie, das ist einfach zu leicht. Falls und wenn ich wieder eine Nacht mit Michael verbringen will, wirst du es wissen, denn dann wirst du am nächsten Morgen schlicht unsichtbar sein, und Michael wird nichts anderes ansehen als mich. In der Zwischenzeit ...« Lia klappte den Ordner zu. »Gern geschehen. Ich habe dir offiziell zum zweiten Mal innerhalb von fünf Minuten erspart, dir etwas vorzustellen, was du eigentlich wirklich nicht sehen willst.« Sie bohrte ihren Blick in meinen. »Du willst dich wirklich nicht in Daniel Redding hineinversetzen, Cassie.« Sie warf sich das Haar über die Schulter. »Wenn du mich dazu zwingst, so etwas ein drittes Mal zu tun, werde ich kreativ werden müssen.«

Mit dieser recht beunruhigenden Bemerkung verließ sie den Raum – und nahm den Ordner und alles, was er enthielt, mit.

Darf sie das eigentlich? Ich blieb sitzen und starrte ihr nach. Endlich riss ich mich zusammen und sagte mir, dass sie recht hatte, dass ich die Einzelheiten über den Fall von Deans Vater nicht wissen musste, um jetzt für ihn da zu sein, aber auch mit diesem Wissen kam ich nicht umhin, mich zu fragen, wie die Teile der Vernehmung wohl aussahen, die ich nicht hatte lesen können.

Was haben Sie Ihrem Sohn beigebracht?, hatte Agent Briggs gefragt.

Ich hatte noch nie ein Bild von Deans Vater gesehen, aber ich konnte mir vorstellen, wie sich ein Grinsen auf seinem Gesicht ausbreitete, als er sagte: *Warum fragen Sie nicht Ihre Frau?*

Kapitel 10

Dean ließ das Abendessen ausfallen. Judd machte einen Teller für ihn zurecht und stellte ihn in den Kühlschrank. Ich fragte mich, ob Judd es gewohnt war, dass Dean stundenlang verschwand. Vielleicht war das normal gewesen, als Dean hergekommen war. Ich dachte immer öfter an Dean – an den zwölfjährigen Jungen, dessen Vater als Serienmörder verhaftet worden war.

Du wusstest, was er tat. Ohne es auch nur zu merken, schlüpfte ich in Deans Rolle. *Du konntest es nicht verhindern.*

Mich in Dean hineinzuversetzen: seine Gefühle seinem Vater gegenüber und was der Anblick der Leiche dieses Mädchens in ihm ausgelöst haben musste – das konnte ich nicht in einem versteckten Winkel meiner Psyche unterbringen. Ich spürte, wie es begann, meine eigenen Gedanken zu beherrschen. Im Augenblick dachte Dean sicherlich daran, dass das Blut eines Killers in seinen Adern floss. Und in meinen das von Locke. Vielleicht hatte Lia recht. Vielleicht konnte ich wirklich nicht wissen, was Dean durchmachte – aber ein Profiler zu sein bedeutete, dass ich nicht anders konnte, als es zu versuchen. Ich konnte nicht verhindern, dass ich seinen Schmerz spürte und das Echo meines eigenen darin verspürte.

Nach dem Essen wollte ich eigentlich nach oben gehen, doch meine Füße trugen mich zur Garage. Vor der Tür blieb ich stehen. Ich konnte hören, wie mit dumpfem Geräusch Fleisch auf irgendetwas schlug, immer und immer wieder. Ich legte die Hand an den Türgriff, zog sie dann jedoch wieder zurück.

Ich erinnerte mich daran, dass er sagte, er wolle mich hier nicht haben. Doch gleichzeitig musste ich daran denken, dass Dean, wenn er uns ausschloss, es weniger tat, weil er es wollte, sondern weil er das, was er eigentlich wollte, nicht zuließ. Es war möglich – gut möglich –, dass Dean nicht so sehr alleine sein wollte, sondern dass er glaubte, allein zu sein sei das, was er verdient hat.

Wie von selbst streckte sich wieder meine Hand aus. Dieses Mal öffnete ich die Tür einen Spaltbreit und dem rhythmischen, dumpfen Patsch, Patsch, Patsch gesellte sich keuchender Atem hinzu. Ich hielt den Atem an und stieß die Tür auf. Dean sah mich nicht.

Sein blondes Haar klebte ihm verschwitzt auf der Stirn. Sein dünnes weißes T-Shirt war ebenfalls durchnässt und klebte fast durchsichtig an seinem Körper. Ich sah die Muskeln auf seinem Bauch und seiner Brust. Seine Schultern waren nackt und die Muskeln so angespannt, dass ich fürchtete, sie würden wie Gummibänder reißen oder seine gespannte Haut durchstoßen.

Patsch, Patsch, Patsch.

Seine Fäuste droschen auf einen Punchingball ein. Immer, wenn dieser zurückprallte, schlug er härter zu. Der Rhythmus seiner Schläge wurde schneller und in jeden Schlag legte er mehr Körpergewicht hinein. Seine Fäuste waren bloß.

Ich war mir nicht sicher, wie lange ich dastand und ihn beobachtete. Die Bewegungen hatten etwas Animalisches an sich. Mein Profiler-Auge sah, dass jeder Schlag für ihn zählte. Kontrolle verlieren und wiedergewinnen. Strafe und Erlösung.

Er begrüßte den Schmerz in seinen Knöcheln. Er war nicht fähig aufzuhören.

Ich trat ein paar Schritte näher, hielt mich jedoch außer Reichweite. Dieses Mal beging ich nicht den Fehler, ihn zu berühren. Seine Augen waren auf den Ball gerichtet und sahen nichts anderes. Ich war mir nicht sicher, wen er da schlug – seinen Vater oder sich selbst. Ich wusste nur, dass, wenn er nicht aufhörte, irgendetwas aufgeben würde. Entweder der Ball, seine Hände, sein Körper oder sein Geist.

Er musste wieder zu sich kommen.

»Ich habe dich geküsst.«

Ich weiß nicht, was mich dazu brachte, das zu sagen, aber irgendetwas musste ich sagen. Ich konnte den Augenblick sehen, als meine Worte zu ihm durchdrangen. Seine Bewegungen wurden ein wenig verhaltener, und ich spürte, wie er die Welt um sich herum wieder wahrnahm.

»Das spielt keine Rolle.« Dean schlug weiter auf den Punchingball ein. »Es war ja nur ein Spiel.«

Wahrheit oder Tat? Er hatte recht. Es war nur ein Spiel gewesen. Warum hatte ich dann also das Gefühl, als hätte ich eine Ohrfeige bekommen?

Endlich hörte Dean auf, auf den Ball einzudreschen. Er atmete schwer und sein ganzer Körper bebte bei jedem Atemzug. Mit einem Seitenblick auf mich fügte er hinzu: »Du hättest Besseres verdient.«

»Etwas Besseres als ein Spiel?«, fragte ich. Oder etwas Besseres als dich?

Dean antwortete nicht. Mir wurde klar, dass es hier wirklich nicht um mich ging. Dean sah mich gar nicht. Hier ging es um eine irreale, idealisierte Cassie, die er für sich aufgebaut hatte, etwas, mit dem er sich selbst strafte. Ein Mädchen, das etwas verdiente. Ein Mädchen, das er selbst nie verdienen würde. Ich hasste es, dass er mich auf ein Podest stellte und dachte, ich wäre unerreichbar für ihn. Als ob ich dazu selbst gar nichts zu sagen hätte.

»Ich habe einen Lippenstift«, schleuderte ich ihm entgegen. »Locke hat ihn mir gegeben. Ich sage mir, dass ich ihn als Andenken aufbewahre, aber so einfach ist es nicht.« Er erwiderte nichts, daher fuhr ich fort: »Locke hatte geglaubt, ich könnte so sein wie sie.« Das war der ganze Sinn und Zweck ihres kleinen Spiels gewesen. »Sie wollte es so sehr, Dean. Ich weiß, dass sie ein Monster war. Ich weiß, dass ich sie hassen sollte. Aber manchmal wache ich morgens auf und habe es für einen kurzen Moment vergessen. Und in diesem Moment, bevor mir wieder einfällt, was sie getan hat, da vermisse ich sie. Ich wusste nicht einmal, dass wir miteinander verwandt waren, aber ...«

Ich brach ab, und es schnürte mir die Kehle zu, denn ich dachte immer wieder, dass ich es hätte merken müssen. Ich hätte wissen müssen, dass sie die letzte Verbindung zu meiner Mutter darstellte. Ich hätte wissen müssen, dass sie nicht war, was sie zu sein vorgab. Ich hätte es wissen müssen, doch ich hatte es nicht erkannt, und deshalb waren Menschen verletzt worden.

»Zwing dich nicht, das zu sagen, nur weil du meinst, dass ich es hören solltest«, sagte Dean heiser. »Du bist nicht im Mindesten wie Locke.«

Er wischte sich die Hände an der Jeans ab, und ich hörte die Worte, die er nicht aussprach. *Du bist nicht im Mindesten so wie ich.*

»Vielleicht«, erwiderte ich leise, »müssen wir beide, um zu tun, was wir tun, ein wenig von dem Monster in uns tragen.«

Dean hielt den Atem an, und eine Weile standen wir schweigend voreinander, atmeten ein und wieder aus und atmeten durch die Wahrheit, die ich gerade ausgesprochen hatte.

»Deine Hände bluten«, sagte ich schließlich so heiser, wie er eben geklungen hatte. »Du hast dich verletzt.«

»Nein, es ...« Dean sah nach unten, bemerkte seine blutenden Knöchel und verschluckte den Rest seiner Bemerkung.

Wenn ich ihn nicht unterbrochen hätte, hätte er sich die Hände völlig zerschlagen. Dieses Wissen ließ mich in Aktion treten. Eine Minute später war ich mit einem sauberen Handtuch und einer Schüssel Wasser wieder zurück.

»Setz dich«, befahl ich, und da Dean nicht reagierte, sah ich ihn streng an und forderte ihn nochmals dazu auf. Eigentlich war ich meiner Mutter sehr ähnlich, aber bei ausreichender Motivation konnte ich auch eine gute Vorstellung meiner Großmutter väterlicherseits hinlegen. Und mit meiner Nonna legte man sich nur auf eigene Gefahr an.

Angesichts meines hartnäckig angespannten Kiefers setzte sich Dean auf die Work-out-Bank und streckte die Hand nach dem Handtuch aus. Ich ignorierte ihn und tunkte es ins Wasser.

»Gib mir deine Hand«, befahl ich.

»Cassie ...«

»Gib mir deine Hand!«, wiederholte ich. Ich merkte, dass er widersprechen wollte, doch irgendwie reichte er mir seine Hand. Langsam drehte ich sie um. Vorsichtig und sorgfältig wusch ich das Blut von seinen Knöcheln und ließ das Handtuch über Sehnen und Knochen gleiten. Das Wasser war lauwarm, doch als mein Daumen leicht über seine Haut glitt, breitete sich die Hitze in meinem ganzen Körper aus.

Ich ließ die linke Hand los und begann mit der rechten. Keiner von uns sagte etwas. Ich sah ihn nicht einmal an, sondern heftete meinen Blick auf seine Finger, seine Knöchel und die Narbe, die an seinem Daumen entlanglief.

»Ich habe dich verletzt«, brach Dean schließlich das Schweigen. Ich spürte, wie uns der Moment entglitt. Ich wünschte ihn mir zurück, so heftig, dass es mich selbst überraschte.

Ich will das gar nicht wollen. Ich wollte, dass alles so blieb, wie es war. Ich konnte das. Ich hatte es schon früher gekonnt. Nichts musste sich ändern.

Ich ließ Deans Hand los.

»Du hast mich nicht verletzt«, erklärte ich bestimmt. »Du hast nur nach meinem Handgelenk gefasst.«

Ich zog den Ärmel hoch und wedelte mit meinem rechten Arm als Beweis herum. Neben seiner Sonnenbräune wirkte meine Haut fast unerträglich hell.

»Ich habe weder Abdrücke noch blaue Flecken. Gar nichts. Es ist alles in Ordnung.«

»Du hast Glück gehabt«, meinte Dean. »Ich war ... ganz woanders.«

»Weiß ich.« Am Abend zuvor, als mich die Ankunft von Agent Sterling durcheinandergebracht hatte, war er derjenige gewesen, der mich von woanders zurückgeholt hatte. Einen Moment lang hielt er meinem Blick stand und in seinen Augen leuchtete Verständnis auf.

»Du machst dir Vorwürfe wegen dem, was mit Locke geschehen ist.« Dean war ebenso ein Profiler wie ich und konnte sich ebenso leicht in mich hineinversetzen wie ich mich in ihn. »Was den Mädchen passiert ist, die Locke getötet hat, oder Michael oder mir.«

Ich antwortete nicht.

»Es war nicht deine Schuld, Cassie. Du konntest es nicht wissen.« Dean schluckte schwer. Mein Blick fiel auf seinen Adamsapfel. Dann machte er den Mund auf und sagte: »Mein Vater hat mich gezwungen zuzusehen.«

Die leise geflüsterten Worte hatten die Gewalt einer Gewehrkugel, doch ich reagierte nicht. Wenn ich irgendetwas sagte, wenn ich atmete oder mich irgendwie rührte, würde Dean wieder dichtmachen.

»Ich habe herausgefunden, was er tat, und er hat mich gezwungen zuzusehen.«

Was taten wir hier? Geheimnisse austauschen? Schuldgefühle? Was er mir gerade erzählt hatte, war so viel mehr, als ich ihm je sagen konnte. Er war am Ertrinken, und ich hatte keine Ahnung, wie ich ihn da herausholen sollte. Wir saßen schweigend da, er auf der Bank und ich auf dem Boden. Ich wollte ihn berühren, aber ich ließ es. Ich wollte ihm sagen, dass alles wieder gut werden würde, doch ich tat es nicht. Ich stellte mir das Mädchen vor, das wir in den Nachrichten gesehen hatten.

Das tote Mädchen.

Dean konnte auf einen Punchingball einschlagen, bis seine Knöchel weg waren. Wir konnten Geständnisse austauschen, die nie jemand machen sollte. Aber nichts davon änderte die Tatsache, dass Dean nicht wieder ruhig schlafen konnte, bis dieser Fall abgeschlossen war. Und ich auch nicht.

Kapitel 11

Nachdem ich mich den Großteil der Nacht nur herumgewälzt hatte, wachte ich am Morgen auf und blickte in ein Gesicht, das mich aus zehn Zentimetern Entfernung anstarrte. Ich fuhr im Bett zurück und Sloane blinzelte mich an.

»Hypothetisch gesprochen«, begann sie, als wäre es völlig normal, sich im Bett über jemanden zu beugen und ihn anzustarren, bis er aufwachte, »würde es einen Eingriff in Deans Privatsphäre bedeuten, wenn wir ein Modell des Tatorts aus dem Video von gestern bauten?«

Ich machte schon den Mund auf, um Sloane zu erklären, dass sie gerade in meine Privatsphäre eindrang, doch dann verstand ich ihre Frage.

»Hypothetisch gesprochen«, sagte ich, ein Gähnen unterdrückend, und setzte mich im Bett auf, »hast du den eben erwähnten Tatort bereits rekonstruiert?«

»Die Möglichkeit besteht durchaus.«

Ihre Haare waren verstrubbelt und standen wirr von ihrem Kopf ab. Unter den Augen hatte sie dunkle Ringe.

»Hast du letzte Nacht überhaupt geschlafen?«

»Ich wollte herausfinden, wie es der Mörder geschafft hat, die Leiche des Mädchens so zu deponieren, ohne dabei gesehen zu werden«, erklärte Sloane, was meine Frage nur indirekt beantwortete. Wenn Sloane sich in etwas vertiefte, hörte der Rest der Welt auf zu existieren. »Ich habe eine Theorie.«

Sie zupfte an den Spitzen ihres weißblonden Haares. Sie schien nur darauf zu warten, dass ich sie anfuhr und ihr sagte, sie würde meiner Meinung nach die Sache mit Dean falsch angehen. Sie wusste, dass sie anders war als andere Menschen, und langsam, aber sicher erkannte ich, dass irgendwo irgendjemand – oder vielleicht auch mehrere Jemande – sie dazu gebracht hatten zu glauben, dass anders – zumindest ihre Art von anders – falsch war.

»Gib mir eine Minute, um mich anzuziehen«, sagte ich zu ihr. »Dann kannst du mir von deiner Theorie erzählen.«

Wenn Dean sich aufregte, ging er in die Garage. Wenn Sloane sich aufregte, ging sie in den Keller. Ich war mir nicht sicher, ob sie eine andere Möglichkeit hatte, damit fertigzuwerden.

Und außerdem, dachte ich, während ich mir das T-Shirt über den Kopf zog, *sollte ich die Letzte sein, die jemandem einen Vortrag darüber hielt, Dean in Ruhe zu lassen.*

• • •

Der Keller unter unserem viktorianischen Haus erstreckte sich bis unter den Vorgarten und den Garten hinten. Wände, die nicht ganz bis zur Decke reichten, teilten ihn in verschiedene Sets, bei denen jeweils die vierte Wand fehlte.

»Ich musste ein paar Modifikationen am Auto vornehmen«, sagte Sloane, band ihr blondes Haar zu einem festen Pferdeschwanz und blieb vor einem verbeulten Auto stehen, das auf einem Stück Rasen parkte, der einen Park darstellen sollte. »Briggs hat vor ein paar Wochen für eine Simulation einen Zweisitzer hergebracht. Die Motorhaube war fünf Zentimeter zu lang, aber das war nichts, was ein sorgfältig geschwungener Vorschlaghammer nicht richten konnte.«

Sloane war grazil gebaut und hielt nicht viel von Sicherheitsmaßnahmen. Die Vorstellung, dass sie einen Vorschlaghammer schwang, war irgendwie erschreckend.

»Konzentrier dich, Cassie«, befahl Sloane. »Wir sind etwas eingeschränkt in Bezug auf Außenszenen, daher habe ich das Set mit dem Park genommen. Das Gras ist drei Zentimeter hoch und ein wenig ungleichmäßiger als am Tatort. Wir haben eine große Auswahl an Crashtest-Dummies, deshalb habe ich eine finden können, die fast bis auf den Zentimeter unserem Opfer entspricht. Das Seil hat die falsche Farbe, aber es ist aus Nylon und ungefähr dick genug.«

Man vergaß leicht, dass Sloanes Gabe weit über das Verzeichnis statistischer Daten in ihrem Gehirn hinausging. Das Video, das wir vom Tatort gesehen hatten, war aus einiger Entfernung aufgenommen worden und hatte nur etwa fünfundvierzig Sekunden gedauert. Doch sie hatte jedes auch noch so geringe numerische Detail registriert: Länge und Dicke des Seils um den Hals des Opfers, die genaue Position ihres Körpers, die Höhe des Grases, Marke, Modell und Spezifikationen des Autos.

Als Resultat betrachtete ich jetzt eine fast detailgetreue Nachbildung dessen, was wir im Film gesehen hatten. Ein gesichtsloser, nackter Dummy hing über die Motorhaube. Die unteren Extremitäten des Dummys hingen vorne herunter und um seinen Hals war ein Seil geknotet. Der Körper war leicht zu einer Seite gedreht. Im Video hatten wir nur die Vorderansicht gesehen, doch jetzt konnte ich um den Wagen herumgehen und ihn aus dreihundertsechzig Grad betrachten. Die

Hände waren an den Handgelenken gefesselt, ungleichmäßig, sodass der Oberkörper ein wenig nach links gedreht war. Ich schloss die Augen und stellte mir die Kleine vor.

Du hast dich gewehrt, nicht wahr? So sehr, dass dir die Fesseln in die Arme schnitten.

»Ein Ende des Seils war um ihren Hals gebunden, das andere ging zum Schiebedach und war irgendwo im Wagen befestigt.«

Sloanes Stimme holte mich wieder in die Wirklichkeit zurück und ich betrachtete das Auto.

»Das hat der Täter nicht alles auf dem Rasen vor dem Haus des Universitätspräsidenten getan«, stellte ich fest.

»Korrekt«, strahlte Sloane mich an. »Das bedeutet, dass er sie erst festgebunden und dann das Auto hier abgestellt hat. Ich habe mir die Straßen in der Nähe des Hauses angesehen. Direkt westlich verläuft eine Straße in einer Kurve, aber wenn man die nicht nimmt, fährt man durch das Gelände einen bewaldeten Hang hinunter.«

»Ein Wald hätte ihm Deckung gegeben«, meinte ich und kaute an meiner Unterlippe, während ich mir vorzustellen versuchte, wie das UNSUB sich leise und schnell bewegte, noch im Schutz der Dunkelheit des sehr frühen Morgens. »Angenommen, der Täter hat sie im Auto umgebracht, dann könnte er sie im Wald festgebunden haben …«

»… er schob den Wagen zum Rand des Waldes«, fuhr Sloane für mich fort, »und der Abhang hätte den Rest besorgt. Die einzige Frage ist, wie er verhindert hat, dass die Leiche auf dem Weg nach unten nicht herumgeschleudert wurde.«

Ich machte schon den Mund auf, um zu antworten, doch jemand anderes kam mir zuvor.

»Sie war beschwert.«

Sloane und ich drehten uns gleichzeitig um. Agent Sterling kam mit ihren langen Beinen schnell auf uns zu. Sie hatte den grauen Anzug gegen einen schwarzen vertauscht und trug statt der rosa Bluse eine leichte silbergraue, die perfekt zu ihren Augen passte. Das Haar trug sie zu einem französischen Zopf gebunden, und ihr Gesicht wirkte angespannt, so als hätte sie ihn so fest geflochten, dass er ihr die Haut vom Gesicht zu ziehen drohte.

Ein paar Schritte vor der Szene, die Sloane aufgebaut hatte, blieb sie stehen.

»Das ist beeindruckend ähnlich«, stellte sie fest, allerdings in einem Ton, der deutlich machte, dass das durchaus nicht als Kompliment gedacht war. »Welches Quellenmaterial habt ihr verwendet?«

Sloane, der der eisige Tonfall völlig entging, lächelte: »Im Internet war eine Videoaufnahme von einem Telefon zu finden.«

Agent Sterling schloss die Augen, neigte leicht den Kopf und holte tief Luft. Ich konnte praktisch hören, wie sie leise bis zehn zählte. Als sie die Augen wieder aufmachte, sah sie mich an.

»Und was ist dein Anteil an alldem hier, Cassandra?«

Ich hätte ihr sagen können, dass Sloane den Tatort ganz allein nachgebaut hatte, aber ich würde meine Zimmergenossin nicht den Wölfen zum Fraß vorwerfen. Ich stellte mich zwischen Sloane und Sterling und lenkte ihren Zorn auf mich.

»Mein Anteil?«, wiederholte ich und ließ dabei Lia – und möglicherweise auch Michael – außen vor. »Nennen wir es moralischen Beistand.«

Sterling schürzte die Lippen und wandte sich wieder an Sloane.

»Gibt es einen bestimmten Grund, warum ihr ausgerechnet diesen Tatort nachbauen wolltet?«, erkundigte sie sich ein klein wenig sanfter.

Ich versuchte, Sloanes Blick einzufangen und ihr zu vermitteln, dass sie unter keinen Umständen sagen sollte, was Dean uns über seinen Vater erzählt hatte.

Sloane erwiderte meinen Blick und nickte. Ich entspannte mich ein wenig, bevor sich Sloane wieder an Agent Sterling wandte.

»Dean hat uns erzählt, der Fall würde dem seines Vaters sehr ähneln«, erklärte sie beiläufig.

Offensichtlich hatte sie meinen Blick fehlgedeutet und das genaue Gegenteil daraus gelesen.

»Also hast du die Szene nachgebaut, um herauszufinden, ob Dean mit der Ähnlichkeit recht hatte?«, fragte Agent Sterling.

»Ich habe die Szene nachgebaut, damit Cassie sie sich ansehen kann«, erwiderte Sloane. »Sie sagte, Dean bräuchte seinen Freiraum, also haben wir ihm Raum gegeben.«

»Das hier nennst du ihm seinen Freiraum geben?«, fragte Agent Sterling und deutete auf das Auto. »Ich möchte den Jungen erwürgen, der das Video ins Netz gestellt hat. Das zu sehen, das war das Letzte, was Dean gebraucht hat. Aber wisst ihr, was er ebenso wenig braucht? Dass jemand die Szene in seinem Keller nachstellt! Habt ihr diesen Sommer denn gar nichts gelernt?«

Diese Frage war direkt an mich gerichtet. Agent Sterlings Ton war nicht wütend oder anklagend. Er war nur ungläubig.

»Als der Director erfuhr, was Briggs hier mit Dean tat, dass er ihn benutzte, um Fälle zu lösen, wurde Briggs fast gefeuert. Eigentlich hätte er gefeuert werden müssen. Aber irgendwie haben die beiden einen Kompromiss geschlossen. Das Büro würde Dean ein Haus bieten, einen Betreuer und eine Ausbildung und dafür würde Dean bei alten Fällen helfen. Nicht bei aktiven Fällen. Euer Leben sollte niemals aufs Spiel gesetzt werden.« Agent Sterling hielt inne. Ihr Gesichtsausdruck schwankte irgendwo zwischen Zorn und Enttäuschung. »Ich habe weggesehen. Bis zu diesem Sommer.«

Diesen Sommer – als wir die Erlaubnis erhielten, an aktiven Fällen zu arbeiten, weil sich der Killer auf mich konzentriert hatte.

Sloane kam mir zu Hilfe.

»Der Killer hat Cassie kontaktiert, nicht umgekehrt!«

Sterlings Gesichtsausdruck wurde weicher, als sie Sloane ansah.

»Es geht nicht darum, was diesen Sommer passiert ist. Es geht um die Tatsache, dass niemand euch die Erlaubnis gegeben hat, an diesem Fall zu arbeiten. Ich will, dass ihr beide mir versprecht, es bleiben zu lassen. Kein Nachbau, keine Profilerstellung, kein Hacken.«

»Kein Hacken«, stimmte Sloane zu. Sie streckte die Hand aus, und noch bevor Agent Sterling eine Bemerkung über ihr selektives Gehör machen konnte, fügte sie hinzu: »Wenn die gesamte Bevölkerung von Quantico sich die Hände schütteln würde, gäbe es eine mögliche Kombination von 157.080 Handschlägen.«

Mit leisem Lächeln ergriff Agent Sterling Sloanes ausgestreckte Hand. »Kein Hacken und keine weiteren Simulationen.«

Sloane zog ihre Hand zurück. Die dunklen Ringe unter ihren Augen ließen sie irgendwie noch jünger erscheinen, zerbrechlich – vielleicht sogar spröde.

»Ich muss Simulationen bauen. Dazu bin ich hier.«

Als Profiler hätte Agent Sterling eigentlich hören sollen, was Sloane nicht aussprach – dass dieses Modell zu bauen alles war, was sie für Dean tun konnte. Es war außerdem ihre Art, ihre eigenen Gefühle zu verarbeiten. Dazu war sie hier.

»Nicht bei diesem Fall«, wiederholte Agent Sterling. Sie wandte sich von Sloane zu mir. »Keine Ausnahme. Keine Entschuldigungen. Dieses Programm läuft nur, wenn die Regeln befolgt und durchgesetzt werden.« Agent Sterling sah sich offensichtlich in der Rolle desjenigen, der die Regeln durchsetzte. »Ihr arbeitet an alten Fällen, und das auch nur mit der Erlaubnis von mir und Agent Briggs. Wenn ihr dieser einfachen Anweisung nicht folgen könnt, seid nicht nur ihr eine Belastung, sondern das ganze Programm.«

Agent Sterling sah mir in die Augen, und es bestand für mich kein Zweifel, dass sie diese Worte als Drohung verstanden haben wollte.

»Habe ich mich klar ausgedrückt?«

Das Einzige, was klarer war, war, dass ich mit meinem früheren Eindruck von ihr voll ins Schwarze getroffen hatte. Es ging ihr hier nicht nur um einen Job. Es war etwas Persönliches.

Kapitel 12

»Sie hat mehr oder weniger damit gedroht, das ganze Programm zu schließen.«

Michael lehnte sich in seinem Stuhl zurück.

»Sie ist ein Profiler. Sie weiß genau, womit sie den Leuten drohen muss, um sie gefügig zu machen. Sie hat dich durchschaut, Colorado. Sie weiß, dass du ein Teamplayer bist, deshalb hat sie nicht einfach nur dir gedroht, sondern auch uns anderen.«

Michael und ich saßen im Wohnzimmer. Sloane, Lia und Dean hatten tags zuvor ihre Aufnahmeprüfungen mit Bravour bestanden. Weder Michael noch ich hatten daran teilgenommen, doch irgendwie waren Antwortformulare mit unseren Namen aufgetaucht. Offensichtlich war Lia großzügig gewesen – wenn auch nicht großzügig genug, dafür zu sorgen, dass wir bestanden. Daher hatten Michael und ich jetzt den strikten Befehl zu lernen.

Im Befolgen von Befehlen war ich wesentlich besser als Michael.

»Wenn du diejenige wärst, die Drohungen ausstößt«, begann er mit einem bösartigen kleinen Grinsen, »womit würdest du mir drohen?«

Ich sah von meiner Arbeit auf. Ich überflog den Testbogen, den Lia für mich ausgefüllt hatte, und korrigierte ihre falschen Antworten.

»Ich soll dir drohen?«

»Ich will wissen, wie du mir drohen würdest«, korrigierte mich Michael. »Offensichtlich würde es bei mir nichts nützen, das Programm zu bedrohen. Mir liegt nicht unbedingt viel am FBI.«

Ich tippte mit dem Bleistiftende auf den Test. Michaels Herausforderung war eine willkommene Ablenkung.

»Ich würde bei deinem Porsche anfangen«, verkündete ich.

»Wenn ich ein schlimmer Junge bin, nimmst du mir die Schlüssel weg?«

Michael wackelte mit den Augenbrauen, was gleichermaßen anzüglich und lächerlich aussah.

»Nein«, entgegnete ich, ohne weiter darüber nachzudenken. »Wenn du ein schlimmer Junge bist, gebe ich deinen Porsche Dean.«

Einen Augenblick lang herrschte entsetztes Schweigen, dann legte Michael die Hand aufs Herz, als hätte ich auf ihn geschossen – eine Geste, die lustiger gewirkt hätte, hätte er nicht tatsächlich einmal eine Kugel in die Brust bekommen.

»Du hast gefragt«, sagte ich. Michael hätte wissen sollen, dass er den Fehdehandschuh nicht werfen sollte, wenn er nicht wollte, dass ich ihn aufhob.

»Nein, wie verdorben du bist, Cassie Hobbes.«

Er war offensichtlich beeindruckt.

Ich zuckte mit den Achseln.

»Du und Dean, ihr habt so eine Art eingefleischte Pseudo-Feinde/Pseudo-Geschwister-Fehde am Laufen. Du würdest deinen Porsche lieber anzünden, als ihn Dean zu geben. Es ist die perfekte Drohung.«

Michael widersprach meiner Logik nicht. Stattdessen schüttelte er lächelnd den Kopf.

»Hat dir schon mal jemand gesagt, dass du eine sadistische Ader hast?«

Ich spürte, wie mir die Luft aus den Lungen wich. Er konnte nicht wissen, was für eine Wirkung diese Worte auf mich hatten. Ich wandte mich wieder dem Test zu und ließ das Haar in mein Gesicht fallen, doch es war zu spät. Michael hatte bereits gesehen, wie sich für den Bruchteil einer Sekunde Entsetzen – Hass – Angst – Abscheu auf meinem Gesicht abzeichneten.

»Cassie ...«

»Schon gut.«

Locke war eine Sadistin gewesen. Ein Teil ihres Vergnügens an den Morden war gewesen, sich vorzustellen, was ihre Opfer durchmachten. Ich hatte kein Verlangen danach, jemandem wehzutun. Und würde es auch nie haben. Doch ein Naturtalent im Profiling zu sein bedeutete, dass ich instinktiv die Schwächen anderer erkannte. Zu wissen, was andere Menschen wollten und was sie fürchteten, waren zwei Seiten derselben Medaille.

Michael bezeichnete mich nicht wirklich als sadistisch. Das wusste ich, und er wusste auch, dass ich nie jemanden absichtlich verletzte. Doch manchmal war es fast genauso schlimm zu wissen, dass man etwas tun könnte, wie wenn man es tatsächlich tat.

»He!« Michael legte den Kopf schief, um mir ins Gesicht sehen zu können. »Ich habe doch nur Spaß gemacht. Kein Trauercassiegesicht, ja?«

»Das ist kein Trauergesicht«, sagte ich. Es hatte eine Zeit gegeben, da hätte er mir das Haar aus dem Gesicht gestrichen und seine Hand auf meiner Wange liegen lassen. Doch das war vorbei.

Die unausgesprochenen Regeln besagten, dass es von mir ausgehen musste. Ich konnte spüren, wie er mich beobachtete, darauf wartete, dass ich etwas sagte. So blieb er, starrte mich von unten herauf an, sein Gesicht ganz knapp vor meinem.

Sein Mund nur ein paar Zentimeter von meinem entfernt.

»Ich erkenne ein Trauercassiegesicht, wenn ich eines sehe«, behauptete er. »Selbst verkehrt herum.«

Ich strich mir das Haar über die Schultern, lehnte mich zurück. Es war unmöglich, vor Michael zu verbergen, was ich fühlte. Ich hätte es gar nicht erst versuchen müssen.

»Redest du noch mit Lia?«, fragte er mich.

Ich war dankbar für den Themenwechsel.

»Lia und ich sind ... was auch immer wir normalerweise sind. Ich glaube nicht, dass sie mein vorzeitiges Ableben plant.«

Michael nickte weise.

»Dann wird sie dir also nicht an die Kehle gehen, sobald sie herausfindet, dass du dich nicht an das heilige Gebot *Lass Dean seinen Freiraum!* gehalten hast?«

Ich hatte geglaubt, dass mein Besuch bei Dean gestern unbemerkt geblieben war. Da hatte ich mich offensichtlich getäuscht.

»Ich wollte wissen, wie es ihm geht.« Ich hatte das Gefühl, ich müsste es erklären, auch wenn Michael nicht nach einer Erklärung gefragt hatte. »Ich wollte nicht, dass er allein ist.«

Die Fähigkeit, Emotionen lesen zu können, machte Michael zu einem Meister darin, seine eigenen zu verbergen, daher wusste ich, dass er sie absichtlich nicht vor mir versteckte, als ich es in seinen Augen flackern sah. Es gefiel ihm, dass ich ein Mensch war, der sich um die anderen im Haus sorgte. Er wünschte sich nur, dass der Mensch, um den ich mich letzte Nacht gekümmert hatte, nicht Dean gewesen wäre.

»Und wie geht es Sir Finsterlings Ängsten?« Michael lieferte eine gute Vorstellung von jemandem, dem die Antwort eigentlich egal war. Einen anderen Emotionsleser hätte er vielleicht damit überzeugen können – aber bei meiner Fähigkeit ging es nicht nur um die Interpretation von Gesichtsausdrücken oder Körperhaltungen oder dem, was jemand zu einem bestimmten Zeitpunkt fühlte.

Verhalten, Persönlichkeit, Umgebung.

Michael tat alles, um niemanden merken zu lassen, dass ihm doch etwas an der Antwort lag.

»Wenn du wissen willst, wie es Dean geht, dann frag doch einfach.«

Michael zuckte unbeteiligt mit den Achseln. Er würde nie zugeben, dass Lia, Sloane und ich nicht die Einzigen im Haus waren, die sich Sorgen um Dean machten. Ein unbeteiligtes Achselzucken war das höchste Zeichen von Besorgnis, das ich zu sehen bekommen würde.

»Es geht ihm nicht gut«, sagte ich. »Und es wird ihm auch nicht gut gehen, bis Briggs und Sterling diesen Fall abgeschlossen haben. Es könnte schon helfen, wenn sie ihm einfach nur sagen, was los ist, aber das wird nicht passieren. Sterling wird es nicht zulassen.«

Michael sah mich von der Seite her an.

»Du magst Agent Sterling wirklich nicht.«

Ich hielt es nicht für nötig, etwas darauf zu antworten.

»Cassie, du kommst normalerweise mit jedem zurecht. Das einzige Mal, dass ich dich zickig erlebt habe, war, als Briggs Agenten dafür abbestellt hat, auf jeden deiner Schritte aufzupassen. Aber Agent Sterling hast du vom ersten Augenblick an nicht gemocht.«

Ich hatte nicht die Absicht, auf diese Bemerkung etwas zu erwidern, doch Michael brauchte auch keine verbalen Antworten. Er konnte eine Unterhaltung ausgezeichnet allein führen und einzig aus meiner Körperhaltung und dem geringsten Ausdruck in meinem Gesicht schließen, was ich dachte.

»Sie mag dieses Programm nicht«, erklärte ich, nur um ihn daran zu hindern, so intensiv in mir zu lesen. »Sie mag uns nicht. Und mich ganz besonders nicht.«

»Sie mag dich mehr, als du glaubst«, sagte Michael leise. Unwillkürlich neigte ich mich näher zu ihm, obwohl ich mir nicht sicher war, ob ich mehr hören wollte. »Agent Sterling mag mich nicht, weil ich keine Regeln mag. Sie wagt es nicht, Dean länger als ein paar Sekunden lang anzusehen, aber sie hat keine Angst vor ihm. Lia mag sie eigentlich, obwohl Lia Regeln noch weniger mag als ich. Und Sloane erinnert sie an jemanden.«

Der Unterschied zwischen Michaels und meiner Gabe war so offensichtlich wie beim Pokerspiel. Er sah so viel, was Sterling zu verbergen versuchte. Aber warum sie es verbarg – das war eine Frage für mich.

»Wie geht es mit dem Lernen voran?«

Ich sah zu Judd auf, der in der Tür stand. Er war ein Marine und keine Mutterfigur. Aus seinem Mund klang die Frage total fremd.

»Hab noch nicht angefangen«, erklärte Michael schnippisch im gleichen Moment, in dem ich antwortete: »Bin fast fertig.«

Judd sah Michael mit hochgezogenen Augenbrauen an, verfolgte das Thema jedoch nicht weiter.

»Würdest du uns einen Moment allein lassen?«, fragte er stattdessen.

»Habe ich eine Wahl?«, fragte Michael mit schief gelegtem Kopf, um Judd ins Gesicht zu sehen.

Fast hätte Judd gelächelt. »Das hieße dann Nein.«

Während Michael hinausging, kam Judd zu mir und ließ sich neben mir auf dem Sofa nieder. Er sah Michael nach. Etwas an der Art, wie er ihn beobachtete, ließ mich zu dem Schluss kommen, dass er sich zwang, darauf zu achten, wie Michael sein verletztes Bein belastete.

»Weißt du, warum sich dieses Programm auf alte Fälle beschränkt?«, fragte Judd, als Michael verschwunden war.

»Weil Dean erst zwölf war, als es angefangen hat?«, vermutete ich. »Und weil Director Sterling das Risiko, dass jemand von der Existenz des Programms erfährt, minimieren will?« Das waren die einfachen Antworten. Judds Schweigen brachte mich dazu, die schwierige auszusprechen. »Weil bei aktiven Fällen jemand verletzt werden könnte?«

»Bei aktiven Fällen überschreiten Menschen Grenzen«, erklärte Judd und wählte seine Worte sehr sorgfältig. »Alles ist dringend, es geht um Leben und Tod.« Er strich sich mit dem Daumen über die Fingerkuppen. »In der Hitze des Gefechts tut man, was getan werden muss. Man bringt Opfer.«

Judd war Soldat gewesen und benutzte das Wort *Gefecht* nicht leichtfertig.

»Sie reden aber nicht davon, dass wir Grenzen überschreiten«, erinnerte ich ihn, indem ich auseinandersortierte, was ich gerade hörte und was ich schon wusste. »Sie sprechen vom FBI.«

»Könnte schon sein«, gab Judd zu.

Ich versuchte, mir einen Weg durch Judds Logik zu bahnen. Vernehmungen lesen, Zeugenaussagen durchgehen, Tatortfotos ansehen – das alles taten wir bereits. Was für einen Unterschied machte es, ob die Akten ein Jahr oder einen Tag alt waren? Theoretisch waren die Risiken die gleichen – minimal. Aber bei aktiven Fällen stand mehr auf dem Spiel.

Dieses UNSUB, das Sterling und Briggs jagten, war jetzt da draußen. Es plante möglicherweise gerade seinen nächsten Mord. Es war leicht, uns bei alten Fällen aus der Gefahrenzone zu halten. Aber bei laufenden Ermittlungen könnte es einen Unterschied geben ...

»Es ist schwierig.« Judd rieb sich mit dem Handrücken über das Kinn. »Ich vertraue Briggs. Meistens.«

»Sie vertrauen Agent Sterling«, sagte ich. Er widersprach mir nicht. »Was ist mit dem Director?«

Judd sah mich an. »Was ist mit ihm?«

Der Director war derjenige, der dem politischen Druck nachgegeben hatte und mich im Fall Locke als Köder eingesetzt hatte. Ich hatte helfen wollen, und er war derjenige gewesen, der mich hatte helfen lassen.

»Ich habe gehört, dass du mit Ronnie aneinandergeraten bist«, sagte Judd und schnitt damit weitere Diskussionen ab. Er legte die Handflächen auf die Knie und schob sich hoch. »Ich glaube, es wäre gut, wenn du dich aus dem Keller fernhalten würdest«, meinte er und fügte nach einer kleinen Pause hinzu: »Für ein paar Wochen.«

Wochen? Ich brauchte einen Moment, um zu erkennen, was los war. Hatte Agent Sterling mich verraten?

»Sie wollen mir Kellerverbot erteilen?«, fragte ich unwillig.

»Du bist ein Profiler«, sagte Judd sanft. »Du musst nicht da unten sein. Und«, fügte er hinzu und seine Stimme wurde ein wenig schärfer, »du musst deine Nase nicht in diesen Fall stecken.«

In der ganzen Zeit, seit ich hier war, hatte Judd noch nie einem von uns gesagt, was wir tun mussten. Das alles klang ganz nach Agent Sterling.

»Sie ist eine gute Agentin, Cassie.« Judd schien genau zu wissen, was ich dachte. »Wenn du sie lässt, kann sie dir eine Menge beibringen.«

Locke war meine Lehrerin gewesen.

»Agent Sterling muss mir gar nichts beibringen«, entgegnete ich heftig. »Wenn sie denjenigen schnappt, der dieses Mädchen umgebracht hat, sind wir quitt.«

Judd sah mich an.

»Sie ist eine gute Agentin«, wiederholte er. »Und Briggs auch.« Er wandte mir den Rücken zu, ging zur Tür und sprach so leise, dass ich ihn kaum hören konnte.

Lange Zeit, nachdem er gegangen war, wunderte ich mich über die Worte, die ich kaum gehört hatte. Er hatte gesagt, dass Sterling eine gute Agentin war. Und dass Briggs ein guter Agent war. Und dann, als könne er nicht anders, als wäre ihm selbst nicht einmal klar, dass er diese Worte laut aussprach, sagte er noch etwas.

»Es gab nur einen einzigen Fall, den sie nicht haben lösen können.«

Du

Zuerst fühlte es sich gut an. Zu sehen, wie das Leben aus ihren Augen wich. Mit dem Daumen über das blutige Messer zu streichen. Über ihr zu stehen, während dein Herz schneller schlägt, in einem grandiosen Rhythmus: Das habe ich getan. Das habe ich getan. Das habe ich getan.

Aber jetzt – jetzt beginnen Zweifel in dir aufzusteigen. Du spürst sie, wie sie sich durch dein Gehirn winden und dir in einer vertrauten Stimme zuflüstern.

»Du warst schlampig«, sagt sie. »Jemand hätte dich sehen können.«

Aber das hat niemand. Sie haben dich nicht gesehen. Du bist besser. Du hast diesen Test mit Bravour bestanden. Du hast sie gefesselt. Du hast sie gebrandmarkt. Du hast sie geschnitten. Du hast sie gehängt.

Du hast es getan. Du bist fertig. Aber scheint, als wäre es nicht genug. Du fühlst, dass es nicht genug ist.

Gut genug.

Stark genug.

Clever genug.

Würdig.

Wenn du es richtig getan hättest, könntest du ihre Schreie jetzt noch hören. Die Presse würde dir einen Namen geben. Sie würden in den Nachrichten über dich sprechen, nicht über sie. Sie war nichts. Niemand. Du hast sie erst zu jemandem gemacht.

Aber niemand weiß, dass du auch nur existierst.

»Ich werde es tun«, sagst du. »Ich werde es noch einmal tun.«

Aber die Stimme sagt dir, du sollst warten. Sie rät dir, geduldig zu sein. Was geschehen wird, wird geschehen – zum richtigen Zeitpunkt.

Kapitel 13

Mitten in der Nacht wachte ich schweißgebadet auf. Ich konnte mich nicht an den Albtraum erinnern, aber ich wusste, dass ich einen gehabt hatte. Mein Herz raste. Meine Brust fühlte sich an wie eingeschnürt, und ich konnte das Gefühl nicht loswerden, dass ich in der Falle saß. Ich warf die Bettdecke ab.

Wie von selbst krochen meine Finger zu dem Rose-Red-Lippenstift. Auf der anderen Seite des Zimmers drehte sich Sloane in ihrem Bett um. Ich hielt den Atem an und wartete, ob sie aufwachte. Doch sie schlief weiter. So leise wie möglich glitt ich aus dem Bett und schlüpfte aus dem Zimmer.

Ich brauchte Platz. Ich brauchte Luft. Ich musste atmen können.

Im Haus war es still, als ich mich nach unten schlich. Ich war mir nicht mal sicher, wo ich hinwollte, bis ich vor der Küchentür stand.

»Ich sagte doch, es geht mir gut!«

Abrupt blieb ich stehen, als die Stille im Haus durch das gedämpfte Streitgespräch hinter der Tür zerrissen wurde.

»Es geht dir nicht gut, Dean. Es sollte dir bei so etwas nicht gut gehen. Mir geht es jedenfalls nicht gut dabei.«

Agent Sterling und Dean. Sie streiten sich.

Ich hörte, wie ein Stuhl zurückgeschoben wurde, und

machte mich bereit, mich zurückzuziehen, lauschte auf Schritte, doch es kamen keine. Es klang nur, als wäre jemand zornig vom Tisch aufgestanden.

»Sie haben aufgehört.«

»Dean ...«

»Sie haben beim FBI aufgehört. Ich glaube, wir wissen beide, warum.«

»Ich bin gegangen, weil ich meinen Job nicht gemacht habe, Dean. Ich war wütend. Ich musste beweisen, dass ich keine Angst hatte, und dabei wurde jemand getötet. Weil ich mich nicht an die Regeln halten konnte. Weil Tanner nicht einmal einen einzigen Fall sein lassen konnte.«

Tanner war Briggs' Vorname. Durch die Tatsache, dass Agent Sterling ihn in einem Gespräch mit Dean verwendete, fragte ich mich, wie viel die beiden wirklich miteinander verband. So ein Gespräch führte man nicht mit jemandem, den man ein Mal bei der Verhaftung seines Vaters getroffen hatte.

»Wie hieß das Mädchen?« Deans Stimme war leiser als die von Agent Sterling. Ich musste mich anstrengen, seine Worte hören zu können.

»Das kann ich dir nicht sagen, Dean.«

»Wie hieß sie?«

»Du darfst nicht an aktiven Fällen arbeiten. Lass es einfach.«

»Sagen Sie mir ihren Namen, dann lasse ich es.«

»Nein, tust du nicht.« Agent Sterlings Stimme war jetzt schwerer zu hören. Vielleicht sprach sie leiser, weil die Alternative gewesen wäre zu schreien.

»Ich habe Ihnen einmal etwas versprochen«, sagte Dean beherrscht – zu beherrscht. »Ich habe es gehalten. Sagen Sie mir den Namen des Mädchens, und ich verspreche, mich rauszuhalten.«

Meine Finger schlossen sich um den Lippenstift in meiner Hand. Briggs hatte mich Lockes Akten lesen lassen. Ich hatte mir den Namen jedes ihrer Opfer eingeprägt.

»Reicht es nicht aus, dass ich geschworen habe, wir würden uns darum kümmern?«, widersprach Agent Sterling scharf. »Wir haben ein paar gute Spuren. Ich kann dir nicht sagen, was das ist, aber ich kann dir versichern, dass wir sie haben. Es ist ein Nachahmer, Dean. Rechne es dir aus, Dean. Daniel Redding sitzt im Gefängnis. Er wird für den Rest seines erbärmlichen Lebens im Gefängnis sitzen.«

»Wie hieß sie?«

»Wozu willst du das wissen?« Dieses Mal sprach Agent Sterling laut genug, dass ich sie auch gehört hätte, wenn ich nicht direkt vor der Tür gestanden hätte. »Sag es mir, dann beantworte ich deine Fragen.«

»Ich will es einfach wissen.«

»Das reicht mir nicht, Dean.«

Es blieb still. Mindestens eine Minute lang sagte keiner von ihnen ein Wort. Meine Atemgeräusche kamen mir unerträglich laut vor. Ich war sicher, dass jeden Augenblick einer von ihnen herausgestürmt kommen würde. Sie würden mich hier entdecken, wie ich an der Tür einem Gespräch lauschte, das privater war als alles, was Dean mir je erzählt hatte.

Aber ich konnte mich nicht bewegen. Ich konnte mich nicht einmal mehr daran erinnern, wie das ging.

»Ihr Name war Gloria.« Das kam von Dean, nicht Sterling, daher wusste ich nicht, auf wen sich das *ihr* bezog. »Er hat sie mir vorgestellt. Er ließ mich ihren Namen sagen. Er fragte sie, ob sie meine Mutter sein wollte. Ich war neun. Ich sagte ihm, ich wolle keine neue Mutter. Da hat er Gloria angesehen und gesagt: »Wie schade.«

»Du wusstest es nicht«, sagte Sterling. Sie sprach wieder ruhig, aber immer noch laut genug, dass ich sie hören konnte.

»Und sobald ich es wusste, sagte er mir nicht mehr ihre Namen«, erwiderte Dean mit brüchiger Stimme.

Ich sollte nicht hier sein. Ich sollte das hier nicht hören.

Ich wandte mich um, doch auch noch mit dem Rücken zur Tür hörte ich, wie Agent Sterling Deans Frage beantwortete.

»Der Name des Mädchens war Emerson Cole.«

• • •

Wieder in meinem Bett schloss ich die Augen und versuchte, nicht daran zu denken, was ich gehört hatte, als ob ich dadurch, dass ich es verdrängte, die Tatsache wiedergutmachen konnte, viel zu lange an der Tür gelauscht zu haben.

Ich schaffte es nicht.

Dean und Agent Sterling hatten sich nicht nur schon früher getroffen. Sie kannten einander. Sie verband eine gemeinsame Geschichte.

Denk nicht mehr daran, sagte ich mir. Tu es nicht.

Doch ich konnte nicht aufhören, genauso wenig, wie Sloane keine mathematische Gleichung ansehen konnte, ohne die Antwort zu berechnen.

Dean hat dir einmal ein Versprechen gegeben, und was auch immer das war, er hat es gehalten. Das Einzige, was ich tun konnte, um seine Privatsphäre zu wahren, war, mich in Agent Sterling hineinzuversetzen anstatt in ihn. *Du denkst nicht gerne an den Fall Daniel Redding. Es liegt dir etwas an Dean. Michael sagte, du hättest Angst, ihn auch nur anzusehen, doch offensichtlich gibst du Dean nicht die Schuld für das, was sein Vater getan hat.*

Eine weitere Bedeutung ihres Gespräches wurde mir plötzlich klar.

Du wusstest, dass Dean herausgefunden hatte, was sein Vater tat, nicht wahr? Du wusstest, dass Daniel Redding seinen Sohn zusehen ließ.

Die Worte, die Dean mir am Tag zuvor zugeflüstert hatte, das Geheimnis, von dem ich sicher war, dass er es niemandem anvertraut hatte – sie kannte es ebenfalls. Irgendwie machte es mir das schwieriger, meine Abneigung gegenüber Agent Sterling aufrechtzuerhalten.

Du glaubst, du könntest ihn beschützen. Du glaubst, wenn er nicht weiß, was passiert ist, dann betrifft es ihn auch nicht. Deshalb wolltest du ihm Emersons Namen nicht sagen.

Wenn Agent Sterling ihn so gut kannte, wenn ihr so viel an Dean lag, warum verstand sie dann nicht, dass es die Unwissenheit war, die ihn umbringen würde? Es spielte keine Rolle, dass der Mörder nur ein Nachahmer war. Dass Dean ihren Namen wissen wollte, sagte mir, dass das für ihn keinen Unterschied machte.

Er würde sich selbst die Schuld am Tod des Mädchens geben, genau wie er sich die Schuld am Tod der anderen gab.

Ich sagte ihm, ich wolle keine neue Mutter.

Und Daniel Redding hatte gesagt: *Wie schade.*

Für Dean – und vielleicht auch für seinen Vater – war zumindest ein Opfer von Daniel Redding gestorben, weil sie kein passender Ersatz für Deans Mutter war.

Weil Dean gesagt hatte, dass er sie nicht wollte.

So viel zu meinem Vorsatz, ein Profil von Sterling zu erstellen und nicht von Dean.

Patsch. Ein kleines, kaltes Projektil traf mich seitlich am Kopf. Einen Augenblick lang dache ich schon, ich hätte es mir eingebildet, doch dann ... Patsch.

Ich machte die Augen auf, sah zur Tür und wischte mir über das Gesicht. Es war feucht. Bevor sich meine Augen an das Licht gewöhnt hatten, wurde ich ein weiteres Mal getroffen.

»Lia!«, zischte ich leise, um Sloane nicht zu wecken. »Hör auf, mich mit Eis zu bewerfen!«

Lia steckte sich einen Eiswürfel in den Mund und rollte ihn mit der Zunge herum. Wortlos winkte sie mich in den Flur. Da sie sicherlich weiter mit Eis geworfen hätte, bis ich tat, was sie von mir wollte, rollte ich mich aus dem Bett und folgte ihr in den Flur. Sie schloss die Tür hinter uns und zog mich ins daneben liegende Bad. Sobald sie diese Tür ebenfalls verschlossen hatte, schaltete sie das Licht ein, und ich sah, dass sie zusätzlich zu dem Becher mit Eiswürfeln in ihrer linken Hand ein glitzerndes mintgrünes T-Shirt in der rechten Hand trug.

Mein Blick wanderte von der Kleidung in Lias Händen zu der Kleidung, die sie selbst trug: eine schwarze Lederhose und ein silbernes Top, das nur von einer Kette um ihren Hals gehalten wurde und kein Rückenteil hatte.

»Was hast du denn da an?«, wunderte ich mich.

Lia beantwortete meine Frage mit einem Befehl.

»Zieh das an!«

Sie warf mir das Top zu, doch ich wich zurück.

»Warum?«

»Weil«, erklärte Lia, als hätten wir uns nicht innerhalb der letzten achtundvierzig Stunden zwei Mal gestritten, »man auf einer Studentenparty der Colonial University nicht im Pyjama auftauchen kann.«

»Eine Studentenparty«, wiederholte ich, doch dann wurde mir bewusst, was sie gesagt hatte. Colonial University. Der Tatort.

»Das ist keine gute Idee«, sagte ich. »Judd wird uns umbringen. Ganz zu schweigen von der Tatsache, dass Agent Sterling sowieso schon auf dem Kriegspfad ist, und dabei haben Sloane und ich nur den Tatort im Keller nachgestellt.«

»Sloane hat den Tatort nachgestellt«, berichtigte mich Lia. »Du hast dich nur schnappen lassen.«

»Du bist total irre«, stellte ich fest und versuchte zu flüstern. »Du willst, dass wir uns aus dem Haus schleichen, um an einer Studentenparty an einer Universität teilzunehmen, an der eine FBI-Untersuchung stattfindet. Vergiss Judd und Sterling. Briggs würde uns umbringen.«

»Nur, wenn wir erwischt werden«, gab Lia zurück. »Und anders als gewisse rothaarige Personen in diesem Raum ist es meine Spezialität, nicht erwischt zu werden. Zieh das Kleid an, Cassie.«

»Was für ein Kleid?«

Lia hielt das Glitzerding hoch, das ich für ein T-Shirt gehalten hatte.

»Dieses Kleid.«

»Das da ist auf keinen Fall lang genug für ein Kleid.«

»Es ist ein Kleid. Und im Augenblick ist es sogar dein Kleid, das Kleid, das du ohne weiteres Getue anziehen wirst, denn die Jungs von der Verbindung sind gesprächiger, wenn man ein wenig Bein zeigt.«

Ich holte tief Luft und bereitete mich darauf vor, Lias Aussage zu beantworten, aber sie trat unangenehm dicht an mich heran und schob mich gegen den Waschtisch.

»Du bist doch der Profiler«, sagte sie. »Dann sag mir doch, wie es Dean gehen wird, wenn das FBI diesen Fall versaut. Sag mir, du wärst dir hundertprozentig sicher, dass wir nicht irgendetwas aufschnappen, was ihnen entgeht.«

Das FBI verfügte über Profiler und Vernehmungsspezialisten. Diese Agenten hatten eine Ausbildung. Sie hatten Erfahrung. Sie hatten hunderttausend Dinge, die wir nicht hatten – aber niemand hatte Instinkte wie unsere. Das war ja der ganze Sinn dieses Programms. Aus diesem Grund hatte Judd Angst, dass, wenn das FBI anfangen würde, sie nicht mehr aufhören konnten.

»Was glaubst du, mit wem Collegestudenten eher reden?«, fragte mich Lia. »Mit FBI-Agenten oder zwei spärlich bekleideten Teenagern im einigermaßen heiratsfähigen Alter?«

Selbst wenn man unsere Fähigkeiten außer Acht ließ, hatte Lia recht. Niemand würde vermuten, dass wir etwas mit der Ermittlung zu tun hatten. Sie könnten uns vielleicht etwas sagen, was das FBI nicht wusste.

»Wenn Sterling angedeutet hat, dass sie den Director auf irgendeine Weise dazu kriegen könnte, das Programm einzustellen, hat sie gelogen. Ich kann dir garantieren, dass das nicht in ihrer Macht steht. Bestenfalls kann sie einen von uns nach Hause schicken, und ich würde darauf wetten, dass der Director nicht zulassen wird, dass sie dich nach Hause schicken, weil du eine schöne, glanzvolle Alternative zu Dean bist, dem der Director nie vertraut hat und den er nie mochte.« Lia trat einen Schritt zurück und ließ mir etwas mehr Raum. »Du hast gesagt, dir liegt etwas an Dean«, sagte sie leise. »Du hast gesagt, du willst ihm helfen. Das hier wird helfen. Ich würde dich wegen einer Menge Dinge anlügen, Cassie, aber Dean zu helfen gehört nicht dazu. Ich würde das nicht für dich oder für Michael tun, nicht einmal für Sloane. Aber für Dean würde ich in den Hades stolzieren und mich mit dem Teufel anfreunden, also entweder ziehst du jetzt das verdammte Kleid an, oder du gehst mir verdammt noch mal aus dem Weg.«

Ich zog das Kleid an.

»Und du bist sicher, dass das nicht nur ein Hemd ist?«, fragte ich mit misstrauischem Blick auf den Saum.

Lia bearbeitete mein Gesicht und trug eine Grundierung auf, bevor sie den pinkfarbenen Lipgloss und eine Tube mit schwarzem Mascara schwenkte. »Glaub mir, es ist ein Kleid«, versicherte sie mir.

Bei solchen Gelegenheiten wünschte ich mir, dass Lia keine notorische Lügnerin wäre.

»Und wie kommen wir überhaupt zu dieser Party?«, fragte ich.

Lia grinste.

»Zufällig kenne ich einen Jungen mit einem Auto.«

Kapitel 14

Michaels Porsche war ein Relikt aus seinem Leben vor dem Programm. Wenn man ihn am Steuer sah, konnte man sich leicht den Menschen vorstellen, der er damals gewesen war, der verwöhnte Junge mit dem Treuhandfonds, der von einem Internat zum anderen flatterte, den Sommer in den Hamptons verbrachte und für ein langes Wochenende nach Saint Barts oder Santa Lucia jettete.

Es war genauso leicht, sich vorzustellen, wie Michael von einem Mädchen zum anderen flatterte.

Lia saß neben ihm auf dem Beifahrersitz. Sie lehnte sich zurück und schmiegte die Wange an den Ledersitz. Ihr langes schwarzes Haar flatterte im Wind. Sie hatte das Fenster heruntergelassen und schien nicht zu beabsichtigen, es wieder zu schließen. Gelegentlich warf sie Michael einen Blick zu. Ich wünschte, ich hätte ihren undurchdringlichen Gesichtsausdruck lesen können. Woran dachte sie?

Wenn sie Michael ansah, was fühlte sie dann?

Michael hielt seinen Blick auf die Straße geheftet.

Sosehr ich mich auch bemühte, die beiden nicht zu interpretieren, musste ich dennoch daran denken, dass Lia diejenige gewesen war, die Michael gebeten hatte, uns auf diesem unglücklichen Ausflug zu begleiten, und dass er sich bereit erklärt hatte, uns zu helfen. Warum?

Weil er keine Gelegenheit auslassen wollte, die Ärger versprach. Weil er ihr etwas schuldete. Weil er, obwohl es ihm Spaß machte, Dean zu ärgern, doch nicht wollte, dass er litt. Die Antworten schossen mir durch den Kopf, als mich Michael im Rückspiegel ansah. Er hatte mir einmal gesagt, dass ich Fältchen in den Augenwinkeln bekam, wenn ich das Profil von jemandem erstellte.

»Wir müssen einen kleinen Umweg machen«, verkündete Lia. Michael sah zu ihr hinüber und sie deutete mit einem dunkelrot lackierten Nagel nach vorne. »Nimm die nächste Ausfahrt.« Dann drehte sie sich zu mir um. »Genießt du den Ausflug?«

Sie saß vorne, ich hinten.

»Ich mache das nicht, weil es mir Spaß macht.«

Lia ließ ihren Blick von mir zu Michael und wieder zurück gleiten und stimmte mir dann zu: »Nein, du tust es nicht, weil es dir Spaß macht. Du tust es für Dean.«

Sie dehnte seinen Namen nur ein klein wenig länger als die anderen Worte und Michaels Hand packte das Lenkrad fester. Lia wollte ihn wissen lassen, dass ich es für Dean tat. Sie wollte, dass er über diese Tatsache nachdachte.

»Da ist eine Tankstelle«, sagte Lia und deutete darauf. Ihr Haar flatterte im Wind. Michael fuhr an den Straßenrand und parkte. »Ihr beide wartet hier«, bestimmte Lia lächelnd.

Es sah ihr ähnlich, erst die Lage anzuheizen und dann zu verschwinden. Egal, wie gut er es verbarg, ich wusste, dass Michael sich gerade fragte, was genau mich dazu brachte, das für Dean zu tun. Genauso, wie ich mich fragte, warum Michael Lias Wunsch nachgekommen war.

»Da«, sagte Lia. Sie klang ziemlich zufrieden. Mit beeindruckender Geschicklichkeit wand sie sich aus dem offenen Fenster, ohne die Tür zu öffnen.

»Das ist keine gute Idee«, meinte ich, während Lia auf den Mini-Markt zuging.

»Ganz sicher«, stimmte Michael mir zu. Vom Rücksitz aus konnte ich sein Gesicht nicht sehen, doch das bösartige Funkeln in seinen Augen konnte ich mir gut vorstellen.

»Wir haben uns aus dem Haus geschlichen, um zu einer Studentenparty zu gehen«, stellte ich fest. »Und das hier ist bestimmt kein Kleid!«

Michael drehte sich um, betrachtete mich und lächelte.

»Grün steht dir gut.«

Ich antwortete nicht.

»Jetzt müsstest du eigentlich etwas sagen, zum Beispiel, dass mein Hemd meine Augenfarbe gut zur Geltung bringt.«

Er klang so ernsthaft, dass ich unwillkürlich lächeln musste.

»Dein Hemd ist blau und deine Augen sind haselnussbraun.«

Michael neigte sich zu mir.

»Du weißt doch, was man über haselnussbraune Augen sagt, oder?«

Lia machte die Beifahrertür auf und ließ sich auf den Sitz fallen.

»Nein, Michael«, grinste sie. »Was sagt man denn über haselnussbraune Augen?«

»Hast du bekommen, was du wolltest?«, erkundigte sich Michael.

Lia reichte mir eine braune Papiertüte, die ich aufmachte. »Rote Gatorade und Becher?«, fragte ich.

Lia zuckte mit den Achseln. »Wenn du in Rom bist ... Und wenn man auf einer Studentenparty ist, trinkt man zweifelhafte Fruchtbowle aus einem roten Becher.«

• • •

Lia hatte recht gehabt mit dem Punsch. Und den Bechern. In dem schummrig beleuchteten Burschenschaftshaus war es dunkel genug, dass niemand bemerkte, dass unsere Drinks ein etwas anderes Rot hatten.

»Und jetzt?«, fragte ich Lia über die ohrenbetäubend laute Musik hinweg.

Sie begann ihre Hüften zu bewegen, und ihr Oberkörper folgte in einer Weise, die einem klarmachte, dass sie im Limbo ausgezeichnet war. Sie betrachtete ein Trio von Jungen an einer Wand und schob Michael auf eine Blondine mit rot geränderten Augen zu.

»Und jetzt«, behauptete sie, »schließen wir ein paar Freundschaften.«

• • •

Ein Profiler, ein Emotionsleser und ein Lügendetektor gingen auf eine Party ...

Eine Stunde später hatte Michael die Leute ausgemacht, die von dem Mord, der den Campus erschüttert hatte, am meisten betroffen waren. Wir fanden ein paar Partygäste, die aus anderen Gründen durcheinander waren – unter anderem, aber nicht ausschließlich wegen unerwiderter Liebe oder gemeiner Zimmergenossen –, doch es gab eine gewisse Mischung aus Kummer, Faszination und Furcht, die Michael bei den Leuten, die uns interessierten, festgestellt hatte.

Unglücklicherweise hatten die meisten dieser Leute nichts Interessantes zu sagen.

Lia hatte mit mindestens der Hälfte aller Jungen im Raum getanzt und mindestens drei Dutzend Lügen ausgemacht. Michael hörte der weiblichen Hälfte der studentischen Bevölkerung aufmerksam zu, während ich mich am Rand aufhielt, an meinem falschen Punsch nippte und die Collegestudenten, die sich in dem Haus drängten wie Geleebonbons im Glas, mit dem Auge eines Profilers betrachtete. Es schien, als seien alle Studenten der Colonial University hier versammelt – und ausgehend vom allgemeinen Mangel an Nüchternheit war ich mir sicher, dass von ihnen keiner Gatorade trank.

»Die Menschen trauern auf unterschiedliche Weise.«

Ein Junge trat neben mich. Er war knapp eins achtzig groß und völlig schwarz gekleidet. Auf seinem Kinn fand sich der Anflug eines Ziegenbarts, und er trug eine Brille mit Plastikrand, die er wahrscheinlich nicht auf Rezept bekommen hatte.

»Wir sind jung. Wir sollten nicht sterben. Sich mit billigem Alkohol zu betäuben ist ihr fehlgeleiteter Versuch, sich die Illusion von Unsterblichkeit zu erhalten.«

»Ihr Versuch«, wiederholte ich und versuchte auszusehen, als fände ich ihn interessant – und nicht, als ob ich glaubte, dass er mit ziemlicher Sicherheit entweder Philosophie oder Jura im Hauptfach studierte. »Aber nicht deiner?«

»Ich bin da eher realistisch«, gab der Junge zurück. »Menschen sterben. Junge Menschen, hübsche Menschen, Menschen, die ihr ganzes Leben noch vor sich hatten. Die einzige Unsterblichkeit liegt darin, etwas zu tun, woran man sich erinnert.«

Er studierte definitiv Philosophie. Gleich würde er anfangen, jemanden zu zitieren.

»Zu leben heißt zu leiden, zu überleben heißt, dem Leiden eine Bedeutung zu geben.«

Da war es. Die Herausforderung, diesem Kerl Informationen zu entlocken, bestand nicht darin, ihn zum Reden zu bringen, sondern ihn dazu zu bringen, dass er tatsächlich irgendetwas Interessantes sagte.

»Hast du sie gekannt?«, fragte ich. »Emerson Cole?«

Er gehörte zwar nicht zu den Studenten, die Michael ausgesucht hatte, aber noch bevor er den Mund aufmachte, wusste ich, dass die Antwort *Ja* lauten würde. Er trauerte nicht um Emerson, doch er hatte sie auf jeden Fall gekannt.

»Sie war in meinem Kurs«, antwortete er ernst und lehnte sich an die Wand.

»In was für einem Kurs?«

»*Monster oder Menschen?*«, erwiderte er. »Professor Fogles Kurs. Ich habe ihn letztes Jahr besucht. Jetzt bin ich sein Assistent. Fogle schreibt ein Buch und ich helfe ihm bei der Recherche.«

Ich versuchte, mit Lia auf der Tanzfläche Blickkontakt aufzunehmen. Professor Fogle war im Mordfall Emerson einer der Verdächtigen. Er gab einen Kurs über Serienmörder. Und irgendwie hatte sein Assistent mich gefunden.

Er ist gerne der Verfolger, dachte ich, während ich Lia zusah, die zwischen den Studenten hindurch tanzte und auf Lügen achtete, *nicht der Verfolgte.*

»Hast du sie gekannt?«, wollte der Junge wissen und drehte den Spieß damit um. »Emerson. Hast du sie denn gekannt?«

»Nein«, antwortete ich und musste daran denken, wie viel Mühe es Dean gekostet hatte, auch nur ihren Namen zu erfahren. »Man könnte sagen, sie war die Freundin einer Freundin.«

»Du lügst.« Er streckte die Hand aus und strich mir eine Haarsträhne hinters Ohr. Ich musste mich beherrschen, nicht zurückzuzucken. »Ich halte mich für einen ausgezeichneten Menschenkenner.«

Du hältst dich in allem für ausgezeichnet, dachte ich.

»Du hast recht«, sagte ich, denn ich war mir ziemlich sicher, dass er das gerne hörte. »Ich gehe hier nicht mal zur Uni.«

»Du hast die Geschichte in den Nachrichten gesehen«, vermutete der Junge, »und dann hast du dich entschieden, zu kommen und mal nachzusehen.«

»Ungefähr so.« Ich überflog alles, was ich über ihn wusste, und entschied mich dann dafür, mich auf seine angebliche Expertise zu beziehen. »Ich habe gehört, dass der Professor unter Verdacht steht, weil er diesen Kurs gibt. Deinen Kurs.«

Der Junge zuckte mit den Schultern.

»Es war besonders diese eine Vorlesung ...«

Ich machte einen Schritt vor und seine Augen glitten zu meinen Beinen. Das Kleid, das Lia mir ausgesucht hatte, überließ nur wenig der Fantasie. Ich sah, wie hinter ihm Michael auf den Jungen zeigte und die Augenbrauen hochzog. Ich musste nicht nicken, um ihm zu sagen, dass ich eine vielversprechende Spur verfolgte, denn das konnte er in meinem Gesicht lesen.

»Ich könnte dir ja die fragliche Vorlesung zeigen«, schlug der Junge vor und ließ seinen Blick von meinen Beinen zu meinem Gesicht wandern. »Ich habe alle Dias von Professor Fogle auf meinem Laptop. Und«, fügte er hinzu, »ich habe einen Schlüssel für den Vorlesungssaal.« Er klimperte mit einem Schlüssel vor meiner Nase. »Es ist genauso, wie in der Vorlesung zu sitzen. Es sei denn, du bleibst lieber hier und ertränkst deinen Kummer in der Masse.«

Über seinen Kopf hinweg fing ich Michaels Blick auf.

Folge mir, dachte ich und hoffte, dass er mir meinen Wunsch irgendwie vom Gesicht ablesen konnte. Die Chance kann ich mir nicht entgehen lassen.

Kapitel 15

»Setz dich, ich mache das Licht an.« Der Name des Jungen war Geoffrey. Mit G. So hatte er sich mir auf dem Weg zum Vorlesungssaal vorgestellt – als wäre es tragisch gewesen, wenn ich mir vorgestellt hätte, sein Vorname finge mit einem J an.

Ich wollte einem Jungen, der mich von einer Studentenparty fortgeschleppt hatte, nicht den Rücken zudrehen, also wartete ich an die Wand gelehnt darauf, dass Geoffrey mit G das Licht anschaltete. Es flackerte und dann wurde der Vorlesungssaal mit Licht geflutet. Hunderte altmodischer Holztische standen in gleichmäßigen Reihen. Im vorderen Teil des Raumes befand sich eine Bühne. Geoffrey ging rückwärts durch die Reihen.

»Kriegst du kalte Füße?«, fragte er mich. »Kriminologie ist nicht für jeden etwas.« Die meisten Leute hätten jetzt aufgehört. Doch nicht Geoffrey. »Ich bereite mich aufs Jurastudium vor.«

»Studierst du Philosophie im Nebenfach?«, musste ich fragen.

Er hielt inne und sah mich merkwürdig an. »Im Hauptfach.« Er behielt mich im Blick, während er auf die Bühne ging und seinen Laptop in den Projektor einstöpselte.

Wer brachte denn seinen Laptop auf eine Studentenparty mit?

Ich beantwortete mir meine Frage selbst: jemand, der die ganze Zeit geplant hat, ein Mädchen hierher mitzubringen. Ich setzte mich, immer noch wachsam, aber weniger misstrauisch. Geoffrey war nicht unser UNSUB. Er war so eingebildet, dass ich mir nicht vorstellen konnte, dass er seine hohe Meinung von sich selbst durch einen Mord bestätigen musste.

Andererseits hatte ich diese Notwendigkeit auch bei Locke nicht gespürt.

»Ich hoffe, wir sind nicht zu spät«, klang Michaels Stimme fröhlich durch den Hörsaal. Er war mir also gefolgt. Gut. Geoffrey runzelte die Stirn. Ich wandte mich auf meinem Sitz um und stellte fest, dass Michael nicht allein gekommen war. Bei ihm war ein Mädchen: hübsch, blond und kurvenreich, mit einer hippen Brille.

»Geoffrey!«

»Bryce.«

Offensichtlich kannten sich Geoffrey mit G und das hippe Mädchen. Geoffrey seufzte.

»Veronica, das ist Bryce; Bryce, das ist Veronica.«

Es war typisch Michael, uns zu folgen und auch noch Verstärkung mitzubringen. Verstärkung, die Geoffrey kannte – und, wenn ich mich nicht täuschte, ihn nicht mochte. Michael muss sie in der Menge ausgemacht haben, als sie sah, wie ich mit Geoffrey verschwand.

»Nett, dich kennenzulernen«, sagte ich zu Bryce. Sie legte ihren Arm um Michaels Taille. Es war tausendmal schlimmer zu sehen, wie sie ihn berührte, als wenn Lia es tat.

Wenigstens gehörte Lia zu uns.

»Geoff«, begann Bryce, der es offensichtlich gefiel, Michael im Arm zu haben, und die Geoffreys Namen absichtlich verkürzte, um ihn zu ärgern, »das hier ist Tanner. Wir sind gekommen, um uns die Show anzusehen.«

Ich fing Michaels Blick auf und musste mich zurückhalten, nicht laut aufzulachen. Ich hatte Agent Sterlings Vornamen als Alias gewählt und er den von Agent Briggs.

»Ihr wart aber nicht eingeladen«, erklärte Geoffrey tonlos.

Bryce zuckte mit den Achseln und ließ sich auf einen Sitz im Gang mir gegenüber nieder.

»Ich bezweifle, dass du willst, dass Professor Fogle von dieser kleinen Show erfährt«, sagte sie in einem Ton, der für mich keinen Zweifel daran ließ, dass sie schon einmal an meiner Stelle gewesen war und von Geoffrey eine kleine Show geboten bekommen hatte.

»Na gut«, gab Geoffrey nach. »Bryce ist in meinem Kurs«, erklärte er mir und wandte sich dann an Michael. »Ich bin der Assistent.«

»Chic«, grinste Michael.

»Ja«, gab Geoffrey angespannt zurück. »Das ist es.«

»Ich meine deinen Goatee«, sagte Michael und spielte wie beiläufig mit Bryce' Haarspitzen. Ich warf ihm einen warnenden Blick zu. Es war zwar gut, wenn Assistent Geoff ein wenig geärgert wurde, aber nicht, wenn er so verärgert war, dass er Michael hinauswarf.

Nach einem angespannten Moment entschloss sich Geoffrey, Michael und Bryce zu ignorieren, und begann mit seiner Show.

»Willkommen beim Kurs *Monster oder Menschen? Die Psychologie des Serienmörders.*« Geoffreys Stimme hallte durch den Vorlesungssaal, und ich konnte fast den Mann hören, den er imitierte. Sein Gesichtsausdruck veränderte sich, während er über die Bühne ging und ein Dia nach dem anderen zeigte.

Eine Leiche.

Zoom auf die Leiche.

Und noch näher auf die Leiche.

Die Bilder zogen in schneller Folge über die Leinwand.

»Die Menschen definieren Menschlichkeit nach ihren Errungenschaften, nach den Mutter Teresas, den Einsteins und den Alltagsmenschen, die auf ihre Art tausendmal am Tag den Helden spielen. Wenn eine Tragödie eintrifft, wenn jemand etwas so Entsetzliches tut, dass wir es nicht fassen können, dann geben wir vor, diese Person sei nicht menschlich. Als gäbe es keine Verbindung zwischen ihnen und uns, als wäre nicht der Alltagsmensch ebenfalls jeden Tag auf tausend kleine Arten ein Schuft. Es gibt einen Grund, warum wir bei einem Zugunglück nicht wegsehen können, warum wir die Nachrichten ansehen, wenn eine Leiche gezeigt wird, warum die berüchtigtsten Serienkiller der Welt jedes Jahr Hunderttausende von Briefen bekommen.«

Geoffrey las die Worte ab. So gut er sie auch vortrug, war doch nicht er derjenige gewesen, der diese Rede geschrieben hatte. Ich wandte meine Aufmerksamkeit dem Mann zu, der es getan hatte. Indem ich Geoffrey zuhörte, wie er seine Worte nachahmte, erkannte ich, dass Professor Fogle eine Koryphäe war. Der Größe des Hörsaals nach zu urteilen war sein Kurs beliebt. Er war ein Geschichtenerzähler. Und er war von seinem Thema fasziniert – und der Meinung, dass der Rest der Welt seine Faszination teilte.

»Der Philosoph Friedrich Nietzsche sagte, dass jemand, der Ungeheuer bekämpft, selbst zu einem werden muss. *Und wenn du lange in einen Abgrund blickst, blickt der Abgrund auch in dich hinein.*« Geoffrey hielt bei einem Bild inne, das aus vielen kleinen Bildern bestand – nicht von Leichen, sondern von Menschen. Einige von ihnen erkannte ich – sie zierten bei uns zu Hause die Wände und lächelten uns aus ihren Rahmen an als ständige Erinnerung daran, dass jeder das Monster sein konnte, das wir jagten. Der Nachbar. Der Vater. Ein Freund.

Eine Tante.

»Charles Manson, John Wayne Gacy, Son of Sam.« Geoffrey machte eine Kunstpause. »Ted Bundy. Jeffrey Dahmer. Diese Namen bedeuten etwas für uns. In diesem Semester werden wir uns mit ihnen allen befassen, doch anfangen werden wir ein wenig mehr in unserer Nähe.«

Die anderen Bilder verschwanden und wurden durch das eines Mannes mit dunkelbraunem Haar und ebenso braunen Augen ersetzt. Er sah normal aus. Unauffällig. Harmlos.

»Daniel Redding«, erklärte Geoffrey. Ich starrte das Bild an und versuchte eine Ähnlichkeit mit dem Jungen zu finden, den ich kannte. »Ich habe den Fall Redding vier Jahre lang studiert.«

»Und mit *ich* meint er den Professor«, hörte ich Bryce Michael laut zuflüstern. Geoffrey mit G ignorierte sie.

»Redding ist für mindestens ein Dutzend Morde im Laufe von fünf Jahren verantwortlich. Es begann damit, dass seine Frau ihn verließ, ein paar Tage vor seinem neunundzwanzigsten Geburtstag. Die Leichen wurden nach seiner Verhaftung während einer dreitägigen Ausgrabung auf Reddings Farm entdeckt. Drei weitere Opfer, die zu seinem M.O. passen, wurden jenseits der Staatsgrenzen gefunden.«

Auf der Leinwand tauchte ein Tatortfoto auf. Eine Frau, die schon längere Zeit tot war, hing von einem Deckenventilator. Ich erkannte das Seil – schwarzes Nylon. Ihre Arme waren ihr auf den Rücken gebunden und ihre Beine gefesselt. Der Boden unter ihr war blutgetränkt. Ihre Bluse war zerrissen, und darunter sah ich die Schnitte – manche lang und tief, einige flach, einige kurz. Doch was meinen Blick am meisten anzog, war das Brandmal auf ihrer Schulter, kurz unter dem Schlüsselbein.

Die Haut war heftig gerötet: verbrannt, blasig und zur Form eines R geschwollen.

Das hatte Deans Vater diesen Frauen angetan. Dabei hatte er Dean zusehen lassen.

»Fesseln. Brennen. Schneiden. Hängen.« Geoffrey zeigte eine Reihe von Vergrößerungen der Frauenleiche. »Das war Reddings M.O., sein Modus Operandi.«

Als ich hörte, wie Geoffrey die technischen Begriffe verwendete, hätte ich ihn am liebsten geschlagen. Er hatte keine Ahnung, wovon er redete. Für ihn waren das nur Bilder. Er wusste nicht, wie es war, herauszufinden, dass ein geliebter Mensch nicht mehr da war, oder sich in die Lage eines Killers zu versetzen. Er war nur ein kleiner Junge, der mit etwas spielte, was er gar nicht verstand.

»Zufälligerweise ist das auch der Titel von Professor Fogles Buch.«

»Er schreibt ein Buch?«, fragte ich.

»Über den Fall Daniel Redding«, antwortete Geoffrey. Offensichtlich wollte er sich nicht das Rampenlicht stehlen lassen. »Ihr seht also, warum er bei Emersons Mord zu den Verdächtigen zählt. Sie war gebrandmarkt, müsst ihr wissen.«

»Du hast gesagt, dass sie in deinem Kurs war. Du kanntest sie.« Meine Stimme war tonlos. Die Tatsache, dass Geoffrey so leichtfertig über den Mord an einem Mädchen sprechen konnte, das er kannte, ließ mich meine frühere Analyse überdenken – vielleicht war er doch zu einem Mord fähig.

Geoffrey sah mich an.

»Die Menschen trauern auf unterschiedliche Weise«, sagte er.

Vielleicht bildete ich es mir nur ein, aber er schien den leisen Anflug eines Lächelns zu zeigen.

»Sie war in meiner Arbeitsgruppe«, informierte mich Bryce. »Für unser Endsemesterprojekt. Der Professor hat die Gruppen eingeteilt. Emerson war ... nett. Ein bisschen dreist. Ich meine, wer ist denn dreist in einem Kurs über Serienmörder? Aber Emerson war so. Sie war zu allen nett. Einer der Jungen in unserer Gruppe, du solltest ihn sehen – er ist wie eine Kellerassel. Sobald man ihn anspricht, rollt er sich sprichwörtlich zu einer Kugel zusammen. Und Derek – der andere Junge in unserer Gruppe –, das ist einer von diesen Kerlen. Du weißt schon, so ein ekliger Typ, der so tut, als wolle er sich eigentlich gar nicht als Supertyp aufspielen. So ist Derek. Aber Emerson schaffte es tatsächlich, ihn durch ein bloßes Lächeln zum Schweigen zu bringen.«

Bryce klang weit weniger sachlich als Geoffrey. Was Emerson geschehen war, hatte sie zutiefst aufgewühlt. Für sie war das nicht nur eine Vorstellung. Sie lehnte sich zu Michael.

»Emerson tauchte nicht zur Prüfung auf.« Geoffrey klappte den Laptop zu. »Professor Fogle hatte sich krankgemeldet. Ich hatte die Tests am Morgen ausgedruckt, einen für jeden Studenten im Kurs. Emerson war die Einzige, die nicht aufgetaucht ist. Ich dachte, sie wäre ...« Geoff brach ab. »Ist auch egal.«

»Du dachtest, sie sei was?«, fragte Michael.

Geoffrey runzelte die Stirn. »Was spielt das für eine Rolle?«

Es spielte eine Rolle, doch bevor ich eine rationale Erklärung dafür finden konnte, warum ich es wissen wollte, summte Michaels Telefon. Er las die Nachricht darauf und stand dann auf.

»Tut mir leid, Bryce«, sagte er. »Ich muss gehen.«

Bryce zuckte mit den Achseln. Sie würde ihm wohl nicht lange nachtrauern. Michael ging zur Tür und sah mich im Vorbeigehen an.

Lia, sagte er lautlos.

»Ich muss dann auch gehen«, erklärte ich. »Das war ... intensiv.«

»Du willst gehen?« Geoffrey klang wirklich überrascht. Offenbar hatte er den Eindruck gehabt, er hätte die Sache im Kasten. Ein totes Mädchen, eine irre Vorlesung. Sinnliche Blicke. Anscheinend glaubte er, ich sei reif für ihn gewesen.

»Ich sag dir was«, meinte ich und widerstand der Versuchung, die Augen zu verdrehen. »Gib mir doch deine Telefonnummer.«

Kapitel 16

Lias Nachricht führte uns nicht wieder zur Party zurück. Offensichtlich war sie nicht ganz so vorsichtig gewesen wie ich, als sie mit ihrem Opfer allein wegging.

»Was genau hat Lia gesagt?«, wollte ich wissen.

Michael hielt sein Telefon hoch, damit ich es sehen konnte. Es zeigte ein etwas schräg aufgenommenes Bild von Lia mit zwei Studenten: Es war ein wenig unscharf; man konnte nur erkennen, dass einer groß und der andere etwas rundlich war.

Habe gerade eine faszinierende Unterhaltung, las ich den Text dazu. *Heron Hall, Dach.*

»Was macht sie denn auf irgendeinem Dach?«

»Verdächtige befragen, die gar nicht wissen, dass sie befragt werden?«, vermutete Michael ein wenig ungehalten.

»Besteht die Möglichkeit, dass die Jungen auf dem Bild keine Verdächtigen sind?« Ich wollte gerne glauben, dass sie nicht allein mit jemandem weggehen würde, den sie eines Mordes für fähig hielt. »Vielleicht sind es nur Freunde von Emerson.«

»Sie hat ein Bild geschickt«, sagte Michael schlicht.

Für den Fall, dass ihr etwas passiert, ergänzte ich. Lia hatte uns ein Bild der Jungen geschickt, mit denen sie redete, für den Fall, dass sie fort war, wenn wir das Dach der Heron Hall erreichten.

Wir hätten sie auf der Party nicht allein lassen dürfen. Ich hatte Lia nicht einmal gesagt, dass ich mit ihm weggehe – so war ich darauf aus gewesen, Geoffrey Informationen zu entlocken.

Lia vermittelte zwar den starken Eindruck, dass sie auf sich selbst aufpassen konnte, doch Lia konnte jeden beliebigen Eindruck erwecken.

Dean hätte sie nicht allein gelassen, dachte ich unwillkürlich. Aus diesem Grund war er auch der einzige Mensch, für den sie durchs Feuer gehen würde, und weshalb Michael und ich nichts zu melden hatten.

Ich ging schneller.

»Sie wird uns nur auslachen, wenn wir uns Sorgen machen«, meinte Michael mehr zu sich selbst als zu mir. »Entweder das oder sie betrachtet es als persönliche Beleidigung.«

Er ging ebenfalls schneller. Bei jedem Schritt malte ich mir aus, wie schlimm es werden konnte.

Lia gehört zu uns. Es musste alles in Ordnung sein. Bitte lass alles in Ordnung sein. Endlich gelangten wir zur Heron Hall. Das turmartige Gebäude war im neogotischen Stil errichtet – und offensichtlich so spät am Abend geschlossen und verriegelt.

Unbefugtes Betreten verboten.

Michael sah das Schild nur kurz an.

»Soll ich es zuerst unbefugt betreten oder willst du?«

• • •

Noch bevor ich Lia sah, hörte ich sie lachen. Es war ein fast glockenhelles Lachen, musikalisch und fröhlich – und mit ziemlicher Sicherheit gestellt.

»Nach dir.«

Michael hielt mir die Tür zum Dach auf. Langsam entspannte ich mich ein wenig, als ich auf das mondbeschienene Dach trat und es nach Lia absuchte. Nachdem ich mich davon überzeugt hatte, dass sie unversehrt war, registrierte ich die Tatsache, dass sich ihr exklusiver Geschmack, was Kleidung anging, auch auf ihre Rendezvousorte erstreckte. Nicht nur ein Turm, nicht nur ein verschlossener Turm, nein, das Dach eines verschlossenen Turmes! Von hier aus konnten wir den ganzen Campus unter uns ausgebreitet sehen, dessen Lichter im Dunkeln funkelten.

Lia sah uns von der anderen Seite des Daches aus. Bei ihr waren zwei Leute, beide männlich.

»Da seid ihr ja«, begrüßte sie uns und kam in einer Schlangenlinie auf uns zu, die mich schon auf festem Boden nervös gemacht hätte.

»Keine Sorge«, flüsterte Lia und umarmte mich wie eine fröhliche Betrunkene. »Ich bin topfit. Seit wir gekommen sind, habe ich nur Gatorade getrunken, sonst nichts. Und falls jemand fragt, heiße ich Sadie.«

Lia wandte sich wieder zu den Jungen. Ich folgte ihr und musste daran denken, dass Sadie Lias richtiger Name war. Keiner von uns wusste, warum sie ihn geändert hatte.

Typisch Lia, ihren eigentlichen Namen als Alias zu benutzen.

»Derek, Clark, das sind …« Lia hickste, und Michael begriff den Hinweis, mit der Vorstellung fortzufahren.

»Tanner«, sagte er und streckte den beiden die Hand hin. »Und das ist Veronica.«

Der Junge links war groß und elegant, mit Politikerfrisur

und klassisch schönen Gesichtszügen. Möglicherweise ließ er die Brustmuskeln spielen.

»Ich bin Derek«, sagte er und ergriff meine Hand.

Er lässt sie spielen, stellte ich fest.

Derek stieß den Jungen zu seiner Rechten heftig genug mit dem Ellbogen an, dass dieser stolperte. Als er sich gefangen hatte, streckte er die Hand aus.

»Clark«, murmelte er.

»Hört sich an wie eine Ente«, fand Derek. »Clark, clark, clark!«

Ich ignorierte Derek und konzentrierte mich auf Clark. Sein Händedruck war überraschend fest, obwohl seine Hände selbst weich waren. Weich war überhaupt das Adjektiv, das ihn am besten beschrieb. Er war klein und rundlich und sah aus, als hätte man ihn aus Ton geformt, der nie ganz fest geworden war. Seine Haut war fleckig, und er brauchte mehrere Sekunden, bevor er mir in die Augen sah.

Plötzlich machte es bei mir Klick.

»Derek«, wiederholte ich, »und Clark.«

Hatte Bryce nicht gesagt, dass einer der Jungen, mit dem sie an dem Projekt für *Monster oder Menschen?* arbeiten sollte, Derek hieß? Und der andere erinnerte an eine Kellerassel ...

Wie um alles in der Welt hatte Lia das hinbekommen? Sie sah mich verschmitzt an, und ich merkte, dass ich sie unterschätzt hatte. Das hätte ich nicht tun sollen – nicht, wenn es bei alldem um Dean ging.

»Ausgezeichnetes Gedächtnis«, sagte Derek mit einem Lächeln, das er wahrscheinlich vor dem Spiegel übte. »Ruft die Leute vom Hochbegabtenklub Mensa an, das Mädchen ist ein Genie!«

Er ging nicht davon aus, dass ich die Beleidigung erkannte. Das sagte mir sein herablassender Tonfall. Plötzlich wusste ich genau, was Bryce gemeint hatte, als sie ihn als »so einen ekligen Kerl« bezeichnet hatte. Er kam mit Sicherheit aus einer wohlhabenden Familie – ich würde auf eine lange Reihe erfolgreicher Anwälte tippen, wahrscheinlich mit einem Stammbaum in der Ivy League. Er liebte den Klang seiner eigenen Stimme noch mehr als Geoffrey und war der Typ, der in der Klasse eine Diskussion nur darum führte, weil er zeigen wollte, dass er der Bessere war. Und außerdem bleichte er wahrscheinlich seine Zähne.

»Clark und Derek haben dieses Mädchen gekannt«, brachte Lia leicht verschwommen hervor. »Ich habe Derek auf der Party getroffen. Er hat Clark gerufen. Ich habe ihn darum gebeten.« Sie lehnte sich an Dereks Brust und streckte die Hand nach Clarks Wange aus, woraufhin dieser knallrot wurde. Derek nickte mir über Lias Kopf hinweg zu, als sei ihre Anwesenheit dort der Beweis dafür, dass auch ich dort sein wollte.

Dieses Kleid würde ich garantiert nie wieder anziehen!

»Was für ein Mädchen?«, fragte ich.

»Das Mädchen, das getötet wurde«, antwortete Derek. »Emmie.«

»Emerson«, murmelte Clark.

»Wie war das, Clark?«, fragte Derek und grinste uns andere an, als wäre Clarks Unfähigkeit, sich auszudrücken, der beste Witz der Welt.

»Ihr Name war Emerson«, sagte Clark und wurde noch röter als zuvor.

»Genau das habe ich doch gesagt.«

Derek hob eine Handfläche in einer Geste, als wolle er sagen: *He, was hat der Typ für ein Problem? Was willst du eigentlich?*

Clark murmelte nur leise etwas, was Derek ignorierte und mir erklärte: »Sie war in unserem Kurs.«

»Ich glaube, ich habe heute Abend den Kursassistenten kennengelernt«, verkündete ich und wartete ihre Reaktion darauf ab. Derek erstarrte, während Clark sich gar nicht rührte. Ich konnte förmlich spüren, wie Michael neben mir jeden ihrer Gesichtszüge katalogisierte.

»Der Typ ist ein Idiot«, erklärte Derek.

Ich war eigentlich der Meinung, dass Idioten, die in Idioten-Glashäusern saßen, besser nicht mit Steinen werfen sollten.

»Geoffrey scheint mir auf den Tod abzufahren«, erzählte ich. »Aber so richtig. Und wie er über Emerson geredet hat – als ob ihm das völlig gleichgültig sei.«

Derek zuzustimmen war so, als ob man Wasser in brennendes Öl goss. Es machte die Situation nur noch schlimmer.

»Assistent Geoff glaubt, Stirnrunzeln und schwarze Kleidung seien ein Ersatz für wahre Intelligenz. Ich wette, er hat dir erzählt, er hätte Emerson gekannt.«

Ich nickte, weil ich sehen wollte, wohin das führte.

»Er kannte sie nicht«, fuhr Derek fort. »Er sitzt nur vorne vor den Studenten und wertet die Papiere aus. Clark und ich, wir haben sie gekannt.« Er verlagerte sein Gewicht auf die Hacken. »Und diese eingebildete Blondine in unserer Gruppe, die kannte sie auch. Ja, selbst Fogle kannte sie. Aber Assistent Geoff gibt nur hohles Gewäsch von sich.«

»Was soll das heißen, Fogle kannte sie?«, wollte Michael wissen. »Ist das nicht ein ziemlich großer Kurs?«

Derek wandte seine Aufmerksamkeit Michael zu, und was

auch immer er sah, gefiel ihm. Michael hatte in seiner Zeit wahrscheinlich ein Dutzend Kids vom Typ Derek gekannt.

»Wenn ich sage, dass der Professor Emmie kannte, dann meine ich, er kannte sie wirklich«, erklärte Derek. »Im biblischen Sinne.«

Ich sah Lia an, die ganz leicht nickte. Derek sagte die Wahrheit. Clark hingegen wurde wieder rot.

»Das tote Mädchen hatte also etwas mit dem Professor«, meinte Michael. »Wegen so etwas kann man aber gefeuert werden.«

»Und das macht ihn gleich zu einem Verdächtigen, oder wie?«, höhnte Derek. »Warum sagst du nicht gleich, dass er es war?« Er lachte leise. »Erst hat er es ihr besorgt, dann hat er sie entsorgt.«

»Halt die Klappe!«, fuhr Clark plötzlich auf und ballte die Hände neben seinem Körper zu Fäusten. »Du hast doch keine Ahnung, wovon du redest.« Er keuchte, als wäre er gerade eine Meile gelaufen. »Sie war nicht ... sie war nicht so eine.«

»Wow, Junge!« Dieses Mal hob Derek beide Handflächen hoch. Ich machte mir nicht die Mühe, die Geste zu interpretieren. »Krieg dich wieder ein. Ich hab's schon verstanden. Über Tote redet man nicht schlecht.« Dann wandte er sich wieder an uns andere und beglückte uns weiter mit seiner Weisheit. »Ich verspreche euch, wenn die Polizei Fogle findet, wird die Uni nach einem Ersatz für unseren Kurs suchen. Der Typ ist schuldig.« Plötzlich wurde er ganz bleich. »Ich hoffe, sie übertragen die Kursleitung dann nicht Geoff.«

Clark holte erneut hörbar Luft. Lia sah mich an und dann Michael. Wir hatten erfahren, weshalb wir gekommen waren – und mehr.

Kapitel 17

Auf dem Rückweg war es ruhig. Lia saß auf dem Rücksitz und hatte die Beine auf der Bank ausgestreckt. Michael fuhr, so schnell er durfte. Ich starrte aus dem Fenster in die Dunkelheit.

»Das ging ja besser, als ich erwartet habe«, meinte Lia schließlich. »Wenn wir uns wieder reinschleichen können, ohne erwischt zu werden, würde ich es als gelungene Aktion betrachten.«

»Ich dachte, du wirst nie geschnappt«, erinnerte ich sie und riss mich vom Fenster los, um sie anzusehen.

Lia betrachtete ihre Fingernägel. »Wir wohnen in einem Haus mit einer ausgebildeten FBI-Agentin und einem früheren Scharfschützen des Militärs. Ich bin leise, nicht unsichtbar. Nennen wir es ein akzeptables Risiko.«

Das klang aber ganz anders als zu dem Zeitpunkt, als sie mich überredet hatte mitzumachen.

»Und? Ärgerst du dich jetzt, dass du mitgekommen bist?«, fragte mich Lia anzüglich. »Oder würdest du es noch mal machen, wenn du die Gelegenheit hättest?«

Ich konnte mich nicht darüber ärgern, dass ich mitgemacht hatte. Dazu hatten wir zu viel erfahren.

»Was hältst du von dem Assistenten?«, fragte ich Michael.

»Genau«, bekräftigte Lia, gähnte und wedelte sich mit der Hand vor dem Mund, »erzähl mal, Michael. Was hältst du von dem Assistenten, der eine so heiße Spur war, dass Cassie mit ihm die Party verließ und du ihnen hinterher bist?«

Es war das erste Mal, dass Lia die Tatsache erwähnte, dass wir sie allein gelassen hatten. Und sie brachte die Worte hervor, als sei ihr das völlig gleichgültig.

»Der Kerl hat Cassie angesehen wie ein Objekt unter Glas«, sagte Michael und sah Lia im Rückspiegel an. »Meinst du wirklich, ich hätte sie mit ihm allein abziehen lassen sollen?«

»Ich bin nur überrascht, das ist alles«, erwiderte Lia mit gekünsteltem Achselzucken. »Ich meine, das letzte Mal, als du Cassie gefolgt bist, ging es ja so gut für dich aus.«

Das letzte Mal, als Michael mir gefolgt war, war er angeschossen worden.

Das hatte ich verdient. Dafür, dass ich sie auf der Party gelassen hatte, dass ich nicht einmal darüber nachgedacht hatte, verdiente ich alle verbalen Pfeile, die sie auf mich abschoss.

»Wir hätten dich nicht dort lassen sollen«, gab ich zu.

»Oh bitte!« Lia schloss die Augen, als würde sie das Gespräch zu Tode langweilen. »Ich kann schon auf mich aufpassen, Cassie. Ich habe gesehen, wie du gegangen bist. Ich hätte mitkommen können. Aber ich habe es vorgezogen, es nicht zu tun. Und hätte sich Michael die Mühe gemacht zu fragen, hätte ich ihm gesagt, er solle dir nachgehen.«

»Ich habe dir gesagt, du sollst auf der Party bleiben«, brummte Michael.

»Wie bitte?«, gab Lia zurück. »Wie war das?«

»Ich habe dir eine SMS geschickt, als ich gegangen bin. Du solltest auf der Party bleiben!« Michael schlug so heftig mit dem Handballen aufs Lenkrad, dass ich zusammenzuckte.

»Aber du bist nicht nur mit einem, sondern gleich mit zwei fremden ...«

»Zeugen?«, ergänzte Lia. »Glaub mir, das hatte ich im Griff. Mit den Dereks und Clarks dieser Welt werde ich im Schlaf fertig.«

In diese Worte interpretierte ich mehr hinein, als ich es noch vor einer Woche getan hätte. Mit Sicherheit konnte Lia mit den Dereks und Clarks dieser Welt fertigwerden – weil sie aller Wahrscheinlichkeit selbst mit viel, viel Schlimmerem hatte fertigwerden müssen.

»Nun, liebster Michael«, fuhr Lia betont höflich fort, »konzentrier dich. Cassies Assistent. Was hattest du für einen Eindruck?«

Michael knirschte einen Augenblick lang mit den Zähnen, doch dann antwortete er: »Er war nicht sehr froh darüber, dass ich aufgetaucht bin. Und noch weniger erfreut, dass ich mit Bryce aufkreuzte. Ich habe Schuldgefühle in ihm aufblitzen sehen, als er sie erblickte, dann Besitzzwang, Herablassung und einen gewissen Kitzel.«

Ich schickte ein kurzes Dankgebet zum Himmel, dass sich Michael auf Geoffreys Gefühle konzentriert hatte, als er ihn mit Bryce gesehen hatte, und nicht auf meine.

»Geoffrey glaubt, dass er weit über allen anderen steht.« Ich zwang mich, mich auf unser Thema zu konzentrieren. »Er genießt seine Machtposition im Hörsaal.« Ich hielt inne und sortierte meine Eindrücke von ihm. »Er hat mich gewählt, weil ich jung aussehe. Er hat erwartet, dass ich gierig jedes seiner Worte aufsauge, ein klein wenig Angst vor ihm habe, es aber auch toll finde, was er mir beibringen könnte.«

»Ein Anführer auf der Suche nach Anhängern?«, fragte Lia. »Was ist dann der Professor?«

»Wenn ich raten müsste«, begann ich und trommelte mit den Fingern nachdenklich gegen meinen Sitz, »dann würde ich sagen, dass Professor Fogle eine anziehende Persönlichkeit ist. Geoffrey las seinen Bildervortrag vor. Der Professor ist ein Darsteller. Und wenn Derek über Emersons Beziehung zu Professor Fogle die Wahrheit gesagt hat …«

»Hat er«, bestätigte Lia.

»… dann ist der gute Professor kein Verächter von Groupies«, fuhr ich fort und dachte darüber nach. »Das gehört zu dem, was ihn an diesem Studiengebiet interessiert. Es ist der Titel seines Kurses. Diese Männer sind überlebensgroß. Sie sind Legenden. Sie sind das Zugunglück, das wir ansehen müssen, das verbotene, gefährliche Andere.«

Michael akzeptierte meine Einschätzung widerspruchslos.

»Ich müsste den Mann sehen, um etwas über ihn sagen zu können«, erklärte er. Das war einer der wichtigsten Unterschiede zwischen meiner und Michaels Fähigkeit. Michael interpretierte Menschen, ich Persönlichkeiten und Verhaltensweisen, und dazu musste der Betreffende nicht unbedingt anwesend sein. »Aber ich kann sagen, dass Assistent Geoff ein wenig zu gerne über Reddings M.O. gesprochen hat. Er wollte den Ausdruck des Entsetzens auf Cassies Gesicht sehen, und als er das nicht bekam, lenkte er das Thema auf Emerson.«

»Und was hat dir sein Gesichtsausdruck über Emerson gesagt?«, fragte Lia.

»Dass er keine Schuldgefühle hat«, erwiderte Michael. »Nicht einmal um sie trauert. Ein klein wenig fürchtet er sich allerdings. Er ist zufrieden. Und loyal.«

»Loyal?«, hakte ich nach. »Wem gegenüber?«

»Ich sage es ja nicht gerne«, seufzte Lia, »aber vielleicht hatte Derek ja recht. Vielleicht ist der Professor unser Mann. Während ich mich mit dem dynamischen Duo aus dem Geschenk Gottes an die Menschheit und dem Errötungswunder unterhalten habe, habe ich nur eine interessante Lüge entdecken können.«

»Von Derek?«, vermutete ich.

»Clark.« In Michaels Stimme lag keinerlei Zweifel. »Als er über Emerson sprach.«

»Ein Punkt an den Emotionsleser«, meinte Lia gedehnt. Ihre Gaben überschnitten sich mehr miteinander als mit meiner. »Als Clark gesagt hat, Emerson wäre nicht so eine.« Sie zwirbelte sich den Pferdeschwanz um den Zeigefinger. »Wenn ihr mich fragt, wusste Clark, dass sie sich mit dem Gruselprofessor in die Horizontale begeben hatte.«

»Was hast du gesehen?«, wollte ich von Michael wissen.

»Bei Clark?« Michael bog von der Autobahn ab. Bald waren wir zu Hause. »Ich habe Sehnsucht gesehen. Angst vor Ablehnung.« Er sah kurz zu mir hinüber. »Wut.«

Nicht nur Ärger, sondern Wut. Auf Derek, weil der schlecht über ein Mädchen gesprochen hatte, das Clark mochte? Auf uns, weil wir Fragen stellten? Auf den Professor? Auf Emerson?

»Und was machen wir jetzt?«, fragte ich. »Vorausgesetzt, wir werden nicht geschnappt, sobald wir zu Hause auftauchen.«

»Wir müssen herausfinden, was das FBI über Emersons Beziehung zum Professor weiß«, antwortete Lia und warf ihre Haare wieder über die Schulter. »Wenn sie es nicht wissen, müssen wir einen Weg finden, ihnen diese Information zukommen zu lassen.«

»Und was ist mit Dean?«, wollte ich wissen.

»Dean sagen wir nichts.« Obwohl Lia leise sprach, klangen ihre Worte wie ein Peitschenknall. »Für ihn ist es wichtig, dass dieser Fall gelöst wird. Er muss nicht wissen, was wir dafür tun.«

Dean würde nicht verstehen, warum wir für ihn so viel aufs Spiel setzten, denn tief im Inneren glaubte er, dass er es gar nicht wert sei, gerettet zu werden. Er hätte sich für jeden von uns eine Kugel eingefangen, aber er wollte nicht, dass wir etwas für ihn riskierten.

Die meisten Leute errichteten Mauern um sich herum, um sich zu schützen. Dean tat es, um alle anderen zu schützen.

Zur Abwechslung waren Lia und ich uns einmal vollkommen einig.

»Wir sagen Dean nichts.«

Kapitel 18

Abweichendes Verhalten, kriminelle Energie: Eine Einführung in die Kriminalpsychologie, 8. Ausgabe.

Mit Ringen unter den Augen und nur halb wach sah ich von dem Buch auf dem Küchentisch zu Dean auf und wieder zurück.

»Im Ernst?«, fragte ich. »Agent Sterling will, dass wir eine Einführung lesen?«

Nach der letzten Nacht mit Lia und Michael brummte mir der Schädel, und mein ganzer Körper verlangte danach, wieder ins Bett zu gehen.

Dean zuckte mit den Achseln.

»Wir sollen die Kapitel eins bis vier lesen«, sagte er, bevor er mich eingehend musterte. »Geht es dir gut?«

Nein, dachte ich. *Ich leide unter Schlafmangel und kann dir nicht sagen, warum.*

»Schon gut«, antwortete ich. Ich spürte, wie Dean versuchte, sich einen Reim darauf zu machen, weshalb ich heute Morgen so komisch drauf war. »Ich kann nur nicht glauben, dass Agent Sterlings Vorstellung von Unterricht … das hier ist«, fügte ich hinzu und deutete auf das Lehrbuch. Seit ich dem Programm beigetreten war, hatte ich das Prinzip *Learning by doing* verfolgt. An echten Fällen. Echten Tatortfotos. Echten Opfern.

Und jetzt dieses Lehrbuch? Bryce und Derek und Clark hatten wahrscheinlich auch so eines gelesen. Vielleicht gab es sogar kleine Arbeitsblätter dazu.

»Vielleicht ist es Zeitverschwendung«, meinte Dean, der meinen Gedanken zu erraten schien. »Aber im Augenblick würde ich lieber meine Zeit verschwenden als Sterlings.«

Weil Agent Sterling Emersons Killer jagte.

Ich nahm ihm das Lehrbuch weg und schlug Kapitel eins auf.

»Kriminalpsychologie ist die Kategorie der Psychologie, die die Persönlichkeiten, Motive und kognitiven Strukturen untersucht, die mit abweichendem Verhalten einhergehen«, las ich vor, »besonders in Fällen, in denen andere mental oder physisch zu Schaden kommen.«

Dean starrte auf die Seite. Das Haar fiel ihm ins Gesicht. Ich las weiter und verfiel bald in einen Rhythmus, in dem meine Stimme das einzige Geräusch im Raum war.

• • •

»Kapitel vier: Organisierte und unorganisierte Straftäter.«

Dean und ich hatten eine ausgedehnte Mittagspause gemacht, dennoch wurde ich langsam heiser.

»Ich bin dran«, sagte Dean und nahm mir das Buch weg. »Wenn du noch ein Kapitel liest, wirst du das Ende pantomimisch darstellen müssen.«

»Das könnte hässlich werden«, erwiderte ich. »Ich war nie gut in Scharaden.«

»Wieso habe ich das Gefühl, dass dahinter eine Geschichte steckt?«, grinste Dean leicht.

Ich schauderte. »Sagen wir, dass unsere Familienspielabende ziemlich wettkampfmäßig angelegt waren. Und im Malunterricht habe ich auch immer versagt.«

»Also ich empfinde das nicht gerade als Charakterschwäche«, fand Dean und lehnte sich zurück. Zum ersten Mal, seit wir das Video von der Leiche gesehen hatten, wirkte er geradezu entspannt. Seine Arme hingen lose an seinem Körper herunter und seine Brust hob und senkte sich bei jedem Atemzug. Das Haar fiel ihm immer noch ins Gesicht, aber Schultern und Hals waren nur kaum merklich angespannt.

»Hat hier jemand von Charakterschwäche gesprochen?«, fragte Michael, der gerade in den Raum schlenderte. »Ich dachte, das sei einer meiner Vornamen.«

Ich sah wieder in das Lehrbuch und versuchte so zu tun, als hätte ich nicht gerade Dean angestarrt.

»Einer meiner Vornamen? Du redest von Plural?«, erkundigte ich mich.

Michael legte den Kopf schief. »Michael Alexander Thomas Charakterschwäche Townsend.« Er lächelte mich träge an. »Klingt doch imposant, oder?«

»Wir arbeiten«, verwies ihn Dean.

»Achtet gar nicht auf mich«, meinte Michael und wedelte abwehrend mit der Hand. »Ich will mir nur ein Sandwich machen.«

Michael tat nie »nur« etwas. Vielleicht wollte er ein Sandwich, aber er freute sich auch, dass er Dean ärgern konnte. *Und er will nicht, dass wir beide hier allein sind,* dachte ich.

»Also«, sagte ich, wandte mich wieder an Dean und versuchte so zu tun, als sei das Ganze nicht peinlich. »Kapitel vier. Willst du weiterlesen?«

Dean sah zu Michael hinüber, der die Situation sichtlich zu genießen schien.

»Und was ist, wenn wir es nicht lesen?«, fragte er mich.

»Aber es ist unsere Hausaufgabe!«, gab ich mit schockiertem Ausdruck zurück.

»Ja, ich weiß – ich habe dich nämlich dazu überredet, es überhaupt zu lesen.« Dean ließ den Finger über den Buchrücken gleiten. »Aber ich kann dir schon sagen, was drinsteht.«

Dean war seit fünf Jahren hier und dieses Lehrbuch war Profiling für Anfänger.

»Okay«, sagte ich. »Dann gib mir doch die Kurzversion. Unterrichte mich.«

Früher einmal hätte Dean sich geweigert.

»Na gut«, sagte er und sah mich über den Tisch hinweg an. »Unorganisierte Verbrecher sind Einzelgänger. Sie passen nirgendwo richtig hin. Geringe soziale Fähigkeiten, viel aufgestauter Ärger.«

Beim Wort *Ärger* sah ich unwillkürlich zu Michael hinüber. Passt nie irgendwo richtig hin. Geringe soziale Fähigkeiten. Michaels Gesichtsausdruck sagte mir, dass ich nicht die Einzige war, die fand, dass sich das wie eine perfekte Beschreibung von Clark anhörte.

Dean hielt inne. Ich zwang mich, Dean anzusehen, und wünschte mir, er würde nicht allzu viel darüber nachdenken, warum ein paar Worte über einen unorganisierten Killer zu einem wortlosen Austausch zwischen Michael und mir geführt hatten.

»Im täglichen Leben werden unorganisierte Killer allgemein als unsozial und unbeholfen angesehen«, fuhr Dean nach einer längeren Pause fort. »Die Menschen mögen sie nicht, aber sie haben auch keine Angst vor ihnen. Wenn der unorganisierte Killer einen Job hat, dann ist er wahrscheinlich unterbezahlt und nicht sehr angesehen. Unorganisierte Killer verhalten sich auch als Erwachsene noch wie Kinder. Statistisch gesehen ist es wahrscheinlich, dass sie noch bei einem oder beiden Elternteilen wohnen.«

»Und was ist dann der Unterschied zwischen einem unorganisierten Killer und einem Loser?«, wollte Michael wissen, der nicht einmal so tat, als würde er nicht lauschen.

»Wenn du so wärst wie Cassie und ich«, behauptete Dean und erwiderte Michaels Blick fest, »dann müsstest du das nicht fragen.«

Eine tödliche Stille entstand.

Dean hatte noch nie zugegeben, dass wir beide gleich waren. Er hatte es nie geglaubt. Und es schon gar nicht Michael gegenüber geäußert.

»Tatsächlich?« Michael runzelte die Stirn, was in starkem Kontrast zu dem unveränderten Lächeln in seinem Gesicht stand. Ich sah auf den Tisch. Michael schien meinen Gesichtsausdruck nicht zu sehen – den, der sagte, dass Dean recht hatte. Ich musste Michaels Frage nicht stellen, weil ich die Antwort instinktiv wusste. Asozial, wütend und unbeholfen zu sein machte noch niemanden zum Killer. Solche Merkmale konnten uns nicht sagen, ob Clark ein Gewaltpotenzial hatte, und wenn ja, ein wie großes. Das Einzige, was sie uns sagten, war, was für eine Art von Killer Clark werden würde, falls er diese Grenze je überschreiten würde.

Wenn Clark ein Killer wäre, dann wäre er ein unorganisierter Killer.

»Organisierte Mörder können sehr charmant sein.« Dean wandte seine Aufmerksamkeit wieder mir zu. »Sie wissen sich auszudrücken, sind selbstsicher und fühlen sich in den meisten gesellschaftlichen Situationen wohl.« Sein Haar fiel ihm ins Gesicht, doch er wandte den Blick nicht von mir. »Sie sind intelligent, aber narzisstisch. Möglicherweise können sie keine Furcht empfinden.«

Ich dachte an Geoffrey mit G, der mir einen Vortrag über die Bedeutung des Modus Operandi gehalten und ohne eine Spur von Bedauern Emerson erwähnt hatte.

»Andere Menschen findet der organisierte Mörder nicht seiner Zuneigung wert, weil sie unter ihm stehen. Für ihn bedeutet, durchschnittlich zu sein, entbehrlich zu sein.«

Ich prägte mir Deans Worte gut ein.

»Was bedeutet schon ein Menschenleben, wenn die Welt so voll davon ist?« Deans Stimme wurde tonlos, als er das sagte. Daraus schloss ich, dass er mit den Gedanken ganz woanders war. »Organisierte Mörder fühlen keine Reue.«

Deans Vater war ein organisierter Killer, dachte ich, streckte die Hand aus und legte sie über Deans. Er senkte den Kopf und sprach weiter.

»Organisierte Killer planen«, sagte er leise. »Unorganisierte Killer sind diejenigen, die aus einem Impuls heraus handeln.«

»Sie drehen durch«, ergänzte ich leise, »oder geben ihren Impulsen nach.«

Dean neigte sich vor und schloss seine Finger um meine.

»Sie greifen eher von hinten an als ein organisierter Killer.«

»Welche Waffen benutzen sie?«, fragte ich, meine Hand immer noch in der seinen.

»Was sie gerade zur Hand haben«, antwortete Dean. »Einen stumpfen Gegenstand, ein Küchenmesser, die eigenen Hände. Der Tatort spiegelt den Kontrollverlust wider.«

»Aber bei organisierten Killern geht es nur um Kontrolle«, ergänzte ich und sah ihn an.

Dean hielt meinem Blick stand. »Organisierte Killer stalken ihre Opfer. Oft sind es Fremde. Jede ihrer Aktionen ist berechnet, vorherbestimmt und dient einem bestimmten Zweck. Sie gehen methodisch vor.«

»Und sind schwerer zu schnappen«, fügte ich hinzu.

»Es gefällt ihnen, dass sie schwerer zu schnappen sind«, erwiderte Dean. »Das Töten ist nur ein Teil des Vergnügens. Der andere ist, damit davonzukommen.«

Alles, was Dean sagte, ergab für mich einen Sinn, auf eine unglaubliche, intuitive Weise, als würde er mich nur an etwas erinnern, was ich schon immer gewusst hatte, und nicht versuchen, mir etwas beizubringen.

»Alles klar?«, fragte er.

Ich nickte.

»Mir geht es gut.«

Ich sah zum Küchentresen, wo sich Michael sein Sandwich gemacht hatte. Er war fort. Irgendwann während der Unterhaltung mit Dean war er verschwunden.

Ich sah auf den Tisch. Dean löste seine Hand von meiner.

»Dean?«, sagte ich. Meine Stimme war leise, aber deutlich. Ich konnte immer noch genau die Stellen spüren, wo er mich berührt hatte. »Organisierte Killer, das sind doch die, die Trophäen mitnehmen, nicht wahr?«

Dean nickte.

»Trophäen helfen ihnen, ihre Morde erneut zu durchleben. So befriedigen sie ihre Mordlust, bis sie ein neues Opfer gefunden haben.«

»Locke hat von jeder Frau, die sie ermordet hat, einen Lippenstift mitgenommen.« Die Worte rutschten mir heraus, ohne dass ich es wollte. Narzisstisch. Beherrscht. Es passte.

»Mein Vater war ein organisierter Killer.«

Eine unglaubliche Intensität umgab Dean, wenn er von seinem Vater sprach. Es war das zweite Mal, dass er sich mir öffnete, sozusagen als Gegenleistung. »Er sagte, dass die Leute, schon als er ein Kind war, wussten, dass mit ihm etwas nicht stimmte, aber solange ich mich erinnern konnte, war er eigentlich sehr beliebt. Er plante Dinge sorgfältig und wich nie von seinem Plan ab. Die Frauen, auf die er es abgesehen hatte, dominierte er. Er kontrollierte sie.« Dean hielt inne. »Und nicht ein einziges Mal hat er Reue gezeigt.«

Ich höre, wie die Haustür auf- und wieder zuging. Erst dachte ich, dass es Michael sei, der von uns wegging, doch dann hörte ich Schritte näher kommen – zwei Leute, und einer ging schwerer als der andere.

Sterling und Briggs waren zurück.

Sie tauchten in der Tür auf, als Dean das Lehrbuch auf dem Tisch vor uns zuklappte.

»Cassie, können wir einen Augenblick lang mit Dean allein reden?«, bat Agent Briggs und richtete seine Krawatte. Diese Geste bei diesem Mann ließ bei mir die Alarmglocken läuten. Die Krawatte trug Briggs nur im Dienst. Sie gerade zu rücken war eine Art Bekräftigung. Egal, worüber er mit Dean reden wollte, es ging ums Geschäft.

Ich vertraute ihm nicht sehr, wenn es ums Geschäft ging.

»Sie kann bleiben«, erwiderte Dean. Seine Worte schlugen ein wie ein Donnerschlag. Solange ich Dean kannte, hatte er mich immer fortgeschoben. Er spielte sein Spiel allein.

Ich sah ihn an und fragte im Stillen: Bist du sicher?

Dean strich sich mit den Händen über die Oberschenkel.

»Bleib«, sagte er zu mir. Er wollte mich dabeihaben. Dann wandte er sich an Briggs. »Worum geht es?«

Agent Sterling erstarrte und presste die Lippen zu einem schmalen Strich zusammen.

»Die Person, die Emerson Cole umgebracht hat, ist von deinem Vater besessen«, erklärte Briggs, der seine Exfrau ignorierte. »Es ist gut möglich, dass der Täter ihm geschrieben hat.«

»Und lasst mich mal raten«, warf Dean ein. »Mein lieber alter Dad vernichtet die Briefe, sobald er sie bekommt. Sie sind alle da oben drin.« Er tippte sich mit dem Finger an den Kopf.

»Er hat zugestimmt, uns zu helfen«, sagte Briggs. »Aber nur unter einer Bedingung.«

Die Anspannung war wieder da, in Deans Schultern und seinem Nacken. Jeder Muskel seines Körpers war verkrampft.

»Du musst nichts tun, was du nicht willst«, warf Agent Sterling ein.

»Ich kenne die Bedingung.« In Deans Augen loderte ein Gefühl, das ich nicht identifizieren konnte. Nicht richtig Hass, nicht ganz Furcht. »Mein Vater sagt euch gar nichts. Er wird nur mit mir reden.«

Du

Daniel Redding ist einer von den ganz Großen. Berüchtigt. Genial. Unsterblich. Du hast ihn aus einem bestimmten Grund gewählt. Wenn ein Mann wie Redding spricht, hören die Leute zu. Wenn Redding jemanden tot sehen will, stirbt er. Er ist alles, was du gerne sein möchtest. Mächtig. Selbstsicher. Und immer, absolut immer hat er die Kontrolle.

»Du warst schlampig. Dumm. Hattest Glück.« Du verbannst die Stimme und streichst mit den Fingern über die Ränder eines Fotos von Emerson Cole, die neben einem Baum steht. Ein Beweis, dass du für einen Moment mächtig warst. Selbstsicher. Du hattest die Kontrolle.

Genau wie er.

Daniel Redding ist nicht dein Held. Er ist dein Gott. Und wenn du diesen Weg weitergehst, wirst du dich selbst nach seinem Bilde schaffen. Der Rest der Welt wird unbedeutend und machtlos wie Ameisen sein. Die Polizei. Das FBI. Du wirst sie unter deinem stählernen Absatz vernichten.

Was geschehen wird, geschieht – zu gegebener Zeit.

Kapitel 19

Steinerne Mauern. Stacheldraht. Mein Eindruck von dem Hochsicherheitsgefängnis, in dem Deans Vater saß, war flüchtig. Dean und ich saßen auf dem Rücksitz eines schwarzen Geländewagens des FBI. Agent Briggs fuhr, Agent Sterling saß auf dem Beifahrersitz. Von meiner Position direkt hinter ihr aus sah ich nur ihren Unterarm, der auf der Armlehne ruhte. Auf den ersten Blick wirkte sie entspannt, aber ihre Fingerspitzen pressten sich flach in das Leder.

Dean neben mir sah gelegentlich aus dem Fenster. Ich hatte meine Hand mit der Handfläche nach oben zwischen uns auf die Armlehne gelegt. Er riss seinen Blick vom Fenster los und sah zu mir hinüber, nicht in mein Gesicht, sondern auf meine Hand. Dann legte er seine mit der Handfläche nach unten ein paar Zentimeter von meiner auf den Sitz.

Ich schob meine Hand näher zu seiner. Seine dunklen Augen schlossen sich und seine Wimpern warfen winzige Schatten auf sein Gesicht. Nach einer kleinen Ewigkeit begann seine Hand, sich zu bewegen. Er drehte sie im Uhrzeigersinn, bis die Handfläche flach auf dem Sitz lag, dicht neben meiner. Ich ließ meine Hand in die seine gleiten. Seine Handfläche war warm. Nach ein paar Sekunden schloss er seine Finger um die meinen.

Ich war zu seiner moralischen Unterstützung mitgekommen.

Briggs fuhr auf einen gesicherten Parkplatz. Er parkte und

schaltete den Motor aus. »Die Wachen werden kommen und Dean und mich holen.« Er sah erst Sterling an und dann mich. »Ihr beide bleibt im Wagen. Je weniger Leute einen weiteren Teenager hier sehen, desto besser.«

Briggs war nicht erfreut, dass ich dabei war, aber er hatte nicht versucht, mich zurückzulassen. Sie brauchten Dean, und Dean brauchte auch etwas – jemanden –, der ihn mit dem Hier und Jetzt verband.

Die Hintertür des Gefängnisses öffnete sich. Zwei Wachen standen dort. Sie waren beide gleich groß. Der eine war massig und kahl, der andere jünger, mit einer Figur wie ein Läufer.

Briggs stieg aus dem Wagen und machte Deans Tür auf. Dean legte meine Hand vorsichtig in meinen Schoß und sagte: »Es wird nicht lange dauern.«

Ein Muskel in seinem Kiefer zuckte. Seine Augen waren emotionslos und hart. Er wurde mit einem Lächeln geboren. Diese Worte aus dem Vernehmungsprotokoll von Redding hallten in meinem Kopf wider, als Dean die Tür zuknallte.

Dean und Briggs gingen auf die Wachen zu. Der kahle Mann schüttelte Briggs die Hand. Der jüngere machte einen Schritt auf Dean zu und betrachtete ihn eingehend. Gleich darauf lehnte er an der Wand und wurde durchsucht.

Ich sah weg.

»Manche Menschen sehen Dean an und sehen seinen Vater«, sagte Agent Sterling. »Daniel Redding ist bei den Wachen hier nicht unbedingt beliebt. Er liebt Psychospielchen und hat ein Händchen dafür, Informationen über die Familien der Wachen herauszufinden. Briggs musste ihnen sagen, dass Dean Reddings Sohn ist. Es wäre sonst unmöglich gewesen, eine Besuchserlaubnis zu bekommen, nicht einmal mit einer Genehmigung von ganz oben.«

»Ihr Vater hat diesem Besuch zugestimmt?«, fragte ich und rutschte auf meinem Sitz so weit zur anderen Seite, dass ich sie besser sehen konnte.

»Es war seine Idee.«

Sterling schürzte die Lippen. Froh war sie nicht darüber.

»Ihr Vater will den Fall abschließen«, verdeutlichte ich mir die Logik der Situation. »Der Fall Locke ist in die Zeitungen gekommen. Das Letzte, was das FBI jetzt braucht, ist noch mehr schlechte Presse. Der Director muss den Fall schnell und leise abschließen und dazu benutzt er sogar Dean. Aber wenn es nach Ihnen ginge ...«

»Wenn es nach mir ginge, wäre Dean seinem Vater nie wieder auch nur auf hundert Meter nahe gekommen«, warf Agent Sterling ein und sah aus dem Fenster. Briggs, Dean und der ältere Wachmann waren im Gebäude verschwunden. Der jüngere – derjenige, der Dean durchsucht hatte – kam auf uns zu. »Andererseits«, fuhr Agent Sterling fort und entriegelte die Tür, »wenn es nach mir ginge, hätte Dean nach der Verhaftung seines Vaters eine Chance auf eine normale Kindheit bekommen.«

Sie machte die Tür auf und stieg aus.

»Kann ich Ihnen helfen?«, fragte sie den Wachmann.

Er sah mit dem Anflug eines Lächelns auf sie herab.

»Sie können nicht im Auto bleiben«, verkündete er. »Das hier ist ein gesicherter Bereich.«

»Das weiß ich. Und ich habe die Genehmigung, hier zu sein«, antwortete Sterling kühl und zog die Augenbrauen hoch. Sie verhielt sich wie jemand, der sein ganzes Leben in den alten Männerklubs verbracht hatte. Ein Gefängniswärter auf einem Machttrip konnte sie nicht beeindrucken.

Ich konnte förmlich sehen, wie der Mann sich fragte, ob es sich lohnte, sich mit einer FBI-Agentin – und besonders mit dieser FBI-Agentin – anzulegen.

»Der Chef ist auf einem Sicherheitstrip«, sagte er und schob die Schuld auf seinen Vorgesetzten. »Sie müssen den Wagen wegfahren.«

»Gut.« Sterling setzte sich wieder ins Auto und dabei fiel sein Blick auf mich. Er hob die Hand und bedeutete mir, die Tür aufzumachen. Ich sah Agent Sterling an, die kurz nickte. Ich öffnete die Tür und stieg aus.

Der Wächter sah mich nur kurz an und wandte sich dann wieder an Agent Sterling.

»Ist sie mit dem Redding-Jungen befreundet?«, fragte er. Seine Stimme ließ keinen Zweifel an seinen Gefühlen für Dean – und seinen Vater.

Ich war mir ziemlich sicher, dass Michael es als Abscheu gelesen hätte.

»Wenn Sie mich bitte entschuldigen«, erklärte Sterling bestimmt, »ich parke den Wagen um.«

Der Wachmann sah mich an, und seine frühere Entscheidung, sich nicht mit Agent Sterling anzulegen, passte nicht zu seiner Abneigung gegen Dean – und jetzt mir gegenüber. Er wandte sich um und sagte etwas in sein Funkgerät. Einen Augenblick später drehte er sich wieder um und sagte mit einem höflichen Lächeln im Gesicht und Augen, die zu kalten, unbarmherzigen Schlitzen zusammengekniffen waren: »Ich habe bei meinem Chef angerufen. Ich fürchte, Sie beide müssen mitkommen.«

• • •

»Sag kein Wort«, riet mir Agent Sterling leise. »Ich kümmere mich darum.«

Der Wachmann führte uns durch einen Gang. Agent Sterling griff zum Telefon.

»Ich kann Sie in den Besucherraum bringen«, sagte der Wachmann, »oder Sie warten in einem der vorderen Büros.«

Wen auch immer Sterling anrufen wollte, antwortete nicht, woraufhin sie sich an den Wachmann wandte.

»Mr …« Sie brach ab und wartete darauf, dass er ihr seinen Namen nannte.

»Webber.«

»Mr Webber, es gibt einen Grund dafür, dass Sie und Ihr Kollege gebeten wurden, sich mit Agent Briggs am Hintereingang zu treffen. Es gibt auch einen Grund dafür, dass Agent Briggs Daniel Redding nicht im Besucherraum trifft. Dieser Fall ist vertraulich und es sollten nicht mehr Leute darüber Bescheid wissen als notwendig. Und niemand muss wissen, dass das FBI Redding besucht.«

Innerhalb der Gefängnismauern hatten die Wärter eine Machtposition und dieser hier kostete seine aus. Webber gefiel es nicht, daran erinnert zu werden, dass Sterling zum FBI gehörte. Er mochte sie nicht. Er ließ sich nicht gerne von oben herab behandeln.

Und Dean mochte er schon überhaupt nicht. Oder Redding. Oder mich.

Das konnte nicht gut gehen.

»Wenn Sie nicht einen sicheren und privaten Ort haben, an dem wir warten können«, fuhr Agent Sterling fort, »dann schlage ich vor, dass Sie den Gefängnisdirektor anrufen und …«

»Sicher und privat?«, wiederholte der Wachmann nett und höflich genug, um mir einen Schauer über den Rücken zu jagen. »Warum haben Sie das nicht gleich gesagt?«

• • •

Wir landeten in einem Beobachtungsraum. Auf der anderen Seite einer nur von uns aus durchsichtigen Spiegelwand saßen Agent Briggs und Dean einem Mann mit dunklem Haar und dunklen Augen gegenüber.

Deans Augen.

Ich sollte nicht hier sein. Ich sollte das nicht mit ansehen.

Doch dank eines Gefängniswärters auf einem Egotrip saß ich hier. Dean und sein Vater saßen einander schweigend gegenüber, und ich musste mich unwillkürlich fragen, wie lange sie dort schon saßen und einander anstarrten. Was hatten wir verpasst?

Sterling hielt ihren Blick auf Redding geheftet.

Deans Vater war kein großer Mann, aber so, wie er dort saß, mit einem leichten Lächeln auf den gleichmäßigen, unauffälligen Zügen, verlangte er Aufmerksamkeit. Sein dunkles Haar war dicht und ordentlich. Auf Wangen und Kinn zeigte sich ein leichter Bartschatten.

»Erzähl mir von den Briefen.« Dean richtete keine Frage oder Bitte an seinen Vater. Wie das Gespräch vor unserer Ankunft auch verlaufen war, jetzt war Dean jemand, der einen Auftrag hatte.

Er musste die notwendigen Informationen bekommen und dann verschwinden.

»Welche Briefe?«, fragte sein Vater freundlich. »Die, die

mich bis in die Hölle verfluchen? Die von den Familien, die mir ihren Weg zur Vergebung beschreiben? Die von den Frauen, die mir Heiratsanträge machen?«

»Die vom Professor«, entgegnete Dean. »Von dem, der das Buch schreibt.«

»Ah«, sagte Redding. »Fogle, nicht wahr? Kräftiger Haarwuchs, tiefe, seelenvolle Augen, ein großer Freund von Nietzsche?«

»Er war also hier.« Die Vorstellung seines Vaters beeindruckte Dean nicht. »Was hat er dich denn gefragt?«

»Es gibt eigentlich nur zwei Fragen, Dean. Das weißt du doch.« Redding lächelte liebevoll. »*Warum* und *wie*.«

»Und was für ein Mensch war dieser Professor?«, forschte Dean weiter. »War er mehr am Warum oder am Wie interessiert?«

»Ein wenig am einen, ein wenig am anderen.« Redding neigte sich vor. »Woher kommt das plötzliche Interesse an meinem Kollegen, dem Professor? Hast du Angst, dass er deinen Anteil an unserer Geschichte nicht richtig darstellen könnte?«

»Wir haben keine Geschichte.«

»Meine Geschichte ist deine Geschichte.« In Reddings Augen glomm ein seltsames Licht auf, doch er beherrschte sich und schraubte die Intensität seiner Stimme eine Stufe zurück. »Wenn du wissen willst, was der Professor schreibt und wozu er fähig ist, schlage ich vor, du fragst ihn selbst.«

»Das werde ich«, sagte Dean. »Sobald du mir sagst, wo ich ihn finden kann.«

»Um Himmels willen, Dean, ich habe den Mann nicht in meiner Kurzwahlliste. Wir sind keine Freunde. Er hat mich ein paarmal interviewt. Und für gewöhnlich stellte er die Fragen und ich antwortete, nicht umgekehrt.«

Dean stand auf, um zu gehen.

»Aber«, fügte Redding schüchtern hinzu, »er hat erwähnt, dass er meist in seiner Hütte in den Bergen schreibt.«

»Was für eine Hütte?«, fragte Dean. »Welche Berge?«

Redding deutete mit seinen mit Handschellen gefesselten Händen auf Deans Stuhl. Nach einem langen Augenblick des Schweigens setzte Dean sich wieder.

»Vielleicht muss man meinem Gedächtnis etwas nachhelfen«, verkündete Redding, neigte sich leicht vor und studierte eingehend Deans Gesicht.

»Was willst du?«, fragte Dean vollkommen tonlos. Redding schien es nicht zu bemerken oder es war ihm egal.

»Dich«, erwiderte der Mann und ließ seinen Blick über Dean gleiten, nahm jedes Detail in sich auf wie ein Künstler, der sein Meisterwerk begutachtet. »Ich will mehr über dich wissen, Dean. Was haben diese Hände die letzten fünf Jahre lang getan? Was haben diese Augen gesehen?«

Es war irgendwie beunruhigend zu hören, wie Deans Vater seinen Körper auseinandernahm.

Für dich ist Dean nur ein Ding, dachte ich. *Er ist Hände und Augen, ein Mund, etwas, was man formen kann. Etwas, was man besitzt.*

»Ich bin nicht gekommen, um über mich zu sprechen.« Deans Stimme verriet nichts.

Sein Vater zuckte mit den Achseln.

»Und ich kann mich offenbar nicht daran erinnern, ob die Hütte des Professors in Catoctin oder Shenandoah liegt.«

»Ich weiß nicht, was du von mir hören willst«, sagte Dean

und sah seinen Vater durchdringend an. »Es gibt nichts, worüber ich reden könnte. Wolltest du das hören? Dass diese Hände, diese Augen ... gar nichts sind?«

»Sie sind alles«, widersprach Redding mit vor Intensität vibrierender Stimme. »Und es gibt so viel mehr, was du tun könntest.«

Agent Sterling neben mir stand auf und ging einen Schritt näher an die Glasscheibe. Näher an Redding.

»Komm schon, Deanilein, in deinem Leben muss es doch etwas geben, über das es sich zu reden lohnt.« Redding war völlig gelassen und immun gegenüber der Feindseligkeit, die Dean ausstrahlte. Vielleich bemerkte er sie auch gar nicht. »Musik. Sport. Ein Motorrad. Ein Mädchen.« Redding legte den Kopf schief. »Aha«, meinte er. »Also gibt es ein Mädchen.«

»Es gibt niemanden«, stieß Dean hervor.

»Mein Sohn, mich dünkt, du protestierst zu viel.«

»Ich bin nicht dein Sohn.«

Reddings Hand schoss vor und blitzartig stand er auf. Dean musste sich vorgeneigt haben, denn Redding schaffte es, ihn am Hemd zu packen und hochzuziehen.

»Du bist mein Sohn, mehr als du je der Sohn deiner Mutter, dieser Hure, warst. Ich bin in dir, Junge. In deinem Blut, deinem Geist, in jedem Atemzug, den du machst.« Reddings Gesicht war jetzt ganz dicht vor Deans, dicht genug, dass Dean bei jedem Wort seinen Atem spüren musste. »Du weißt es. Du fürchtest es.«

Gerade hatte Dean noch einfach dagestanden, doch plötzlich packte er seinen Vater an seinem Overall, und Daniel Redding wurde kraftvoll über den Tisch gezogen.

»He!« Briggs warf sich zwischen die beiden. Redding ließ Dean zuerst los und hielt resignierend die Hände hoch.

Du gibst nie auf, dachte ich. *Du gibst nie nach. Du bekommst, was du willst – und du willst Dean.*

Agent Sterling krallte ihre Hand um meinen Ellbogen.

»Wir gehen«, verkündete sie. Der Wachmann versuchte, sie aufzuhalten, doch sie starrte ihn so wütend an, wie sie es vermochte. »Noch ein Wort, noch ein Schritt und ich schwöre bei Gott, ich sorge dafür, dass Sie Ihren Job verlieren.«

Ich sah wieder zu Dean. Briggs legte ihm die Hand auf die Brust und stieß ihn heftig zurück. Wie ein Schlafwandler, der plötzlich aufgeweckt wird, zuckte Dean zurück und ließ seinen Vater los. Er sah zum Spiegel, und ich hätte schwören können, dass er mich dort stehen sah.

»Cassie«, sagte Agent Sterling scharf, »wir gehen! Sofort!«

Das Letzte, was ich hörte, bevor wir gingen, war Deans Stimme, die hart und leer klang.

»Und jetzt erzähl mir von der Hütte des Professors.«

Kapitel 20

»Es war ein Fehler.« Sterling wartete, bis wir wieder im Auto saßen, bevor sie es sagte.

»Mit dem Wachmann zu gehen?«, fragte ich.

»Dich hierherzubringen. Dean hierherzubringen. In diesem Raum zu bleiben und zuzusehen. Das alles.« Als sie *Das alles* sagte, hatte ich das Gefühl, als meine sie damit nicht nur die Art und Weise, wie Briggs und der Director mit diesem Fall umgingen. Sie meinte das Leben, das Dean führte. Das ganze Programm. *Das alles*.

»Es ist nicht dasselbe«, erwiderte ich. »Was wir als Team tun und das, was Dean da drin mit seinem Vater macht – das ist nicht dasselbe.«

Dean in einen Raum mit seinem Vater zu sperren riss alle alten Narben wieder auf, alle Wunden, die dieser Mann Deans Psyche zugefügt hatte.

Darum ging es bei diesem Programm nicht. Das war nicht das, was wir taten.

»Sie hätten Dean sehen sollen, als wir die Nachricht bekamen, dass das FBI Mackenzie McBride gefunden hatte«, sagte ich und dachte an diesen Dean. Unseren Dean. »Er hat nicht einfach nur gelächelt. Er hat gestrahlt. Wussten Sie, dass er Grübchen hat?«

Agent Sterling antwortete nicht.

»Dean hätte nie eine normale Kindheit gehabt.« Ich weiß

nicht, warum mir so viel daran lag, dass sie das verstand. »Es gibt Dinge, von denen es kein Zurück gibt. Normal ist keine Option, für keinen von uns.« Ich musste an das denken, was Sloane gesagt hatte. »Wenn wir eine normale Kindheit gehabt hätten, wären wir keine Naturtalente geworden.«

Agent Sterling sah mich endlich an.

»Reden wir jetzt von Deans Vater oder deiner Mutter?«, fragte sie und wartete kurz ab, bevor sie sagte: »Ich habe deine Akte gelesen, Cassie.«

»Jetzt bin ich also Cassie?«, fragte ich. Sie runzelte die Stirn, daher erklärte ich: »Seit sie gekommen sind, haben Sie mich bisher immer nur Cassandra genannt.«

»Soll ich dich lieber weiter bei deinem vollen Namen nennen?«

»Nein.« Ich hielt inne. »Aber Sie wollen es vielleicht. Sie mögen keine Spitznamen. Die bringen Sie den Menschen näher.«

Sterling holte tief Luft.

»Du musst lernen, damit aufzuhören«, sagte sie.

»Womit?«

»Die meisten Leute mögen es nicht, analysiert zu werden. Manche Dinge lässt man besser ungesagt.« Sie hielt inne. »Wo wart ihr letzte Nacht?«

Mir blieb fast das Herz stehen. Die Frage kam wie aus dem Nichts.

Ich stellte mich dumm. »Wie meinen Sie das?«

Sie hatte schon mit der Schließung des Programms gedroht, als Sloane nur die Tatortszenen im Keller benutzt hatte. Ich wollte nicht wissen, was sie tun würde, wenn sie wüsste, was Lia, Michael und ich in der letzten Nacht getan hatten.

»Du glaubst, dass ich dich nicht mag.« Sterling benutzte ihre Profiler-Stimme und versetzte sich in meine Lage. »Du betrachtest mich als Feind, aber das bin ich nicht, Cassie.«

»Sie haben ein Problem mit dem Programm«, stellte ich fest. »Ich weiß nicht, warum Sie diesen Job angenommen haben. Sie haben ein Problem damit, was Briggs hier tut, und Sie haben ein Problem mit mir.«

Ich hätte erwartet, dass sie es abstritt, doch sie überraschte mich.

»Mein Problem mit dir«, sagte sie betont deutlich, »ist, dass du nicht tust, was man dir sagt. Alle Instinkte der Welt sind nutzlos, wenn man nicht im System arbeitet. Das hat Briggs nie verstanden und du auch nicht.«

»Sie sprechen davon, was letzten Sommer passiert ist.« Ich wollte dieses Gespräch eigentlich nicht führen, aber es führte kein Weg daran vorbei. Ich konnte nicht aus dem Auto steigen, um ihrem abschätzenden Blick zu entrinnen. »Ich verstehe das. Dean wurde verletzt. Michael wurde verletzt. Meinetwegen.«

»Wo wart ihr letzte Nacht?«, fragte Agent Sterling erneut. Ich antwortete nicht. »Letzten Sommer habt du und deine Freunde euch in ein sicheres Laufwerk eingehackt und die Fallakten gelesen, soweit ich weiß aus keinem anderen Grund, als dass ihr euch gelangweilt habt. Selbst nachdem euch Briggs gewarnt hat, hattet ihr nicht die Absicht, es bleiben zu lassen. Und schließlich hat der Killer mit dir Kontakt aufgenommen.« Sie ließ mir keine Zeit, auf diese brutale Schilderung der Ereignisse zu antworten. »Du wolltest bei dem Fall mitarbeiten und Agent Locke tat dir den Gefallen.«

»Dann ist es also meine Schuld«, fuhr ich wütend auf. Ich

versuchte, nicht zu weinen, weil ich Angst hatte, dass sie recht hatte. »Die Menschen, die Locke umgebracht hat, nur um mir ihr Haar zu schicken. Die Mädchen, die sie entführt hat. Dass sie Michael angeschossen hat. Alles meine Schuld.«

»Nein.« Sterlings Stimme war leise und unerbittlich. »Nichts davon war deine Schuld, Cassie, aber für den Rest deines Lebens wirst du dich fragen, ob es so war. Es wird dich nachts wach halten. Es wird dich verfolgen. Das Gefühl wird nie verschwinden. Ich weiß, du fragst dich manchmal, ob ich, wenn ich dich ansehe, deine Tante sehe, aber so ist das nicht. Dean ist nicht sein Vater. Ich bin nicht meiner. Wenn ich glauben würde, dass du auch nur im Mindesten so wärst wie Lacey Locke, würden wir dieses Gespräch nicht führen.«

»Warum führen Sie dieses Gespräch dann mit mir?«, fragte ich. »Sie sagen, dass ich nicht weiß, wie man arbeitet, ohne gegen die Regeln zu verstoßen, aber versuchen Sie mir nicht zu sagen, dass die anderen es tun. Lia? Michael? Oder Sloane? Sie sehen sie allerdings nicht so an, wie Sie mich ansehen.«

»Weil sie nicht wie ich sind.« Agent Sterlings Worte schienen allen Sauerstoff aus dem Wagen zu saugen. »Ich habe nicht deine Akte gelesen und dabei deine Tante gesehen, Cassie.« Sie klappte fest den Mund zu. Als sie endlich weitersprach, war ich fast davon überzeugt, dass ich mich verhört hatte. »Wenn du die Regeln brichst, wenn du dir selbst sagst, dass der Zweck die Mittel heiligt, werden Menschen verletzt. Das Protokoll rettet Leben.« Sie fuhr sich mit der Hand über den Nacken. Zur Mittagszeit wurde die Hitze im Auto ohne Klimaanlage unerträglich.

»Willst du wissen, warum du mich besonders interessierst,

Cassie? Du bist diejenige, die wirklich etwas fühlt. Michael, Lia, Dean – sie haben schon sehr früh im Leben gelernt, ihre Gefühle einfach auszublenden. Sie sind es nicht gewohnt, Menschen an sich herankommen zu lassen. Sie halten es nicht für notwendig, jedes einzelne Mal ihren Hals zu riskieren. Sloane engagiert sich, sie tut es allerdings mit Fakten, nicht mit Gefühlen. Aber du? Du kannst gar nicht aufhören, etwas zu empfinden. Für dich geht es immer um die Opfer und deren Familien. Es ist immer persönlich.«

Ich wollte ihr sagen, dass sie unrecht hatte, doch dann musste ich an Mackenzie McBride denken und wusste, dass es stimmte. Bei mir ging es bei jedem Fall, an dem ich arbeitete, um etwas Persönliches. Ich wollte immer Gerechtigkeit für die Opfer. Ich würde alles tun, was notwendig war, um auch nur ein Leben zu retten, so wie ich wünschte, dass jemand meine Mutter gerettet hätte.

»Ich bin froh, dass du heute für Dean hier gewesen bist, Cassie. Er braucht jemanden, gerade jetzt. Aber wenn es dir ernst ist mit dem, was wir tun, was ich tue, dann sind Gefühle ein Luxus, den du dir nicht leisten kannst. Schuld, Zorn, Mitgefühl, bereit zu sein, alles zu tun, um jemanden zu retten – das sind die Zutaten, mit denen jemand getötet wird.«

Bevor sie das FBI verlassen hatte, hatte sie jemanden verloren, und zwar, weil sie sich emotional auf einen Fall eingelassen hatte. Weil sie im Eifer des Gefechts die Regeln gebrochen hatte.

»Ich will wissen, wo ihr letzte Nacht gewesen seid.« Es war wie eine kaputte Schallplatte. »Ich gebe dir die Gelegenheit, eine gute Entscheidung zu treffen, und ich rate dir, sie zu ergreifen.«

Kurz überlegte ich, ob ich es ihr sagen sollte, doch es war ja nicht nur mein Geheimnis, sondern auch das von Michael und Lia.

»Briggs weiß nicht, dass ihr euch hinausgeschlichen habt. Und Judd auch nicht.« Sterling ließ die darin enthaltene Drohung in der Luft hängen. »Ich wette, du hast Judd noch nie richtig wütend erlebt. Ich schon. Und das ist nicht zu empfehlen.«

Da ich nicht antwortete, schwieg Agent Sterling. Die Temperatur im Auto wurde unerträglich. »Das ist eine schlechte Entscheidung, Cassie.« Da ich nichts sagte, kniff sie die Augen zusammen. »Sag mir nur eines«, meinte sie. »Gibt es etwas, was ich wissen sollte?«

Ich biss mir auf die Unterlippe und dachte an Dean und was er durchmachte, um auch nur die geringste Information aus seinem Vater herauszubekommen.

»Emerson hatte etwas mit ihrem Professor«, sagte ich schließlich. Ich war es Dean schuldig, diese Information weiterzugeben. »Mit dem, der das Buch über Deans Vater schreibt.«

Agent Sterling zog sich die Jacke aus. Offensichtlich machte auch ihr die Hitze zu schaffen.

»Danke«, sagte sie und drehte sich zu mir um. »Aber hör mir gut zu: Als ich gesagt habe, bleibt weg von dem Fall, habe ich es auch so gemeint. Wenn ihr das nächste Mal auch nur einen Schritt aus Quantico weg macht, ohne mich um Erlaubnis zu fragen, werde ich euch elektronische Fußfesseln anlegen lassen!«

Ich hörte die Drohung kaum. Ich antwortete nicht. Ich fand keine Worte. Ich konnte nicht einmal klar denken.

Als Agent Sterling ihre Jacke ausgezogen hatte, war ihre Bluse leicht verrutscht. Sie stand vorne offen, sodass ich die Haut darunter sah. Unter ihrem Schlüsselbein hatte sie eine Narbe.

Ein Brandzeichen in Form eines R.

Kapitel 21

Sterling sah nach unten. Mit absolut reglosem Gesicht richtete sie ihre Bluse, doch obwohl die Narbe wieder bedeckt war, musste ich noch drauf starren.

Fesseln. Brennen. Schneiden. Hängen.

Die ganze Zeit im Beobachtungsraum hatte sie nicht einen Moment den Blick von Daniel Redding abgewendet.

»Mein Team hat den Fall untersucht«, sagte sie ruhig. »Ich bin ihm ein wenig zu nahe gekommen und ich war nachlässig. Redding hatte mich zwei Tage in seiner Gewalt, bevor ich entkommen konnte.«

»Daher kennen Sie Dean.« Ich hatte mich schon gefragt, wie sie ihn so gut hatte kennenlernen können, wenn sie nur seinen Vater verhaftet hatte. Aber wenn sie eines von Reddings Opfern gewesen war ...

»Ich bin kein Opfer«, verwahrte sich Sterling, die meinem Gedankengang geradezu gespenstisch dicht gefolgt war. »Ich bin eine Überlebende, und Dean ist der Grund dafür, dass ich überlebt habe.«

»War das der Fall, von dem Sie vorhin gesprochen haben?« Irgendwie fand ich meine Stimme nicht, denn die Worte kamen heiser und leise hervor. »Als Sie sagten, dass Gefühle für jemand anderen die Zutaten sind, mit denen jemand ermordet wird, haben Sie da von jemandem geredet, den Daniel Redding getötet hat?«

»Nein, Cassie, habe ich nicht. Und das ist die letzte Frage, die ich zu Daniel Redding, meiner Vergangenheit oder dem Brandmal auf meiner Brust beantworten werde. Ist das klar?« Sterlings Stimme war so gleichmütig, so sachlich, dass mir nichts übrig blieb, als zu nicken.

Die Tür zum Gefängnis ging auf und Briggs und Dean traten heraus. Sie wurden nur von einem Wachmann begleitet, dem älteren. Ich sah zu, wie er Agent Briggs etwas gab – eine Akte. Dean stand vollkommen, geradezu unnatürlich still neben ihm. Seine Schultern waren zusammengezogen, sein Kopf hing herab, und seine Arme hingen schlaff an seinem Körper herunter.

»Stell Dean keine Fragen über diese Sache«, verlangte Agent Sterling. Es war ein verzweifelter, dringender Befehl. »Erzähl ihm nicht einmal, dass du das Brandmal gesehen hast.«

»Nein. Das tue ich nicht. Ich werde ihm keine Fragen stellen.« Ich hatte immer noch Mühe, Sätze zu bilden, und schwieg, als Dean und Briggs zum Auto kamen. Dean machte die Tür auf und stieg ein. Er schloss die Tür, aber er sah mich nicht an. Ich zwang mich, nicht die Hand nach ihm auszustrecken, sondern versuchte, mich auf den Sitz vor mir zu konzentrieren.

Briggs reichte Agent Sterling die Akte, knallte sie ihr förmlich auf den Schoß.

»Besuchereinträge«, sagte er. »Redding darf eigentlich gar keinen Besuch haben. Der Gefängnisdirektor muss verrückt sein. Ich bin mir nicht mal sicher, ob die Liste vollständig ist.«

Agent Sterling schlug die Akte auf und überflog die Namen.

»Ehegattenbesuche?«, fragte sie.

»Mehrere!«, stieß Briggs hervor.

»Glaubst du, unser Täter ist auf dieser Liste?«, fragte Sterling.

»Das wäre denkbar«, erwiderte Briggs angespannt. »Es würde uns das Leben einfacher machen, daher denke ich, nein, Ronnie, unser Täter ist nicht auf dieser Liste, denn ich glaube nicht, dass es so denkbar einfach ist. So viel Glück werden wir nicht haben.«

Ich erwartete, dass Sterling ihn ebenfalls anfuhr, doch stattdessen berührte sie seinen Unterarm leicht mit den Fingerspitzen.

»Lass ihn nicht an dich herankommen«, sagte sie leise. Unter ihrer Berührung entspannte sich Briggs ein wenig. »Wenn du das zulässt, gewinnt er.«

»Das ist dämlich«, fand Dean und kräuselte verächtlich die Lippen. »Wir haben gewusst, was passieren würde, wenn ich herkomme. Er hat versprochen zu reden. Nun, geredet hat er, und jetzt haben wir keine Ahnung, wie viel von dem, was er gesagt hat, wahr ist und womit er uns nur an der Nase herumführt.«

Nicht ich hätte hinter der Glasscheibe sitzen sollen, dachte ich. *Lia hätte der Befragung zusehen sollen.* Mir war der Unterschied zwischen laufenden und alten Fällen egal. Mir ging es um Dean.

Agent Sterling wandte sich nach hinten. Ich erwartete, dass sie Dean gegenüber genauso milde sein würde wie eben zu Briggs, doch stattdessen funkelten ihre Augen hart wie Diamanten, als sie Dean ansprach.

»Lass es!«, sagte sie und stieß mit dem Finger in seine Richtung.

»Lass was?«, fuhr Dean zurück. Ich hatte ihn noch nie so wütend gehört.

»Willst du wirklich dieses Spielchen mit mir spielen?«, fragte ihn Sterling mit hochgezogenen Augenbrauen. »Du glaubst, ich weiß nicht, wie das für dich da drin gewesen ist? Du glaubst, ich weiß nicht, was er gesagt hat und was du denkst? Ich sage dir, Dean, lass es. Lass es einfach bleiben!«

Während Briggs durch das Tor vom Gefängnishof fuhr, breitete sich angespanntes Schweigen aus. Ich legte meine Hand mit der Handfläche nach oben auf den Sitz. Dean wandte sich zum Fenster und ballte die Hände zu Fäusten.

Ich sah auf meine Hand, die offen und abwartend dalag, doch ich konnte sie nicht wegziehen. Ich kam mir vollkommen fehl am Platze und völlig nutzlos vor. Ich war um Deans willen mitgekommen, aber ich musste kein Profiler sein, um zu erkennen, dass er mich jetzt nicht hierhaben wollte. Mit einem einzigen Gespräch hatte sein Vater einen Keil zwischen Dean und den Rest der Welt getrieben und ihn so wirkungsvoll davon getrennt wie ein Messer ein krankes Körperteil. Die unausgesprochene Nähe, die zwischen Dean und mir geherrscht hatte, war diesem Schlag zum Opfer gefallen – sie war fort, als hätte sie nie existiert.

Ich bin in dir, Junge. In deinem Blut, deinem Geist, in jedem Atemzug, den du machst.

Briggs nahm sein Telefon hervor. Ein paar Sekunden, nachdem er gewählt hatte, brüllte er Befehle.

»Redding hat uns die Lage der Hütte des Professors genannt, in der er immer schreibt. Sie liegt in Catoctin.« Briggs machte eine Pause. »Nein, ich weiß nicht, auf wen die Hütte eingetragen ist. Versuchen Sie es mit den Eltern des Professors, seiner Exfrau, College-Zimmergenossen ... Versuchen Sie es mit allen und ihren verdammten Hunden, aber finden Sie sie!«

Briggs legte auf und warf das Telefon weg. Sterling fing es auf.

»Wenn ich mich richtig erinnere, war das Werfen von Telefonen doch früher eher mein Fall als deiner«, meinte sie trocken.

Agent Sterling war diejenige gewesen, die von Daniel Redding gefoltert worden war, doch sie war von den dreien die Einzige, die sich nach diesem Besuch noch unter Kontrolle hatte.

»Hat Redding irgendetwas davon gesagt, dass der Professor eine Beziehung mit Emerson Cole hatte?«

Agent Sterlings Frage riss sowohl Dean als auch Briggs aus ihrer Wut, wenn auch nur kurz.

»Hättest du die Güte, mir zu sagen, woher du das weißt?«, fragte Briggs angespannt. Ich konnte ihn fast denken hören, dass Sterling hinter seinem Rücken irgendwelche Spuren verfolgt hatte.

»Frag doch Cassie«, schlug Agent Sterling vor. »Offensichtlich hat sie ein paar außerschulische Nachforschungen betrieben.«

»Wie bitte?«, fuhr Briggs auf.

Dean wandte langsam den Kopf vom Fenster ab und sah mich an.

»Was für außerschulische Nachforschungen?«, fragte er leise und matt. »Was hast du getan?«

»Nichts«, sagte ich. »Spielt keine Rolle.«

»Nur du?«, wollte Dean wissen. Ich antwortete nicht. Er schloss die Augen. Sein Gesicht war angespannt. »Natürlich nicht nur du. Du würdest mich nicht anlügen, wenn es nur um dich ginge. Ich nehme an, Lia war mit dabei. Sloane? Townsend?«

Ich antwortete nicht.

»Das gibt uns ein Motiv«, sagte Agent Sterling zu Briggs. »Der Professor hätte das Mädchen umbringen können, um das zu vertuschen.«

»Emerson«, verlangte Dean. »Ihr Name war Emerson.«

»Ja«, sagte Agent Sterling, ohne auf den Zorn in Deans Stimme einzugehen. »Stimmt. Und ob du es glaubst oder nicht, Dean, die Informationen, die wir heute von deinem Vater bekommen haben, egal wie unbedeutend sie jetzt auch zu sein scheinen, werden uns helfen, Emersons Mörder zu finden. Jetzt müsst ihr uns nur unseren Job machen lassen.« Sie hielt inne. »Also keine weiteren Nachforschungen. Keine Ausflüge. Das gilt für euch beide.«

Beim Wort *Ausflüge* fuhr Briggs den Wagen an den Straßenrand und schaltete den Motor aus.

»Du«, sagte er, wandte sich um und fixierte mich, »raus aus dem Auto.«

Mit diesen Worten stieg er selber aus.

Ich versuchte, nicht zu zucken, als ich zu ihm ging. Briggs war vielleicht bereit, kalkulierte Risiken einzugehen, wie Dean zu seinem Vater zu bringen, aber er fühlte sich mit diesen Risiken nur wohl, wenn die Berechnungen von ihm selbst angestellt worden waren.

»Darf ich das so verstehen, dass du das Haus verlassen und eine Art Ausflug gemacht hast, um dich direkt in eine laufende FBI-Ermittlung einzumischen?« Briggs hob nicht die Stimme, doch in jedem Wort steckte so viel Zorn, dass er auch hätte schreien können.

»Ja?«

Briggs fuhr sich mit den Händen durch das Haar.

»Wer war mit dabei?«

Das konnte ich ihm nicht sagen.

»Ich weiß, dass du helfen willst«, sagte er mit zusammengepressten Kiefern. »Es ist nicht fair, was dieser Fall Dean antut. Ihn hierherzubringen, um mit seinem Vater zu sprechen, das war nicht fair von mir. Aber ich hatte keine Wahl. Dean hatte keine Wahl, du hingegen schon. Du kannst dich entscheiden, mir zu vertrauen. Du kannst dich entscheiden, Agent Sterling nicht noch mehr Munition gegen dieses Programm zu liefern. Du kannst dich entscheiden, nicht wie ein verantwortungsloser, kurzsichtiger Teenager zu handeln, dem man nicht zutrauen kann, sich an Regeln zu halten, die für seine eigene Sicherheit aufgestellt wurden!«

Jetzt schrie er doch.

Dean machte die Autotür auf, ohne auszusteigen. Er sah mich nicht einmal an. Briggs stieß den Atem aus. Ich konnte fast hören, wie er innerlich bis zehn zählte.

»Ich werde nicht fragen, wohin ihr gegangen seid«, sagte er, jedes Wort abwägend wie eine Drohung. »Ich werde dir nicht sagen, dass es dumm und verantwortungslos war, obwohl ich mir sicher bin, dass es das war. Ich frage dich nur – und nur ein einziges Mal, Cassandra –, wer dir das vom Professor und dem Mädchen erzählt hat.«

Ich schluckte schwer.

»Der Name meiner Quelle ist Derek. Er arbeitete mit Emerson zusammen an einem Gruppenprojekt für Professor Fogles Kurs. In dieser Arbeitsgruppe waren noch zwei weitere Studenten – ein Mädchen namens Bryce und ein Junge namens Clark.«

Briggs' Blick fiel kurz auf Dean.

»Was?«, sagte ich. Ich bemerkte die Wichtigkeit dieses Blickwechsels, wusste aber nicht, was er bedeutete.

Dean antwortete mir, während Briggs wieder einstieg.

»Mein Vater hat gesagt, dass wir mit dem Professor unsere Zeit verschwenden, wenn wir nach einem Nachahmer suchen.« Dean fuhr sich fahrig mit der Hand durchs Haar, krallte die Finger und riss heftig daran. »Er sagte, die einzig wirklich bemerkenswerten Briefe, die er erhalten hatte, wären von den Studenten dieses Kurses gekommen.«

Kapitel 22

Als Briggs vor dem Haus vorfuhr, nagte die Stille im Wagen an mir. Nachdem er uns von den Briefen erzählt hatte, hatte Dean kein Wort mehr gesagt.

Wir wollten dich beschützen, dachte ich. Ich wünschte mir, er würde mich analysieren und es sehen. Aber es war, als hätte jemand einen Schalter umgelegt, und Dean hatte komplett dichtgemacht. Er sah mich nicht einmal mehr an. Und am schlimmsten war es zu wissen, dass er dort saß und an den Tag dachte, den wir miteinander verbracht hatten, und was für ein Fehler es gewesen war, auch nur für eine Sekunde zu glauben, dass er jemanden an sich heranlassen durfte.

»Dean …«

»Nicht.«

Er klang nicht zornig. Er klang nach gar nichts.

Als Briggs parkte, stieg ich als Erste aus. Ich ging zum Haus, blieb aber stehen, als ich den Haufen Schrott in der Einfahrt sah. Den Metallklumpen als Auto zu bezeichnen, wäre zu viel des Guten gewesen. Er hatte nur drei Räder, keine Farbe und verrostete Stoßdämpfer. Die Motorhaube – wenn man sie so nennen wollte – war aufgeklappt. Wer gerade den Motor untersuchte, konnte ich nicht sehen, aber ich sah seine Jeans. Seine abgetragenen, eng anliegenden, ölverschmierten Jeans.

Michael?

Als ich Michael kennenlernte, änderte er jeden Tag seinen Kleidungsstil, nur um mich zu verwirren. Dieser Michael hingegen – mit Jeans und einem zerrissenen T-Shirt, der bis zum Ellbogen in einem Schrottwagen steckte –, der war mir neu.

Er richtete sich auf und wischte sich mit der Hand über die Stirn. Er sah, wie ich ihn ansah, und für einen kurzen Moment verhärtete sich sein Ausdruck.

Nicht du auch, dachte ich. Ich konnte es nicht ertragen, wenn Michael auch wütend auf mich war.

»Ich habe mich entschieden, Autos zu restaurieren«, verkündete Michael. Er beantwortete meine unausgesprochene Frage und gab mir etwas Hoffnung, dass ich mir den Blick in seinem Gesicht einen Moment zuvor nur eingebildet hatte. »Nur für den Fall, dass meinem Porsche etwas zustößt.«

Ich bemerkte den Hinweis auf meine frühere Drohung durchaus.

Du hast mich mit Dean in der Küche gesehen, dachte ich und übernahm seine Perspektive. *Es hat dich krank gemacht, uns zusammen zu sehen. Du bist gegangen …*

»Ich bin ein Mann mit vielen Geheimnissen«, brach Michael in meine Gedanken ein. Er wusste immer, wenn ich ihn analysierte, und ließ es nie lange zu. »Und du«, fügte er hinzu und ließ seinen Blick über mein Gesicht gleiten, »du bist nicht glücklich.«

»Nach drinnen! Alle!«, befahl Briggs.

Dean ging gebeugt ins Haus, den Blick starr geradeaus gerichtet, als er an uns vorbeikam. Michael ging ihm nach und sah sich zu mir um.

Ich sah zu Boden und ging los. Auf halbem Weg zur Tür kam Michael zu mir und legte mir die Hand auf die Schulter.

»Hey«, fragte er sanft. Ich blieb stehen, vermied es aber, ihn anzusehen. »Alles in Ordnung?«

»Schon gut.«

»Nichts ist gut.« Die Hand auf meiner Schulter strich über einen angespannten Muskel, dann drehte er mich zu sich um. »Was hat Dean getan?«

»Nichts«, antwortete ich. Dean hatte jedes Recht, wütend zu sein. Er hatte das Recht, nichts mit mir zu tun haben zu wollen.

Michael legte mir zwei Finger unters Kinn und hob mein Gesicht an. »Wenn du so aussiehst, dann hat er irgendetwas getan.«

»Es ist nicht seine Schuld«, beharrte ich.

Michael ließ seine Hand sinken.

»Versteh das nicht falsch, Colorado, aber ich bin es wirklich leid, dass du Entschuldigungen für ihn findest.«

»Das reicht!« Briggs legte eine Hand auf Michaels Schulter und eine auf meine und schob uns beide ins Haus.

»Holt Lia«, verlangte er. »Und Sloane. Ich will euch alle in fünf Minuten im Wohnzimmer sehen.«

»Sonst …«, flüsterte Michael.

»Sofort!«, schrie Briggs beinahe. Michael und ich gingen los.

Fünf Minuten später saßen wir im Wohnzimmer, Michael, Lia, Sloane und ich auf dem Sofa, Dean auf dem Rand des Kamins. Briggs hatte sich vor uns aufgebaut, während sich Sterling zurückhielt und abwartete.

»Sagt mir eines: Hattet ihr in der Geschichte dieses Programms schon jemals die Erlaubnis, an Zeugen heranzutreten?« Briggs' Stimme klang unangenehm freundlich.

Lia überlegte einen Moment, dann wandte sie sich an mich.

»Im Ernst, Cassie, bist du die am wenigsten verstohlene Person, die ich kenne, oder lässt du dich einfach aus alter Gewohnheit schnappen?«

»Lia«, fuhr Briggs sie an, »beantworte meine Frage!«

»Na gut«, lenkte Lia ein. »Nein. Wir hatten nie die Erlaubnis, Zeugen zu befragen. Wir bleiben im sprichwörtlichen Elfenbeinturm eingeschlossen, während Sie hinausgehen und die bösen Jungs schnappen. Zufrieden?«

»Sehe ich aus, als wäre ich zufrieden?« Auf Briggs' Stirn pulsierte eine Ader. »Dean hat heute seinen Vater besucht.«

Briggs hätte nichts sagen können, was eine größere Wirkung auf Lia gehabt hätte. Sie starrte zu Dean hinüber und blieb wie erstarrt sitzen.

»Dean ist durch die Hölle gegangen, weil ich ihn darum gebeten habe«, fuhr Briggs gnadenlos fort. »Weil es für diesen Fall wichtig war. Ich möchte ihn genauso gerne lösen wie jeder von euch, aber anders als ihr spiele ich hier keine Spielchen.«

»Wir haben keine ...«, begann ich.

Doch Briggs schnitt mir das Wort ab. »Jede Sekunde, die ich darauf verwenden muss, euch zu überwachen und dafür zu sorgen, dass ihr die Sache nicht in eure eigene Hand nehmt, ist eine Sekunde, die ich auch darauf verwenden könnte, den Killer zu fangen. Im Augenblick sollte ich eine Spur verfolgen, die zur Schreibhütte des Professors führt, aber stattdessen bin ich hier, weil ihr offenbar eine Erinnerung daran braucht, worum es in diesem Programm geht und worum nicht.«

Endlich konnte Lia den Blick von Dean lösen. Sie wandte sich mit blitzenden Augen an Briggs und ballte die Hände zu Fäusten.

»Sie halten uns einen Vortrag, weil wir versuchen, unsere Fähigkeiten zu etwas Nützlichem einzusetzen, aber diesen Scheißkerl mit Deans Kopf spielen zu lassen, damit sie an ein paar kümmerliche Informationen kommen können, das ist in Ordnung?«

»Das reicht!« Dean hob nicht die Stimme. Er musste es nicht. Lia wandte sich zu ihm und fünf oder sechs Sekunden saßen sie einfach nur da und starrten einander an.

»Nein, Dean, es reicht nicht.« Ihre Stimme klang sanft, bis sie sich wieder an Briggs wandte. »Sie müssen mich die Aufzeichnungen von dem Gespräch mit Redding ansehen lassen. Versuchen Sie nicht mal, mir zu erzählen, dass es keine Aufnahmen gibt. Sie haben jedes Gespräch mit diesem Mann aufgezeichnet. Die Frage ist nicht, ob er lügt – es geht darum, wobei er lügt, und wir wissen beide, dass ich Ihre beste Chance bin, diese Frage zu beantworten.«

»Ihr helft uns nicht«, sagte Briggs zu Lia. Er hielt ihrem Blick stand, und ich erkannte, dass er nicht nur einfach ihre Bitte ablehnte. Er sagte ihr, dass wir in dieser Situation wirklich nicht halfen, dass alles, was wir bislang getan hatten, Dean verletzt hatte.

Vielleicht hatte er recht, aber ich kam nicht umhin zu glauben, dass auch Lia recht hatte. Was war, wenn sie bei dem Interview etwas entdeckte, was uns anderen entgangen war?

Briggs' Telefon klingelte. Er antwortete und wandte uns anderen den Rücken zu. Agent Sterling trat vor.

Dean kam ihr zuvor, bevor sie noch etwas sagen konnte.

»Ich werde mich raushalten«, verkündete er. Sein Tonfall war ausdruckslos, doch in seinen Augen lag Bitterkeit. »Das kann ich ja am besten. Mich raushalten, bis es zu spät ist.«

Ich musste an das eingebrannte R auf Agent Sterlings Brust denken.

Briggs steckte das Telefon weg und wandte sich an Sterling. »Wir haben eine mögliche Adresse für die Hütte des Professors.«

»Na dann los«, forderte Judd sie auf. Ich fragte mich, wie lange er schon hinter uns gestanden hatte. »Ihr beide zieht los«, sagte er zu Briggs und Sterling. »Ich bin vielleicht alt, aber ich kann immer noch dafür sorgen, dass keiner dieser Missetäter das Haus verlässt.«

• • •

Wir Missetäter verließen das Haus nicht. Wir kamen im Keller zusammen.

»Ich will genau wissen, woher Cassie die Informationen hatte, die sie Briggs gegeben hat«, verlangte Dean. Es tat weh, dass er über mich sprach und nicht mit mir.

»Nun, und ich will wissen, warum du es für irgendetwas anderes als die dämlichste Idee aller Zeiten gehalten hast, mit deinem Vater in einem Raum zu sitzen«, gab Lia zurück.

»Er wusste etwas«, erklärte Dean.

»Oder er wollte, dass ihr glaubt, er wüsste etwas. Du hättest nicht gehen sollen. Und wenn du schon gehen musstest, hättest du mich mitnehmen sollen.« Lia drehte ihm den Rücken zu, doch nicht bevor ich erkennen konnte, dass sie nicht nur wütend war. Sie war verletzt. Zum ersten Mal seit fünf Jahren war Dean seinen Vater besuchen gegangen. Und ich war mit ihm gegangen, nicht sie.

»Lia«, sagte Dean leise.

»Nein«, fuhr sie auf, ohne sich umzudrehen. »Ich passe auf dich auf, du passt auf mich auf. Man wird nicht leicht schlau aus ihm, aber es ist nicht unmöglich, Dean. Ich hätte mithören sollen. Ich hätte helfen können.«

»Du kannst nicht helfen«, erwiderte Dean und lenkte das Gespräch wieder auf das ursprüngliche Thema zurück. »Du weißt, woher Cassie die Information hatte, nicht wahr, Lia?«

»Natürlich weiß ich das«, gab Lia zu. »Es war schließlich meine Idee. Und es war unser Risiko, Dean.«

»Risiko?«, hakte Dean leise und sanft nach. »Was hast du getan, Lia?«

»Sie haben sich rausgeschlichen«, erklärte Sloane neben mir. Wir wandten uns zu ihr um. Seit Briggs uns zusammengerufen hatte, war sie ungewöhnlich still gewesen. »Meiner Berechnung nach war Cassie zwei Stunden, dreiundvierzig Minuten und siebzehn Sekunden fort. Und sie trug nur ein Minikleid.«

»Sloane!«, rief ich.

»Was ist?«, gab sie zurück. »Wenn ihr wollt, dass ich den Mund halte, hättet ihr mich mitnehmen müssen.«

Wir haben ihre Gefühle verletzt, erkannte ich plötzlich. Es war mir nicht einmal eingefallen, sie zu fragen.

»Nächstes Mal«, versprach Lia.

»Es wird kein nächstes Mal geben!«, explodierte Dean. Er holte tief Luft und beruhigte sich. »Sagt mir, dass ihr nicht an die Colonial University gegangen seid.«

»Wir sind nicht an die Colonial University gegangen«, erwiderte Lia, ohne zu zögern.

Dean starrte sie ein paar Sekunden lang an und wandte sich dann an mich. Offensichtlich war ich die leichtere Beute.

»Ihr seid zu einem Campus gegangen, obwohl ihr wusstet, dass dort gerade ein Mord begangen worden ist, und habt nach Leuten gesucht, die Verbindungen zum Mörder haben könnten?«

»Wenn es dich irgendwie beruhigt«, warf Michael ein, »ich war auch mit dabei.«

Dean wurde sehr still. Einen Augenblick lang fürchtete ich, er würde Michael schlagen.

»Warum in aller Welt sollte mich das beruhigen?«

»Weil«, erwiderte Michael mit einem Funkeln in den Augen, »wenn ich nicht gewesen wäre, Cassie allein mit einem älteren Studenten weggegangen wäre, der eine ungesunde Faszination für den Fall deines Vaters hat.«

»Michael!«, protestierte ich.

»Cassie!« Drohend sah Dean mich an.

Ich warf ihm Lia vor. »Zumindest bin ich nicht ganz allein mit zwei fremden Kerlen aus Fogles Kurs weggegangen.«

Dean wandte sich wieder an Lia.

»Ich habe keine Ahnung, wovon sie redet«, brachte Lia überzeugend unschuldig hervor. Dean warf die Hände in die Luft.

»Habt ihr eigentlich alle Todessehnsucht?«, fragte er.

»Nein!«, stieß ich hervor. »Wir alle wollten dir helfen!«

Das war das Letzte, was ich hätte sagen sollen. Der ganze Sinn darin, Dean nicht zu sagen, was wir getan hatten, war gewesen, dass er sich nicht für unsere Taten verantwortlich fühlte. Seit er von der Unterhaltung mit seinem Vater zurückgekommen war, hatte er sich immer mehr zurückgezogen, und ich hatte ihm gerade den Todesstoß versetzt.

Er ging. Als Lia ihm nachgehen wollte, sagte er so leise

etwas zu ihr, dass ich es nicht verstehen konnte. Sie wurde bleich, alles Blut wich ihr aus dem Gesicht und sie blieb wie erstarrt stehen, als Dean davonstampfte. Nach mehreren Sekunden geschockten Schweigens flüchtete auch Lia.

Michael sah erst Sloane an und dann mich. Anschließend ging er zur Tür.

»Na, das lief doch ganz gut.«

Kapitel 23

Sloane und ich blieben allein im Keller zurück.

»Ich dachte, du darfst nicht hier herunterkommen«, sagte Sloane abrupt. Ihre Anspannung überraschte mich, bis mir wieder der verletzte Gesichtsausdruck einfiel, den sie gezeigt hatte, als sie erwähnte, dass wir uns ohne sie fortgeschlichen hatten.

»Darf ich auch nicht«, antwortete ich.

Sloane erwiderte nichts. Sie ging nur zum Badezimmer-Set und stellte sich vor die Dusche. Sie starrte sie an, als sei ich gar nicht vorhanden.

»Alles in Ordnung zwischen uns beiden?«, fragte ich sie.

Dean war stinksauer, Michael hatte sich irgendwohin verdrückt. Wenn sich der Ärger gelegt hatte, würde Lia die ganze Sache wahrscheinlich mir anhängen. Sloane sollte fröhlich bleiben und Statistiken hervorsprudeln. Ich wollte nicht allein sein.

»Mit dir ist alles in Ordnung, und mit mir auch. Die logische Schlussfolgerung wäre also, dass zwischen uns beiden auch alles in Ordnung ist.« Sloanes Blick fiel auf den Abfluss. Ich brauchte einen Moment, bis ich bemerkte, dass sie zählte – die Löcher im Abflusssieb, die Kacheln auf dem Boden.

»Wir wollten dich nicht ausschließen«, sagte ich.

»Ich bin daran gewöhnt.«

So wie Sloanes Gehirn arbeitete, war sie wahrscheinlich

ihr ganzes Leben vor dem Programm sozusagen ausgeschlossen gewesen. Ich war ihre Zimmergenossin und ich war Profilerin. Ich hätte es besser wissen müssen.

»Dean ist auch mein Freund.« Sloanes Stimme klang weich, aber heftig. Sie sah vom Boden hoch, sah mich aber immer noch nicht an. »Ich bin nicht gut darin, mich unter die Leute zu mischen, oder auf Partys. Ich sage die falschen Dinge, ich tue die falschen Dinge. Das weiß ich, aber selbst Zahlen sind besser, als überzählig zu sein, und wenn ich da gewesen wäre, wäre Lia nicht allein weggegangen.« Sie biss sich auf die Lippe. »Sie hat mich nicht einmal gefragt.« Sie schluckte schwer. »Bevor du gekommen bist, hätte sie mich vielleicht gefragt.« Endlich sah sie mich an. »Die Chancen dafür sind nur neunundsiebzig Komma sechs Prozent, aber sie hätte mich vielleicht gefragt.«

»Nächstes Mal«, versprach ich Sloane, »werde ich dich fragen.«

Sloane dachte sorgfältig über meine Worte nach, dann akzeptierte sie sie mit einem Nicken.

»Werden wir uns jetzt umarmen?«, fragte sie. Sie meinte die Frage todernst, daher legte ich ihr den Arm um die Schultern und drückte sie an mich.

»Statistisch gesehen«, erklärte Sloane und klang wieder mehr wie sie selbst, »ist das Badezimmer der tödlichste Raum im Haus.«

• • •

Michael arbeitete an seinem Auto. Oder besser gesagt, ich sah ihn mit einer Art Schleifmaschine davor stehen und es diabolisch ansehen.

»Lässt dich Judd mit den Elektrowerkzeugen spielen?«, erkundigte ich mich.

Michael schaltete die Schleifmaschine probeweise ein und aus und lächelte.

»Judd ist ein äußerst umsichtiger und gutmütiger Mann.«

»Das soll heißen, Judd weiß nicht, dass du mit den Elektrowerkzeugen spielst«, schloss ich.

»Da werde ich mich wohl schuldig bekennen müssen«, meinte Michael.

Nach kurzem Schweigen stellte ich ihm die Frage, auf die ich gerne eine Antwort haben wollte.

»Ist zwischen uns alles in Ordnung?«

»Warum denn nicht?« Michael schaltete den Schleifer ein und versuchte, dem Rost an der vorderen Stoßstange zu Leibe zu rücken, was ein weiteres Gespräch unmöglich machte.

Ich hatte geglaubt, ich könne verhindern, dass sich die Dinge änderten, aber sie änderten sich dennoch. Zwischen Michael und mir. Zwischen Dean und mir.

»Michael«, sagte ich so leise, dass er es über das Geräusch von Metall auf Metall nicht hören konnte.

Er schaltete das Gerät aus und wandte sich zu mir. Ich kam mir nackt vor, wie immer, wenn ich wusste, dass mein Gesicht mich verriet. Warum konnte er nicht einfach ein normaler Junge sein, der mich nicht nur einmal ansehen musste, um zu wissen, welche Gefühle in mir tobten?

»Es ist alles in Ordnung, Cassie. Es ist nur so, dass man manchmal, wenn man unglaublich gut aussehend und bewundernswert geduldig ist, ein Ventil braucht. Oder zwei. Oder sieben.«

Er ließ seinen Ärger über mich an seinem Auto aus.

»Zwischen Dean und mir war nichts«, erklärte ich.

»Das weiß ich.«

»Und da wird auch nichts sein«, fuhr ich fort.

»Das weiß ich auch.« Michael lehnte sich ans Auto. »Besser als du sogar. Du siehst Redding an und siehst, wie sehr ihr euch ähnelt. Wenn ich ihn ansehe, sehe ich jemanden, der zornig ist und der diesen Zorn so fürchtet, dass kein Raum mehr für etwas anderes bleibt. Oder für jemand anderen.«

»Das ist dein Problem mit Dean«, erkannte ich plötzlich.

»Dass er zu keiner romantischen Beziehung zu einer weiblichen Person fähig ist?«, grinste Michael. »Ich halte das für einen seiner größten Vorzüge.«

»Nein«, widersprach ich nachdenklich. »Dass er wütend ist und es für sich behält.« Ich an Deans Stelle wäre auch wütend gewesen. Ich verstand, warum er seinem Zorn nicht Ausdruck verlieh, warum er sich mit aller Macht dagegen sträubte zuzuschlagen. Er konnte nicht riskieren, diesen Schalter umzulegen, weil er ihn möglicherweise nicht mehr abschalten konnte.

Aber ich war mir nie der Wirkung bewusst gewesen, die ein Mensch wie Dean auf jemanden wie Michael haben konnte.

Michael sah mich schräg an. »Du erstellst ein Profil von mir.«

Ich zuckte mit den Achseln. »Du liest ja auch ständig meine Emotionen.«

Er hielt einen Moment inne. »Was siehst du denn?«

Eine offenere Einladung, seine Gedanken zu erforschen, würde ich nie bekommen.

»Du bist in einem Haus aufgewachsen, in dem alles perfekt schien – du hattest jeden Vorteil, den man mit Geld kaufen kann. Aber es war nicht perfekt.« Das hatte Michael mir erzählt, aber ich ging weiter und wagte mich auf gefährlicheres Gebiet vor. »Du hast gelernt, Emotionen zu lesen, weil dein Vater schwer einzuschätzen war, und es war wichtig für dich zu wissen, wann er wütend war.«

Er gab keine Antwort.

»Selbst wenn er ein Lächeln auf den Lippen hatte, selbst wenn er lachte, musstest du wissen, wann er zornig war.«

Um zu verhindern, dass er geschlagen wurde.

»Dean hat mir einmal so ziemlich das Gleiche gesagt.« Michael verschränkte die Arme und sah mir in die Augen. »Er hat es nur nicht so nett ausgedrückt.«

Als ich Michael kennenlernte, hegte er eine ausgesprochene Abneigung gegenüber Profilern – und eine starke persönliche Abneigung gegenüber Dean. Es war mir nie in den Sinn gekommen, dass Dean tatsächlich etwas getan haben könnte, das Michaels Gefühle ihm gegenüber rechtfertigte.

»Was hat er denn zu dir gesagt?«, fragte ich plötzlich besorgt.

»Spielt das eine Rolle?« Michael sah zum Haus hinüber. »In puncto versaute Kindheit hat er doch die Oberhand, oder? Er ist derjenige mit der *Verlassen Sie das Gefängnis*-Karte.« Er grinste, allerdings ein wenig schief.

»Erzähl es mir«, forderte ich ihn auf.

Michael schlenderte um den Wagen herum und betrachtete ihn von allen Seiten. Als er schließlich sprach, dann nicht, um meine Frage zu beantworten.

»Zorn«, meinte er leichthin. »Vielleicht überrascht dich das, Cassie, aber ich reagiere nicht immer sonderlich gut darauf.«

Ich dachte daran, wie Michael verstohlene Andeutungen

auf den Filmklassiker *Böse Saat* in Deans Hörweite gemacht hatte oder wie er es zuließ, dass Lia ihn benutzte, um Dean zu reizen.

»Du bist jemand, der mit der roten Flagge vor dem Stier wedelt.«

»Wenn du sie nicht daran hindern kannst, dich zu schlagen«, erklärte Michael, »dann bring sie dazu, dich zu schlagen. Dann bist du wenigstens darauf vorbereitet. Auf jeden Fall ist es dann keine Überraschung mehr.«

Ich konnte gut sehen, wie es gewesen sein musste, als man Michael für dieses Programm verpflichtet hatte. Er war nicht froh darüber gewesen, aber zumindest entkam er so dem Leben mit einer tickenden Zeitbombe. Und dann traf er hier auf Dean, der jeden Grund hatte, wütend zu sein, und der diese Wut auf jedem Schritt seines Weges bekämpfte.

»Eines Nachts sind Lia und ich bis Sonnenaufgang fortgeblieben.« Michael hatte nie einen Hehl aus der Tatsache gemacht, dass er einmal mit Lia zusammen gewesen war. Ich konzentrierte mich so auf das Bild, das er mir schilderte, dass mir das gar nicht auffiel. »Glaub mir, wenn ich dir sage, dass das überhaupt nichts mit Dean zu tun hatte. Aber als wir am Morgen zurückkamen, wartete er auf uns, vor Wut förmlich kochend. Er konnte sich nur mit Mühe beherrschen.«

Ich sah es vor mir: Michael mit seiner Art und Lia mit ihrer, beide selbstzerstörerisch und mit dem Hang, dem FBI ein wenig Ärger zu machen, und Dean, der sich die ganze Nacht lang Sorgen um Lia machte, mit einem Charakter, dem keiner von ihnen wirklich trauen konnte.

»Also hast du etwas gesagt, das Dean noch ein Stück weiter trieb.«

Ich war mir nicht sicher, ob ich wirklich hören wollte, was Michael gesagt hatte.

»Ich habe eine bildliche Keule geschwungen«, erzählte mir Michael, »und Redding hat zurückgeschlagen.«

»Aber nicht mit der Faust«, stellte ich fest. Deans Gabe war meiner ähnlich. Wir wussten genau, was wir sagen mussten, um jemanden zutiefst zu verletzen. Wir kannten die Schwächen anderer. Und Michaels Schwäche war sein Vater. Bei der Vorstellung, dass Dean das benutzt hatte, um Michael zu treffen, zogen sich meine Eingeweide zusammen.

»Ich habe ihn geschlagen«, fügte Michael in dem lässigen Tonfall hinzu, in dem andere ein Gespräch über das Wetter führen. Er machte einen Schritt auf mich zu und bedachte mich mit dem patentierten Michael-Lächeln. »Ich verstehe es, weißt du.«

»Was?«

»Dich. Redding. Ich verstehe es. Ich verstehe, dass er eine Menge durchmacht, und ich verstehe, dass du für ihn da sein willst. So bist du eben, Cassie. Du sorgst dich um andere Menschen. Du musst helfen. Glaube mir, wenn ich sage, dass ich mich zurückhalte und dich tun lasse, was du tun musst. Aber es ist nicht einfach.« Michael löste seinen Blick von meinem und griff wieder nach dem Sandschleifer. »Ich habe nicht viel Erfahrung damit, ein anständiger Mensch zu sein. Ich tue mich darin nicht sonderlich hervor.«

Noch bevor ich etwas erwidern konnte, schaltete er das Gerät wieder ein und übertönte die Geräusche der Nacht. Ein paar Minuten blieb ich stehen und beobachtete ihn. Schließlich hielt Agent Sterlings Auto in der Einfahrt. Es wurde zu dunkel, als dass ich viel von ihrer Haltung oder ihrem Gesicht erkennen konnte, doch als sie über den Rasen kam, legte Michael den Kopf schief und schaltete die Schleifmaschine ab.

»Was?«, fragte ich.

»Sie ist nicht zufrieden«, sagte er. »Schneller Schritt, aber ohne Schwung, die Hände fest an den Seiten. Ich schätze, die Untersuchung der Schreibhütte des Professors verlief nicht allzu gut.«

Ich erschrak. Plötzlich konnte ich meinen eigenen Atem, meinen eigenen Herzschlag hören.

Jetzt war Michael an der Reihe zu fragen: »Was?«

Auf der anderen Seite der Glasscheibe hatte ich mich so auf Dean konzentriert, dass ich nicht viel über seinen Vater nachgedacht hatte. Ich hatte ihn und das, was er sagte, nicht wirklich im Einzelnen betrachtet. Aber jetzt musste ich daran denken, dass Redding – auf Kosten von Dean – dem FBI letztendlich einen Tipp gegeben hatte, wo sich der Professor vielleicht versteckt hielt.

Als organisierter Killer war Daniel Redding ein Mann, der Psychospielchen liebte. Falsche Hinweise. Macht. Wenn Redding auch nur für einen Augenblick geglaubt hätte, dass der Professor der Täter war, hätte er Briggs nicht gesagt, wo er ihn finden kann. Der einzige Grund, dass er es ihm tatsächlich sagte, war, wenn er ausgehend von den Briefen, die er erhalten hatte, vermutete, dass das Aufspüren des Professors Briggs – genau wie Sterling und das ganze FBI – daran erinnern würde, dass sie nicht halb so schlau waren, wie sie glaubten.

Die einzig wirklich bemerkenswerten Briefe kamen von seinen Studenten.

Da ich nicht antwortete, rief Michael Agent Sterling nach: »Fehlschlag in der Hütte des Professors?«

Sie antwortete nicht, sondern ging ins Haus und schloss die Tür hinter sich. Und das sagte mir mehr als alles andere, dass ich recht hatte.

»Es war kein Fehlschlag«, sagte ich Michael und musste schlucken. »Ich glaube, sie haben den Professor gefunden. Wir hätten es kommen sehen sollen.«

»Was kommen sehen sollen?«

»Ich glaube, sie haben den Professor gefunden«, wiederholte ich. »Aber unser UNSUB hat ihn zuerst gefunden.«

Du

Der Professor war ein Problem. Du bist ein Problemlöser. Es war sauber und schnell – eine einzelne Kugel in den Hinterkopf. Und auch wenn das keine Kunst war, keine Methode, so hast du doch zumindest Initiative gezeigt. Du warst bereit, willens und fähig zu tun, was getan werden musste.

Es verleiht dir ein Machtgefühl, und du fragst dich einen Moment lang, ob das nicht der bessere Weg ist. Pistolen und saubere kleine Löcher und der Ruhm, derjenige zu sein, der den Abzug drückt. Du könntest das nächste Mädchen betäuben, die Kleine fesseln und an einen abgeschiedenen Ort bringen. Du könntest sie tief im Wald freilassen. Dann könntest du sie jagen und ins Visier nehmen.

Und schließlich könntest du den Abzug drücken.

Schon daran zu denken lässt dein Herz höherschlagen.

Fang sie. Befreie sie. Jage sie. Töte sie.

Nein. Du zwingst dich, nicht mehr daran zu denken, dir nicht den Klang ihrer bloßen Füße vorzustellen, wenn sie durch das Gebüsch rennt – weg von dir. Es gibt einen Plan. Einen Befehl. Ein übergeordnetes Ziel.

Du wirst dich daran halten. Vorerst.

Kapitel 24

Sterling sagte nichts über den Professor. Dean sagte kein Wort zu irgendeinem von uns. Sich im gleichen Haus mit den beiden zu befinden – und einer verletzlichen, schäumenden Lia –, war, wie einen Stepptanz auf einem Minenfeld zu versuchen. Ich hatte das Gefühl, dass jeden Moment alles in die Luft fliegen würde.

Und dann tauchte Director Sterling auf.

Als der FBI-Director das letzte Mal in unserem Haus erschienen war, war gerade die Tochter eines Senators entführt worden.

Das bedeutete nichts Gutes.

Der Director, Sterling und Briggs schlossen sich in Briggs' Büro ein. Von der Küche aus konnte ich nicht hören, was sie sagten, aber alle paar Minuten wurden die Stimmen lauter.

Erst Sterlings.

Dann die vom Director.

Die von Briggs.

Schließlich wurde es still. Und kurz darauf kamen sie zu uns.

• • •

Die vergangenen vierundzwanzig Stunden waren an Sterling und Briggs nicht spurlos vorübergegangen. Briggs sah aus, als hätte er in seinen Kleidern geschlafen. Agent Sterling presste die Kiefer aufeinander. Ihre Bluse war bis oben hin zugeknöpft. Ihre Jacke ebenfalls. Da sie jemand war, der Kleidung als Waffe einsetzte, sagten mir die subtilen Veränderungen, dass sie sich heute auf einen Kampf gefasst machte.

»Dreihundertsieben«, sagte der Director grimmig und sah uns der Reihe nach an. »So viele Studenten besuchten Fogles Kurs über Serienmörder. Hundertsiebenundzwanzig Mädchen, hundertachtzig Jungen.« Director Sterling hielt inne. Als ich ihn das erste Mal gesehen hatte, hatte er mich an meinen Großvater erinnert. Heute hatte er nichts Großväterliches an sich. »Das sind eine Menge Verdächtige, und ich bin ein Mann, der dafür ist, alle Ressourcen auszunutzen.«

Director Sterling war der Mann, der er sein musste, um oben zu bleiben. Wenn er auf ein Problem traf, berechnete er alle möglichen Lösungen: Kosten gegen Nutzen, Risiken gegen Ergebnisse. In diesem Fall hieß das, die Risiken und die Wahrscheinlichkeit, die Untersuchung zu gefährden und das Naturtalente-Programm aufzudecken, gegen den möglichen Nutzen der Ausnutzung aller »Ressourcen« zur Ergreifung dieses Mörders aufzurechnen.

Ich musste an Judd denken, als er mir sagte, es sei schwierig.

»Man hat uns unter Androhung der Todesstrafe befohlen, uns von diesem Fall fernzuhalten«, erklärte Lia mit dem Lächeln eines Raubtieres, das mit seiner Beute spielt. Es gefiel ihr nicht, dass wir geschnappt worden waren, es gefiel ihr nicht, dass man ihr sagte, sie solle sich zurückhalten, und sie hasste es, dass Dean sie nicht einmal ansehen wollte. »Kann ich davon ausgehen, dass bestimmte Beteiligte hier überstimmt worden sind?«

Lia ließ ihren Blick zu Briggs wandern, als sie *bestimmte Beteiligte* sagte, doch ich sah Agent Sterling an. Es gab einen Grund dafür, dass sie sich heute Morgen für ein Gefecht gekleidet hatte. Worum auch immer der Director uns bitten wollte, sie war dagegen gewesen.

»Die Risiken sind minimal bis nicht existent«, sagte der Director bestimmt. »Und angesichts der letzten Entwicklungen könnte es meiner Meinung nach dafür gut sein, euch aus Schwierigkeiten herauszuhalten, wenn man euch eine sinnvolle Beschäftigung gibt.«

Ich ging davon aus, dass der Director von unserem kleinen Ausflug an die Colonial University wusste.

»Keiner von euch fünfen wird Zeugen befragen«, stellte Briggs fest. Er ließ die Arme locker am Körper herabhängen und sah uns der Reihe nach an. »Ihr werdet keine Tatorte besichtigen.« Er sah Lia an. »Du wirst keine unserer Unterhaltungen mit Daniel Redding analysieren.«

Ich war mir nicht sicher, was damit noch übrig blieb.

»Eure Beteiligung an diesem Fall beginnt und endet mit den sozialen Medien.« Briggs wandte sich an Sterling und wartete ab. Einen Augenblick lang glaubte ich schon, sie würde sich auf dem Absatz umdrehen und gehen, doch sie blieb.

»Unser vorläufiges Täterprofil besagt, dass wir es mit einem Mann zu tun haben.« Sterlings Stimme war vollkommen ausdruckslos und so ruhig, dass ich vermutete, sie wäre kurz vor dem Durchdrehen. Je näher sie daran war, die Beherrschung zu verlieren, desto heftiger kämpfte sie dagegen an. »Redding vermutete, dass wir es mit einem Studenten zu tun hatten. Ich schätze das Alter auf zwischen dreiundzwanzig und achtundzwanzig. Überdurchschnittlich intelligent, aber nicht unbedingt gebildet. Aber was weiß ich schon?« Sie klang verärgert.

»Vielen Dank, Agent Sterling«, schnitt ihr der Director das Wort ab und wandte sich dann an uns. »Mit Unterstützung der Universität haben wir Kopien der Kurspläne und Studienbücher aller Studenten dieses Kurses erhalten. Was uns das nicht sagt, ist, wer sie sind oder wozu sie fähig sind. Und da kommt ihr ins Spiel.«

»Soziale Medien«, nahm Sloane auf, was Briggs gesagt hatte. »Täglich werden bis zu dreihundert Millionen Fotos auf den führenden Seiten der sozialen Medien hochgeladen. Unter den Smartphone-Benutzern aus der demografischen Schicht unseres Täters wird das Gerät sechzig bis achtzig Prozent für soziale Netzwerke genutzt und nicht zur direkten Kommunikation.«

»Genau«, bestätige Director Sterling. »Wir haben hier nicht genug Leute, um alles durchzugehen, und selbst wenn es so wäre, so könnten eure Augen doch etwas entdecken, was Briggs' Team entgehen könnte. Wir bitten euch um nichts, was nicht alle Heranwachsenden im ganzen Land jeden Tag tun würden.« Director Sterling sah bei diesen Worten nicht uns an, sondern seine Tochter. »Ihr seid Teenager. Dieses Internet-Zeug ist praktisch eure Muttersprache.«

»Sind Sie damit einverstanden?«, fragte Michael Agent Sterling mit hochgezogenen Augenbrauen. Ich hatte keine Veränderung in ihrem Gesichtsausdruck bemerkt, aber ihm musste etwas aufgefallen sein. »Nein, sind Sie nicht«, interpretierte Michael, »allerdings sind Sie nicht so sehr davon überzeugt, dass es keine gute Idee ist, wie Sie es sich wünschten.« Er grinste sie an. »Sie fangen an, uns zu mögen.«

»Das reicht, Michael!« Briggs lenkte die Aufmerksamkeit von Agent Sterling wieder zum Fall. »Wenn das UNSUB an Fogles Kurs teilgenommen hat, dann lässt das Profil vermuten, dass es einer der älteren Studenten ist – vielleicht reicht es auch nicht für ein Studium, aber der Täter ist sicherlich in diesem Alter. Wahrscheinlich kommt er aus einer Arbeiterfamilie und lebt möglicherweise zu Hause und pendelt zum Campus.«

Agent Sterling verschränkte die Finger vor dem Körper. Ihrem Profil nach war der Täter mindestens dreiundzwanzig. Briggs hatte die Altersgrenze soeben um ein oder zwei Jahre nach unten verschoben.

»Veronica?«, fragte der Director.

»Wir suchen nach jemandem, der andere gerne dominiert, der aber nicht viel Vertrauen in seine eigenen Fähigkeiten hat«, sagte Agent Sterling nach einer ausgedehnten Pause. »Sein Vater war anwesend, aber launisch und verließ die Familie wahrscheinlich um die Zeit herum, als der Täter in die Pubertät kam. Seine Mutter hatte möglicherweise Kontakt zu mehreren anderen Männern, heiratete aber nicht wieder, bevor der Täter achtzehn war. Er ist den Umgang mit Feuerwaffen gewohnt. Er hat keine Freundin oder Verlobte. Möglicherweise fährt er einen dunklen Laster oder Geländewagen, und wenn er einen Hund hat, dann wohl eine größere Rasse wie einen Schäferhund.«

Ich war es gewohnt, Profile zu erstellen. Das Gegenteil zu tun – die Beweise zu finden, die Sterling zu diesen Schlüssen geführt hatten – war schwieriger. Ein dunkler Geländewagen und ein großer Hund deuteten auf den Wunsch nach Macht und Dominanz hin. Bei den Waffen war ich mir nicht sicher – es sei denn, der Professor war erschossen worden? –, doch etwas an Emersons Mord musste vermuten lassen, dass der Täter zwar kontrollsüchtig war, aber auch unter mangelndem Selbstvertrauen litt. Die Präsentation von Emersons Leiche und die methodische Art und Weise, auf die sie getötet worden war, waren typisch für einen organisierten Killer. Woher nahm Sterling also die Vermutung, dass es ihm an Selbstvertrauen mangelte?

Lag es an der Tatsache, dass er den M.O. eines anderen Killers kopiert? Die Wahl des Opfers? Kam der erste Angriff des Täters von hinten? Hatte er sie unter Drogen gesetzt?

Ich versuchte herauszufinden, wie Sterling zu ihren Schlüssen gekommen war, doch da ich nur so wenige Details des Falles kannte, fiel mir das schwer. Ich hatte Emersons Leiche in dem Video gesehen, aber das reichte nicht aus.

»Wie wurde der Professor getötet?«, fragte ich.

Der Director, Sterling und Briggs drehten sich um und starrten mich an. Dean ebenfalls. Zu spät fiel mir ein, dass noch niemand ausgesprochen hatte, dass der Professor tot war. Diese Information sollten wir eigentlich noch gar nicht haben. Es war eine Vermutung.

Ihrer Reaktion nach zu urteilen lag ich damit richtig.

»Die Details müsst ihr nicht wissen«, erwiderte Briggs kurz angebunden. »Betrachtet dies als nichts anderes als eine weitere Übung. Findet die Internet-Präsenzen der Studenten auf der Kursliste, soweit möglich. Prüft ihre Statusanzeigen oder Likes oder was auch immer die Kids heutzutage so online machen. Und sagt uns, wenn ihr über irgendetwas Verdächtiges stolpert.«

Lia sah Briggs stirnrunzelnd an. »Sie glauben nicht, dass

wir etwas finden.« Sie unterstrich jedes ihrer Worte, indem sie mit den Fingern auf die Sofalehne trommelte. »Interessant.«

»Sie glauben nicht einmal, dass der Täter ein Student ist«, fuhr Dean fort, wo Lia aufgehört hatte. »Aber Sie können die Möglichkeit nicht ausschließen, denn genau das tut mein Vater: Er verbreitet winzige Körnchen von Wahrheit und tarnt sie als Lügen.« Dean sah erst Sterling und dann Briggs an. »Er will, dass Sie Ihre Instinkte in jeder Beziehung anzweifeln.«

»Ich bezweifle gar nichts«, entgegnete Briggs und spannte den Kiefer an. »Wenn an seiner Bemerkung über die Studenten in diesem Kurs etwas Wahres ist, wird es Anzeichen dafür geben. Und wenn es Anzeichen gibt, werdet ihr fünf sie finden.«

»Und wenn nicht«, ergänzte Dean, »dann haben Sie nicht Ihre Zeit verschwendet.«

Jede Stunde, die wir damit verbrachten, uns durch die sozialen Medien zu arbeiten, war eine Stunde, die Briggs' Team zur Verfügung stand, um andere Spuren zu verfolgen. Ich konzentrierte mich auf Briggs und dachte: *Deshalb haben Sie zugestimmt. Wenn Redding gelogen hat, haben Sie nichts verloren, aber wenn er die Wahrheit sagt, werden wir sie finden. So oder so ist nicht er derjenige, der das Sagen hat, sondern Sie.*

Ich dachte darüber nach, was Dean über Briggs' Ehrgeiz gesagt hatte, und über das, was Judd über das Überschreiten von Grenzen gesagt hatte. *Sie waren stark dafür, uns aus allem herauszuhalten, bis Sie die Leiche des Professors gefunden haben.*

»Dean, wenn du dabei nicht mitmachen willst, ist das in Ordnung.« Der Director zog sich den Anzug gerade und lächelte Dean schmallippig an.

»Das heißt, es wäre Ihnen lieber, wenn ich nicht mitmache.« Dean hockte immer noch am Kamin, hob den Blick jedoch zum Director. »Weil ich zu nah dran bin, aber eigentlich, weil Sie mir nicht trauen.« Dean wartete einen Moment, doch der Director widersprach ihm nicht. »Nicht in diesem Fall«, fuhr Dean fort und stand auf. »Nicht bei meinem Vater. Und nicht bei Ihrer Tochter.«

Kapitel 25

Du hast Emerson Cole getötet. Du hast den Professor getötet. Es hat dir gefallen.

Während ich mich durch die Online-Profile arbeitete, behielt ich diese Worte im Hinterkopf. Um mich herum konzentrierten sich auch Michael, Lia und Sloane auf ihre Laptops. Deans Abwesenheit war greifbar.

Ich versuchte, mich auf das Profil zu konzentrieren, das Agent Sterling uns gegeben hatte. Anfang zwanzig, sagte ich mir. Pendelt von zu Hause aus. Kein Vater anwesend. Vielleicht ein Stiefvater, der in den letzten Jahren dazugekommen ist. Kennt sich mit Feuerwaffen aus.

Das waren nicht unbedingt die Dinge, die man über die sozialen Medien mitteilte. Ich konnte aus den Lieblingsdingen einer Person auf ihre individuelle Persönlichkeit schließen – Lieblingsbücher, Lieblingsfilme, Lieblingszitate –, aber die verlässlichsten Informationen lieferten die Bilder und Statusanzeigen. Wie oft wurden sie geändert? Kommunizierten sie mit Freunden? Hatten sie eine Beziehung? Sloane hatte eine Art Methode entwickelt, um die Bilder nach dunklen Geländewagen oder Lastern abzusuchen, aber ich war mehr an den Geschichten interessiert, die die Bilder erzählten.

Schnappschüsse von anderen Leuten vermittelten mir einen unverfälschten Blick auf die Person. Wie selbstbewusst waren sie? Standen sie im Bildmittelpunkt oder am Rand? Hatten sie auf jedem Bild den gleichen Gesichtsausdruck, versuchten sie zu kontrollieren, was sie der Welt von sich zeigten? Starrten sie in die Kamera oder sahen sie weg? Was für Kleidung trugen sie? Wo wurden die Bilder aufgenommen?

Stück für Stück konnte ich mir ein Modell eines Lebens von Grund auf aufbauen – was hilfreicher gewesen wäre, wenn ich tatsächlich ein Profil des Täters hätte anlegen sollen, anstatt nur Kästchen auf einer Liste anzukreuzen.

Okay, sagte ich mir, als mir schon die Augen tränten, weil ich mir zu viele Profile angesehen hatte, von denen nur zu wenige meine Sinne ansprachen. Sterling und Briggs haben dir ein paar Schlüsselbegriffe gegeben, nach denen ich suchen soll. Also tu, was du immer tust. Nimm ein paar Details und schließe daraus auf das Gesamtbild.

Sterling hielt den Täter für jung, aber erwachsen. Warum? Als erstes Opfer hatte er sich eine junge Studentin gewählt. Jemand, der unbedingt andere dominieren wollte, würde mit einer leichteren Beute anfangen – einem lächelnden, lachenden jungen Mädchen von unscheinbarem Äußeren. Er war wahrscheinlich mindestens ein paar Jahre älter als sie, und da mir ein flüchtiger Blick auf Emersons Profil gezeigt hatte, dass sie zwanzig war, erklärte das Sterlings geschätzte untere Altersgrenze. Wie war sie darauf gekommen, dass der Mörder nicht ein älterer Mann war, wie der Professor?

Du imitierst die Morde eines anderen Mannes. Du bewunderst ihn. Du willst sein wie er. Diesem Gedanken hing ich eine Weile nach. *Aber du hast es auch riskiert, geschnappt zu werden, indem du dein Opfer an einem so öffentlichen Ort zur Schau gestellt hast – etwas, was Daniel Redding nicht getan hätte. Du hast schwarzes Seil mitgebracht, um sie daran aufzuhängen, aber in den Nachrichten wurde gesagt, dass sie mit der Antenne ihres eigenen Autos erwürgt worden war.*

So ausgedrückt wie in dem Lehrbuch, das Dean und ich gelesen hatten, deutete das auf einen organisierten Mord hin, doch er hatte auch etwas Unorganisiertes an sich. Der Angriff war offensichtlich geplant gewesen, aber er hatte auch etwas Impulsives.

Hast du geplant, sie auf dem Rasen vor dem Haus des Professors zu lassen? Oder war das etwas, was dir einfiel, als das Adrenalin durch deine Adern schoss?

Das Opfer in der Öffentlichkeit zur Schau zu stellen ließ auf den Wunsch nach Anerkennung schließen. Aber Anerkennung von wem? Von der Öffentlichkeit? Der Presse?

Von Daniel Redding? Das war eine Möglichkeit, die ich nicht ausschließen konnte, und irgendwie begannen noch weitere Teile von Sterlings Profil plötzlich dazu zu passen. Ein impulsiver Nachahmer, der Redding vergötterte, war wahrscheinlich jünger als er selbst, wohl um zehn Jahre oder mehr.

Du hast dich machtlos gefühlt und seine Macht bewundert. Du hast dich für unsichtbar gehalten und du willst gesehen werden.

Geländewagen und Laster waren groß. Man saß höher über der Straße. Auch Schäferhunde waren groß. Sie waren intelligent, stark – und wurden oft als Polizeihunde eingesetzt.

Du willst nicht nur einfach Macht. Du willst Autorität. Du willst sie, weil du sie nie hattest. Weil dich die Menschen in deinem Leben, die sie haben, dazu bringen, dich schwach zu fühlen. Du hast dich nicht schwach gefühlt, als du Emerson umgebracht hast.

Ich dachte an den Professor und wünschte mir wieder, dass ich wüsste, wie er gestorben war. *Wenn du in Fogles Kurs warst, hast du den Professor bewundert – zuerst. Aber später hast du ihn dafür verachtet, dass er nur redete und nichts tat. Dass er dich nicht genügend beachtete. Dass er Emerson zu viel beachtete.*

Organisierte Verbrecher suchten sich häufig Opfer, die sie nicht kannten, um das Risiko zu minimieren, dass man das Verbrechen zu ihnen zurückverfolgen konnte. Aber es war kein Zufall, dass Emerson eine Beziehung mit dem Professor gehabt hatte und jetzt beide tot waren – das sagte mir mein Bauchgefühl. Diese Opfer waren nicht zufällig gewählt worden. Sie waren nicht von einem Fremden ausgesucht worden.

»He, Sloane?«

Sloane sah nicht einmal von ihrem Computer auf, sondern hielt nur den rechten Zeigefinger hoch, während sie mit der linken Hand weitertippte. Nach ein paar Sekunden hörte sie auf und sah mich an.

»Kannst du mal die Stundenpläne der anderen Studenten mit denen von Emerson vergleichen und mir sagen, wie viel sie sich überschneiden?«, bat ich sie. »Ich glaube, wenn unser Täter auf Emerson fixiert war, dann hatten sie vielleicht nicht nur diesen Kurs gemeinsam.«

»Klar.« Sloane rührte sich nicht, um nach einer Akte zu greifen. Sie blieb einfach sitzen, die Hände im Schoß gefaltet und mit einem breiten Lächeln im Gesicht.

»Könntest du es jetzt gleich tun?«, fragte ich.

Wieder hielt sie den rechten Zeigefinger hoch.

»Tue ich doch.«

Sloane hatte ein unglaubliches Gedächtnis. Diese Fähigkeit, die es ihr ermöglicht hatte, den Tatort nachzubauen, bedeutete offensichtlich, dass sie die Daten nicht noch einmal ansehen musste, um sie zu analysieren.

»Emerson studierte Englisch im Hauptfach«, ratterte sie los. »Professor Fogles Kurs war für sie ein Wahlfach. All ihre anderen Kurse waren mehr auf dem Gebiet ihres Hauptfachs, außer Geologie, was wohl so eine Art Mindestanforderung im naturwissenschaftlichen Bereich darstellt. Die meisten anderen Studenten in Fogles Kurs haben Psychologie belegt, Jura-Vorstudium oder Soziologie im Hauptfach und hatten daher nur sehr wenige Kurse zusammen mit Emerson. Außer zwei Studenten.«

Wenn mein Instinkt mich nicht betrog, wenn Emerson kein zufälliges Opfer gewesen war, dann interessierte es mich sehr zu erfahren, wer diese beiden Studenten waren.

Sloane durchsuchte geschickt die Aktenstapel auf dem Tisch und reichte mir zwei davon.

»Bryce Anderson und Gary Clarkson.«

Bei der Nennung von Bryce' Namen sah Michael von seiner Arbeit auf.

»Bryce hat nicht erzählt, dass sie noch andere Kurse zusammen mit Emerson hatte.«

Ich ging wieder zu meinem Computer und suchte das Profil von Gary Clarkson. Anders als bei seinen Kommilitonen hatte er den Privat-Filter eingeschaltet, sodass ich nur sein Profilbild sehen konnte.

»Gary Clarkson«, sagte ich und drehte meinen Computer so, dass auch die anderen ihn sehen konnten. »Im Allgemeinen Clark genannt.«

Clark hatte Emerson gekannt. Er hatte auch gewusst, dass sie mit dem Professor geschlafen hatte. Er war wütend. Und wir betrachteten ein Bild von ihm in einer orangefarbenen Jagdweste und einem Gewehr in der Hand.

Kapitel 26

Du warst in den meisten von Emersons Kursen. Ich schlüpfte in Clarks Kopf, ohne auch nur darüber nachzudenken. *Du hast sie gerne beobachtet. Sie war nett zu dir. Du hieltest sie für perfekt. Und wenn du herausgefunden hättest, dass sie es nicht war …*

»Hast du etwas?«, fragte Michael von seinem Platz auf der anderen Seite des Zimmers aus.

Ich sog die Unterlippe zwischen die Zähne.

»Möglicherweise.«

Ich konnte vor mir sehen, wie Clark Emerson ins Visier nahm, aber wenn er derjenige war, der sie angegriffen hatte, dann hätte ich erwartet, dass er unordentlicher gewesen wäre. Am Tag zuvor hatte ich gedacht, wenn Clark ein Killer wäre, dann wäre er ein unorganisierter Killer. Emerson wurde nicht aus einem Impuls heraus getötet. Der Täter hatte nie die emotionale Kontrolle verloren.

Trotzdem …

Ein Telefon klingelte und unterbrach meinen Gedankengang. Erst nach einem Augenblick erkannte ich, dass es meines war. Ich griff danach, doch Lia kam zuerst daran, schnappte es mir weg und hielt es außer Reichweite.

»Gib her, Lia.«

Sie stellte sich taub und drehte das Telefon so, dass ich den Namen des Anrufers sehen konnte. Geoff stand auf dem Bildschirm. Was zum …? Er hatte mir seine Nummer gegeben, die ich in mein Telefon getippt hatte. Aber meine hatte er nicht bekommen.

»Ihr zwei habt euch gesimst«, erklärte Lia dreist. »Ihr seid euch richtig nahegekommen.«

Ich musste unbedingt mein Passwort ändern.

»Sehen wir mal, was er zu sagen hat?«

Ohne auf eine Antwort zu warten, nahm sie den Anruf entgegen.

»Geoffrey, gerade habe ich von dir gesprochen.« Sie lächelte über das, was er zu sagen hatte, stellte dann den Lautsprecher ein, legte das Telefon auf den Tisch vor uns und warnte mich, es auszuschalten.

Das tat ich auch nicht.

»Hast du das mit dem Professor gehört?«, fragte Geoffrey ernst. »Das ist überall in den Nachrichten.«

Die Nachricht vom Tod des Professors war also öffentlich gemacht worden.

»Das muss ja schwer für dich sein«, sagte Lia und legte die Füße auf den Couchtisch. Ihre Stimme drückte zwar tiefstes Mitgefühl aus, doch sie verdrehte dabei übertrieben die Augen.

»Du hast ja keine Ahnung«, gab Geoffrey zurück. »Das hat der Professor nicht verdient.«

Aber Emerson schon?, hätte ich beinahe gefragt.

»Erst das Mädchen und jetzt der Professor«, sagte Lia, die sich ganz anhörte wie ein Groupie in einer Tragödie, bereit, jedes von Geoffreys Worten aufzusaugen. »Was glaubst du, wer das getan hat?«

»Wir haben es hier mit einem organisierten Killer zu tun«, verkündete Geoffrey. »Hochintelligent und schwer zu fassen.«

Ich wusste nicht, was abstoßender war: dass Geoffrey so tat, als hätte er den Begriff »organisierter Killer« geprägt, obwohl er zeigte, dass er nur ein äußerst fragmentarisches Verständnis davon hatte, was er bedeutete – oder die Tatsache, dass »hochintelligent« wahrscheinlich eine Beschreibung war, die er auf sich selbst anwenden würde.

»Ich werde wahrscheinlich den Kurs übernehmen müssen, jetzt, wo Fogle weg ist«, fügte Geoffrey hinzu. »Ich weiß nicht, was mit seinem Buch *Fesseln. Brennen. Schneiden. Hängen. Die Geschichte des Daniel Redding* passieren wird.«

Geoffrey konnte es nicht lassen, den Titel des Buches zu nennen. Während ich ihn hörte, dachte ich an Deans Gesicht, als er diese Worte gesagt hatte, blass und mit leeren Augen.

»Glaubst du, es könnte jemand aus dem Kurs sein?«, fragte Lia. »Aus deinem Kurs?«

Sie war so gut darin, dem Gespräch eine andere Wendung zu geben, dass Geoffrey es gar nicht merkte.

»Wenn es in diesem Kurs einen Studenten mit dem Potenzial für so etwas gäbe«, meinte Geoffrey im Brustton der Überzeugung, »dann würde ich das wohl erkennen.«

Meine erste Reaktion auf diese Worte war, dass er natürlich annahm, er könnte einen Killer erkennen. Doch meine zweite Reaktion ging tiefer. Er hatte das Wort *Potenzial* benutzt.

Potenzial in Bezug auf Fähigkeit oder auf Talent?

»Was ist mit dem Jungen, der in dem Kurs den Ton angab?«, brachte Lia erneut die Sprache darauf.

»Auf keinen Fall«, meinte Geoffrey herablassend. »Gary sonst was. Der würde keiner Fliege was zuleide tun.«

Gary Clarkson. Genannt Clark. Ich hätte ihn nicht als tonangebenden Typen eingeschätzt und das verwirrte mich. Vielleicht war er doch mehr Planer, mehr Typ A, organisierter, als ich gedacht hatte.

Lia schnappte nach dem Telefon und beendete den Anruf abrupt. Die plötzliche Bewegung riss mich aus meinen Gedanken und ich folgte ihrem Blick. Im Gang hinter uns stand Dean.

Er sagte kein Wort über das, was er gehört hatte. Er drohte nicht damit, Briggs zu sagen, dass wir die Regeln gebrochen hatten, schon wieder. Er drehte sich nur um und ging schweren Schrittes zur Treppe.

Ich riss mein Telefon an mich, ohne dass mich Lia daran hinderte. Es klingelte. Ich nahm an, dass es Geoffrey war, aber das war er nicht.

»Ihr müsst jemanden für mich nachschlagen«, sagte Briggs ohne weitere Formalitäten.

»Sie auch«, erwiderte ich. »Gary Clarkson. Er kennt sich mit Gewehren aus und hatte mehrere Kurse gemeinsam mit Emerson. Und in Fogles Kurs gab er den Ton an.« Ich zögerte einen Augenblick, dann fügte ich hinzu: »Sie könnten sich auch den Assistenten des Professors ansehen.«

Das FBI hatte uns keine Akte über Geoffrey gegeben, doch das war nur ein Versehen ihrerseits. Er war zwar kein Student in diesem Kurs, aber an der Universität – und es würde Deans Vater ähnlich sehen, dem FBI etwas Wahres zu erzählen, was sie dennoch in die Irre führte.

»Ich kümmere mich darum«, versprach Briggs. »Aber zuerst müsst ihr sehen, was ihr über einen Conrad Mayler herausfinden könnt. Er hat vor zwei Jahren an Fogles Kurs teilgenommen.«

»Warum sollen wir ihn überprüfen?«

Am anderen Ende herrschte Schweigen. Ich dachte schon,

Briggs würde meine Frage nicht beantworten, doch nach kurzem Zögern sagte er: »Er hat das Video vom Tatort ins Netz gestellt.«

Briggs hatte so eine Art, einen Satz zu beenden, die jede Fortführung des Gespräches ausschloss.

»Okay«, sagte ich. »Conrad Mayler. Verstanden.«

• • •

Zwanzig Minuten später hatten wir alles, was es online über Conrad Mayler zu erfahren gab. Er studierte Journalistik im Hauptfach. Angeblich mochte er Indie-Bands. Seine Lieblingsfilme waren Dokumentationen. Er hatte einen Blog, in dem er sich bissig über eine Reihe von Realityshows ausließ. Seinem Profil zufolge war er auf einer Privatschule gewesen und arbeitete Teilzeit beim studentischen Radiosender.

Seinen Beziehungsstatus gab er mit »Kompliziert« an. Das Mädchen, um das es in dieser Beziehung ging, war Bryce Anderson.

Dein Name taucht immer wieder auf. Ich stellte mir das blonde Mädchen vor. Ich hatte schon einmal den Fehler begangen anzunehmen, dass unser UNSUB ein Mann war. Egal was mein Bauchgefühl mir dieses Mal sagte, ich konnte es nicht riskieren, den gleichen Fehler noch einmal zu machen.

Wenn man durch Conrads Status-Updates und Profile scrollte, konnte man leicht erkennen, dass er sich selbst für einen Journalisten hielt. Wahrscheinlich behauptete er, er hätte das Video von Emersons Leiche aufgenommen und online gestellt, weil die Öffentlichkeit ein Recht darauf hatte. Ich war fast überrascht, dass er es nicht in seinem Profil gepostet hatte.

Offenbar als Antwort auf meine Gedanken kam ein neues Update seiner Seite. Conrad hatte ein neues Video gepostet. Ich machte mich auf das Schlimmste gefasst, als ich es abspielte, doch statt einer Leiche sah ich nur Reihen von Holzstühlen, auf denen Studenten saßen. Die Zeitangabe im Video zeigte 7:34 Uhr.

»Professor George Fogle sagte einmal, dass er seinen Kurs auf 7:30 Uhr morgens gelegt hatte, um die Studenten, die ihn nur aus einer Laune heraus belegten, von denen zu trennen, die es mit dem Studium der Kriminologie ernst meinten.« Die Kamera schwenkte durch den Raum und ich erkannte den Hörsaal.

Ich war schon dort gewesen.

»Vor drei Tagen nahmen dreihundertsieben ernsthafte Studenten an der ersten von drei Prüfungen zu *Monster oder Menschen?* teil. Die dreihundertachte Studentin, Emerson Cole, wurde an jenem Morgen tot aufgefunden.«

»Es gibt kein Flimmern«, stellte Sloane fest, die sich hinter mich gestellt hatte. »Wer das aufgenommen hat, hat eine gute Ausrüstung. Das Video ist allerdings mit einem Smartphone aufgenommen worden. Mindestens 1080p-Auflösung, wenn nicht höher.«

Das Video schaltete vom Hörsaal zu einem bekannten Bild – dem Clip mit der Leiche von Emerson. Die Erzählung ging weiter, doch ich schaltete ab.

»Ich würde ja fragen, ob der Junge es ernst meint, aber ich sehe, dass es so ist«, stellte Michael fest, der zu uns gekommen war. »Der glaubt wirklich, das sei hochaktueller Journalismus. Auf seiner Profilseite.«

»Er hat Emerson nicht getötet«, erklärte ich müde. Conrad passte nicht ins Profil. Unser Killer hatte keinen bissigen Blog.

Er hatte keine Freundin wie Bryce – nicht einmal, wenn es »kompliziert« war. Und derjenige, der Emerson getötet hatte, der sie wie einen toten Vogel zur Schau gestellt hatte, den ein Hund seinem Herrchen bringt, hätte niemals seinen »Videobericht« mit einem Bild aus dem Kurs begonnen.

Für das UNSUB war der Rest des Kurses bedeutungslos.

»Spiel es noch einmal ab«, verlangte Sloane. »Von Anfang an.«

Ich drückte auf Play. Sloane schob mich sanft aus dem Weg und übernahm. Mit den Shortcut-Tasten hielt sie das Video an, spielte weiter, hielt wieder an. Ihre Augen glitten über den Bildschirm.

»Die Stimme hatte recht«, sagte sie schließlich. »Es waren dreihundertsieben Studenten im Hörsaal, die am Test teilnahmen. Einschließlich unseres Verdächtigen«, fügte sie hinzu und deutete auf ein unverkennbares Gesicht – rund, mit stumpfen Augen – in der dritten Reihe. Clark. Er saß zwei Plätze neben Bryce und eine Reihe hinter Derek.

»Wer filmt den Test«, fragte ich, »und warum?«

»Weiß ich nicht.« Sloane schob die Zungenspitze vor und konzentrierte sich stark. »In den Nachrichten wurde gesagt, dass Emersons Leiche früh am Morgen entdeckt wurde«, sagte sie schließlich. »Die Frage ist: wie früh?«

Ich folgte ihrem Gedankengang. Der Zeitangabe zufolge war die Aufnahme um 7:34 Uhr gemacht worden. Ich sprach das Offensichtliche aus.

»Todeszeitpunkt.«

Sloane griff nach meinem Telefon und wählte eine Nummer aus dem Gedächtnis. Als niemand antwortete, rief sie erneut an. Und wieder. Und wieder.

»Was?« Briggs' Ärger ließ seine Stimme so laut klingen, dass ich sie noch aus einiger Entfernung hören konnte.

»Ich betrachte es als unhöflich, mit über fünfundsiebzig Dezibel zu reden«, sagte Sloane pikiert. »Ich glaube, das nennt man Schreien.«

Briggs' Antwort konnte ich nicht hören.

»Gibt es schon einen Autopsiebericht zu Emerson Cole?« Sloane hielt sich das Telefon mit der Schulter ans Ohr, um ihr Haar aus dem Pferdeschwanz zu lösen und neu zu binden. »Wir brauchen den Todeszeitpunkt. Die Todesursache würde auch helfen.«

Ich war mir ziemlich sicher, dass Briggs ihr diese Information nicht geben wollte. Es war ein ziemlicher Unterschied dazwischen, anhand der sozialen Medien ein Profil von Collegestudenten zu erstellen und in die Einzelheiten eines geheimen Obduktionsberichtes eingeweiht zu werden.

»Sie reden mit achtundsiebzig Dezibel«, stellte Sloane völlig unbeeindruckt von Briggs' Einwänden fest. »Und wir brauchen immer noch den Todeszeitpunkt.« Wieder hielt sie inne und fuhr nach einer kurzen Pause langsam fort, als spräche sie mit einem Kleinkind, »weil wir hier sitzen und uns ein Video ansehen, das um 7:34 Uhr an diesem Morgen aufgenommen wurde. Wenn ich mich an die Karten vom Campus recht erinnere – und Sie wissen, dass ich das tue –, dann ist der Davies-Hörsaal fünfundzwanzig Minuten zu Fuß und zehn Minuten mit dem Auto vom Haus des Präsidenten entfernt. Das bedeutet, dass, wenn a) der Täter beim Tod von Emerson Cole anwesend sein musste und er b) nach 7:25 Uhr und vor dem Ende dieses Tests stattfand, jeder Student in diesem Kurs ein Alibi hat.«

Danach schwieg Sloane etwas länger und legte dann auf.

»Was hat er gesagt?«, fragte Michael.

Sloane klappte den Laptop zu und schob ihn fort.

»Er sagte, dass die Leiche um 8:15 Uhr gefunden wurde. Der Todeszeitpunkt wurde auf 7:55 Uhr geschätzt.«

Kapitel 27

Die Zeitangabe auf dem Video wurde bestätigt. Es war offiziell. Emerson Cole war erwürgt worden, während die Studenten in Professor Fogles Kurs im Davies-Hörsaal ihre Zwischenprüfung ablegten.

Das FBI verfolgte das Video zu unserem guten Freund, dem Assistenten Geoff, zurück, der behauptete, Professor Fogle würde das immer so machen, um zu verhindern, dass ein Student den Test von einem Ersatzmann schreiben ließ. Das ganze Video zeigte auch Nahaufnahmen der einzelnen Studenten, wenn sie die Testbögen abgaben. Alle der dreihundertsieben möglichen Verdächtigen – dreihundertacht, wenn man Geoffrey mit einrechnete – waren anwesend.

Was ihr Alibi anging, so war es bombensicher.

»Ich habe Briggs gesagt, dass er mich das Video von der Unterhaltung mit Daniel Redding sehen lassen sollte.« Lia knallte die Kühlschranktür zu und ließ ihren Unmut dann an der Besteckschublade aus. Sie riss sie auf, dass der Inhalt klirrte. »Wir jagen einer nicht existenten Spur hinterher, weil mich keiner sagen lässt, wann dieses herzlose, machiavellistische Stück ...«

Lia verfügte über ziemlich drastische Beschreibungen für Deans Vater. Ich konnte keiner davon widersprechen. Ich stellte mich vor sie und nahm zwei Löffel aus der Schublade, von denen ich ihr einen hinhielt. Nach einem Moment nahm sie ihn. Dann betrachtete sie misstrauisch den Löffel in meiner Hand.

»Du teilst dir das Eis mit mir«, sagte ich. Sie wirbelte den Löffel zwischen den Fingern hin und her, dass ich mich fragte, ob sie gerade mein vorzeitiges Ableben plante.

»Mit mir spricht Dean auch nicht«, erzählte ich. »Und ich bin genauso enttäuscht wie du. Alles, was wir getan haben – alles was wir versucht haben –, war umsonst. Der Täter ist nicht in diesem Kurs. Es spielt keine Rolle, dass Geoffrey nur minimales Mitgefühl besitzt und von der dunklen Seite fasziniert ist oder dass Clark etwas für Emerson übrighatte und viel aufgestaute Wut in sich trug. Nichts davon spielt eine Rolle, weil keiner von ihnen Emerson getötet hat.«

Das Einzige, was das FBI uns hatte tun lassen, war, uns auf eine irrsinnige Hetzjagd zu schicken, dank Deans psychotischem Vater. Und ich kam nicht umhin, mir dumm vorzukommen, weil ich geglaubt hatte, dass wir einfach zu einer Uni marschieren konnten oder uns nur ein paar Internetprofile ansehen mussten, um einen Killer zu finden. Dean war immer noch wütend auf uns und wir konnten ihm nichts bieten.

»Lia ...«

»Schon gut«, unterbrach mich Lia. »Das reicht an Kontaktaufnahme, Cassie. Ich teile mir das Eis mit dir, aber wir essen es woanders. Ich bin nicht in der Stimmung, mich vor den anderen gut gelaunt zu geben, und der nächste, der mich bittet, etwas mit ihm zu teilen, wird einen langsamen, schmerzhaften Tod sterben.«

»Klingt fair.« Ich sah mich in der Küche um. »Schwebt dir ein bestimmter Ort vor?«

• • •

Zuerst glaubte ich, Lia würde mich in ihr Zimmer führen, doch als sie die Tür hinter uns schloss, erkannte ich, dass das nicht ihr Ziel war. Sie schob ihr Fenster auf und kletterte mit einem verschmitzten Blick über die Schulter hinaus aufs Dach.

Klasse, dachte ich. Ich steckte den Kopf aus dem Fenster und sah gerade noch, wie sie um eine Ecke verschwand. Nach einem kurzen Augenblick des Zögerns kletterte ich vorsichtig selbst hinaus. Obwohl das Dach vor ihrem Fenster nur leicht geneigt war, hielt ich mich mit einer Hand fest und tastete mich vorsichtig zur Ecke vor, um die Lia verschwunden war. Als ich es geschafft hatte, atmete ich erleichtert auf.

Das Dach war hier flach. Lia saß mit dem Rücken an die Seitenmauer gelehnt und hatte ihre ellenlangen Beine fast bis zur Regenrinne ausgestreckt. Vorsichtig ging ich zu ihr und ließ mich neben ihr nieder. Wortlos hielt Lia mir die Eispackung hin.

Ich vergrub meinen Löffel in dem Schokoladeneis und holte eine ordentliche Portion davon heraus.

Lia zog graziös die Augenbrauen hoch. »Da wird aber jemand Gehirnfrost kriegen.«

Ich biss ein Stückchen von der Portion am Löffel ab. »Wir hätten uns Schüsseln mitnehmen sollen.«

»Wir hätten eine Menge Dinge tun sollen«, fand Lia. Sie saß ganz still und sah auf den Horizont. Die Sonne ging gerade unter, doch ich hatte das Gefühl, dass sie, wenn ich nicht hier gewesen wäre, die ganze Nacht hier draußen bleiben würde, zwei Stockwerke über der Erde, die Füße am Dachrand. Sie gehörte zu den Menschen, die es hassten, eingesperrt zu sein. Sie hasste es, in der Falle zu sitzen. Sie brauchte immer einen Fluchtweg.

Sie hatte ihn nur schon lange nicht mehr benutzen müssen.

»Dean kommt darüber hinweg«, sagte ich anstatt der Dinge, an die ich dachte – an Fluchtstrategien und Lias Kindheit und die Art, auf die sie höchstwahrscheinlich das Lügen gelernt hatte. »Er kann nicht ewig auf uns böse sein«, fuhr ich fort. »Wir haben schließlich nur versucht, ihm zu helfen.«

»Aber verstehst du das denn nicht?«, wandte sich Lia an mich, und in ihren dunklen Augen glitzerten Tränen, die sie nie vergießen würde. »Dean wird nicht böse. Er lässt es nicht zu. Wenn wir also jetzt zu ihm gehen und mit ihm reden würden, würde er nicht böse auf uns sein. Er wäre gar nichts. So ist er. Er macht dicht und er schließt Leute aus, und das ist gut so. Ich verstehe es. Von allen Menschen verstehe ich es am besten.« Lia schloss die Augen und presste die Lippen aufeinander. Sie holte ein paarmal tief Luft und machte sie dann wieder auf. »Aber er schließt nicht mich aus.«

Dean kannte Lia besser als jeden von uns, und das bedeutete, dass er genau wusste, was es bedeutete, sie auszuschließen. Er wusste, dass er der Einzige war, dem sie vertraute, und dass ihre Beziehung das Einzige war, das verhinderte, dass sie sich immer wie in einer Falle vorkam. Michaels Verteidigungsmechanismus in seiner Jugend war gewesen, Wut zu erkennen, und wenn er sie nicht abwenden konnte, provozierte er sie. Lias war es gewesen, sich unter so vielen Tarnschichten zu verstecken, dass nichts, was ihr jemand antat, sie wirklich verletzen konnte, weil es ihr wahres Ich gar nicht erreichte.

Dean war die Ausnahme.

»Als ich hierhergekommen bin, gab es nur Dean, Judd und mich.« Lia versenkte ihren Löffel in der Packung und stützte sich auf die Handballen. Ich war mir nicht sicher, warum sie mir das erzählte, aber in meinem Innersten wusste ich, dass dieses Mal alles, was sie mir erzählte, wahr war. »Ich wollte ihn hassen. Ich bin gut darin, Menschen zu hassen. Aber Dean hat mich nie bedrängt. Er stellte mir nie eine einzige Frage, die ich nicht beantworten wollte. Nach ein paar Monaten wollte ich mich eines Nachts hinausschleichen. Ich bin gut darin wegzulaufen.«

Ich speicherte das auf der wachsenden Liste von Dingen, die ich über Lias Vergangenheit wusste.

»Dean hat mich abgefangen. Er sagte, wenn ich ginge, würde er mitgehen. Ich habe gesagt, er blufft, doch wie sich herausstellte, war es kein Bluff. Ich rannte weg. Er folgte mir. Drei Tage lang waren wir weg. Ich hatte früher schon auf der Straße gelebt, er aber nicht. Er blieb nachts wach, damit ich schlafen konnte. Manchmal wachte ich auf und sah, wie er Wache hielt. Er sah mich nie so an wie die meisten Kerle. Er wachte über mich, anstatt mich zu beobachten.« Sie hielt inne. »Und er hat nie eine Gegenleistung verlangt.«

»So etwas würde er nicht tun.«

Lia lächelte spröde.

»Nein«, bestätigte sie, »das würde er nicht. Am letzten Tag, bevor wir zurückgingen, erzählte er mir von seinem Dad und wie es kam, dass er hier war, und von Briggs. Dean ist der einzige Mensch, den ich kenne, der mich noch nie angelogen hat.«

Und jetzt sprach er gar nicht mehr mit ihr.

»Agent Sterling war eines der Opfer seines Vaters«, sagte ich leise. Ruckartig sah Lia mich an. Daran, wie sie scharf Luft holte, merkte ich, dass sie meine Worte als Wahrheit anerkannte und nicht wusste, wie sie damit umgehen sollte.

Ich hatte nicht das Gefühl, Dean zu verraten, wenn ich es Lia erzählte. Sie war seine Familie. Sie hatte sich mir in einer Weise geöffnet, wie sie es sonst niemandem gegenüber tat, und das sagte mir, wie dringend sie wissen musste, dass er sie nicht ausschloss, weil sie etwas falsch gemacht hatte. Deans Leben war im Augenblick ein Minenfeld.

»Sterling hat ein Brandmal, genau hier.« Ich deutete mit der Fingerspitze auf meine Brust. »Sie ist irgendwie entkommen. Ich glaube, Dean hat ihr dabei geholfen.«

Lia verarbeitete die Information mit undurchdringlichem Gesicht.

»Und jetzt ist sie wieder da«, sagte sie schließlich, den Blick starr in die Ferne gerichtet. »Und Dean kann nur daran denken, dass er ihr nicht genug geholfen hat.«

Ich nickte.

»Dann stirbt Emerson Cole und Dean muss ein Gespräch mit seinem Vater führen.« Ich lehnte mich zurück und ließ meinen Kopf leicht gegen die Hauswand stoßen. »In diesen Raum zu gehen, sich anzuhören, was Daniel Redding zu sagen hatte, das war es, was Dean hat dichtmachen lassen. Es war, als hätte ihm jemand die Seele geraubt. Und dann ließ ihn Agent Sterling wissen, dass wir unsere eigenen Nachforschungen betrieben haben ...«

»Was du ihr verraten hast«, warf Lia ein.

»Sterling wusste bereits, dass ich mich hinausgeschlichen habe«, antwortete ich. »Außerdem habe ich ihr nicht gesagt, was wir getan haben. Ich habe ihr nicht einmal gesagt, dass du dabei warst. Ich habe ihr nur gesagt, was wir erfahren haben.«

»Aber das spielt keine Rolle mehr«, bemerkte Lia, »weil jeder Student in diesem Hörsaal – ganz zu schweigen von dem Assistenten – ein felsenfestes Alibi hat. Und anstatt uns so einzusetzen, wie sie es sollten, gefiel es dem FBI in all seiner Weisheit, uns hier einzuschließen, wo wir nichts tun können, um den Fall zu lösen oder Dean zu helfen.« Lia wickelte sich eine Strähne des tiefschwarzen Haares um den Finger. »Und hier ist unser aller Liebling.«

Ich folgte ihrem Blick. In der Auffahrt parkte ein schwarzer Wagen und Agent Sterling stieg aus.

»Was glaubst du, wo sie gewesen ist?«, fragte mich Lia.

Sterling war zuvor schon im Haus gewesen, hatte aber nur die Akten der Studenten geholt und war wieder gegangen. Ich hatte angenommen, dass sie sich mit Briggs traf, aber er war jetzt nicht bei ihr.

Die Beifahrertür ging auf und der Director stieg aus. Die beiden sahen aus, als hätten sie gerade eine sehr angespannte, sehr schweigsame Autofahrt hinter sich.

»Glaubst du, er will uns noch einmal sehen?«, fragte ich leise, obwohl sie weit genug weg waren, dass ich mich fragte, ob das überhaupt notwendig war.

Lia schlug mir die Hand über den Mund und zog mich zurück, sodass wir zum Teil vor ihren Blicken verborgen waren. Sie runzelte die Stirn. Ich nickte, um zu zeigen, dass ich sie verstand, und einen Moment später wusste ich, warum Lia das Dach so gern mochte.

Die Akustik war ausgezeichnet.

»Du kannst dir gerne das Auto nehmen, um nach Hause zu fahren«, sagte Agent Sterling mit ihrer Vernehmungsstimme, ruhig und ausgeglichen.

»Ich habe dich gebeten, mich hierherzufahren«, erwiderte

der Director ebenso gleichmütig wie sie, nur im Bariton. »Ich möchte mit dem Jungen reden.«

»Du musst nicht mit Dean reden.«

»Ich glaube, du vergisst, wer von uns beiden hier der Director ist.«

»Und ich glaube, du vergisst, dass ich nicht die Einzige war, die nach dem Desaster mit Locke Fragen gestellt hat.« Sie hielt inne und wartete darauf, dass die Worte ihr Ziel fanden. »Ich habe Kontakte zum Geheimdienst. Die Leute in Washington reden. Was glaubst du, was passiert, wenn sie erfahren, dass das FBI in diesem Fall den minderjährigen Sohn von Daniel Redding zurate zieht?«

»In diesem Fall spielt es keine Rolle, ob das Programm aufgedeckt wird oder nicht«, entgegnete der Director, ohne aus der Fassung zu geraten. »Das FBI würde sowieso mit dem Jungen reden, egal ob er für uns arbeitet oder nicht. Wenn der Leiter des Geheimdienstes Fragen stellt – und das wird er nicht –, kann man es ihm leicht erklären. Reddings Sohn war beim ersten Mal dabei. Er kennt Reddings Psyche besser als jeder andere – dich eingeschlossen.«

»Ich habe zugestimmt, herzukommen und das Programm zu bewerten, weil du gesagt hast, es wäre ein Fehler, Washington vom Naturtalente-Programm zu erzählen.« In Agent Sterlings Stimme schlich sich ein Anflug von Emotion, doch ich konnte nicht erkennen, ob es Enttäuschung oder etwas anderes war. »Du hast mir gesagt, ich müsse es selbst sehen, damit ich weiß, was wir aufgeben, wenn wir es schließen.«

Ich hatte mich schon gefragt, warum der Director seine Tochter hierherschickte, wenn er wusste, dass sie es für einen Fehler hielt. Jetzt wusste ich es.

»Du hast auf mich gehört«, entgegnete der Director ruhig. »Du hättest den Bericht einreichen können, aber das hast du nicht getan.«

»Als hättest du mir eine Wahl gelassen!«

»Ich habe dir nur die Wahrheit gesagt.« Der Director sah auf die Uhr, als wolle er andeuten, dass er zu viel Zeit mit diesem Gespräch vergeudete. »Das Programm ist das Einzige, was diesen Jungen aufrechterhält. Glaubst du, er hätte es bei Pflegeeltern besser? Oder willst du, dass ich Lia Zhang wieder auf die Straße schicke? Sie würde irgendwann wieder geschnappt werden, und ich garantiere dir, dass sie beim nächsten Mal als Erwachsene vor Gericht kommt.«

Ich spürte, wie Lia neben mir erstarrte.

»Du wolltest, dass ich hierherkomme«, sagte Sterling zähneknirschend. »Ich bin hergekommen. Aber als ich das tat, hast du versprochen, dass du auf meine Empfehlungen hören würdest.«

»Wenn du vernünftig wärst, würde ich auch darauf hören. Aber Dean Redding von diesem Fall fernzuhalten ist nicht vernünftig.« Der Director ließ ihr einen Augenblick Zeit, um zu antworten, und als sie das nicht tat, fuhr er fort: »Du kannst dich hinstellen und mir erzählen, wie falsch dieses Programm ist, aber im Grunde willst du diesem Killer ebenso sehr das Handwerk legen wie ich. Du kannst dich nur mit Mühe davon zurückhalten, die Naturtalente dazu einzusetzen, früher oder später wirst du allerdings deine Prinzipien über Bord werfen. Dann wirst *du mir* erzählen, dass wir diese Grenze überschreiten müssen.«

Ich erwartete, dass Sterling ihm widersprach, doch das tat sie nicht.

»Natürlich will ich sie einsetzen!«, rief sie. »Aber hier geht es nicht um mich! Oder dich. Oder das Büro. Es geht um die fünf Teenager, die hier in diesem Haus leben. Fünf reale Menschen, deren einziger Schutz Regeln sind, die du aufgestellt hast und jetzt immer wieder brichst. Du bist derjenige, der zugelassen hat, dass Cassie Hobbes am Locke-Fall gearbeitet hat. Du bist derjenige gewesen, der darauf bestand, dass Dean mit Redding redet. Du machst Regeln und brichst sie, du schickst zweideutige Botschaften ...«

»Darum geht es hier nicht«, unterbrach sie der Director. Anders als seine Tochter blieb er vollkommen gelassen. »Du regst dich nicht über irgendwelche Botschaften auf, die ich deiner Meinung nach aussende. Nach fünf Jahren bist du immer noch wütend darüber, dass ich mich in Bezug auf dieses Programm auf die Seite deines Mannes geschlagen habe und nicht auf deine.«

»Exmann.«

»Du hast ihn verlassen. Du hast das FBI verlassen.«

»Na los, sag's schon, Dad. Ich habe dich verlassen.«

»Weißt du, in was für eine Lage mich das bringt, Veronica? Wie soll ich mich auf die Loyalität aller FBI-Mitarbeiter verlassen können, wenn nicht mal meine eigene Tochter es für nötig hält zu bleiben? Nach dem Vorfall mit dem Hawkins-Mädchen im Fall Nightshade war die Moral auf einem Tiefpunkt. Wir mussten uns als geschlossene Einheit zeigen.«

Agent Sterling wandte ihrem Vater den Rücken zu und ihre nächsten Worte schossen hervor wie Gewehrkugeln.

»Ihr Name war Scarlett und es war kein Vorfall. Ein Psychopath hat sich in unser Labor geschlichen und eine aus unserem Team getötet. Tanner und ich mussten beide etwas beweisen …« Sie brach ab, schwer atmend. »Ich habe das FBI verlassen, weil ich dort nicht hingehörte.«

»Aber du bist zurückgekommen«, sagte der Director. »Nicht für mich. Du bist wegen des Jungen gekommen. Was Redding dir angetan hat, was Scarlett im Nightshade-Fall passiert ist – das vermengt sich alles in deinem Kopf. Sie konntest du nicht retten, also hast du beschlossen, ihn zu retten.«

Sterling machte einen Schritt auf ihren Vater zu.

»Irgendjemand muss es tun. Er ist erst siebzehn.«

Ich konnte mich nur schwer beherrschen, nicht vom Dach zu springen und mich auf den Director zu stürzen. Plötzlich wich die Anspannung aus Lia und sie erschlaffte. Sie sah entspannt aus. Friedlich, sogar. Bei Lia bedeutete das, dass sie mit Sicherheit auf Blut aus war.

Manche Menschen sehen Dean an und sehen seinen Vater, dachte ich dumpf. Der Director machte Dean nicht direkt für die Sünden seines Vaters verantwortlich – er betrachtete ihn als Komplizen.

»Ich rede nicht mehr mit dir darüber, Veronica.« Die Geduld des Directors war am Ende. »Wir müssen wissen, ob einer von Reddings Besuchern in diesem Fall ein möglicher Verdächtiger ist. Muss ich dir erst sagen, wer zu den Ehemaligen der Colonial University zählt? Der Druck, diesen Fall abzuschließen, kommt von ganz weit oben, Agent.« Seine Stimme wurde ein wenig weicher. »Du willst doch auch nicht, dass sich die Leichen stapeln.«

»Natürlich will ich den Kerl schnappen, bevor noch jemand verletzt wird.« Agent Sterling hatte mich davor gewarnt, Fälle zu meinem persönlichen Problem zu machen, doch dieser hatte ihren Schutzpanzer durchbrochen. »Deshalb wollte ich Redding ja selbst sehen.«

Der Director erstarrte.

»Glücklicherweise konnte ich dich zurückhalten, ehe du diesen nicht durchdachten Plan in die Tat umsetzen konntest.«

Agent Sterling grinste ihn breit an. »Tatsächlich?«

»Veronica …!«

»Im Augenblick würde ich Agent vorziehen. Du wolltest jemanden, der Daniel Redding unter die Haut geht. Dafür brauchst du Dean nicht. Ich bin diejenige, die entkommen ist, Director. Und du weißt, was das für einen Mann wie Redding bedeutet.«

»Ich weiß nur, dass ich nicht will, dass du ihm auch nur nahe kommst!«

Zum ersten Mal klang er fast wie ein Vater.

»Lass mich mit Dean reden«, nutzte Sterling ihren Vorteil aus, auch wenn es nur ein geringer war. »Lass mich diejenige sein, die Dean die Besuchereinträge zeigt. Wenn er irgendetwas weiß, was sich als relevant erweisen könnte, wird er es mir sagen. Er vertraut mir.«

Nach bestimmt zehn oder fünfzehn Sekunden des Schweigens nickte der Director knapp.

»Na gut. Aber wenn du und Briggs mir keine Resultate liefert, dann werde ich jemanden holen, der es kann.«

Kapitel 28

Lia und ich sagten nichts, bis sowohl Agent Sterling als auch der Director verschwunden waren.

»Und ich dachte schon, in meiner Familie gäbe es Probleme.« Lia stand auf und streckte sich, drückte den Rücken durch und beugte sich nach rechts und links. »Sie hat die Wahrheit gesagt, als sie behauptet hat, für uns immer nur das Beste zu wollen. Nicht die ganze Wahrheit, aber es hat gestimmt. Das ist doch geradezu herzerwärmend, nicht wahr?«

Ich war viel zu sehr damit beschäftigt, die Bedeutungen dessen zu ergründen, was wir gehört hatten, um ihr zu antworten. Nach dem letzten Sommer hatte Sterling damit gedroht, das Programm zu schließen. Der Director hatte sie davon abgehalten, sich über ihn hinwegzusetzen, indem er ihr genau dasselbe gesagt hatte wie ich: dass ein normales Leben für keinen von uns mehr möglich war. Ich konnte zumindest irgendwohin zurückkehren. Dean nicht. Lia auch nicht. Michaels Vater misshandelte ihn. Und aller Wahrscheinlichkeit nach war es Sloanes Familie gewesen, die ihr die Vorstellung eingebläut hatte, dass sie 86,5 Prozent der Zeit das Falsche tat oder sagte.

Meine Mutter war tot, mein Vater hatte kaum einen Anteil an meinem Leben. Und dabei war ich noch die Glückliche unter uns.

»Der Director nennt Dean *den Jungen.*« Ich dachte kurz darüber nach. »Er will Dean nicht als Person sehen. *Der Junge* ist eine Erweiterung seines Vaters. *Der Junge* ist ein Mittel zum Zweck.«

Das kam von einem Mann, der seine eigene Tochter mit *Agent* ansprach.

Sie ist diejenige, die in deine Fußstapfen getreten ist. Von all deinen Kindern ist sie dir am ähnlichsten. Sie war deine Erbin, doch dann ist sie gegangen.

»Der Director glaubt wirklich, dass Dean seinem Vater geholfen hat.« Lia ließ mich diese Nachricht eine Weile verdauen, ehe sie fortfuhr: »Wobei genau er ihm angeblich geholfen hat, steht in der Luft, aber ich habe ihm angehört, dass es keine Vermutung war. Für ihn steht Deans Schuld fest.«

»Dean war zwölf, als sein Vater verhaftet wurde!«, stieß ich hervor, doch als mir bewusst wurde, dass ich da offene Türen einrannte, zügelte ich meine Empörung ein wenig. »Ich glaube, er meint, er hätte eine Möglichkeit finden sollen, es zu beenden, dass er diese Frauen hätte retten können, wenn er etwas anders gemacht hätte, aber nach Professor Fogles Vortrag hatte Redding bereits fünf Jahre lang gemordet, bevor er gefasst wurde. Da war Dean erst sieben.«

Dean hatte mir einmal gesagt, er hätte zuerst nichts über seinen Vater gewusst. Aber später ...

Er hat mich gezwungen zuzusehen. Deans Worte saßen in meinem Kopf fest wie Essensreste zwischen meinen Zähnen. Doch ich zwang mich, mich wieder der Gegenwart und damit Lia zuzuwenden.

»Hat Sterling – unsere Sterling – die Wahrheit gesagt, als sie meinte, sie würde Dean die Besuchereinträge zeigen?«, wollte ich wissen.

»Ja«, antwortete Lia. »Hat sie.«

»Vielleicht erkennt sie langsam, dass sie Dean nicht davor schützen kann«, vermutete ich. »Sie kann sich nur dazwischenschalten und dafür sorgen, dass er das nicht allein durchmachen muss.«

Meine Worte blieben in der Luft hängen. Die ganze Zeit über hatte ich gedacht, dass Sterling und Briggs Dean keinen Gefallen damit taten, ihn im Unklaren zu lassen, aber aus seiner Perspektive hatten Lia, Michael und ich genau dasselbe gemacht. *Wenn ich bei einem Fall im Mittelpunkt stehen würde,* dachte ich langsam, *und wenn ich feststellen würde, dass die anderen hinter meinem Rücken ermittelten, hätte ich nicht das Gefühl gehabt, dass sie mich beschützen.*

Ich hätte das Gefühl, dass sie mich betrügen.

»Was auch immer, Cassandra Hobbes«, sagte Lia, drehte sich um und ging zu ihrem Schlafzimmerfenster zurück. Sie ging auf Zehenspitzen, als sei das Dach ein Hochseil und sie würde gleich eine todesverachtende Bewegung machen.

»Du hast das Eis vergessen!«, rief ich ihr nach.

Sie sah über die Schulter hinweg. »Und du hast das Interessanteste vergessen, was wir bei diesem kleinen Ausflug erfahren haben!«

Ich hatte mich so auf die Reihenfolge der Ereignisse, die Agent Sterling hergeführt hatten, und auf die Kommentare des Directors über Dean konzentriert, dass ich gar nicht auf den Rest des Gesprächs geachtet hatte.

»Den Nightshade-Fall?« Ich schnappte das Eis und wollte aufstehen, doch Lias Antwort ließ mich erstarren.

»Den Nightshade-Fall – was auch immer das ist – und die Person, die den Preis dafür zahlen musste, dass dieser Fall irgendwie den Bach runterging.«

»Scarlett«, sagte ich. Mir fiel wieder ein, dass ich vor dem Gefängnis erkannt hatte, dass Agent Sterling jemanden verloren hatte, für dessen Tod sie sich die Schuld gab.

Lia verschwand um die Ecke. Ich konnte sie nicht mehr sehen, aber noch sehr deutlich hören.

»Nicht einfach Scarlett«, gab sie zurück. »Scarlett Hawkins.«

Kapitel 29

Die Person, die Agent Sterling verloren hatte, weil sie sich zu sehr involviert hatte, da sie bereit war, alles zu tun, um Leben zu retten, trug den gleichen Nachnamen wie Judd.

Vermutlich war sie seine Tochter. Judd war etwa so alt wie der Director, und er verhielt sich Agent Sterling gegenüber nicht nur in einer sehr vertrauten Art und Weise, sondern väterlich. Jetzt machten seine Gefühle dem Director gegenüber vollkommen Sinn. Judd hatte ein Kind verloren und Director Sterling war es hauptsächlich um Moral gegangen.

Ich setzte zusammen, was ich wusste. Scarlett Hawkins und Agent Sterling waren Freundinnen gewesen. Sie arbeiteten beide beim FBI. Scarlett wurde getötet. Briggs begann, sich an Dean zu wenden, damit er ihm bei seinen Fällen half. Agent Sterling verließ das FBI … und ihren Mann.

Als der Director erfahren hatte, was Briggs tat, hatte er es offiziell gemacht. Dean war in dieses Haus gezogen. Mit Judd.

Dieser Gedanke hielt mich so gefangen, dass ich die Gestalt, die über den Rasen schlich, beinahe nicht gesehen hätte. Die Sonne war ganz untergegangen, daher brauchte ich einen Moment, um zu erkennen, wie er sich bewegte, die Hände in die Taschen gesteckt, die Schultern gebeugt und gekrümmt. Die Kapuze verdeckte fast sein ganzes Gesicht.

Dean. Er schlich sich aus dem Haus. Ich war auf halbem Weg zu Lias Fenster, bevor mir klar wurde, dass ich ging. Ich zwang mich, nicht nach unten zu sehen, und ging weiter. Dankbar, dass Lia das Fenster offen gelassen hatte, stieg ich ins Zimmer und rannte die Treppe hinunter.

Wenigstens begegnete ich dieses Mal niemandem. Als ich aus der Tür kam, war Dean schon einen halben Block weiter. Ich rannte los, um zu ihm aufzuholen.

»Dean?«

Er ignorierte mich und ging weiter.

»Es tut mir leid«, rief ich ihm nach. Mein Worte hingen in der Luft, ungenügend, aber ernst gemeint. »Lia und ich hätten dir sagen sollen, dass wir auf diese Party gehen. Wir dachten, wir könnten etwas aufschnappen, was dem FBI entging. Wir wollten, dass dieser Fall vorbei ist.«

»Für mich.« Dean drehte sich nicht um, blieb aber stehen. »Ihr wolltet diesen Fall beenden. Für mich.«

»Ist das denn so schlimm?«, fragte ich und blieb hinter ihm stehen. »Man darf sich doch um dich Sorgen machen, und jetzt sag mir nicht, dass Menschen verletzt werden, wenn sie sich um dich Sorgen machen. Das bist nicht du. Das ist etwas, was man dir eingeredet hat. Es ist etwas, was dein Vater dich glauben machen will, weil er nicht will, dass du irgendjemand anderem nahe bist. Er wollte dich immer nur für dich selbst, und jedes Mal, wenn du uns wegstößt, gibst du ihm genau, was er will.«

Dean drehte sich immer noch nicht um, daher machte ich drei Schritte, bis ich vor ihm stand. Die Spitze seiner Kapuze hing ihm ins Gesicht. Ich schob sie zurück, und als er sich nicht rührte, legte ich ihm die Hände an die Wangen und hob sein Gesicht an.

So wie Michael es bei mir gemacht hatte.

Was tust du, Cassie?

Ich konnte mich nicht von Dean lösen, nicht jetzt. Egal, was es bedeutete. Dean brauchte das – Körperkontakt. Er musste wissen, dass ich keine Angst vor ihm hatte, dass er nicht allein war.

Ich strich ihm die Haare von den Wangen und seine dunklen Augen blickten in die meinen.

»Hat dir schon mal jemand gesagt, dass du zu viel siehst?«, fragte er mich.

Ich brachte ein kleines Lächeln zustande.

»Man hat mir gesagt, dass ich einige Dinge für mich behalten sollte.«

»Das kannst du nicht.« Deans Lippen kräuselten sich fast unmerklich. »Du hast gar nicht vor, irgendetwas zu sagen. Ich bin mir nicht mal sicher, dass du diese Dinge weißt, bevor du sie ausgesprochen hast.«

Er hatte recht. Jetzt, wo ich es gesagt hatte, konnte ich sehen, dass es wahr war. Deans Vater wollte ihn mit niemandem teilen. Ich habe ihn geschaffen, hatte er in der Befragung mit Briggs gesagt. Er wollte, dass Dean sich die Schuld an jeder einzelnen Frau gab, die er getötet hatte, denn wenn Dean sich selbst die Schuld gab, wenn er glaubte, er verdiene es nicht, geliebt zu werden, dann würde er den Rest der Welt auf Abstand halten. Er wäre der Sohn seines Vaters – und sonst nichts.

»Wohin gehst du?«, fragte ich Dean flüsternd. Ich ließ die Hände sinken, doch sie kamen nur bis zu seinem Hals.

Es ist ein Fehler.

Es ist richtig.

Die Gedanken kamen direkt hintereinander, wie in Stereo. Jeden Moment würde sich Dean zurückziehen.

Doch er tat es nicht.

Und ich auch nicht.

»Ich kann nicht einfach hierbleiben und warten, dass die nächste Leiche auftaucht. Der Director glaubt, er kann mich einfach in eine Schublade stecken und nur hervorziehen, wenn ich nützlich bin. Agent Sterling versucht, ihren Vater zu decken, aber ich weiß, was er denkt.«

Er glaubt, dass du es ihm schuldig bist, dachte ich. Ich spürte, wie sich Deans Puls an seinem Hals unter meiner Berührung beschleunigte. *Er glaubt, dass er der Welt einen Gefallen tut, indem er dich zu seinem Werkzeug macht.*

»Wohin gehst du?«, wiederholte ich die Frage.

»Agent Sterling hat mir eine Liste gezeigt.« Dean fasste nach meinen Handgelenken und zog meine Hände von seinem Hals. Er ließ mich nicht los, sondern blieb auf dem Gehweg stehen und ließ seine Finger von meinen Gelenken bis zu meinen Fingern gleiten, bis sie sich ineinanderschoben. »Sie wollten wissen, ob ich einen der Besucher meines Vaters wiedererkennen würde, ob mir irgendetwas auffallen würde.«

»Und ist dir etwas aufgefallen?«

Dean nickte knapp, aber er ließ meine Hände nicht los.

»Eine seiner Besucherinnen war eine Frau aus meiner Heimatstadt.«

Ich wartete, dass er weitersprach.

»Daniel hat in dieser Stadt Menschen getötet, Cassie. Meine Lehrerin aus der vierten Klasse. Menschen auf der Durchreise. Die Leute in dieser Stadt, unsere Freunde, unsere Nachbarn – sie konnten mich nicht einmal mehr ansehen, nachdem die Wahrheit ans Licht gekommen war. Warum sollte ihn jemand von dort besuchen wollen?«

Das waren keine rhetorischen Fragen. Es waren Fragen, auf die Dean eine Antwort suchte.

»Du willst nach Hause«, sagte ich. Ich wusste schon, dass es stimmte, bevor Dean es mir bestätigte.

»Broken Springs ist schon lange nicht mehr mein Zuhause.« Er trat einen Schritt zurück und ließ meine Hände los. Dann zog er wieder die Kapuze hoch. »Ich weiß, welche Art von Frauen meinen Vater im Gefängnis besucht. Sie sind von ihm fasziniert. Besessen.«

»Besessen genug, um seine Verbrechen neu zu erschaffen?«

»Besessen genug, um nicht mit dem FBI zu kooperieren«, erwiderte Dean. »Besessen genug, dass sie liebend gerne mit mir sprechen würden.«

Ich sagte Dean nicht, dass alle, von Briggs bis Judd, ihn dafür umbringen würden. Allerdings hatte ich etwas gegen sein Timing. »Wie spät wird es sein, wenn du dorthin kommst? Und überhaupt, wie willst du eigentlich dorthin kommen?«

Dean antwortete nicht.

»Warte«, sagte ich. »Warte bis zum Morgen. Sterling wird mit Briggs fortgehen. Ich kann mit dir gehen, oder Lia. Da draußen ist ein Mörder. Du solltest nicht allein gehen.«

»Nein«, meinte Dean, und sein Gesicht verzog sich, als hätte er auf etwas Saures gebissen. »Das ist Lias Spezialität.«

Ich hatte mich dafür entschuldigt, dass ich ohne ihn an seinem Fall gearbeitet hatte. Sie hatte das nicht. Ich kannte Lia gut genug, um zu wissen, dass sie es auch nicht tun würde. Und Dean wusste das auch.

»Sei vorsichtig«, mahnte ich. »Was immer du zu ihr gesagt hast, sie nimmt es sich sehr zu Herzen.«

»Das soll sie auch«, sagte Dean dickköpfig. »Ich bin derjenige, auf den sie hört. Ich bin derjenige, der sich Sorgen macht, wenn sie mitten in der Nacht und mitten in einer Mordermittlung mit zwei Fremden weggeht. Glaubst du, dass irgendetwas, was irgendjemand anderes zu ihr sagen könnte, sie daran hindern würde, so etwas noch einmal zu tun?«

»Du hast ja recht«, gab ich zu. »Aber du bist nicht nur der Einzige, auf den sie hört. Du bist der Einzige, dem sie vertraut. Das darf sie nicht verlieren. Und du auch nicht.«

»Na gut«, sagte Dean. »Ich warte bis morgen, bevor ich nach Broken Springs gehe. Und ich spreche mit Lia, bevor ich gehe.«

Was Lia betraf, so bezweifelte ich, dass sie ihn allein losziehen lassen würde. Und wenn er nicht sie oder mich mitnehmen wollte, dann wenigstens Michael. Das war vielleicht ein Rezept, das mit einer Schlägerei enden würde, aber zumindest hätte Dean Verstärkung.

Michael hasst Dean nicht. Er hasste es, dass Dean seine Wut beherrscht. Er hasst es, dass Dean weiß, wie seine Kindheit ausgesehen hat. Er hasst die Vorstellung, dass Dean mit mir zusammen ist.

Ich drehte mich um und ging zum Haus zurück. In meinem Kopf wirbelten die Gedanken um Michael und Dean und mich herum. Nach sechs Schritten holte Dean mich ein. Eigentlich wollte ich nicht nach seiner Hand greifen.

Also zwang ich mich, auf sicherem Boden zu bleiben.

»Hast du schon gewusst, dass Judd eine Tochter namens Scarlett hatte?«

Kapitel 30

Als ich am nächsten Morgen erwachte, arbeitete Michael schon wieder an seinem Auto. Ich stellte mich ans Fenster und sah zu, wie er den Stoßfänger mit dem Schwingschleifer bearbeitete, als sei Rostentfernung eine olympische Disziplin. *Er wird diesen Wagen zerstören,* dachte ich. Restaurierung war nicht Michaels starke Seite.

»Du bist wach.«

Ich drehte mich um und sah Sloane, die sich in ihrem Bett aufsetzte. »Ja.«

»Was siehst du da?«

Ich suchte nach einer Möglichkeit, der Frage auszuweichen, aber mir fiel nichts ein, also sagte ich: »Michael.«

Sloane betrachtete mich einen Augenblick lang wie ein Archäologe ein Höhlengemälde. So, wie ihr Gehirn funktionierte, hatte sie beim Lesen von Hieroglyphen wahrscheinlich mehr Erfolg.

»Du und Michael«, sagte sie.

»Da ist nichts zwischen Michael und mir«, antwortete ich automatisch.

Sloane legte den Kopf schief. »Du und Dean?«

»Da ist nichts zwischen Dean und mir.«

Sloane starrte mich weitere drei Sekunden an, dann sagte sie: »Ich gebe auf.« Offensichtlich hatte sie ihre Kapazitäten für Mädchengespräche erschöpft. Gott sei Dank. Sie verschwand im Schrank, und ich war schon halb aus der Tür, bevor ich mich an mein Versprechen erinnerte.

»Vielleicht gehe ich heute irgendwohin«, sagte ich. »Mit Dean.«

Sloane kam halb angezogen wieder aus dem Schrank. »Aber du hast doch gesagt …«

»Nicht so«, verwahrte ich mich schnell. »Es ist für den Fall. Ich bin mir nicht sicher, wie der Plan aussieht, aber ich werde es gleich herausfinden.« Ich hielt kurz inne und sagte: »Ich habe versprochen, dass ich dich nächstes Mal einweihe. Hiermit weihe ich dich offiziell ein.«

Sloane zog sich ein T-Shirt an. Ein paar Sekunden schwieg sie. Dann strahlte sie: »Betrachte mich als eingeweiht.«

• • •

Wir fanden Dean in der Küche mit Lia, die auf dem Tresen saß, in einem weißen Pyjama und roten Stöckelschuhen. Ihr Haar war offen und ungekämmt. Sie redeten so leise miteinander, dass ich sie nicht verstehen konnte.

Lia erblickte mich über Deans Schulter hinweg und sprang mit unheilvollem Glitzern in den Augen vom Tresen. Sie wackelte nicht einmal auf den hohen Absätzen, als sie landete.

»Unser Liebling hier sagt, du hast gestern Abend verhindert, dass er etwas Dummes tut«, grinste sie. »Ich persönlich will gar nicht wissen, wie du es geschafft hast, ihn zu überreden, sich zurückzuhalten. Aber er hat sich zurückgehalten. Ersparen wir meinen empfindsamen Ohren die Einzelheiten, ja?«

»Lia!«, rief Dean.

Sloane hob die Hand.

»Ich hätte da Fragen bezüglich der empfindsamen Details.«

»Später«, sagte Lia und tätschelte Dean die Wange. Er runzelte die Stirn und sie faltete keusch die Hände vor dem Bauch. »Ich werde brav sein«, versprach sie. »Großes Pfadfinderehrenwort.«

Dean murmelte etwas Unverständliches.

»Erröten. Fratzenschneiden. Grinsen.« Michael kam in den Raum geschlendert und verpasste im Vorbeigehen jedem von uns ein Etikett. »Und Sloane ist perplex. Ich habe den ganzen Spaß verpasst.«

Ich konnte praktisch fühlen, dass er versuchte, nichts in Deans Grimasse und mein Erröten hineinzulesen. Michael versuchte, mir Freiraum zu lassen. Dummerweise konnte er seine Fähigkeit ebenso wenig abschalten wie ich meine.

»Townsend.« Dean räusperte sich.

Michael wandte seine ganze Aufmerksamkeit dem anderen Jungen zu.

»Du brauchst etwas«, sagte er, nachdem er eingehend seine fest aufeinandergepressten Kiefer und die schmale Linie seiner Lippen geprüft hatte. »Du hasst es, darum zu bitten«, lächelte Michael. »Das ist wie bei einem Pflaster – einfach abreißen.«

»Er braucht eine Mitfahrgelegenheit«, sagte Lia, um es Dean zu ersparen. »Und du wirst sie ihm bieten.«

»Tatsächlich?« Michael klang überzeugend überrascht.

»Ich würde es zu schätzen wissen.« Dean warf Lia einen Blick zu, der meiner Meinung nach bedeutete: *Halt dich da raus.*

»Und wohin, wenn ich fragen darf, fahren wir?«, wollte Michael wissen.

»Mit jemandem reden.« Dean hatte offenbar nicht die Absicht, mehr zu erzählen als das. Ich erwartete, dass Michael die Sache in die Länge ziehen würde, um Dean zu zwingen, selbst darum zu bitten, doch er starrte ihn nur ein paar Sekunden an und nickte dann.

»Keine Bemerkungen über meinen Fahrstil«, sagte er leichthin. »Und du schuldest mir was.«

»Abgemacht.«

»Ausgezeichnet«, fand Lia, viel zu selbstzufrieden. »Michael fährt also mit Dean und Cassie, während Sloane und ich für eine Ablenkung sorgen.«

»Der Plan gefällt mir«, erklärte Sloane fröhlich. »Ich kann sehr ablenkend sein.«

Michael und Dean waren weniger begeistert.

»Cassie fährt nicht mit«, erklärten sie einstimmig.

»Na, das ist ja seltsam«, fand Lia und sah von einem zum anderen. »Werdet ihr beide euch demnächst gegenseitig die Haare flechten?«

Eines Tages würde Lia ein Buch mit dem Titel »Wie mache ich eine unangenehme Situation noch unangenehmer?« schreiben, da war ich ganz sicher.

»Cassie ist ein großes Mädchen«, fuhr Lia fort. »Sie kann selbst entscheiden. Wenn sie mitgehen will, kann sie gehen.«

Ich war mir nicht so sicher, warum sie so darauf aus war, dass ich mitfuhr, oder warum sie freiwillig zu Hause bleiben wollte.

»Dean und ich sind beide Profiler«, verwies ich sie. »Macht mich das nicht irgendwie überflüssig?«

Ich konnte zu diesem Abenteuer höchstens Objektivität beitragen. Lia mit ihrer Fähigkeit wäre eigentlich eine bessere Wahl.

»Nichts für ungut…« Lia begann ihren nächsten Satz auf eine Weise, die mehr oder weniger eine Garantie dafür waren, dass eine Beleidigung folgen würde, »aber du kannst einfach nicht lügen, Cassie. Agent Sterling hat die Wahrheit über unser letztes Abenteuer geradezu beschämend schnell aus dir herausbekommen. Echt jetzt. Wenn du hierbleibst, werden wir alle geschnappt. Außerdem«, fügte sie hinzu und begann zu grinsen, »Diedeldum und Diedeldei da werden sich wahrscheinlich nicht so schnell umbringen lassen – oder gegenseitig umbringen –, wenn du mit dabei bist.«

Ich dachte daran, dass Lia mit Michael tanzte, nur um Dean zu ärgern. Michael, Lia und Dean zusammen in ein Auto zu stecken, würde in einer Katastrophe enden.

»Ich wette, ich bin Diedeldei«, meinte Michael unbekümmert.

»Na gut«, stimmte ich zu. »Ich fahre mit.«

Einen Augenblick lang sah es aus, als wolle Dean protestieren, doch dann ließ er es.

»Ich bin bereit, wenn ihr es seid«, sagte er rau.

Michael grinste erst Dean an und dann mich und behauptete: »Ich wurde schon bereit geboren.«

• • •

Die Fahrt nach Broken Springs, Virginia, verbrachten wir in unangenehmem Schweigen.

»Na gut, ich geb's auf«, verkündete Michael, als die Stille unerträglich wurde. »Ich schalte das Radio ein. Da wird gesungen werden. Ich hätte nichts gegen ein Tänzchen im Auto, aber der Nächste, dessen Gesicht auch nur annähernd nach Schmollen aussieht, kriegt eins auf die Nase. Außer es ist Cassie. Wenn es Cassie ist, kriegt Dean eins auf die Nase.«

Aus Deans Richtung erklang ein gurgelndes Geräusch, und erst nach einem Moment erkannte ich, dass er lachte. Die Drohung war so typisch Michael – völlig respektlos, obwohl ich keinen Zweifel hegte, dass er sie wahr machen würde.

»Na gut«, stimmte ich zu. »Kein Schmollen. Aber auch kein Radio. Wir sollten uns unterhalten.«

Der Vorschlag schien die beiden auf den Vordersitzen ein wenig zu schockieren.

»Über den Fall«, stellte ich klar. »Wir sollten über den Fall reden. Was wissen wir über die Frau, die wir besuchen wollen?«

»Trina Simms«, sagte Dean. »Den Besuchereinträgen zufolge, die Agent Sterling mir gezeigt hat, hat sie meinen Vater in den letzten drei Jahren immer häufiger besucht.« Er knirschte mit den Zähnen. »Es gibt Grund zur Annahme, dass es zumindest von ihrer Seite aus romantische Gefühle gab.«

Ich fragte ihn nicht, welche Gründe das genau waren. Michael auch nicht.

»Ich bezweifle, dass sie ihn kannte, bevor er eingesperrt wurde«, fuhr Dean fort und tat so, als spiele es gar keine Rolle – denn wenn er das zuließ, dann würde es eine zu große Rolle spielen. »Sie ist über vierzig. Aller Wahrscheinlichkeit nach ist sie entweder davon überzeugt, dass er unschuldig ist, oder dass die Frauen, die er getötet hat, es verdient hatten zu sterben.«

Die eigentliche Frage war nicht, wie Trina Simms ihr Interesse an einem Mann, den die meisten Menschen für ein Monster hielten, rechtfertigte. Die eigentliche Frage war, ob sie selbst eine Mörderin war oder nicht. Wenn ja, waren die Morde dann als romantische Geste gemeint? Hatte sie geglaubt, Deans Dad wäre stolz auf sie? Dass es sie einander näherbringen würde?«

Instinktiv wusste ich, dass Daniel Redding nichts an dieser Frau lag. Ihm lag nichts an anderen Menschen. Punkt. Er war hart. Gefühlskalt. Das, was er für Dean empfand, kam einem Gefühl für Liebe noch am nächsten, und auch das war eher narzisstisch. Dean war seiner Liebe würdig, weil Dean ihm gehörte.

»Wie sieht unser Plan aus?«, erkundigte sich Michael. »Klopfen wir einfach an?«

Dean zuckte mit den Achseln. »Hast du eine bessere Idee?«

»Das hier ist deine Show«, sagte Michael. »Ich bin nur der Fahrer.«

»Es wäre am besten, wenn ich allein hineinginge«, fand Dean.

Ich machte schon den Mund auf, um ihm zu sagen, dass er allein nirgendwohin gehen würde, doch Michael kam mir zuvor.

»Nichts da, Cowboy. Wir sind nicht umsonst ein Team. Außerdem würde Cassie versuchen, dir nachzugehen, und dann müsste ich ihr nach und so weiter und so fort …« Michael verstummte unheilvoll.

»Na gut«, kapitulierte Dean. »Wir gehen gemeinsam. Ich sage ihr, dass ihr meine Freunde seid.«

»Eine geschickte Tarnung«, bemerkte Michael. In diesem Moment fiel mir auf, dass Michael nicht meinetwegen zugestimmt hatte, Dean zu fahren. Und auch nicht wegen Lia. Trotz allem, was er mir über sie beide erzählt hatte, hatte er es für Dean getan.

»Ich übernehme das Reden«, verkündete Dean. »Wenn wir Glück haben, ist sie so auf mich fixiert, dass sie auf euch beide gar nicht achtet. Wenn ihr etwas aus ihr herauslesen könnt, gut. Wir gehen hinein, wir gehen hinaus. Mit etwas Glück sind wir wieder zu Hause, bevor jemand merkt, dass wir weg waren.«

Oberflächlich betrachtet klang der Plan ganz einfach, aber Glück war nicht das Adjektiv, das ich auch nur einer Person in diesem Wagen zugeordnet hätte. Der Gedanke ging mir durch den Kopf, als Michael an einem Schild vorbeifuhr.

Willkommen in Broken Springs. Bevölkerungszahl: 4.140

Kapitel 31

Trina Simms wohnte in einem einstöckigen avocadofarbenen Haus. Der Rasen war ungepflegt, aber die Blumenbeete waren offensichtlich vor Kurzem gejätet worden. Auf der Veranda lag eine pastellfarbene Fußmatte. Dean klingelte an der Tür, doch nichts geschah.

»Die Klingel ist kaputt.« Hinter dem Haus kam ein Junge mit Bürstenhaarschnitt hervor. Er war blond und hellhäutig und schien es eilig zu haben. Auf den ersten Blick schätzte ich, dass er in unserem Alter war, aber als er näher kam, stellte ich fest, dass er mindestens ein paar Jahre älter sein musste. Sein Akzent war genau wie Deans, nur stärker. Er lächelte uns höflich an, was in diesem Teil des Landes eher ein Reflex als tatsächliche Höflichkeit zu sein schien. »Wollt ihr etwas verkaufen?«

Sein Blick glitt über Dean und Michael und blieb auf mir haften.

»Nein«, erwiderte Dean und lenkte damit die Aufmerksamkeit des Mannes auf sich.

»Habt ihr euch verfahren?«, fragte der Mann.

»Wir suchen Trina Simms.« Michael sah ihn unverwandt an. Ich trat einen kleinen Schritt beiseite, um Michaels Gesicht besser sehen zu können. Er wäre der Erste, der erkennen würde, ob das höfliche Lächeln etwas anderes verbarg.

»Wer seid ihr?«, fragte der Blonde.

»Wir sind die Leute, die Trina Simms suchen«, erwiderte Dean. Er war nicht aggressiv und klang auch nicht kampflustig, doch aus dem Gesicht des Fremden verschwand das Lächeln.

»Was wollt ihr von meiner Mutter?«

Trina Simms hatte also einen Sohn – einen Sohn, der bedeutend größer und stärker war als Michael oder Dean.

»Christopher!«, unterbrach uns eine nasale, schrille Stimme.

»Ihr solltet gehen«, sagte Trinas Sohn. Seine Stimme war leise, heiser und beschwichtigend, auch wenn seine Worte anders klangen. »Meine Mutter mag keine Gesellschaft.«

Ich betrachtete die helle Fußmatte. Die Eingangstür flog auf, und ich konnte gerade noch aus dem Weg springen, wobei ich fast das Gleichgewicht verlor.

»Christopher, wo ist mein ...« Die Frau, die aus der Tür kam, blieb abrupt stehen. Einen Augenblick lang betrachtete sie uns blinzelnd. Dann strahlte sie.

»Besuch!«, rief sie. »Was verkauft ihr denn?«

»Wir verkaufen nichts«, antwortete Dean. »Wir wollten uns mit Ihnen unterhalten – ich nehme an, Sie sind Trina Simms?«

Deans Dialekt war ausgeprägter, als ich es je zuvor gehört hatte. Die Frau lächelte ihn an, und ich erinnerte mich daran, was Daniel Redding gesagt hatte, dass Dean ein Junge gewesen war, den jeder sofort mochte.

»Ich bin Trina«, sagte die Frau. »Um Himmels willen, Christopher, lass doch nicht so die Schultern hängen. Siehst du nicht, dass wir Gesellschaft haben?«

Christopher machte keine Anstalten, sich aufzurichten. Aus meiner Perspektive ließ er kein bisschen die Schultern hängen. Ich wandte meine Aufmerksamkeit wieder seiner Mutter zu. Trina Simms Haar war wahrscheinlich den ganzen Morgen auf Lockenwickler gedreht gewesen. Außer rotem Lippenstift trug sie kein Make-up.

»Ich nehme an, es wäre zu schön, um wahr zu sein, dass ihr Freunde von Christopher seid?«, fragte sie uns. »Er hat so viele Freunde, aber er bringt sie nie hierher.«

»Nein, Ma'am«, antwortete Dean, »wir haben uns gerade eben erst kennengelernt.«

Falls er mit kennengelernt »uns gegenseitig still bewertet« meinte ...

»Du bist ja eine Hübsche.« Ich brauchte einen Moment, bis ich merkte, dass sie mit mir sprach. »Wow, und was für tolle Haare du hast!«

Meine Haare waren ein wenig länger und etwas dichter als gewöhnlich – aber nicht sonderlich bemerkenswert.

»Und die Schuhe«, fuhr Trina fort. »Die sind exquisit!«

Ich trug Leinenturnschuhe.

»Ich habe mir immer ein Mädchen gewünscht«, gestand Trina.

»Bitten wir sie jetzt herein oder nicht, Mutter?«, fragte Christopher ein wenig verärgert.

»Oh, ich bin mir nicht sicher«, erwiderte Trina plötzlich steif.

Wenn dein Sohn nichts gesagt hätte, hättest du uns selbst hereingebeten, dachte ich. Etwas an der Dynamik zwischen den beiden verschaffte mir ein ungutes Gefühl.

»Hast du sie gefragt, warum sie hier sind?« Trina stemmte die Hände in die Hüften. »Drei Fremde tauchen auf der Veranda deiner Mutter auf und du fragst nicht einmal ...«

»Er hat gefragt, aber ich war noch nicht dazu gekommen, mich vorzustellen«, warf Dean ein. »Mein Name ist Dean.«

Ein Funken Interesse flackerte in Trinas Augen auf.

»Dean?«, wiederholte sie. Sie trat einen Schritt vor und stieß mir den Ellbogen in die Seite. »Dean wie?«

Dean rührte sich nicht, blinzelte nicht, reagierte gar nicht auf ihre Musterung.

»Redding«, sagte er. Er warf einen Blick auf Christopher und dann wieder auf Trina. »Ich glaube, Sie kannten meinen Vater.«

Kapitel 32

Innen unterschied sich das Haus der Simms stark von der ungepflegten Rasenfläche. Die Fußböden waren pieksauber. Auf jeder verfügbaren Fläche standen Porzellanfiguren. An den Wänden im Flur hingen Dutzende gerahmter Bilder: Christopher auf Bildern aus der Schule und nach der Schule, mit immer dem gleichen ernsten Gesichtsausdruck. Es gab nur ein Bild eines Mannes. Ich sah näher hin und erstarrte. Der Mann lächelte herzlich. Um die Augen spielten ein paar kleine Falten. Ich erkannte ihn.

Daniel Redding. Was für eine Frau mit einer Vorliebe für Spitzenuntersetzer hängte sich denn das Bild eines Serienkillers an die Wand?

»Du hast seine Augen.« Trina schob uns ins Wohnzimmer und setzte sich Dean gegenüber. Sie wandte den Blick nicht von seinem Gesicht, als versuche sie, es sich einzuprägen. Als ob sie verhungere und er ihre Nahrung war. »Und der Rest ... Nun, Daniel hat immer gesagt, du hättest viel von deiner Mutter.« Sie hielt inne und schürzte die Lippen. »Ich kann nicht behaupten, dass ich sie gekannt hätte. Sie ist nicht hier aufgewachsen, weißt du. Daniel ging aufs College – er war immer so klug. Dann kam er mit ihr zurück. Und dann warst du da, natürlich.«

»Kannten Sie meinen Vater schon als Kind?«, fragte Dean. Er klang höflich und vollkommen entspannt.

Er litt.

»Nein«, antwortete Trina, schürzte erneut die Lippen und erklärte: »Er war ein paar Jahre jünger als ich – aber eine Dame spricht nicht über ihr Alter.«

»Was wollt ihr hier?« Die Arme vor der Brust verschränkt, warf Christopher Dean die Frage von der Wohnzimmertür aus an den Kopf. Sein Gesicht lag im Schatten, aber seine Stimme ließ keinen Zweifel daran, was er von der Situation hielt. Er wollte Dean nicht im Haus haben. Und das Foto seines Vaters wollte er auch nicht an der Wand haben.

Nicht, dass ich ihm das verübeln konnte.

»Dean ist hier willkommen«, ermahnte ihn Trina scharf. »Wenn der Antrag angenommen wird, könnte das sein Zuhause werden.«

»Welcher Antrag?«, fragte Dean.

»Der Antrag deines Vaters«, erklärte Trina geduldig. »Wegen der Beweise, die sie gefälscht haben.«

»Und sie, das ist das FBI?«, erkundigte sich Michael. Trina wedelte mit der Hand, als verscheuche sie eine lästige Fliege.

»Keine der Durchsuchungen war legal«, behauptete Trina. »Keine einzige.«

»Mein Vater hat diese Frauen getötet«, sagte Dean und fuhr nach einer kurzen Pause fort: »Das wissen Sie doch, nicht wahr?«

»Dein Vater ist ein brillanter Mann«, sagte Trina. »Jeder brillante Mann braucht ein Ventil. Man kann nicht von ihm erwarten, dass er so lebt wie andere Menschen. Das weißt du.«

Die Vertraulichkeit, mit der Trina sprach, drehte mir den Magen um. Sie glaubte, sie würde Dean kennen. Sie glaubte, er würde sie kennen.

Aber hat sie Emerson Cole getötet? Hat sie den Professor ermordet? Deswegen waren wir hergekommen. Das mussten wir wissen.

»Es muss schwer sein für einen Mann wie Daniel«, sagte ich. Deans Hand griff nach meiner und drückte sie warnend, doch ich hatte bereits Trinas Aufmerksamkeit. »So eingesperrt zu sein wie ein Tier, als sei er *weniger*, wo er doch ...«

»*Mehr* ist«, beendete Trina den Satz für mich.

»Das reicht«, sagte Christopher und kam zu uns. »Ihr solltet gehen.« Er packte mich am Ellbogen und zog mich vom Sofa hoch. Ich stolperte und versuchte, ihm in die Augen zu sehen, damit ich erkennen konnte, was er dachte, ob er mich so hart anfassen wollte ...

Gleich darauf war Dean neben mir und presste Christopher gegen die Wand, den Unterarm gegen seine Kehle gedrückt. Deans dunkler Arm hob sich stark von Christophers blasser Haut ab.

»Christopher!«, mahnte Trina. »Die junge Dame ist unser Gast!« Ihre Brust hob sich aufgeregt. Nein, nicht aufgeregt, stellte ich fest. Als sie Deans Gesicht sah und die Art, wie er sich bewegte, war sie erregt.

Michael trat auf Dean zu und zog ihn von seinem Opfer fort. Einen Augenblick lang leistete Dean Widerstand, dann blieb er stehen. Michael ließ ihn los und klopfte Christopher auf das Hemd, als staube er Jackettaufschläge ab, obwohl er nur ein zerschlissenes altes T-Shirt trug.

»Wenn du sie auch nur noch einmal anfasst«, drohte Michael Christopher im Plauderton, »dann wird Dean derjenige sein, der mich von dir wegzieht!«

Michael hatte mir einmal erzählt, dass er, wenn er die Beherrschung verlor, völlig außer Kontrolle geriet. Seinem angenehmen Tonfall entnahm ich, dass, wenn Christopher mich noch einmal anfassen würde, Dean wohl nicht in der Lage sein würde, ihn von ihm wegzuziehen.

Christopher ballte die Hände zu Fäusten. »Ihr hättet nicht herkommen sollen. Das ist krank. Ihr seid doch alle krank!« Er behielt die Fäuste neben dem Körper und stampfte gleich darauf aus dem Haus. Wir hörten die Haustür zuknallen.

»Ich fürchte, Christopher versteht meine Beziehung zu deinem Vater nicht ganz«, vertraute Trina Dean an. »Er war erst neun, als sein Vater uns verlassen hat, und na ja ...«, seufzte sie, »eine alleinerziehende Mutter tut, was sie kann.«

Dean setzte sich wieder neben mich. Michael blieb stehen, und ich bemerkte, dass er Trina aus einem Blickwinkel beobachtete, der die Chancen verringerte, dass sie es bemerkte.

»Wie lange sind Sie schon mit Daniel zusammen?«, fragte ich. *Ihr seid nicht zusammen,* dachte ich. *Er benutzt dich.* Wozu allerdings, wusste ich nicht genau.

»Wir treffen uns seit etwa drei Jahren«, erwiderte Trina. Sie schien erfreut, dass ich fragte – aus diesem Grund hatte ich sie ja gestellt. Wenn sie glaubte, dass wir mit dieser Beziehung einverstanden waren, würde sie sich nur was vormachen. Dean kam sie besuchen. Dies war keine Befragung. Es war eine Unterhaltung.

»Glauben Sie, dass dieser neue Fall seine Chancen auf Berufung erhöht?«, fragte ich.

Trina runzelte die Stirn. »Welcher neue Fall?«

Ich antwortete nicht. Trina sah von mir zu Dean.

»Wovon redet sie, Dean?«, erkundigte sie sich. »Du weißt

doch, wie wichtig der jetzige Zeitpunkt für die rechtliche Situation deines Vaters ist.«

Seine rechtliche Situation ist, dass er ein verurteilter Serienmörder ist, dachte ich. Wenn es nach dem ging, was ich von Briggs und Sterling erfahren hatte – und von Dean selbst –, so war ich fast sicher, dass diese Berufung ebenso erfunden war wie Trinas Irrglaube, dass bei einer möglichen Entlassung Daniel und Dean bei ihr einziehen würden.

»Deshalb bin ich ja hier«, griff Dean meine Idee auf und warf mir einen Seitenblick zu. »Das Mädchen, das an der Colonial University ermordet wurde? Und der Professor, der das Buch schrieb?«

»Darüber hat das FBI mit mir geredet«, meinte Trina abfällig. »Sie wissen, dass ich deinen Vater unterstütze. Sie glauben, sie können ihn gegen mich aufbringen.«

»Aber das können sie nicht«, beruhigte ich sie. »Denn das, was Sie haben, ist echt.« Ich schluckte die Schuldgefühle hinunter, dass ich mit den Wahnvorstellungen der Frau spielte. Ich zwang mich, daran zu denken, dass sie genau wusste, was Daniel Redding war. Ein Killer. Aber es war ihr egal.

»Dieser Fall hat nichts mit Daniel zu tun. Gar nichts. Das FBI würde ihm nur zu gerne noch etwas anhängen. Auf einer öffentlichen Grünfläche abgelegt?« Trina schnaufte verächtlich. »So etwas Unüberlegtes, Schlampiges würde Daniel nie tun. Und zu glauben, dass da jemand anderes ist …« Sie schüttelte den Kopf. »Seinen Ruhm einzuheimsen, seinen Ruf auszunutzen. Das ist ein Verbrechen, ja genau das ist es!«

Mord ist ein Verbrechen, dachte ich, doch ich sprach es nicht laut aus. Wir hatten, was wir brauchten. Trina Simms hatte nicht vor, Daniel Reddings Werk fortzuführen – für sie war der

Nachahmer ein Betrüger, ein Fälscher. Sie war weiblich, ordnungsfanatisch und herrschsüchtig. Unser Täter war nichts davon.

»Wir sollten gehen«, sagte Dean.

Trina schnalzte mit der Zunge und protestierte, doch wir gingen zur Tür.

»Wenn es Ihnen nichts ausmacht, würde ich gerne wissen, was für ein Auto Christopher fährt«, fragte ich.

»Er fährt einen Truck.« Wenn Trina die Frage merkwürdig vorkam, so zeigte sie es jedenfalls nicht.

»Welche Farbe hat er?«, fragte ich.

»Das ist schwer zu sagen«, meinte Trina in dem Ton, den sie Christopher gegenüber öfter angewandt hatte. »Er wäscht ihn nie. Aber als ich es das letzte Mal sehen konnte, war er schwarz.«

Ich schauderte, als ich an das Profil dachte, das Agent Sterling uns gegeben hatte, und spürte Christophers Griff um meinen Arm.

»Vielen Dank für die Einladung«, brachte ich hervor.

Trina streckte die Hand aus und berührte mein Gesicht.

»So ein hübsches Mädchen«, sagte sie zu Dean. »Dein Vater wäre begeistert.«

Kapitel 33

»Hier«, sagte Michael, warf Dean seine Schlüssel zu und schlenderte zur Beifahrertür. Dean fing sie auf. »Du fährst. Du siehst aus, als könntest du es brauchen.«

Deans Faust ballte sich um den Schlüssel, und ich fragte mich, was Michael für ein Spiel spielte. Er ließ nie jemanden seinen Wagen fahren – und Dean war der Letzte, für den er eine Ausnahme machen würde. Dean dachte wahrscheinlich das Gleiche, akzeptierte das Angebot jedoch mit einem Kopfnicken.

Michael setzte sich zu mir auf den Rücksitz.

»Nun«, meinte er, als Dean losfuhr, »Christopher Simms: verständlicherweise aufgebracht, dass seine Mum für einen Serienkiller schwärmt oder selbst ein angehender Psycho?«

»Er hat Cassie gepackt.« Dean ließ die Bemerkung einen Moment in der Luft hängen. »Er hätte auch mich packen können, oder dich. Aber er hat Cassie gewählt.«

»Und als du ihn bedroht hast, hat er aufgehört«, fügte ich hinzu.

Ihr hättet nicht herkommen sollen, wiederholte ich im Geiste Christophers Worte. *Das ist krank. Ihr seid doch alle krank.*

»Warum wartest du?«, fragte Michael. Einen Moment lang glaubte ich, er redete mit mir, aber dann merkte ich, dass er Dean meinte. Das Auto bewegte sich nicht. Wir standen vor einem Stoppschild.

»Nichts«, erwiderte Dean, doch sein Blick blieb auf die Straße gerichtet, und plötzlich wurde mir klar, dass Michael Dean nicht nur aus einem Impuls heraus fahren ließ. Dean war in dieser Stadt aufgewachsen. Es war seine Vergangenheit, ein Ort, an den er ohne diesen Fall nie wieder zurückgekehrt wäre.

»Was liegt in dieser Straße?«, fragte ich Dean.

Michael sah mich an und schüttelte leise den Kopf. Dann lehnte er sich zurück.

»Nun, Dean, fahren wir nach Hause zurück oder machen wir einen kleinen Umweg?«

Nach kurzer Überlegung bog Dean ab. Ich sah, wie sich seine Hände um das Lenkrad klammerten, und warf einen Blick auf Michael. Der zuckte die Achseln, als hätte er das nicht geplant. Als hätte er in Deans Gesicht auf dem Weg in die Stadt nicht etwas gesehen, das ihn veranlasste, ihn auf dem Rückweg fahren zu lassen.

Wir parkten schließlich auf dem Gehweg an einer unbefestigten Straße, die in den Wald führte. Dean schaltete den Motor aus und stieg aus. Mein Blick fiel auf einen Briefkasten. Irgendwo dort im Wald stand am Ende der Straße ein Haus.

Deans altes Haus.

»Du wolltest, dass er hierherfährt«, flüsterte ich Michael wütend zu, während ich Dean vom Auto aus beobachtete. »Du hast ihm den Schlüssel gegeben ...«

»Ich habe ihm die Wahl gelassen«, korrigierte Michael mich. »Ich habe Dean zornig gesehen. Ich habe ihn angewidert gesehen und in Schuldgefühlen begraben, wie er sich vor sich selber fürchtete und davor, wozu er fähig ist, und vor dir.« Michael ließ mich eine Weile darüber nachdenken. »Doch bis heute habe ich ihn noch nie so verwundbar gesehen.« Er hielt inne. »Es sind nicht die schlimmen Erinnerungen, die jemandem so zu schaffen machen, Cassie. Es sind die schönen.«

Wir schwiegen einen Augenblick lang. Dean begann den Weg entlangzugehen. Ich sah ihm nach und wandte mich dann an Michael.

»Hast du ihm die Schlüssel gegeben, weil er hierherkommen musste oder weil er dir einmal deine eigene Vergangenheit aufs Brot geschmiert hat?«

Vielleicht konnte es Dean helfen hierherzukommen – aber ohne Frage war es auch schmerzlich.

»Du bist der Profiler«, erwiderte Michael, »sag du es mir.«

»Beides«, stellte ich fest. Pseudo-Rivalen, Pseudo-Geschwister, Pseudo-sonst-was. Michael und Dean hatten eine komplizierte Beziehung zueinander, eine, die nichts mit mir zu tun hat. Michael hatte das hier arrangiert, um Dean zu helfen *und* um ihm wehzutun.

»Willst du ihm nachgehen?«

Michaels Frage überraschte mich.

»Du bist der Emotionsleser«, gab ich zurück. »Sag du es mir.«

»Das ist das Problem, Colorado«, erwiderte Michael und neigte sich zu mir. »Du willst, dass ich dir sage, was du fühlst. Ich will, dass du es erkennst.«

Ich streckte die Hand nach dem Türgriff aus. Michael neigte sich über mich.

»Du gehst ihm immer nach«, sagte er. Seine Lippen waren meinen so nahe, dass ich jeden Moment glaubte, er würde die Lücke schließen. »Du solltest herausfinden, warum.«

Ich spürte immer noch seinen Atem auf meinem Gesicht, als er über mich hinweggriff und die Autotür aufstieß.

»Geh«, sagte er. »Ich warte hier.«

Doch dieses Mal vernahm ich eine gewisse Schärfe in seiner Stimme – etwas, was mir verriet, dass er nicht lange warten würde.

• • •

Ich holte Dean an einem Gartenzaun ein, der früher einmal weiß gewesen sein mochte, jetzt aber schmutzig und verwittert war. Die Wand des Hauses dahinter hatte dieselbe Farbe. Ein hellgelbes Dreirad lag umgekippt im Garten und bildete einen starken Kontrast zu seiner Umgebung. Ich folgte Deans Blick zu einem Grasfleck vor dem Zaun.

»Sie haben den Schuppen abgerissen«, bemerkte Dean, als rede er über das Wetter und nicht den Ort, an dem sein Vater all die Frauen gefoltert und ermordet hatte.

Ich betrachtete das Dreirad im Garten und fragte mich, was für Leute das Haus wohl gekauft hatten. Sie mussten seine Geschichte kennen. Sie mussten wissen, was einst in diesem Garten vergraben war.

Dean ging weiter, um das halbe Haus herum. Neben dem Zaun kniete er nieder und suchte nach etwas.

»Hier«, sagte er. Ich kniete mich neben ihn und schob seine Hand fort, sodass ich es sehen konnte. Initialen. Seine und die von jemand anderem.

MR.

»Marie«, sagte Dean. »Der Name meiner Mutter war Marie.«

Die Tür ging auf und ein Kleinkind kam auf das Dreirad zugeschossen. Die Mutter blieb auf der Veranda stehen, doch als sie uns sah, runzelte sie die Stirn.

Teenager. Fremde. Auf ihrem Grundstück.

»Wir sollten gehen«, sagte Dean leise.

Auf halbem Weg zurück sagte er: »Wir haben immer King gespielt. Oder Uno. Mau Mau. Alles, was mit Karten zu tun hatte.«

Wir. Dean und seine Mutter.

»Was ist passiert?« Diese Frage hatte ich ihm nie gestellt. Daniel Redding hatte Briggs erzählt, seine Frau hätte ihn verlassen – doch mir war nie aufgegangen, dass sie nicht nur Daniel Redding verlassen hatte. Sie hatte auch Dean verlassen.

»Sie war gelangweilt.« Dean ging wie ein Soldat, die Augen geradeaus gerichtet und ohne das geringste Zögern. »Gelangweilt von ihm. Gelangweilt von mir. Er hatte sie in diese Kleinstadt gebracht und von ihrer Familie abgeschnitten.« Er schluckte ein Mal. »Eines Tages kam ich nach Hause und sie war weg.«

»Hast du je geglaubt …?«

»Dass er sie umgebracht hat?« Dean blieb stehen und sah mich an. »Früher schon. Als das FBI die Leichen ausgegraben hat, wartete ich immer darauf, sie würden mir sagen, dass sie nicht nur einfach gegangen war. Dass sie immer noch hier war, auf dem Grundstück.« Er ging wieder los, dieses Mal langsamer, als lasteten Tonnen von Beton auf seinem Körper. »Und dann hat meine Sozialarbeiterin sie gefunden. Sie lebte.«

»Aber …« Das Wort rutschte mir heraus, bevor ich die Frage unterdrücken konnte, die mir auf der Zunge lag. Ich weigerte mich zu sagen, was ich dachte. Wenn Deans Mutter lebte und sie wussten, wo sie war, warum war Dean dann im Pflegeheim gelandet? Warum behauptete der Director, dass er nirgendwohin könnte, wenn sie das Programm beendeten?

»Sie hatte jemanden kennengelernt«, erzählte Dean und scharrte mit einem Fuß im Boden. »Und ich war Daniel Reddings Sohn.«

Er brach ab – zehn Worte, die etwas erklärten, was ich nicht fassen konnte.

Du warst auch ihr Sohn, dachte ich. *Wie kann jemand sein eigenes Kind ansehen und Nein danke sagen? Uno und King spielen und seine Initialen in den Zaun ritzen?* In diesem Moment wurde mir klar, dass Marie Redding der Grund war, warum Dean hierhergekommen war.

Es sind nicht die schlimmen Erinnerungen, die jemandem so zu schaffen machen, Cassie. Es sind die schönen. »Wie war sie?« Die Frage fühlte sich an wie Sandpapier in meinem Mund, doch wenn er deswegen zurückgekommen war, dann konnte ich ihm zuhören. Ich würde mich zwingen, ihm zuzuhören.

Dean beantwortete meine Frage erst, als wir wieder zum Auto kamen. Michael saß auf dem Fahrersitz. Dean ging zur Beifahrerseite, legte die Hand an den Griff und sah mich an.

»Wie sie war?«, wiederholte er leise und schüttelte den Kopf. »Völlig anders als Trina Simms.«

Kapitel 34

Als wir zurückkamen, saß Judd auf der Veranda und wartete auf uns. Das war gar nicht gut. Etwa fünf Sekunden lang fragte ich mich, ob wir behaupten konnten, den Tag in der Stadt verbracht zu haben, doch Judd hob die Hände und bremste mich, bevor ich auch nur den Mund aufmachen konnte.

»Ich habe immer geglaubt, wenn man Jugendlichen ihren Freiraum lässt, machen sie ihre eigenen Fehler und lernen daraus.« Judd schwieg ein paar Sekunden. »Aber eines Tages, als meine Tochter etwa zehn Jahre alt war, setzten sie und ihre beste Freundin es sich in den Kopf, auf eine wissenschaftliche Expedition zu gehen.«

»Sie haben eine Tochter?«, fragte Michael.

Judd ignorierte ihn und fuhr fort: »Solche Ideen hatte Scarlett häufig. Sie setzte es sich in den Kopf, etwas zu tun, und dann konnte man es ihr nicht ausreden. Und ihre kleine Freundin – nun, wenn Scarlett für die Wissenschaft zuständig war, dann war sie der Expeditionstyp. Der Typ, der einen Felsen herunterrutscht, um eine Pflanzenprobe zu holen. Sie hätten sich beinahe umgebracht.« Wieder schwieg Judd. »Manche Kids brauchen manchmal ein wenig Hilfe beim Lernen.«

Judd hob nicht die Stimme. Er sah nicht mal wütend aus. Doch plötzlich war ich mir nicht sicher, ob ich seine »Hilfe« wollte.

»Es war meine Schuld.« Deans Stimme passte perfekt zu

Judds, und ich stellte fest, dass sie einige Angewohnheiten teilten. »Michael und Cassie sind nur mitgefahren, damit ich nicht alleine gehe.«

»Stimmt das?«, fragte Judd und sah uns mit diesem Blick an, den nur jemand hinbekam, der Kinder gehabt hatte, derjenige, der einen bei seinen eigenen Eltern daran erinnerte, dass sie deine Windeln gewechselt hatten und dich auch jetzt noch am Geruch erkennen konnten.

»Ich musste das tun.«

Mehr sagte Dean nicht. Judd verschränkte die Arme vor der Brust.

»Vielleicht«, gab er zu. »Aber an eurer Stelle würde ich mir innerhalb der nächsten fünf Sekunden eine bessere Ausrede einfallen lassen, denn du wirst sie brauchen.«

Ich hörte Absätze auf dem Boden im Gang und gleich darauf tauchte Agent Sterling hinter Judd in der Tür auf.

»Nach drinnen«, befahl sie barsch. »Sofort.«

Wir gingen hinein. So viel dazu, nicht geschnappt zu werden. Sterling führte uns in Briggs' Büro und deutete aufs Sofa.

»Setzen!«

Ich setzte mich. Dean setzte sich. Michael verdrehte die Augen und ließ sich auf der Sofalehne nieder.

»Dean ist schuld«, verkündete Michael ernst. »Er musste das tun.«

»Michael!«, empörte ich mich.

»Wisst ihr, wo Briggs im Augenblick ist?« Die Frage hatte ich nicht erwartet. Ich suchte nach Gründen, warum sein Aufenthaltsort für dieses Gespräch relevant war oder für das, was wir getan hatten. Suchte er uns? Traf er sich zur Schadensbegrenzung mit dem Director?

»Briggs«, erklärte Agent Sterling angespannt, »befindet sich auf der Polizeistation Warren County und trifft sich mit einem Mann, der glaubt, Informationen über den Mord an Emerson Cole zu haben. Denn der Sohn eines Serienmörders hat heute Nachmittag seine Mutter besucht, und Mr Simms glaubt, dass der Junge gewalttätig ist.« Sie hielt inne. »Der Herr hat einen blauen Fleck am Hals, der seine Behauptung bestätigt.«

Christopher Simms hatte Dean bei der Polizei angezeigt? Damit hatte ich nicht gerechnet.

»Zum Glück«, fuhr Agent Sterling fort, wobei ihre Worte eher nach einer Anklage klangen als nach einem Glücksfall, »hatte Briggs die örtlichen Behörden gebeten, alles, was mit diesem Fall zu tun hat, an ihn weiterzuleiten, daher hat er die Aussage aufgenommen. Er ist immer noch da und nimmt die Aussage auf. Und wie es sich zeigt, hat Christopher Simms einiges zu erzählen – über Dean, über die anderen und über die Beziehung seiner Mutter zu Daniel Redding. Er ist ein wahrer Quell von Informationen.«

»Er fährt einen schwarzen Truck.« Ich starrte auf meine Hände, doch ich musste es unbedingt erzählen. »Er hat eine Verbindung zu Daniel Redding. Seine Mutter tadelt ihn ständig. Als wir da waren, hat er die Beherrschung verloren und mich gepackt, da hätten wir also die Impulsivität, aber seine Haltung und sein Verhalten sind auch beherrscht.«

»Und du hast Christopher an die Wand gedrängt, als er Cassie angegriffen hat?«, erkundigte sich Agent Sterling. Ich hatte mir ja schon gedacht, dass sie ausgerechnet das aufgreifen würde.

Dean zuckte mit den Achseln, was Agent Sterling nur als Ja deuten konnte.

Sterling wandte sich an Michael. Ich erwartete, dass sie ihn etwas fragte, doch sie verlangte nur: »Schlüssel.«

»Spaten«, erwiderte Michael. Sie runzelte die Stirn. »Werfen wir uns nur gegenseitig beliebige Substantive an den Kopf?«, fragte er unschuldig.

»Gib mir deinen Schlüssel. Sofort!«

Michael holte den Schlüssel aus der Hosentasche und warf ihn ihr unbekümmert zu. Sie wandte sich wieder an Dean.

»Ich habe meinem Vater gesagt, dass ich dir vertraue«, sagte sie. »Ich habe gesagt, ich würde damit fertigwerden.«

Die Worte trafen Dean, sodass er zurückhieb: »Ich habe Sie nie gebeten, mit mir fertigzuwerden!«

Sterling zuckte regelrecht zusammen.

»Dean …« Erst sah es so aus, als wolle sie sich entschuldigen, doch dann hielt sie inne. Der Ausdruck in ihrem Gesicht verhärtete sich. »Von diesem Augenblick an bist du nicht mehr allein«, erklärte sie scharf und deutete auf Michael. »Ihr zwei bleibt zusammen. Wenn du nicht bei Michael bist, dann bei jemand anderem. Jetzt, wo du auf dem Radar der örtlichen Polizei aufgetaucht bist, brauchst du möglicherweise ein Alibi, wenn und falls unser Täter noch einmal zuschlägt.«

Agent Sterling hätte sich keine schlimmere Strafe für Dean ausdenken können. Er war von Natur aus ein Einzelgänger und nach den Ereignissen dieses Tages wollte er allein sein.

»Ihr könnt gehen«, erklärte Agent Sterling kurz angebunden. Sofort standen wir auf. »Du nicht, Cassie!« Sie fixierte mich mit ihrem Blick. »Ihr zwei«, sagte sie zu den Jungen, »raus hier!«

Michael und Dean sahen erst einander an und dann mich.

»Ich sage das nicht noch einmal!«

Agent Sterling wartete, bis sich die Tür hinter den Jungen geschlossen hatte, bevor sie sagte: »Was hast du zusammen mit Dean beim alten Redding-Haus gemacht?«

Ich machte den Mund auf und klappte ihn wieder zu. Gab es denn nichts, was sie nicht wusste?

»Christopher Simms war nicht der Einzige, der die Polizei gerufen hat«, informierte mich Sterling. »Die örtliche Polizei hörte von streunenden Teenagern auf dem alten Grundstück der Reddings, nur Minuten nachdem jemand Anzeige gegen Dean erstattet hat. Und rate mal, wer da unter Verdacht steht?«

Selbst ich musste zugeben, dass das nicht gut aussah.

»Er musste dorthin zurückgehen«, sagte ich leise, aber bestimmt. »Nur, um es zu sehen.«

Sterling presste die Kiefer aufeinander, und ich fragte mich, ob sie an die Zeit dachte, die sie auf diesem Grundstück verbracht hatte, an Händen und Füßen gefesselt in einem Schuppen, der nicht mehr existierte.

»Dass Dean dorthin gehen musste, hatte nichts mit seinem Vater zu tun.« Ich machte eine Pause, um ihr Zeit zu geben. »Bei diesem Besuch ging es nicht um Daniel Redding.«

Sterling dachte darüber nach.

»Um seine Mutter?«, fragte sie.

Ich antwortete nicht. Das war unnötig. Nach kurzem, angespanntem Schweigen platzte ich mit der Frage hervor: »Hat jemand mit ihr gesprochen?« Ich musste daran denken, dass meine Mutter viele Fehler gehabt hatte, aber sie hätte mich nie verlassen. Und Deans Mutter hatte ihn nicht nur verlassen – sie hatte die Chance gehabt, ihn zurückzubekommen, und sie hatte Nein gesagt. »Wenn unser Täter von Redding besessen ist, dann könnte Deans Mutter ein mögliches Ziel sein«, fuhr ich fort. Es gab Gründe, mit Marie zu sprechen, die darüber hinausgingen, dass man sie halbwegs zur Vernunft bringen sollte – oder ihr zumindest bewusst machen, was sie Dean angetan hatte.

»Ich habe mit ihr gesprochen«, erklärte Sterling kurz. »Und sie ist keine Zielperson.«

»Aber wie können Sie ...«

»Deans Mutter lebt in Melbourne«, erklärte Sterling. »In Australien – auf der anderen Seite der Welt und außer Reichweite dieses Killers. Sie hatte keine fallrelevanten Informationen und bat darum, dass wir sie in Ruhe lassen.«

So wie sie Dean verlassen hatte?

»Hat sie überhaupt nach ihm gefragt?«

Sterling schürzte die Lippen.

»Nein.«

Da ich wusste, welche Beziehung Agent Sterling zu Dean hatte, wettete ich, dass sie Marie dafür hasste, was sie getan hatte, aber halbwegs davon überzeugt war, dass sie mit den richtigen Worten oder den richtige Fragen alles wiedergutmachen konnte. Agent Sterling hatte nie glauben wollen, dass das Naturtalente-Programm Deans beste Chance war, aber jetzt konnte ich sie fast denken hören: *Wenn es das Programm nicht gäbe, könnte Dean nirgendwohin.*

»Sie sollten Christopher Simms auf die Liste der Verdächtigen setzen«, sagte ich. Da sie mich nicht sofort unterbrach, fuhr ich fort: »Er ist kein kleiner Mann, aber er verfügt nicht über die Präsenz, die man von jemandem mit seiner Größe erwarten würde. Er bewegt sich langsam, redet langsam. Nicht weil er nicht intelligent oder unkoordiniert ist, sondern mit Absicht. Er ist verklemmt. Nicht schüchtern, nicht verlegen, er hält nur etwas zurück.«

»Cassie ...« Sie wollte mich aufhalten, doch dazu ließ ich ihr keine Gelegenheit.

»Christopher war draußen, als wir zum Haus gingen. Wenn ich raten sollte, würde ich sagen, dass er für die Arbeiten draußen zuständig ist. Der Rasen war zu lang. Vielleicht wollte er damit seine Mutter ärgern, aber ansonsten gehorcht er ihr aufs Wort. Er zerrt ein wenig am Zügel, aber er ist alt genug, dass er ausziehen könnte, wenn er es wirklich wollte.« Die Worte stürzten immer schneller hervor. »Seine Mutter hat erwähnt, dass er viele Freunde hat, und ich habe nichts gesehen, was mich vermuten lässt, dass er unsozial oder besonders linkisch wäre. Also warum zieht er nicht aus? Vielleicht glaubt er, dass sie ihn braucht, vielleicht braucht er ihre Anerkennung. Vielleicht redet sie ihm Schuldgefühle ein. Ich weiß es nicht. Aber ich weiß, dass es von einer Sekunde auf die andere mit ihm durchging, und da ist er nicht auf Dean oder Michael losgegangen, sondern auf mich.«

Endlich hielt ich inne, um Luft zu holen. Ein paar Sekunden blieb Sterling einfach nur stehen.

»Sie sagten, der Täter kenne sich mit Schusswaffen aus, aber in unbewaffneten Auseinandersetzungen sei er unsicher. Ich war das leichteste Ziel im Raum, daher ging er auf mich los.«

Vielleicht war Christopher auf mich losgegangen, weil ich diejenige war, die geredet hatte. Vielleicht hatte er wirklich versucht, keinen Streit anzufangen, und geglaubt, dass ich die Einzige von uns dreien wäre, die nicht zurückschlagen würde.

Vielleicht war er aber auch nur der Typ, der sich Frauen gegenüber gerne aufspielte.

»Gab es Schusswaffen im Haus?«, fragte Sterling. Ich hatte

das Gefühl, dass ihr die Frage herausgerutscht war, ohne dass sie es eigentlich wollte.

»Ich habe keine gesehen.«

Agent Sterlings Telefon summte, und sie hob die Hand, um mich am Weiterreden zu hindern.

»Sterling«, meldete sie sich. Die Person am anderen Ende der Leitung hatte offenbar nichts Gutes zu berichten, denn Sterling wirkte ziemlich angespannt. »Sie machen Witze! Wann?« Sterling schwieg lange genug, um mich glauben zu lassen, dass *Wann?* nicht die einzige Frage war, die beantwortet wurde. »Ich bin in fünf Minuten unterwegs.«

Abrupt legte sie auf.

»Schlechte Nachrichten?«, fragte ich.

»Eine Leiche.«

Wahrscheinlich sollten diese Worte das Gespräch beenden, doch ich musste fragen.

»Unser Täter?«

Sterling packte ihr Telefon fester.

»Ist das der Punkt, an dem Sie mich ermahnen, mich da rauszuhalten?«, erkundigte ich mich.

Sterling schloss die Augen und holte tief Luft, bevor sie sie wieder aufmachte.

»Das Opfer ist Trina Simms. Die Nachbarn hörten Schreie und wählten den Notruf, während ihr Sohn Christopher bei Briggs auf der Polizeiwache saß.« Sterling fuhr sich mit der Hand durch die Haare. »Also, ja, das ist der Zeitpunkt, an dem ich dir sage, du sollst dich da raushalten.«

Egal was sie wollte oder nicht, sie hatte sich angehört, was ich über Christopher zu sagen hatte. Briggs' Anruf war wie ein kalter Wasserguss gewesen.

Ich habe mich geirrt, dachte ich. Die Details und Kleinigkeiten, die ich bei meinem Besuch in Broken Springs aufgeschnappt hatte – nichts davon spielte mehr eine Rolle. Trina war tot, und Christopher war bei Briggs gewesen, als es passiert war.

Er ist nur ein Junge. Ein Kerl mit einem dunklen Truck und einer Mutter, die ein echtes Miststück ist. War.

Ich dachte an Trina, die meine Schuhe für exquisit gehalten und geglaubt hatte, dass Daniel Redding in einem Berufungsverfahren freikommen würde.

»Hat Deans Dad offene Berufungsverfahren laufen?«, fragte ich.

Agent Sterling zuckte angesichts des Themenwechsels nicht einmal mit der Wimper.

»Keine.« Sie ging zu Briggs' Schreibtisch und nahm etwas aus einer der Schubladen, schob sie wieder zu und kam zu mir. »Leg dein Bein aufs Sofa«, befahl sie.

Plötzlich fiel mir ihre Drohung wieder ein. *Wenn ihr das nächste Mal auch nur einen Schritt aus Quantico weg macht, ohne mich um Erlaubnis zu fragen, werde ich euch elektronische Fußfesseln anlegen lassen!* »Das ist nicht Ihr Ernst!«

»Sehe ich aus, als würde ich Witze machen?«, fragte Sterling. Sie sah mich an wie Judd, als wir zurückgekommen waren. »Ich habe dir etwas versprochen und ich halte meine Versprechen. Immer.« Ich rührte mich nicht, als sie sich hinkniete und mir das Ortungsgerät umschnallte. »Wenn du den Garten verlässt, werde ich es wissen. Wenn du versuchst, das Gerät zu entfernen, werde ich es wissen. Wenn du dich aus der Reichweite dieses Gerätes entfernst, wird ein stiller Alarm ausgelöst, der eine Nachricht direkt an mich und an Briggs sendet. Mit Hilfe des GPS können wir deine Position feststellen und ich werde dich schreiend und tretend hierher zurückschleifen.«

Sie stand auf. Mein Mund war trocken und ich brachte keinen Einwand hervor.

»Du hast gute Instinkte«, sagte Sterling. »Und du hast Argusaugen. Eines Tages könntest du ein sehr guter Agent werden.«

Der Tracker war leichter, als er aussah, doch durch das zusätzliche Gewicht, so gering es auch war, beschwerte es meinen ganzen Körper. Zu wissen, dass ich nicht wegkonnte, dass ich gar nichts tun konnte – ich hasste es. Ich fühlte mich nutzlos, schwach und sehr, sehr jung.

»Aber dieser Tag, Cassie, ist nicht heute.«

Du

Du kannst dir Trina Simms' letzte Augenblicke perfekt vorstellen. Jetzt, wo die Tat vollbracht ist, kannst du gar nicht aufhören, sie dir immer wieder vorzustellen.

Gefesselte Hände. Das Plastik, das in ihre fleischigen Gelenke schneidet. Messer. Blut.

Dein Kopf stellt den Augenblick in klaren Technicolor-Farben dar. Ihre Haut ist nicht unversehrt. Sie ist nicht glatt. Das Brandzeichen sinkt hinein, tiefer, und noch tiefer …

Brennendes Fleisch riecht immer gleich, egal ob es weich ist oder nicht, ob es jung ist oder nicht. Nur daran zu denken, wie sich das Brandzeichen auf die Haut senkt, lässt es dich riechen. Mit jedem Atemzug stellst du dir vor …

Ein Seil um ihren Hals. Stumpfe, leblose Augen.

Trina Simms war immer schrill, irregeleitet, fordernd. Jetzt fordert sie nichts mehr.

Kapitel 35

Jede Spur, die wir in diesem Fall aufgedeckt hatten, hatte gegen eine Wand geführt. Wir hatten herausgefunden, dass Emerson eine Affäre mit ihrem Professor hatte, und der war genauso tot wie sie. Wir waren die Internetprofile der Studenten durchgegangen, nur um herauszufinden, dass jeder Einzelne von ihnen ein Alibi hatte. Michael, Dean und ich hatten mit Trina Simms geredet. Wir hatten sie als mögliche Verdächtige eliminiert, hatten aber nicht bemerkt, dass der Killer sie möglicherweise im Visier hatte.

Wenn meine Instinkte tatsächlich so gut wären, fragte ich mich, warum habe ich das dann nicht kommen sehen? Warum habe ich mich so auf Christopher Simms konzentriert?

Ich war angeblich ein Naturtalent, ich sollte gut sein bei so etwas. Ja, genau. So gut, dass ich nicht merkte, dass Locke ein Killer war. So gut, dass, während ich ein Profil von Christopher erstellte und mir Verdachtsmomente einredete, der Täter vielleicht in der Nähe gelauert und darauf gewartet hatte, dass wir gingen.

Nichts, was wir in diesem Fall getan hatten, war so gelaufen, wie wir es uns vorgestellt hatten. Und jetzt lag ich an einer elektronischen Leine. Wie ein Krimineller.

»Also als Accessoire lässt es einiges zu wünschen übrig.« Lias Kommentar zu dem Tracker um meinen Knöchel war erwartungsgemäß überheblich. »Obwohl ja genau dieser

Farbton an schwarzem Plastik die Farbe deiner Augen betont.«

»Halt die Klappe.«

»Echt schräg«, fand Lia und wedelte mit dem Finger vor meiner Nase. »Du musst schon zugeben, dass es von delikater Ironie zeugt.« Sie brachte ihren wedelnden Finger in Sicherheit.

Ich musste gar nichts zugeben.

»Von uns allen bist du diejenige, bei der es am unwahrscheinlichsten ist, dass sie verhaftet wird. Wahrscheinlich bist du sogar die Einzige von uns, die noch nie verhaftet worden bist. Und trotzdem ...« Sie deutete auf meinen Knöchel.

»Sei still«, verlangte ich. »Du bist vielleicht die Nächste. Agent Sterling bestellt die Dinger wahrscheinlich im Großhandel.«

»Da wird doch mit zweierlei Maß gemessen, oder? Die Jungen schleichen sich raus und werden zu gegenseitiger Gesellschaft verdonnert. Wenn du dich rausschleichst ...«

»Es reicht!«, warnte ich Lia. »Dazusitzen und darüber zu reden wird die Sache auch nicht ändern. Außerdem ist das nicht unser größtes Problem.«

Irgendjemand musste Dean erzählen, was mit Trina Simms geschehen ist.

• • •

»Wir haben sie besucht und jetzt ist sie tot«, fasste Dean unsere Situation in einem Satz zusammen.

»Zeitliche Nähe bedeutet noch nicht Ursache«, bemerkte Sloane und klopfte ihm auf die Schulter – ihre Version von Trösten.

»Das ist hier die Frage, nicht wahr?«, warf Michael ein. Wir saßen zu fünft im Zimmer, das sich die Jungen – offensichtlich – jetzt teilten. Michael lehnte am Türpfosten und hatte die Füße überkreuzt. »Hatte der Killer Trina bereits im Visier oder hat unser Besuch irgendetwas ausgelöst?«

Dean überlegte.

»Emersons Mord war ziemlich gut geplant.« In Profiler-Modus zu schalten verhinderte, dass Dean an jenen dunklen Ort zurückkehrte, doch selbst wenn er versuchte, sich von dem Geschehen zu distanzieren, nannte er Emerson beim Namen. »Die Zurschaustellung der Leiche war präzise. Ausgehend von den Gesprächen mit Sterling und Briggs in den letzten Tagen vermute ich, dass sie nicht viele physische Beweise haben. Wir haben es mit jemandem zu tun, der sehr auf Details achtete – was vermuten lässt, dass der Täter seine Opfer sehr methodisch aussucht.«

Ich schloss die Augen und zwang mich, die wirren Gedanken in meinem Kopf zu sortieren. »Wenn der Täter das tut, weil er sich mit Daniel Redding identifiziert«, sagte ich, während ich überlegte, »dann wäre es logisch, dass er sich als Opfer Nummer zwei jemanden aussucht, der Redding tatsächlich gekannt hat.«

»Opfer Nummer drei«, erinnerte mich Sloane. »Du vergisst den Professor.«

Sie hatte recht. Ich hatte den Professor weggelassen, denn auch wenn Briggs und Sterling kein Wort darüber verloren hatten, wie er gestorben war, glaubte ich nicht, dass der Täter ihn genauso gefoltert hatte wie die Frauen. Daniel Reddings ursprüngliche Opfer waren alle weiblich gewesen. Die Frauen zu fesseln und sie zu brandmarken – dabei ging es um Besitz.

Ein Täter, der sich mit der Methode und Brutalität dieses besonderen M.O. identifizierte, würde den Tod an einem anderen Mann nicht genauso genießen. Die Frauen waren sein Hauptinteresse. Fogle war ihm nur im Weg gewesen.

Manche Dinge tust du, weil du sie tun willst, dachte ich, *und manche, weil du sie tun musst.*

Dean sagte nichts dazu, dass ich den Professor von der Opferliste gestrichen hatte. Er hatte seinen eigenen Tunnelblick.

»Emerson war zwanzig, blond, freundlich und bei ihren Kommilitonen beliebt. Trina war Ende vierzig, brünett und neurotisch. Ausgehend von ihrer Reaktion Besuchern gegenüber war sie sozial isoliert, abgesehen von zwei Menschen, meinem Vater und ihrem Sohn.«

Die meisten Killer hatten einen Typ. Was hatten Trina Simms und Emerson Cole gemeinsam?

»Emerson ist jung. Sie ist hübsch.« Dean verfiel in eine Art Singsang. »Sie schläft mit einem Mann, der sich für einen Experten für Daniel Redding hält. Vielleicht habe ich sie deshalb gewählt.«

Wenn ich ein UNSUB analysierte, verwendete ich das Wort *du*. Wenn Dean es tat, sprach er in der Ich-Form.

»Aber vielleicht«, sagte Dean mit halb geschlossenen Augen, »habe ich mir ein Mädchen gesucht, das nicht mit mir schlafen wollte, und danach eine Frau, die mit dem Mann geschlafen hat, den ich nachahme.« Deans Stimme war seltsam nachdenklich. Ich spürte, wie er sich immer tiefer auf die Möglichkeiten einließ. »Wenn Redding nicht im Gefängnis säße, hätte er Trina Simms selbst umgebracht. Er hätte sie aufgeschlitzt und aufgehängt und jedes Mal gelacht, wenn sie schrie.«

Dean machte die Augen auf. Ein paar Sekunden lang war ich mir nicht sicher, ob er uns sah - auch nur einen von uns. Ich hatte keine Ahnung, was er dachte, aber ich wusste irgendwie, dass sich etwas verändert hatte - die Atmosphäre im Raum, sein Gesicht.

»Dean?«, sagte ich.

Er griff zum Telefon.

»Wen rufst du an?«, fragte Lia.

»Briggs«, antwortete Dean, ohne aufzusehen.

Als Briggs abnahm, lief Dean auf und ab.

»Ich bin es«, sagte er. Briggs wollte etwas sagen, doch Dean schnitt ihm das Wort ab. »Ich weiß, dass Sie an einem Tatort sind. Deshalb rufe ich ja an. Sie müssen nach etwas suchen. Ich weiß nicht was, jedenfalls nicht genau.« Dean setzte sich, um nicht weiter hin und her zu laufen. »Sie können mich später anschreien, Briggs. Jetzt muss ich wissen, ob auf den Beistelltischen oder auf dem Couchtisch im Simms-Haus noch etwas anderes ist als Zierdeckchen und Porzellanfiguren.« Dean legte den Unterarm auf die Knie und presste seinen Kopf darauf. »Sehen Sie einfach nach, und sagen Sie mir, was Sie sehen!«

Etwa eine Minute oder länger breitete sich Schweigen im Raum aus. Lia sah mich fragend an, doch ich schüttelte den Kopf. Ich hatte ebenso wenig Ahnung, was vor sich ging, wie sie, was los war. Gerade hatte Dean noch unseren Täter analysiert und jetzt rief er Befehle ins Telefon.

»Nichts?«, fragte Dean. Er atmete aus und setzte sich auf. »Keine Bücher, keine Spiele.« Dean nickte als Antwort auf eine Frage, die wir nicht hören konnten, und erkannte dann, dass Briggs ihn auch nicht sehen konnte. »Nein, schon gut.

War nur so ein Gedanke. Es ist nichts. Es ist bestimmt nichts.« Ich konnte sehen, dass Dean aufhören wollte, dass er eigentlich nichts weiter sagen wollte. Doch er schaffte es nicht. »Können Sie in ihren Taschen nachsehen?«

Wieder wurde es still. Doch dieses Mal konnte ich Deans Reaktion auf Briggs' Antwort sehen. Er erstarrte. Die nervöse Energie fiel von ihm ab. Er stellte keine weiteren Fragen.

»Das ist nicht gut«, murmelte Michael neben mir.

»Wir haben ein Problem«, stellte Dean fest. Seine Stimme klang steif. »Ich glaube nicht, dass unser UNSUB ein Nachahmer ist.« Er hielt inne und zwang sich dann zu einer Erklärung. »Ich glaube, mein Vater hat einen Partner.«

Kapitel 36

Spät am Abend kamen Briggs und Sterling zum Haus zurück. Keiner von uns schlief. Wir hatten uns in der Küche versammelt, erst, um zu essen, und dann, um zu warten. Gegen Mitternacht war Judd gekommen, um uns ins Bett zu scheuchen, doch schließlich hatte er stattdessen Kaffee aufgesetzt. Als die Agents Briggs und Sterling die Tür zur Küche aufstießen und uns um den Tisch sitzen sahen, kam Sloane gerade wieder von ihrem Flash herunter. Wir anderen schwiegen – wie fast den ganzen Abend.

»Der Inhalt von Trina Simms' Taschen.« Briggs warf einen durchsichtigen Plastikbeutel vorsichtig auf den Tisch vor uns. In der Tüte war eine einzelne Spielkarte – der Pik-König.

»Ich wollte mich irren«, war alles, was Dean zuerst sagte. Er schob den Beutel an den Rand des Tisches, nahm ihn aber nicht. »Ich hätte mich irren sollen.«

»Wie bist du darauf gekommen?«, fragte Agent Sterling heiser. Ich fragte mich, ob Briggs und sie den ganzen Abend lang Befehle gebrüllt hatten oder ob es daran lag, dass der Mann, der sie entführt und gefoltert hatte, und der einen Partner außerhalb des Gefängnisses hatte, seinen Tribut forderte.

»Ich habe ein Profil von unserem Täter erstellt.« Dean war nicht heiser. Er sprach langsam und gleichmäßig und spielte durch das Plastik mit dem Rand der Spielkarte. »Ich dachte, unser Mann hätte Trina Simms vielleicht angegriffen, weil mein Vater sie selbst getötet hätte, wenn er nicht im Gefängnis gewesen wäre. Es machte Sinn, wenn der Täter glaubte, dass er dadurch der Verwandlung in meinen Vater einen Schritt näher käme. Aber dann ...«, sagte Dean und zog die Hand von der Karte zurück, »dachte ich darüber nach, dass wir sie besucht hatten, Cassie, Michael und ich.«

Ich war mir nicht sicher, warum das einen Unterschied machte, warum unser Besuch Dean davon abgebracht hatte, an einen Nachahmer zu denken, und stattdessen zu vermuten, dass sein Vater direkt beteiligt war, doch er erklärte es uns in brutal einfachen Worten.

»Ich habe sie kennengelernt. Ich mochte sie nicht. Sie starb.«

Wie Gloria, die Frau, die Daniel Redding seinem Sohn vorgestellt hatte. *Ich sagte ihm, ich wolle keine neue Mutter. Da hat er Gloria angesehen und gesagt: »Wie schade.«*

»Ich hatte gehofft, dass es ein Zufall ist«, fuhr Dean fort. Er ballte die Hände im Schoß zu Fäusten und grub die Fingernägel in die Handflächen. »Aber dann fiel mir wieder ein, dass mein Vater bei unserem Besuch wusste, wo wir den Professor finden würden.« Er zuckte mit den Achseln. »Das war logisch. Der Professor hat ihn oft interviewt. Er schrieb ein Buch. Natürlich konnte er seine Schreibhütte erwähnt haben.« Die nächsten Worte richtete Dean an Agent Briggs. »Wir hätten es wissen müssen.«

Lia führte Deans Gedanken fort: »Er hat dir die Wahrheit über den Aufenthaltsort des Professors genannt, aber nicht die ganze Wahrheit gesagt. So ist er. Er erzählt technische Details, Halbwahrheiten und scheinbare Notlügen.«

Dean schaute Lia nicht an, aber ich sah, wie seine Hand

unter dem Tisch kurz nach ihrer griff. Sie fasste sie und drückte sie so fest, dass ich nicht wusste, ob sie sie je wieder loslassen würde.

»Mir war immer klar, dass er uns in die Irre führte«, sagte Dean. »Ich wusste, dass er uns manipulierte, aber ich hätte zumindest den Gedanken in Erwähnung ziehen müssen, dass er auch beim Täter die Fäden zog. Für ihn sind Menschen nur Marionetten, die auf seiner Bühne spielen.«

»Du hast Briggs gebeten, in den Taschen des Opfers nachzusehen.« Ich versuchte, Dean dazu zu bringen, sich auf die Details zu konzentrieren. Ihn über Einzelheiten reden zu lassen war das Einzige, was mir einfiel, um ihm zu helfen, nicht an das Gesamtbild zu denken. »Woher wusstest du, dass dort etwas war?«

»Ich wusste es nicht«, antwortete Dean und sah mich an. »Aber ich wusste, dass mein Vater – wenn er etwas damit zu tun hat, wenn Trina gestorben ist, weil ich sie besucht habe – dass er dann will, dass ich es weiß.«

Er wollte ihm eine Botschaft schicken. Dass Dean ihm gehörte. Dass Dean immer ihm gehört hatte. Auch nicht seiner Mutter. Er gehörte nicht dem FBI und nicht einmal sich selbst. Das war die Botschaft, die Daniel Redding seinem Sohn mit dieser einen kleinen Karte überbracht hatte.

»Das ist nicht nur für dich, Dean«, sagte Agent Sterling, die die ganze Zeit über bemerkenswert still gewesen war. »Das ist auch für uns, für Briggs und mich. Er will uns wissen lassen, dass wir sein Spiel mitspielen.« Sie zeigte die Zähne und verzog das Gesicht halb zu einer Grimasse, halb zu einem Grinsen. »Er will uns wissen lassen, dass er gewinnt.«

Sie presste die Lippen aufeinander und knirschte mit den Zähnen.

»Wir hätten es sehen sollen.« Agent Sterling sprudelte die Worte hervor, die sie die ganze Zeit zurückgehalten hatte. »Ich hätte es sehen sollen. Der erste Mord zeigte alle Anzeichen eines organisierten Killers – die Planung, der Mangel an physischen Beweisen, die Geräte, die der Täter mitgebracht hat. Aber es gab auch Dinge, die nicht passten. Die Autoantenne, mit der er das Mädchen erwürgt hat. Dass er von hinten angegriffen hat. Den Körper an einem öffentlichen Ort zur Schau zu stellen. Das war impulsiv, eine Abweichung von einem festen Plan und ein Anzeichen für sein angeknackstes Selbstbewusstsein.« Sterling stieß den Atem aus und zwang sich zur Disziplin. »Organisiert, unorganisiert. Wenn ein Tatort Anzeichen für beides aufweist, hat man es entweder mit einem unerfahrenen Täter zu tun, der seine Technik verfeinert, oder mit zwei Tätern.«

Dean seufzte ebenfalls auf. »Ein dominanter, der den Plan macht, und ein untergeordneter, der ihn durchführt.«

Agent Sterling hatte das Alter des Täters auf dreiundzwanzig bis achtundzwanzig geschätzt, aber dabei war sie von der Annahme ausgegangen, dass er allein arbeitete. Wenn man Redding in die Gleichung mit einbezog, veränderte sich alles. Man konnte immer noch sicher annehmen, dass unser UNSUB Redding verehrte, dass es sich nach Macht, Autorität und Kontrolle sehnte. Auch das Fehlen einer Vaterfigur in den Jugendjahren des Täters war eine sichere Annahme. Aber wenn das die Rolle war, die Redding für den Täter spielte, was versprach sich Deans Vater dann davon?

Das Gleiche, was Locke von mir wollte.

Plötzlich befand ich mich wieder in dem sicheren Haus. Dean lag bewusstlos am Boden, Michael war angeschossen. Und Locke wollte – unbedingt, verzweifelt –, dass ich das Messer nahm. Sie wollte, dass ich wie sie war. Sie wollte, dass ich ihr gehörte. Doch sie zumindest hatte mich als Person gesehen. Für Daniel Redding war Dean nur ein Ding. Ein wunderbares Geschöpf, das ganz ihm gehörte, mit Leib und Seele.

Vielleicht versuchte Redding das mit unserem Täter neu zu erschaffen. Vielleicht diente dieser ganze Fall aber auch nur dazu, seinen missratenen Sohn daran zu erinnern, wer das Sagen hatte, um Dean zu zwingen, sich ihm von Angesicht zu Angesicht zu stellen.

»Wir sollten die untere Altersgrenze für unseren Täter nach unten korrigieren.« Ich klang ruhig, wie immer, wenn dieser Teil meines Gehirns die Kontrolle übernahm und selbst die schrecklichsten und persönlichsten Situationen in ein Rätsel verwandelte, das gelöst werden musste. »Auf siebzehn.«

Ich gab keine Gründe an, doch ich sah genau, dass Dean die Bedeutung meiner Worte klar wurde. Er war siebzehn.

Briggs starrte mich ein paar Sekunden lang an.

»Woran denkst du?«

Er hätte mir sagen können, dass es nicht unser Täter war. Tat er aber nicht. Ich wartete darauf, dass Agent Sterling etwas sagte. Tat sie aber nicht.

Genau das war das Schwierige. Wir hatten es nicht mit einem Nachahmer zu tun. Wir hatten es mit dem Mann zu tun, der Agent Sterling gefangen gehalten hatte, der sie gefoltert hatte. Redding spielte vom Gefängnis aus Psychospielchen mit ihr.

Und er spielte mit Dean.

Ich führte es nicht weiter aus und wollte auch nicht daran denken, wie Agent Sterling wohl morgen über das alles denken würde, oder in einer Woche oder einem Monat. Ich wandte mich wieder an Agent Briggs und beantwortete seine Frage.

»Unser UNSUB und Redding sind keine Partner«, sagte ich. »Männer wie Daniel Redding haben keine Partner. Sie glauben nicht, dass ihnen jemand ebenbürtig ist.« Ich suchte nach dem richtigen Wort. »Die Person, nach der wir suchen, ist kein Partner«, sagte ich schließlich. »Sie ist ein Lehrling.«

Kapitel 37

Am nächsten Morgen brachte Agent Briggs Lia eine DVD.

»Aufzeichnungen aller Treffen mit Redding seit Beginn dieses Falles«, erklärte er. »Sie gehören dir.«

Lia riss ihm die DVDs weg, bevor er es sich überlegen konnte. Sterling räusperte sich.

»Du musst das nicht tun«, sagte sie. »Der Director hat deiner Beteiligung an diesem Fall zugestimmt, aber du darfst auch Nein sagen.«

»Das wollen Sie doch gar nicht.« Michael musterte Sterling eingehend. »Sie hassen sich schon dafür, dass Sie fragen, aber sie hoffen bei Gott, dass wir Ja sagen.«

»Ich bin dabei«, unterbrach Lia Michael, bevor er noch weiter in der Agentin las. »Und Cassie und Sloane auch.«

Wir widersprachen ihr nicht.

»Ich habe nichts Besseres zu tun«, erklärte Michael. Er ließ es beiläufig klingen, aber in seinen Augen blitzte dasselbe Gefühl auf wie in dem Moment, als er Dean von Christopher Simms weggezogen hatte. Niemand spielte Spielchen mit den paar Leuten auf dieser Welt, an denen ihm etwas lag.

»Lia, Michael und Cassie, ihr geht in den Medienraum und geht sorgfältig die Interviews durch«, befahl Briggs knapp und effizient. »Redding glaubt, dass er einen Vorteil hat. Das wird sich heute ändern.«

Agent Sterling richtete ihre Aufmerksamkeit auf Dean.

»Wenn du dazu bereit bist«, sagte sie leiser, als sie zuvor mit uns anderen gesprochen hatte. »Briggs geht nachher zu deinem Vater.«

Dean antwortete nicht. Er zog sich nur einen leichten Mantel über das zerschlissene T-Shirt und wandte sich zur Tür.

»Das heißt dann wohl, er ist bereit«, meinte Sterling zu Briggs.

Dean darum zu bitten war schmerzlich für sie, doch nichts zu tun, weniger als alles Notwendige zu tun, um dies zu beenden, wäre noch schmerzlicher gewesen.

Agent Sterling trug kein Make-up. Sie hatte ihre Bluse nicht in die Hose gesteckt. Es umgab sie eine Energie, eine wilde Entschlossenheit, die mir sagte, dass ich die Veronica Sterling vor mir sah, die Dean früher gekannt hatte.

Die, an die ich Agent Sterling erinnerte.

»Geht es dir gut?«, fragte Briggs sie.

»Du kennst mich doch«, lächelte sie schwach. »Ich lande immer auf den Füßen.«

Briggs beobachtete sie einen Moment lang, dann folgte er Dean zur Tür.

»Und was ist mit mir?«, rief Sloane ihm nach.

»Wie gut bist du in Geografie?«, fragte Agent Sterling sie.

• • •

Sloane verschwand mit einer Handvoll Karten im Keller, um ein geografisches Profil von Reddings Partner zu erstellen. Wir anderen vergruben uns im Medienraum. Michael und ich saßen an den beiden Enden des Sofas. Lia steckte die DVD, die Briggs uns gegeben hatte, in den Player und ließ sich zwischen uns fallen, ein Bein an die Brust gezogen, das andere ausgestreckt. Agent Sterling setzte sich an die Tür und beobachtete uns beim Ansehen der DVD.

Daniel Redding saß auf der einen Seite eines langen Tisches. Seine Hände waren mit Handschellen gefesselt und an den Tisch gekettet, doch seiner Haltung nach hätte man glauben können, er wäre zu einem Vorstellungsgespräch gekommen. Links von ihm ging eine Tür auf und Agent Briggs kam mit einer dünnen Akte in der Hand herein. Er setzte sich Redding gegenüber.

»Agent Briggs.« Die Stimme des Monsters war ein wenig musikalisch, aber es waren seine Augen, die unsere Aufmerksamkeit auf sich zogen: Sie waren dunkel und seelenvoll, mit winzigen Fältchen in den Augenwinkeln. »Welchem Umstand verdanke ich diese unschätzbare Freude?«

»Wir müssen uns unterhalten.« Briggs blieb ganz geschäftsmäßig. Er sprach nicht überhastet und zog die Worte auch nicht in die Länge. »Wie ich höre, bekommen Sie in letzter Zeit ungewöhnlich viel Post.«

Redding lächelte. Ein bescheidenes, fast jungenhaftes Lächeln. »Ich bin ein ungewöhnlicher Mann.«

»Ihre Post wird vom Gefängnis durchgesehen und verzeichnet, doch sie fertigen keine Kopien davon an.«

»Ziemlich schlampig von ihnen«, fand Redding. Seine Hände lagen gefaltet auf dem Tisch. Er neigte sich ein winziges Stück vor. »Man kann nie vorsichtig genug sein bei seinen … Aufzeichnungen.«

Die Art, wie er das sagte, ließ mich vermuten, dass er eigentlich von etwas anderem sprach – etwas, was Agent Briggs unter die Haut gehen sollte.

Hatte Redding ein Verzeichnis über die Frauen, die er umgebracht hatte?

Briggs ging nicht darauf ein.

»Haben Sie Briefe erhalten, die Sie als Fanpost bezeichnen würden?«, fragte er in leicht spöttischem Tonfall, als wäre Daniel Redding ein Mitglied einer längst vergessenen Boygroup und kein ruheloses Raubtier in einem Käfig.

»Warum, Agent Briggs, werde ich das Gefühl nicht los, dass Sie etwas von mir wollen?«, fragte Redding mit gespielter Überraschung, doch mit realem Vergnügen in der Stimme. »Warum interessiert sich ein Mann wie Sie für Briefe, die ein Mann wie ich bekommt? Warum interessiert es Sie, dass mir Frauen schreiben, um mir zu sagen, dass sie mich lieben, dass mein Erbe Tag für Tag fortlebt, dass die einsamen und traurigen und die kostbaren, dunklen, verlorenen Schafe dieser Welt ihr Innerstes mit Tinte zu Papier bringen und mich anflehen, mich zu ihnen locken, so verzweifelt suchen sie nach einem Hirten.«

Redding sprach leise und ruhig, man konnte seine Worte nicht ignorieren.

»Warum ich diese Fragen stelle, spielt keine Rolle. Was eine Rolle spielt, ist, dass ich Ihnen das Leben wesentlich unangenehmer machen kann, wenn Sie sie nicht beantworten. Wie würde Ihnen eine Verlegung gefallen? Ich habe gehört, dass es in manchen Bundeseinrichtungen um diese Jahreszeit wundervoll ist.«

»Aber, aber, Agent Briggs. Es besteht kein Grund, Drohungen auszustoßen. Ich glaube, wir wissen beide, dass Sie mich beim geringsten Anlass in das tiefste, dunkelste Loch werfen würden, das Sie finden können. Die Tatsache, dass Sie es noch nicht getan haben, bedeutet, dass Sie es nicht können.«

Redding neigte sich vor und heftete seinen Blick auf Briggs. »Ich frage mich – sind Sie es nicht langsam leid, dass Sie so viel nicht tun können? Dass Sie nicht jeden Killer fassen können?« Redding klang schmollend, doch sein Gesicht erinnerte mich an einen Habicht, scharfäugig und gnadenlos, nur auf eine einzige Sache konzentriert. »Ihre Frau nicht halten können? Sich nicht von hier fernhalten können? Mich nicht vergessen können?«

»Ich bin nicht hier, um Spielchen mit Ihnen zu spielen, Redding. Wenn Sie mir nichts geben können, habe ich keinen Grund zu bleiben.« Briggs neigte sich vor. »Vielleicht möchten Sie lieber, dass ich gehe?«, fragte er ebenso leise und ruhig wie Redding.

»Bitte«, entgegnete der. »Gehen Sie. Ich glaube, wir wissen beide, dass Sie nicht mein Typ sind. Die reizende Agentin Sterling allerdings ...«

An Briggs' Hals zuckte merklich ein Muskel, doch er verlor nicht die Beherrschung. Stattdessen nahm er ein Foto aus der Aktenmappe und legte es auf den Tisch. Er schob es vor, gerade außer Reddings Reichweite.

»Nun«, meinte der fasziniert, »das ist mal eine interessante Wendung der Ereignisse.«

Er griff nach dem Foto, das Briggs zurückzog. Er legte es wieder in die Akte und stand auf. Erst einen Moment später erkannte ich, was da gerade passiert war. Das Interview war aufgenommen worden, kurz nachdem das erste Opfer tot aufgefunden worden war. Ich hätte jede Summe darauf gewettet, dass Briggs Redding gerade ein Bild von Emersons Leiche gezeigt hatte.

Ich konnte dem Killer an den Augen ansehen, dass er gegen

das Verlangen, es noch einmal zu sehen, nicht ankämpfen konnte.

»Es heißt, Imitation sei die höchste Form der Bewunderung.« Reddings Blick heftete sich nicht länger auf Briggs' Gesicht, sondern auf die Akte. »Wo hat man sie gefunden?«

Briggs ließ sich mit der Antwort Zeit, doch schließlich gab er sie ihm – gerade genug, um Redding sich nach mehr verzehren zu lassen.

»Colonial University. Der Rasen vor dem Haus des Präsidenten.«

Redding schnaubte.

»Protzig«, meinte er. »Schlampig.«

Sein Blick war immer noch auf den Ordner gerichtet. Er wollte das Bild sehen. Er wollte es studieren.

»Sagen Sie mir, was ich wissen will«, erklärte Briggs gleichmütig, »dann sage ich Ihnen, was Sie wissen wollen.«

Briggs rechnete mit Reddings Narzissmus. Er ging davon aus, dass der Mann alles über seinen Nachahmer wissen wollte. Was Briggs allerdings nicht wusste – und was wir jetzt wussten –, war, dass Redding nicht das Werk eines Nachahmers beurteilte. Er wollte nicht sehen, wie sich seine Schandtaten auf dem Körper des Mädchens widerspiegelten.

Er war ein Lehrer, der die Leistung eines Musterschülers bewertete.

»Mich interessiert nicht, was Sie zu sagen haben.« Endlich schaffte Redding es, seinen Blick von der Akte loszureißen. Er lehnte sich auf seinem Metallstuhl so weit zurück, wie es die Ketten an seinen Handschellen zuließen. »Aber möglicherweise habe ich ein paar Informationen, die für Sie relevant sein könnten.«

»Beweisen Sie es.« Briggs forderte ihn heraus – vergeblich.

»Ich will mit meinem Sohn sprechen«, erklärte der Killer tonlos. »Sie haben ihn mir fünf Jahre lang vorenthalten. Was für einen Grund sollte ich haben, Ihnen zu helfen?«

»Normaler menschlicher Anstand?«, schlug Briggs trocken vor. »Wäre an Ihnen irgendetwas menschlich oder anständig, würde Ihr Sohn Sie vielleicht sehen wollen.«

»Zweifle an der Sonne Klarheit«, erwiderte Redding klangvoll, »zweifle an der Sterne Licht. Zweifle, ob lügen kann die Wahrheit …«

»… Nur an meiner Liebe nicht«, vollendete Briggs das Zitat für ihn. »Shakespeare.« Er stand auf, nahm seine Sachen und beendete das Gespräch. »Sie sind gar nicht fähig, irgendjemand anders zu lieben als sich selbst.«

»Und Sie sind nicht fähig, die Sache ruhen zu lassen«, entgegnete Redding gleichermaßen ernst wie selbstzufrieden. »Sie wollen, dass ich rede? Ich werde reden. Ich werde erzählen, wer mir schreibt und wer ein sehr, sehr unanständiger Junge gewesen ist. Ich werde alles darlegen, was Sie wissen wollen – aber der Einzige, mit dem ich reden werde, ist Dean.«

Der Bildschirm wurde schwarz. Redding und Briggs waren fort und wurden einen Augenblick später durch eine gespenstisch ähnliche Szene ersetzt, nur dass dieses Mal Dean seinem Vater gegenübersaß und Briggs neben Dean.

»Dean.« Redding schien das Wort zu genießen. »Sie haben mir ein Geschenk mitgebracht, Agent Briggs«, sagte er, ohne den Blick von seinem Sohn zu wenden. »Eines Tages werde ich mich dafür revanchieren.«

Dean betrachtete einen Punkt über der Schulter seines Vaters. »Du wolltest, dass ich komme. Ich bin hier. Jetzt rede.«

Redding kam dem Wunsch nach.

»Du siehst aus wie deine Mutter«, sagte er. Er labte sich an Deans Anblick wie ein Verdurstender in der Wüste an Wasser. »Außer deine Augen – du hast meine Augen.«

Wie er *meine* aussprach drehte mir den Magen um.

»Ich bin nicht gekommen, um über meine Mutter zu sprechen.«

»Wenn sie hier wäre, würde sie dir raten, dir die Haare schneiden zu lassen. Dich gerade hinzusetzen. Ab und zu zu lächeln.«

Dean fielen die Haare ins Gesicht und er runzelte darunter die Stirn.

»Es gibt nicht viel zu lachen.«

»Sag mir nicht, dass du schon jetzt deinen Lebenshunger verloren hast, Dean. Der Junge, den ich kannte, hatte so viel Potenzial.«

In Deans Kiefer zuckte ein Muskel. Redding und er starrten einander an. Nachdem sie eine ganze Minute geschwiegen hatten, kniff Dean die Augen zusammen und verlangte: »Erzähl mir von den Briefen.«

In diesem Moment waren Agent Sterling und ich gekommen. Beim zweiten Mal war es noch schwerer mit anzusehen: Dean, der versuchte, seinem Vater Informationen zu entlocken. Daniel Redding, der sich einen verbalen Zweikampf mit ihm lieferte und das Thema immer wieder auf Dean zurück brachte.

»Ich will mehr über dich wissen, Dean. Was haben diese Hände die letzten fünf Jahre lang getan? Was haben diese Augen gesehen?«

Du wusstest, dass Briggs kommen würde, sobald die erste Leiche auftauchte. Du wusstest, dass Dean kommen würde, wenn du dich weigerst, mit irgendjemand anderem zu sprechen. Du hast das geplant, Schritt für Schritt.

»Ich weiß nicht, was du von mir hören willst«, sagte Dean auf dem Bildschirm, und seine Stimme wurde immer lauter und eindringlicher. »Es gibt nichts, worüber ich reden könnte. Wolltest du das hören? Dass diese Hände, diese Augen ... gar nichts sind?«

»Sie sind alles.« Dieses Mal sah ich die irre Intensität in Reddings Augen. Er sah Dean an, doch das Einzige, was er sah, war er selbst – ein Gott, den Gesetzen der Menschen nicht Untertan und über Dingen wie Mitleid und Schuld stehend. Ich dachte an die Spielkarte, die Briggs in Trinas Tasche gefunden hatte – den Pik-König.

Redding wollte Unsterblichkeit. Er wollte Macht. Aber mehr als alles wollte er einen Erben.

Warum jetzt?, dachte ich. *Warum tut er das alles genau jetzt?* Er saß seit fünf Jahren im Gefängnis. Hatte er so lange gebraucht, bis er auf der Außenseite jemanden gefunden hatte, oder war etwas geschehen, was ihn dazu trieb?

In der DVD hatte Deans Vater gerade gefragt, ob es ein Mädchen gab. Dean leugnete es. Redding nannte ihn »Sohn«, und Dean sagte die fünf Worte, die den Mann aus der Fassung brachten.

»Ich bin nicht dein Sohn.«

Obwohl ich wusste, was kam, überraschte mich der plötzliche Gewaltausbruch. Reddings Fäuste krallten sich in Deans T-Shirt, er zerrte ihn zu sich und sagte ihm, dass er der Sohn seines Vaters sei und immer bleiben würde.

»Du weißt es. Du fürchtest es.«

Dieses Mal sah ich den Moment, in dem Dean die Beherrschung verlor, den Augenblick, in dem die Wut, von der Michael mir erzählt hatte, dass sie stets unter der Oberfläche kochte, aufbrodelte und überfloss. Deans Miene war wie versteinert, doch in seinen Augen lag eine wilde Entschlossenheit, als er seinen Vater packte und ihn halb über den Tisch zog, soweit es die Ketten zuließen.

Dieses Mal sah ich Redding lächeln, als Briggs sie auseinanderzog. Er hatte bekommen, was er gewollt hatte. Ein Anzeichen von Gewalt. Eine Kostprobe von Deans Potenzial.

Mein Blick klebte am Bildschirm. Das war das Letzte gewesen, was ich damals gesehen hatte. Briggs wartete einen Moment, um sicherzugehen, dass Dean fertig war, bevor er zurücktrat – aber ich bemerkte, dass er sich dieses Mal nicht setzte, sondern hinter Dean stehen blieb.

»Wo ist die Hütte des Professors?«, fragte Briggs.

Deans Vater lächelte.

»In Catoctin«, antwortete er. »Genauer weiß ich es auch nicht.«

Dean stellte noch zwei oder drei Fragen, doch sein Vater hatte nichts Relevantes mehr zu berichten.

»Wir sind hier fertig«, erklärte Briggs. Dean stand auf. Sein Vater blieb völlig entspannt sitzen. Briggs legte Dean die Hand auf die Schulter und geleitete ihn aus dem Raum.

»Hast du Briggs eigentlich je genau erzählt, was du seiner Frau angetan hast, Dean?« Daniel Redding hatte die Stimme nicht erhoben, aber die Frage schien allen Sauerstoff aus der Luft zu saugen. »Oder glaubt er immer noch, ich wäre es gewesen, der ihr das Messer langsam über Schultern und Beine gezogen hat, dass ich ihr Fleisch gebrandmarkt habe?«

Briggs' Griff um Deans Schulter verstärkte sich. Wollte er

ihn vorher nur zur Tür steuern, so schob er ihn jetzt geradezu. Er wollte ihn unbedingt hinausbringen. Doch Deans Füße schienen plötzlich wie am Boden festgeleimt.

Geh, forderte ich ihn im Stillen auf. Geh einfach.

Aber er blieb.

Redding genoss den Moment.

»Sag deinem Agentenfreund, was du getan hast, Dean. Sag ihm, wie du in den Schuppen gekommen bist, wo ich Veronica Sterling an Händen und Füßen gefesselt hatte. Sag ihm, wie ich sie schneiden wollte – und wie du mir das Messer weggenommen hast, nicht um sie zu retten, sondern um es selbst zu machen. Sag ihm, wie du sie hast bluten lassen. Sag ihm, wie sie geschrieben hat, als du ihr das R ins Fleisch gebrannt hast. Erzähl ihm, wie du mich gebeten hast, sie dir zu überlassen.« Er schloss die Augen und hob das Gesicht zur Decke wie ein Mann, der den Göttern danken will. »Sag ihm, dass sie dein erstes war.«

Das erste Opfer. Für Redding war das das Einzige, was zählte, egal wie anzüglich er die Worte hervorbrachte.

Briggs riss die Tür auf. »Wache!«

Ein Wachmann tauchte auf – derjenige, der Agent Sterling und mir den Logenplatz für die erste Hälfte dieser Show gegeben hatte. Er konnte seinen Abscheu kaum verhehlen, als er zu Redding hinüberging.

»Selbst wenn Sie den Professor in seiner Hütte finden«, rief Deans Vater ihnen nach und seine Stimme hallte zwischen den Metallwänden wider, »werden Sie nicht finden, wonach Sie suchen. Die interessantesten Briefe, die ich erhalten habe und eine bemerkenswerte Liebe zum Detail zeigen, die kamen nicht vom Professor, sondern von einem seiner Studenten.«

Kapitel 38

Im Raum breitete sich Stille aus und Lia hielt die DVD an. Ich stand auf, ging zur Tür und wandte Michael und Lia den Rücken zu. Agent Sterling begegnete meinem Blick ruhig. Sie verlor kein Wort über den Inhalt des Interviews.

Hat Dean dich wirklich gebrandmarkt?, fragte ich sie im Stillen. *Hat Dean – unser Dean – dich gefoltert?*

Sie gab mir keine Antwort.

»Ich habe Redding nur bei einer einzigen Lüge erwischt.«

Ich wandte mich Lia zu in der Hoffnung, dass sie mir sagte, was ich hören wollte – dass Redding in Bezug auf Dean gelogen hatte.

»Als er Briggs gesagt hat, dass er an nichts interessiert ist, was er zu sagen hat. Das stimmt nicht. Er will alles über den Mord an Emerson Cole wissen. Er wollte unbedingt alle Details erfahren, was bedeutet, dass er sie vorher nicht kannte. Wer auch immer dieser Protegé ist, unser Täter hat nicht alles haarklein aufgezeichnet und an seinen Herrn und Meister geschickt.«

»Und das ist alles?«, fragte ich Lia. »Alles andere, was er sagte, war wahr?«

Lia sah zu Boden. »Alles.«

»Das heißt also, er hat ein paar bemerkenswerte Briefe von einem Studenten in Fogles Kurs bekommen«, erklärte ich. »Für einen Mann wie Redding ist Liebe zum Detail wahrscheinlich gleichbedeutend mit ziemlich drastischen Beschreibungen.«

»Trotzdem«, gab Michael zu bedenken, »alle Studenten dieses Kurses haben ein Alibi.«

»Das ist doch reine Irreführung«, sagte Lia leichthin, doch ich hörte, wie ernst sie es meinte. »Man kann Leute auch täuschen, ohne zu lügen. Lügner sind wie Magier: Während du auf die hübsche Assistentin achtest, holen sie das Kaninchen aus dem Ärmel.«

Es war fast körperlich schmerzhaft gewesen, sich diese Interviews anzusehen, besonders das mit Dean. Daher weigerte ich mich zu glauben, dass wir daraus nichts für diesen Fall lernen konnten.

»Wenn wir also davon ausgehen, dass die Briefe und der Professor die hübsche Assistentin sind«, resümierte ich, »was bleibt dann übrig? Was haben wir erfahren?« Abgesehen von der Tatsache, dass Redding behauptet hat, Dean hätte Agent Sterling selbst gequält.

»Daniel Reddings Gefühle sind kaum vorhanden.« Michael ließ die Beine über die Sofalehne baumeln, und ich wusste, dass er – wie ich auch – dem offensichtlichen Thema auswich. »Er hat keine Angst, nie. Er kann Freude empfinden, aber kein Glück. Kein Bedauern. Keine Reue. Meist wird sein Gesicht von folgenden Emotionen beherrscht: Selbstzufriedenheit, Neugier, Amüsiertheit. Und er freut sich, wenn andere leiden. Er ist berechnend, beherrscht, und das Einzige, was ihm wirkliche Gefühlsregungen entlockt, ist Dean.«

Damit bestätigte er jeden Eindruck, den ich von Deans Vater erhalten hatte. Redding war besitzergreifend. Er war jedes Mal aus der Haut gefahren, wenn Dean ihre Beziehung leugnete.

Er hatte alles getan, um Dean glauben zu lassen, dass sie gleich waren – ihn von allen anderen zu trennen, angefangen mit Agent Briggs.

»Wusste Briggs es?«, fragte ich. »Das … was Redding am Schluss gesagt hat? Über Dean?«

Andere Worte konnte ich dafür nicht finden.

»Er wusste es.« Zum ersten Mal seit wir die Videos gesehen hatten, sagte Agent Sterling etwas. Ohne ein weiteres Wort ging sie zu Lia, nahm ihr die Fernbedienung weg und ließ das Video weiterlaufen. Gleich darauf begann ein drittes Interview.

Ein Wachmann – einer, den ich noch nie gesehen hatte – brachte Sterling in den Raum. Doch anstatt sich Redding gegenüberzusetzen, blieb sie stehen.

»Veronica Sterling.« Deans Vater brachte die Worte hervor wie den Beginn eines Gesangs. »Ich muss schon sagen, ich bin überrascht, dass Ihr lieber Gatte … Verzeihung, Ihr Exmann, sie so nah an den Teufel in Person herankommen lässt.«

Sterling zuckte mit den Achseln.

»Sie sind nur ein Mann. Ein erbärmlicher kleiner Mann, der in einem Käfig haust.«

»Briggs weiß nicht, dass Sie hier sind, nicht wahr?«, fragte Redding. »Wie ist es mit Ihrem Vater? Nein, der weiß es auch nicht, stimmt's? Also, Ms Sterling, sagen Sie mir, warum Sie hier sind.«

»Sie wissen, warum ich hier bin.«

»Ihr vertrackter kleiner Fall?«, meinte Redding. »Ich fürchte, ich habe Ihrem Agent Briggs und meinem Dean alles gesagt, was ich darüber weiß.«

»Lügner.« Sterling sprach im Film die Worte im gleichen Augenblick aus wie Lia neben mir.

»Das tut weh«, erwiderte Redding, »dabei habe ich geglaubt, wir hätten eine ganz besondere Beziehung.«

»Weil ich diejenige war, die entkommen ist?«, fragte Sterling.

Reddings Wange zuckte.

»Volltreffer«, bemerkte Michael.

Doch Redding erholte sich schnell.

»Sind die Narben verblasst? Die Messerwunden waren nur oberflächlich – schließlich war es das erste Mal, dass der Junge die Führung übernahm. Aber das Brandmal, das verblasst nicht, nicht wahr? Für den Rest Ihres Lebens haben Sie meine Initialen ins Fleisch gebrannt. Können Sie noch immer Ihre verbrannte Haut riechen? Können Sie es noch spüren?«

»Nein«, antwortete Agent Sterling und setzte sich. Zu meiner Überraschung zog sie ihre Bluse herunter und zeigte ihm die Narbe. Reddings Mund öffnete sich.

»Ich korrigiere mich«, bemerkte Michael. »Es gibt zwei Dinge, die echte Emotionen in Daniel Redding auslösen.«

Ich war nicht so ein Experte in Bezug auf Gefühle wie Michael, doch auch ich sah, wie der verurteilte Mörder im Stillen Halleluja sang.

Agent Sterling öffnete selbst den Mund und fuhr die Buchstaben auf ihrer Brust mit dem Finger nach. Zum ersten Mal hatte sie die volle Kontrolle über das Gespräch. Er hätte ihren stählernen Blick bemerken müssen, aber er sah es nicht.

»Das ist nicht Ihre Initiale«, flüsterte sie leise. »Das ist Deans Initiale. Wir wussten, dass Sie zuhören würden. Wir wussten, dass Sie kommen würden, um seine Arbeit zu überprüfen, und dass Sie nur glauben würden, dass er keine eigenen Ziele verfolgte, wenn wir Beweise hatten.« Noch einmal fuhr sie das R mit dem Finger nach. »Ich habe gesagt, er solle es tun. Ich habe ihn darum gebeten. Ich habe es ihn versprechen lassen, und er hat es getan – auch wenn es ihn fast krank gemacht hat, auch wenn es ihn seitdem immer verfolgt hat, er hat es getan. Und es hat funktioniert.«

»Nein.«

»Sie haben es geglaubt. Sie haben ihm vertraut, weil Sie glauben wollten, dass er Ihr Sohn war, dass er nichts von seiner Mutter hatte. Wie dumm von Ihnen.« Sterling zog sich die Bluse gerade. »Ich bin nicht geflohen, Daniel. Dean hat mich gehen lassen. Er hat mich gedeckt.«

»Sie lügen!« Mit Mühe stieß Redding die Worte zwischen den Zähnen hervor.

»Er hat mich gewarnt, mich von Ihnen fernzuhalten. Ich habe nicht auf ihn gehört. Ich hatte nicht verstanden, und als ich ohne Verstärkung kam, als Sie mich angegriffen haben – hat er es gesehen. Er hatte einen Plan und diesen Plan wollte er um jeden Preis durchführen.« Sie lächelte. »Sie sollten stolz auf ihn sein. Er ist genauso klug wie Sie, sogar klug genug, seinem lieben alten Dad eins auszuwischen.«

Redding wollte sich auf Agent Sterling stürzen, aber sie lehnte sich nur zurück, und er blieb an der Kette hängen.

»Wie ein Hund an der Leine«, bemerkte sie.

»Ich bringe Sie um.« Reddings Stimme klang hohl, seine Drohung jedoch ganz und gar nicht. »Sie haben ja keine Ahnung, wozu ich fähig bin.«

Sterling antwortete nicht, sondern verließ einfach nur den Raum, und der Bildschirm wurde schwarz.

Lia fand als Erste ihre Stimme wieder. »Sie haben Dean gebeten, Sie zu brandmarken?«

»Wir mussten Redding davon überzeugen, dass Dean mich töten würde und dass er nicht beaufsichtigt werden musste«, antwortete Sterling. »Manchmal tut man, was man tun muss, um zu überleben.«

Lia wusste das – genau wie Dean und genau, wie Michael es wusste. Ich dachte an Sloane, die die Löcher im Duschabfluss zählte und die Nacht wie besessen durcharbeitete, und wie ich Locke erzählt hatte, dass ich meine eigene Mutter ermordet hatte – um Michael die Gelegenheit zu verschaffen, sie zu töten.

Man tut, was man muss, um zu überleben.

»Wie auch immer«, meinte Lia. »Ich sehe mal nach, was Sloane macht.« Sie wollte nicht vom Überleben sprechen und das wollte ich mir für die Zukunft merken. Da auch ich aus dem Zimmer kommen wollte, folgte ich ihr in den Keller. Dort saß Sloane mitten im Gang umgeben von Karten und geografischen Untersuchungen.

»Hast du etwas gefunden?«, fragte ich.

Sloane hob den Kopf von den Karten auf, doch ihr Blick war verschleiert. Sie war immer noch auf sich konzentriert und berechnete etwas, wobei ihre Gedanken so laut waren, dass der Rest der Welt einfach verschwand.

Lia stieß sie mit der Zehe an, woraufhin Sloane zu sich kam und Lia ansah.

»Geografische Analysen sind erstaunlich unbefriedigend«, stellte sie ein wenig missvergnügt fest. Sie hatte die Papiere vor sich geordnet und bedeutete uns, sie uns näher anzusehen. Ich kniete mich hin.

»Die meisten Killer greifen ihre Opfer in einem bestimmten Radius um ihr Zuhause herum an.« Sloane deutete auf drei Kreise auf der Karte mit unterschiedlichen Mittelpunkten.

»Emerson Cole. Professor Fogle. Trina Simms. Fogles Hütte ist drei Fahrstunden von der Colonial University entfernt, die ebenso weit von Broken Springs entfernt liegt.« Die drei Punkte auf der Karte sahen aus wie ein Tortenstück. »Selbst wenn man einen Radius von zwei bis drei Fahrstunden zieht, überlappen sich die Kreise nur minimal.«

»Das ist doch gut, oder?«, behauptete ich. »Je geringer die Überschneidung, an desto weniger Orten müssen wir suchen.«

»Aber genau das ist es ja«, sagte Sloane. »Auf diesem kleinen Kartenausschnitt sticht nur eines hervor.«

Lia sah es noch vor mir.

»Das Gefängnis, in dem sie Deans Vater festhalten.«

»Das scheint mir logisch«, sagte ich. »Redding zieht die Fäden. Er steht im Mittelpunkt.«

»Aber das wussten wir doch schon!«, rief Sloane laut. Sie biss sich auf die Unterlippe, und ich erkannte, wie hilflos sie sich vorkam, weil sie ganz allein hier unten saß und nichts beitragen konnte, egal wie oft sie es durchrechnete.

»Komm schon«, sagte ich, hakte mich bei ihr unter und zog sie hoch. »Gehen wir Agent Sterling davon berichten.«

Sloane sah aus, als wolle sie protestieren, doch Lia kam ihr zuvor.

»Es sind immer die kleinen Dinge«, sagte sie sanft zu Sloane. »Eine Zehntelsekunde, eine winzig kleine Information – man weiß nie, was entscheidend ist.«

Eine Sekunde nachdem wir den ersten Stock betraten, knallte die Vordertür zu. Einen Augenblick erstarrten Lia, Sloane und ich, dann gingen wir zum Eingang, wo sich Sterling und Michael zu uns gesellten. Gleichzeitig blieben wir stehen.

Dean zog sich den Mantel aus. Briggs hatte abwartend die Arme vor der Brust verschränkt. Offensichtlich hatte er mit dem Empfang gerechnet.

»Habt ihr etwas gefunden?«, fragte er Lia.

»Nur das Offensichtliche: Er führt einen langen, langsamen Tanz um die Wahrheit herum auf.«

»Und ihr?«, fragte Sterling ihn.

»Zuerst die gute oder die schlechte Nachricht?«

»Überrasch mich«, verlangte Sterling trocken.

»Wir haben DNA.« Briggs erlaubte sich ein kleines Lächeln – was bei ihm so viel war, wie wenn andere einen Freudentanz aufführten. »Trina Simms hat unseren Täter mit den Fingernägeln erwischt.«

War es normal, dass ein Täter an den ersten beiden Tatorten keinerlei Spuren hinterließ und sich am dritten von seinem Opfer kratzen ließ? Schließlich machte Übung den Meister – und Daniel Redding erschien mir wie jemand, der Wert auf Perfektion, Planung und Detailgenauigkeit legte.

»DNA bringt uns aber nicht weiter, wenn wir keinen Verdächtigen haben, mit dem wir sie abgleichen können«, gab Dean leise zu bedenken.

Michael zog die Augenbrauen hoch.

»Ich vermute, dass ihr beide nichts aus dem alten Superhirn herausgekriegt habt?«

Meiner Erinnerung nach war es das erste Mal, dass Michael Daniel Redding anders als mit seinem Namen oder als Deans Vater bezeichnete. Es war ein Zeichen von Freundlichkeit von einem Jungen, der Dean sonst gerne bei dem Namen nannte, den er mit dem Monster gemein hatte, nur um ihn zu ärgern.

»Mein Vater«, machte Dean Michaels Bemühungen zunichte, »hat sich geweigert, uns zu sehen. Wir haben ihn zu einem Treffen gezwungen, aber er hat nichts gesagt.«

»Das stimmt nicht.« Lia sah Dean entschuldigend an, wehrte jedoch alle Proteste ab. »Er hat etwas gesagt.«

»Nichts, was man wiederholen müsste«, gab Dean zurück und warnte sie still, ihn nicht noch einmal einen Lügner zu nennen.

»Nichts, was du wiederholen willst«, korrigierte sie ihn leise.

Briggs räusperte sich.

»Redding behauptete, ihm sei heute nicht nach reden. Er sagte, vielleicht sei ihm morgen danach. Wir haben ihn in Isolationshaft gesteckt. Keine Besucher, keine Anrufe, keine Post, kein Kontakt mit anderen Gefangenen. Aber wir haben keine Ahnung, was für Anweisungen er seinem Partner möglicherweise schon gegeben hat.«

Briggs' Worte, Redding sei vielleicht morgen nach Reden, hallten in meinem Kopf wider und ich fuhr zu Dean herum. »Ihr glaubt, dass morgen noch jemand sterben wird!«

Das war genau Reddings Stil, sich zu weigern, etwas zu sagen, bis er etwas Neues hatte, an dem er sich ergötzen konnte. Die Weigerung, Dean zu sehen, hätte mich allerdings überrascht, hätte ich nicht soeben gesehen, wie Agent Sterling Daniel Redding darüber aufklärte, dass sein Sohn ihn verraten hatte. Deans Vater wollte ihn dafür bestrafen, genauso wie er Agent Sterling dafür bestrafen wollte, dass sie nicht nur die Frechheit hatte, weiterzuleben, sondern ihm auch noch das Einzige wegzunehmen, an dem ihm etwas lag.

Seinen Sohn.

»Und was noch?«, fragte ich. Ich wusste, dass Dean und Briggs etwas wegließen. Redding hätte Dean nicht gehen lassen, ohne irgendetwas zu machen, was ihm wieder ein Gefühl der Macht verlieh – was Dean verletzte, um ihn für seinen Verrat zu bestrafen.

Briggs atmete laut aus und drehte sich dann zu mir um.

»Da war noch eine Sache …«

»Nein!«, widersprach Dean sofort und bestimmt.

»Dean …«

»Ich habe Nein gesagt!«

»Diese Entscheidung liegt nicht bei dir«, sagte Briggs. »Das Schwierigste an diesem Job ist nicht nur die Bereitschaft, sich selbst zu opfern – die eigene Sicherheit, sein Wohlergehen, seinen Ruf. Der schwerste Teil ist es, andere Menschen das Gleiche tun zu lassen.«

Dean wandte sich zur Küche. Ich glaubte schon, dass er weggehen würde, doch er blieb nur stehen und drehte uns den Rücken zu, während uns Agent Briggs von Reddings letztem Streich erzählte.

»Er sagte, wenn wir früher mit ihm sprechen wollten, dann sollte Dean nicht allein kommen.«

»Er war doch nicht allein«, erwiderte ich und fragte mich, ob es Redding auf einen weiteren Besuch von Sterling abgesehen hatte.

»Wenn Sie es ihnen schon erzählen wollen, können Sie auch sagen, was er genau gesagt hat«, sagte Dean und drehte sich wieder um. Er versuchte Michael, Sterling, Briggs anzusehen … alle anderen, nur nicht mich.

Doch es gelang ihm nicht.

»Er sagte: Bring nächstes Mal das Mädchen mit.«

Du

Ein Fehler.

So ist es. Nicht die Tatsache, dass Trina Simms tot ist – das gehörte zum Plan. Aber Beweise zu hinterlassen?

Schlampig. Dumm. Unwürdig.

Es wird nicht wieder vorkommen. Dafür wirst du sorgen. Es wird keine weiteren Fehler geben.

Im Schatten verborgen lässt du den Finger über die Messerschneide gleiten. Du hast die perfekte Seillänge abgeschnitten. Das Brandeisen liegt schwer in deiner Hand. Du schwingst es einmal durch die Luft wie einen Baseballschläger. Du stellst dir vor, wie das Metall mit befriedigendem Geräusch den Schädel trifft …

Nein.

So wird es nicht geschehen. Das wirst du nicht tun in fünf … vier … drei … zwei …

»Was machst du hier?«

Du schlägst mit dem Brandeisen zu. Dein Opfer sinkt zu Boden und du bereust es nicht.

Fesseln. Brennen. Schneiden. Hängen.

Niemand hat gesagt, dass du sie vorher nicht niederschlagen darfst.

Du wirfst das Brandeisen zu Boden und holst die Plastikhandschellen hervor. Emerson Cole war ein Auftrag, aber das hier … das wird Spaß machen.

Kapitel 39

»Woher weiß Redding, dass es ein Mädchen gibt?«

Director Sterling ging in der Küche auf und ab, vorbei an Briggs, an seiner Tochter und uns allen, bis er vor Dean stehen blieb.

»Er hat mich gefragt, und ich habe ihm gesagt, da sei niemand«, erklärte Dean tonlos.

Judd beobachtete vom Küchentisch aus, wie Director Sterling Dean mit seinen Blicken durchbohrte.

»Also hat Redding dir entweder nicht geglaubt, er weiß etwas, oder er rät einfach.« Der Director überlegte kurz. »Mir gefällt die Vorstellung nicht, einen der anderen zu einer Befragung mitzunehmen. Wenn die falschen Leute davon Wind bekommen ...«

Dean haben Sie bereits mitgenommen, dachte ich, *aber wenn jemand herausfindet, dass Sie Dean benutzen, um Informationen von seinem Vater zu bekommen, könnten Sie das erklären.*

»Ich kann nicht behaupten, dass mir die Vorstellung, einen von euch mit einem Serienmörder in einen Raum zu stecken, gefällt«, bemerkte Judd über seine Kaffeetasse hinweg. »Aber mich fragt ja keiner.«

»Wie auch immer«, fuhr der Director fort und ignorierte Judd. »Ich könnte noch einmal beim Gefängnisdirektor anrufen. Wenn wir unsere eigenen Leute als Wachpersonal mitbringen könnten und die anderen Gefangenen und die Wächter aus dem Zellenblock bringen, könnte ich bereit sein, eines der Mädchen mitzunehmen.«

»Mich«, sagte ich. Es war das Erste, was ich sagte, seit Briggs uns von Reddings Forderung erzählt hatte. »Das muss ich sein.«

Ich war mit Dean nach Broken Springs gefahren. Wenn der Täter mit Redding kommunizieren konnte, dann war ich diejenige, die er sehen wollte.

»Ich könnte das machen«, sagte Lia ohne jede Einleitung. »Daniel sagte, er würde reden, wenn sie das Mädchen mitbringen. Er hat nicht gesagt, welches.«

»Lia«, sagte Dean leise. Sie drehte sich zu ihm um. »Ich will nicht, dass sich Cassie mit ihm in einem Raum aufhält. Was bringt dich auf die Idee, dass ich eher damit einverstanden wäre, dich ans Messer zu liefern?«

»Ich kann schon auf mich aufpassen.« Lia klang fast so wie Dean – einfach und leise und ohne ihre übliche Theatralik.

»Und ich nicht?«, fragte ich beleidigt.

»Vielleicht sollte ich gehen«, meinte Sloane nachdenklich.

»Nein«, sagten alle anderen einstimmig – einschließlich des Directors.

»Ich kann Jiu Jitsu«, erklärte Sloane. »Und außerdem, wie ich gehört habe, liebt dieser besondere Zeuge es, mit Psychospielchen und subtiler Suggestion zu arbeiten, und das funktioniert bei mir nicht. Ich verstehe Zahlen und Fakten und die buchstäbliche Bedeutung von Worten, aber subtile Anspielungen sind bei mir reinste Verschwendung.«

Dieser Logik konnte niemand widersprechen.

»Wahrscheinlich kann ich ihn beleidigen, ohne es groß zu versuchen.« Sloane wurde immer begeisterter. »Und wenn es mir zu viel wird, kann ich ihm immer noch ein paar Statistiken über domestizierte Frettchen an den Kopf werfen.«

»Das ist ... äh ... ein sehr großzügiges Angebot, Sloane, doch ich würde es vorziehen, wenn du hinter den Kulissen bleibst.« Die Stimme des Directors klang ein wenig erstickt. »Es gibt eine Spiegelwand. Wenn wir das Gelände gesichert haben, spricht nichts dagegen, dass ihr von der anderen Seite aus zuseht.«

»Mir würde da schon etwas einfallen«, meinte Judd und setzte die Kaffeetasse ab.

»Bei allem Respekt, Judd«, erwiderte der Director schmallippig, »das hier ist eine Angelegenheit des FBI.«

Und Judd gehörte nicht zum FBI. Nach einem gespannten Augenblick des Schweigens stand unser Betreuer auf und ging hinaus.

»Cassie, Dean und Briggs gehen hinein«, erklärte der Director in der darauf folgenden Stille.

»Warum?« Dean machte einen Schritt auf den Director zu. »Warum wollen Sie überhaupt jemanden hinschicken? Wir haben nichts aus ihm herausbekommen und das werden wir auch nicht. Er wird nur mit uns spielen und es wird noch jemand sterben. Wir verschwenden unsere Zeit. Wir tun genau, was er will.«

»Er ist nervös«, kam Agent Sterling dem Director zuvor. »Er ist ein Narzisst. Wenn wir ihm genügend Seil geben, wird er sich selbst hängen, Dean.«

»Ich nehme an, deshalb war er beim ersten Mal so leicht zu schnappen«, erwiderte Dean.

»Ich bin bei ihm gewesen. Ich habe ihn gereizt und das wird sich zu unserem Vorteil auswirken.« Agent Sterling trat einen Schritt auf Dean zu. »Er will dieses Spiel nicht nur einfach gewinnen. Er will es auf eine Weise gewinnen, die uns verfolgen wird – und das bedeutet, wenn er glaubt, dass er die Oberhand hat, wird er uns etwas erzählen. Es wird Hinweise geben, weil er will, dass ich in fünf Jahren noch nachts wach liege und mich frage, warum ich sie nicht gesehen habe.«

»Das müssen Sie gar nicht«, erklärte Michael mit einem Blick auf Lia. »Wenn wir auf der anderen Seite der Glasscheibe sitzen, werden wir es sehen.«

»Was ist eigentlich aus dem Vorsatz geworden, uns aus dem Fall herauszuhalten?«, erkundigte sich Dean ärgerlich bei Agent Sterling. »War es nicht das, was du wolltest? Dass wir normal und behütet sind?«

Das saß.

»Wenn ich dir Normalität bieten könnte, würde ich es tun«, antwortete Agent Sterling scharf. »Aber das kann ich nicht, Dean. Ich kann die Dinge, die dir geschehen sind, nicht ungeschehen machen. Ich kann weder dich noch die anderen dazu bringen, normal sein zu wollen. Ich habe versucht, euch herauszuhalten. Ich habe versucht, euch alle wie Kinder zu behandeln, das hat allerdings nicht funktioniert. Also ja, ich bin eine gemeine Heuchlerin, aber wenn ihr fünf uns dabei helfen könnt, diesen Mann daran zu hindern, noch jemanden zu ermorden, dann werde ich mich euch nicht widersetzen.« Sie sah ihren Vater an und fügte hinzu: »Ich bin fertig mit dem Widerstand.«

• • •

Der Befragungsraum war kleiner, als er im Video ausgesehen hatte, und klaustrophobischer als von der anderen Seite des Spiegels aus. Dean, Briggs und ich kamen zuerst. Ein Agent aus Briggs' Team, ein Mann, den ich als Agent Vance kannte, ging Deans Vater von dem Gefängnispersonal abholen. Nachdem der Director darauf hingewiesen hatte, dass Reddings Beteiligung an diesem Fall unter der Nase des Gefängnisleiters stattgefunden hatte, war dieser wesentlich entgegenkommender als zuvor – ein schöner Kontrast zu der Behandlung, die Agent Sterling und ich bei unserem letzten Besuch erfahren hatten.

Ich setzte mich an den Tisch und wartete, bis Dean und Briggs sich neben mir niederließen.

Doch sie blieben stehen und sahen mir über die Schulter wie zwei Geheimagenten, die den Präsidenten flankierten. Quietschend ging die Tür auf, und ich musste mich zurückhalten, um mich nicht umzudrehen und Daniel Redding zuzusehen, wie er von der Tür zum Tisch ging. Agent Vance machte die Kette fest, prüfte sie und trat dann zurück.

Redding hatte nur Augen für mich.

»Du bist also das Mädchen.«

Seine Stimme war musikalisch, was in den Aufzeichnungen nicht deutlich geworden war.

»Du bist ruhig«, bemerkte Redding. »Und hübsch.« Er lächelte mich leise an.

»Nicht so sehr hübsch«, entgegnete ich.

Er legte den Kopf schief. »Weißt du, ich denke, das glaubst du tatsächlich.« Er machte eine Pause und fuhr dann fort: »Bescheidenheit ist eine angenehme Eigenschaft bei jemandem aus deiner Generation. Meiner Erfahrung nach überschätzen die meisten jungen Leute ihre Fähigkeiten und Eigenschaften. Sie werden zu schnell zu selbstsicher.«

Die DNA unter Trina Simms' Fingernägeln, dachte ich. Davon konnte Redding nichts wissen – dennoch war ich mir bewusst, dass sein Gespräch auf zwei Ebenen verlief, der offensichtlichen und einer darunter liegenden.

Agent Briggs legte mir die Hand auf die Schulter, und ich wandte meine Aufmerksamkeit der Liste mit Fragen zu, die ich vor mir liegen hatte – Agent Sterlings Liste.

»Ich hätte ein paar Fragen«, begann ich. »Würden Sie sie mir beantworten, wenn ich sie Ihnen stelle?«

»Ich werde sogar noch mehr tun«, gab Redding zurück. »Ich werde die Wahrheit sagen.«

Das würden wir ja sehen. Oder besser gesagt, Lia würde das von ihrem Platz hinter dem Spiegel aus sehen.

»Lassen Sie uns von Ihrem Partner sprechen«, fing ich an.

»Den Begriff *Partner* würde ich eigentlich nicht verwenden.«

Das wusste ich – und hatte ihn absichtlich benutzt. Agent Sterling hatte vermutet, dass es für uns ein Vorteil war, wenn Redding das Gefühl hatte, die Kontrolle zu haben. Er sollte mich für ein normales Mädchen halten und nicht für eine Gegnerin.

»Welchen Begriff würden Sie denn dann wählen?«

»Sagen wir doch *Lehrling.*«

»Ist Ihr Lehrling ein Student?«, fragte ich.

Redding antwortete, ohne zu zögern: »Ja.«

»Hat Ihr Lehrling nie eine Universität besucht?«

Falls Redding es für merkwürdig hielt, dass ich die Frage in zwei Versionen stellte, so ließ er es sich jedenfalls nicht anmerken. »Ja.«

»Ist Ihr Lehrling jünger als einundzwanzig?«

»Ja.«

»Ist Ihr Lehrling älter als einundzwanzig?«

»Ja«, lächelte er.

»Haben Sie Ihren Lehrling durch Briefkontakt kennengelernt?«

»Ja.«

»Haben Sie Ihren Lehrling persönlich getroffen?«

»Ja.«

Es gab noch weitere Fragen, die ich ihm stellte und die er alle auf ähnliche Weise beantwortete. Als ich zum Ende kam, hoffte ich kurz, dass Lia uns sagen konnte, welche Antwort in jedem Fragenpaar richtig und welche mit einer Lüge beantwortet worden war.

»Noch irgendwelche Fragen?«, fragte Redding.

Ich schluckte. Eigentlich sollte ich Nein sagen. Ich sollte aufstehen und gehen, doch ich konnte nicht.

»Versuchen Sie, Dean zu ersetzen?«, fragte ich. Es war schwer, ihn anzusehen und nicht Locke vor mir zu sehen und wie sie mich angestarrt hatte.

»Nein. Ein Mann kann nicht einfach sein bestes Werk ersetzen«, lächelte Redding. »Ich bin dran: Magst du meinen Sohn?«

»Ja«, antwortete ich knapp. »Warum wollten Sie, dass ich herkomme?«

»Weil du ein Teil von Deans Leben bist und somit Teil von meinem Leben.« Etwas in Reddings Augen ließ mich erschaudern. »Weißt du, was er getan hat? Was er ist?«

Ich spürte, wie Dean hinter mir erstarrte, doch ich widerstand dem Drang, mich umzudrehen.

»Ich weiß von Veronica Sterling. Ich weiß von Gloria und den anderen.«

Das war nicht ganz wahr – aber ich ließ Redding in dem Glauben, dass Dean mir alles erzählt hatte.

»Und es ist dir egal?«, fragte Redding forschend. »Du findest die dunkle Seite anziehend.«

»Nein«, widersprach ich. »Ich finde Dean anziehend. Und es ist mir nicht egal, weil ich ihn mag. Ich bin dran. Sie schulden mir noch zwei Fragen.«

»Frag nur.«

Mein Instinkt sagte mir, dass Briggs mich nicht mehr lange weitermachen lassen würde, daher wählte ich meine Fragen sorgfältig.

»Wie wählen Sie aus, wer stirbt?«, wollte ich wissen.

Redding legte die Handflächen auf den Tisch und erwiderte: »Das tue ich nicht.«

Er log. Er musste lügen. Die einzige Verbindung zwischen Trina Simms und Emerson Cole war eine Verbindung zu Redding gewesen.

»Ich glaube, ich schulde dir noch eine Antwort.«

»Schön«, sagte ich. »Erzählen Sie mir etwas, was ich nicht weiß.«

Redding kicherte.

»Ich mag dich«, stellte er fest. »Wirklich.«

Ich wartete ab. *Wenn man ihm genügend Seil gibt, wird er sich selbst hängen,* dachte ich.

»Etwas, was du nicht weißt«, überlegte Redding. »Na gut. Versuchen wir es damit: Du wirst nie den Mann finden, der deine Mutter ermordet hat.«

Ich konnte nicht antworten. Ich konnte kaum atmen. Mein Mund war auf einmal staubtrocken. Meine Mutter? Was wusste er über meine Mutter?

»Das reicht«, sagte Dean scharf.

»Oh, aber wir unterhalten uns doch gerade so nett«, gab Redding zurück. »Wir Häftlinge tun das viel, weißt du, uns unterhalten.«

Er wollte mich glauben machen, dass er im Gefängnis etwas darüber gehört hatte, was mit meiner Mutter passiert war. Das bedeutete aber auch, dass er wusste, wer ich war – zumindest wusste er genug über mich, um zu wissen, dass meine Mutter verschwunden, vermutlich tot war.

Obwohl mir das Herz in der Brust hämmerte, überkam mich auf einmal eine unnatürliche Ruhe.

»Erzählen Sie mir etwas über diesen Fall, was ich nicht weiß«, forderte ich ihn auf.

»Dann erlaube mir, dir meinen Masterplan vorzustellen«, verkündeter Redding trocken. Er sprach im scherzhaften Ton, doch seine Augen blickten tot. »Ich werde in meiner Zelle sitzen und warten, und während ich warte, werden noch weitere Menschen sterben. Agent Briggs wird gleich einen Anruf deswegen bekommen und der nächste stirbt irgendwann morgen. Und dann werden sich die Opfer häufen. Eine Leiche nach der anderen, weil Briggs und Sterling nicht gut genug sind.« Redding verlagerte seinen Blick von mir zu Briggs. »Weil ihr nicht klug genug seid.« Dann sah er zu Dean. »Weil ihr schwach seid.«

Ich stieß meinen Stuhl vom Tisch zurück und prallte dabei gegen Dean. Er behielt das Gleichgewicht und ich stand auf.

Wir sind hier fertig, dachte ich, sagte aber nichts. Hintereinander verließen Briggs, Dean und ich den Raum und ließen Deans Vater an den Tisch gekettet allein zurück.

Kapitel 40

Wir gingen zu den anderen im Beobachtungsraum. Sloane saß in unnatürlich gerader Haltung im Schneidersitz auf einem Tisch, ihr blondes Haar zu einem wirren Pferdeschwanz gebunden. Neben ihr stand Agent Sterling ein paar Schritte hinter Lia, die Redding immer noch durch die Spiegelscheibe beobachtete, die Arme vor der Brust verschränkt, sodass die lackierten Fingernägel auf ihren Ellbogen lagen. Auf der anderen Seite des Spiegels trat gerade Agent Vance ein, um den Gefangenen wieder in seine Zelle zu bringen.

Eine Hand berührte mich an der Schulter und ich drehte mich um. Michael sagte kein Wort, sondern blickte mir nur ins Gesicht.

Ich konnte mich nicht abwenden. Ich sagte ihm nicht, dass es mir gut ging oder dass Redding mich kaltgelassen hatte, denn Michael wusste es schon. Es hatte keinen Zweck, es zu leugnen.

»Geht es dir gut?«, sprach Agent Sterling die Frage aus. Ich war mir nicht sicher, ob sie an mich oder an Dean gerichtet war.

Damit keiner von uns antworten musste, wich ich der Frage aus und wandte mich an Lia: »Ignorier das mit meiner Mutter. Konzentrier dich auf den Fall. Wie viel von dem, was Redding mir erzählt hat, war wahr?«

Endlich riss Lia den Blick vom Spiegel los. Ein paar Sekunden lang glaubte ich schon, sie würde meine Aufforderung ignorieren, und drängte sie im Stillen, es nicht zu tun. Sie hatte es selbst gesagt: Die besten Lügner waren wie Magier. Ob Deans Vater gelogen hatte oder die Wahrheit sagte, als er behauptete, ich würde den Mörder meiner Mutter nie finden, wollte ich gar nicht wissen. Wahrscheinlich wollte er mich wirklich nur in die Irre führen. Der Fall meiner Mutter war fünf Jahre alt. Unser Täter war jetzt da draußen und mordete.

»Nun«, drängte ich, »wobei hat unser aller Lieblingspsychopath gelogen?«

Lia durchquerte den Raum, ließ sich auf einen Bürostuhl fallen und breitete die Arme aus.

»Bei nichts.«

»Bei nichts?«, wiederholte ich.

Lia knallte die Handfläche an die Seite des Stuhls. »Bei nichts. Ich weiß nicht einmal, wie er das macht.« Sie sprang wieder auf, zitternd vor Wut und unfähig, still zu sitzen. »Es gab von jeder Frage zwei Versionen. Ich hätte in der Lage sein müssen, die Antworten einander gegenüberzustellen. Das hätte es leicht machen sollen, aber ich könnte schwören, dass jede einzelne Antwort wahr gewesen ist.« Sie fluchte – sehr kreativ und mit einiger Überzeugung. »Was ist bloß los mit mir?«

»Hey!« Dean streckte die Hand aus und hielt sie auf, als sie an ihm vorbeistampfte. »Es ist doch nicht deine Schuld.«

Sie riss sich los. »Wessen Fehler ist es dann? Die des zweiten Täuschungsexperten hier im Raum? Der erste ist ja offensichtlich völlig unfähig.«

»Und wenn du das nicht bist?«, warf Sloane ein. Ihr Blick

war ein wenig nach innen gekehrt und ich konnte förmlich die Rädchen in ihrem Kopf klicken hören. »Nicht völlig unfähig, meine ich«, fuhr sie fort und schob sich mit dem Handballen den weißblonden Pony aus der Stirn. »Was, wenn er tatsächlich die Wahrheit gesagt hat? Jedes einzelne Mal?«

Lia schüttelte den Kopf, dass ihr Pferdeschwanz flog.

»Das ist nicht möglich.«

»Doch«, widersprach Sloane. »Wenn es mehr als einen Lehrling gibt.«

Ist Ihr Lehrling ein Student?

Hat Ihr Lehrling nie eine Universität besucht?

Ist Ihr Lehrling älter als einundzwanzig?

Ist Ihr Lehrling jünger als einundzwanzig?

Oh Gott!

Sloane hatte recht. Redding hätte jede einzelne Frage wahrheitsgemäß beantworten können, wenn er mit zwei Leuten draußen arbeitete – auf dem Papier sehr unterschiedliche Leute, die Redding aber gleichermaßen leicht manipulieren konnte und die einen ähnlichen Geschmack in Bezug auf Gewalt und Kontrolle hatten.

Briggs wägte die Möglichkeiten ab.

»Redding gibt uns also Antworten, die darauf abzielen, uns denken zu lassen, er würde nur mit uns spielen, obwohl er uns im Grunde sagt, warum dieser Fall nie so ganz zusammenpassen wollte.«

Warum Emerson Coles Mord scheinbar das Werk eines eigentlich organisierten, extrem präzisen Mörders war, der keine Spuren zurückließ, während Trina Simms' Mörder sein Opfer in Hörweite der Nachbarn getötet und seine DNA am Tatort zurückgelassen hatte.

Briggs' Telefon klingelte, woraufhin wir alle verstummten. Reddings Drohung, dass es weitere Leichen geben würde, hallte in meinem Kopf wider. Agent Briggs wird gleich einen Anruf deswegen bekommen.

Michael beobachtete Briggs aus den Augenwinkeln, bis dieser uns den Rücken zuwandte. Ich sah Michael fragend an. Der schüttelte den Kopf.

Was immer Briggs fühlte, war nichts Gutes.

Briggs sprach leise, trat in den Gang und ließ die Tür hinter sich zufallen. In der sich ausbreitenden Stille wollte niemand das Offensichtliche aussprechen.

Es ist ein weiterer Mord geschehen.

Ich konnte nicht einfach stehen bleiben und darauf warten, dass Briggs zurückkam und uns sagte, dass noch jemand tot war. Ich stellte mir die Gesichter der Opfer vor – Emersons leblose Augen und Trinas, die sich weiteten, als sie erfuhr, wer Dean war.

Zwei Killer, überlegte ich und zwang mich, mich auf den Täter zu konzentrieren und nicht auf die Opfer. Ich überließ mich diesem Gedanken. Einer, der Beweise hinterließ. Einer, der es nicht tat. Beide kontrolliert von Redding.

Briggs kam zurück. Er musste aufgelegt haben, doch er hielt das Telefon noch eisern umklammert.

»Es gibt eine weitere Leiche.«

»Wo?«, fragte Agent Sterling.

»Colonial University«, antwortete Briggs grimmig.

Meine Gedanken wanderten zu den Leuten, die wir dort kennengelernt hatten, die anderen in Professor Fogles Kurs.

»Jemand, den wir kennen?« Michael schaffte es tatsächlich, neutral zu klingen.

»Das Opfer war neunzehn.« Briggs hatte auf FBI-Modus umgeschaltet und war ganz geschäftsmäßig. »Männlich. Seinem Zimmergenossen zufolge, der seine Leiche entdeckte, hieß er Gary Clarkson.«

Ich keuchte auf und Lia ließ sich gegen den Spiegel fallen.

Clark.

• • •

Briggs und Sterling nahmen uns nicht zum Tatort mit. Sie setzten uns zu Hause ab und fuhren dann weiter. Egal wie viele Ausnahmen sie machten, es gab immer noch Grenzen. Sie konnten nicht riskieren, dass jemand – einschließlich des Killers – uns am Tatort sah. Zumindest nicht, wenn sie uns – theoretisch natürlich – Fotos zeigen konnten, die auch ausreichend waren.

Wir warteten. Als Briggs und Sterling zurückkehrten, hatte sich eine unruhige Stille im Haus ausgebreitet.

Sie kamen nicht mit Bildern. Sie kamen mit Neuigkeiten.

»Die Spurensicherung bearbeitet die Beweise noch, aber sie werden keine Spur vom Killer finden«, sagte Agent Sterling. »Dieser Täter hat sein Opfer mit einem Brandeisen niedergeschlagen, dann jedoch Reddings M.O. bis ins kleinste Detail befolgt. Er war zuversichtlich, nicht hektisch. Er hatte seinen Spaß.«

Er lernt, dachte ich.

»Das klingt eher nach dem Mörder von Emerson Cole als nach dem von Trina Simms«, sagte ich laut und überlegte fieberhaft. Zwei Täter. UNSUB 1 war organisiert. Es tötete Emerson und Clark und möglicherweise auch den Professor.

UNSUB 2 war unorganisiert. Es ermordete Trina Simms, kurz nachdem wir bei ihr waren.

»Wo ist die Verbindung?«, fragte Dean. »Wie kommt jemand, der Emerson als Opfer gewählt hat, auf Clark?«

»Sie waren im gleichen Kurs bei Fogle«, meinte Lia. »Clark war total in sie verknallt.«

»In seinem Zimmer auf dem Campus waren lauter Bilder von ihr«, bestätigte Briggs. »Tausende davon. Unter seinem Bett.«

»Was ist mit den beiden anderen in ihrer Gruppe?«, fragte ich. »Derek und Bryce. Könnte es UNSUB 1 als Nächstes auf sie abgesehen haben?«

Erst Emerson. Dann Clark. In der Zwischenzeit tötet UNSUB 2 Trina Simms ...

Mein Gedankengang wurde durch das Plingen zweier eingehender Textnachrichten unterbrochen – eine auf Sterlings Telefon und eine auf Briggs.

»Spurensicherung?«, vermutete Michael.

Sloane schüttelte den Kopf. »Das ist zu früh. Selbst wenn man Druck macht, können sie noch nicht mehr als ein oder zwei Tests gemacht haben ...«

»Es wurde Druck gemacht«, unterbrach sie Briggs. »Aber bislang konnten sie nur eine DNA-Probe des Opfers untersuchen.«

»Und warum führt das zu zwei simultanen SMS?«, wollte Lia misstrauisch wissen.

»Weil das System einen Treffer angezeigt hat.« Briggs zog die Jacke aus und faltete sie sorgfältig über seinen Arm. Es war eine verhaltene Geste, die nicht zu dem Blick in seinen Augen passen wollte. »Clarks DNA passt zu der Probe, die wir unter Trina Simms' Fingernägeln gefunden haben.«

Diese Information musste ich erst einmal verarbeiten. Netterweise sprach Sloane die Schlussfolgerung aus.

»Damit sagen Sie also, dass Gary Clarkson nicht nur Opfer Nummer vier ist. Er ist auch unser zweiter Täter.«

Du

Du siehst immer noch den Ausdruck auf dem Gesicht der jämmerlichen, feisten Klette, als du ihm das Messer in die Brust gestoßen hast.

»So macht man das«, hast du gesagt und das Messer langsam im Zickzack durch sein schwabbeliges Fleisch gezogen. »Perfekte Kontrolle in jedem Augenblick. Keine Beweise. Keine Risiken.«

Als du erfahren hast, dass Trina Simms tot ist, hast du dir vorgestellt, wie es hätte sein sollen. Du hast dir jedes Detail ausgemalt – wie du es getan hättest. Die Freude, die du bei ihren Schreien empfunden hättest.

Doch dieser Nachmacher, dieser Hochstapler ... er hat alles falsch gemacht.

Dafür musste er bezahlen.

Auf seinem Gesicht vermischten sich Schweiß und Tränen. Er wehrte sich, doch du hast dir Zeit gelassen. Du warst geduldig. Du hast ihm erklärt, dass du Trina Simms gekannt hast und dass sie Besseres verdient hätte.

Oder Schlimmeres, je nachdem, von welchem Standpunkt aus man es betrachtete.

Du hast diesem blassen Nachahmer, dieser Kopie einer Kopie, gezeigt, was Geduld wirklich heißt. Es war nur schade, dass du ihn knebeln musstest – du konntest schließlich nicht riskieren, dass der Student von nebenan nachsehen kommt, warum das kleine Schweinchen so quiekt.

Die Erinnerung lässt dich lächeln, als du deine Werkzeuge sauber machst. Redding hat dir nicht befohlen, den Hochstapler zu töten. Er musste es nicht. Du bist eine eigene Spezies, du und der Junge, den du gerade zur Hölle geschickt hast.

Er war schwach.

Du bist stark.

Er spielte Malen nach Zahlen und konnte sich doch nicht innerhalb der Begrenzungen halten.

Du bist ein angehender Künstler. Improvisation. Innovation. Ein Machtgefühl durchströmt deinen Körper, wenn du nur daran denkst. Du hast geglaubt, du wolltest sein wie Redding. Du wolltest er sein.

Aber jetzt beginnst du zu verstehen – du könntest noch so viel mehr sein.

»Noch nicht«, flüsterst du. Es gibt noch einen Menschen, der zuerst dran ist. Du summst ein Lied und schließt die Augen.

Was sein wird, wird sein – auch wenn man ein wenig nachhelfen muss.

Kapitel 41

Glaubte man den Beweisen, so war Clark ein Killer – und Reddings anderer Lehrling hatte ihn getötet.

Rivalität unter Geschwistern. Der Gedanke war fehl am Platze, doch ich konnte ihn nicht abschütteln. Zwei junge Männer, die Redding verehrten, die irgendwie eine Beziehung zu ihm aufgebaut hatten – wie viel hatten sie voneinander gewusst?

Für unseren verbleibenden Täter genug, um Clark zu töten.

»Clark hat Trina umgebracht?«, fragte Michael ungläubig. »Ich habe zwar gesehen, dass er zornig war – auf Emerson, auf den Professor –, aber trotzdem.«

Ich versuchte es mir vorzustellen. War Clark bei Trina eingebrochen? Hatte sie ihn hineingelassen? Hatte er Redding erwähnt?

»Clark war ein Einzelgänger«, dachte ich laut. »Er hat nie richtig dazugehört. Er war zwar nicht aggressiv, aber man hatte ihn auch nicht gerne um sich.«

Dean warf einen Seitenblick auf Agent Sterling.

»Wie unorganisiert war der Mord an Trina Simms eigentlich?«

Deans Frage war mir klar, denn Clark passte fast hundertprozentig zum Profil eines unorganisierten Killers.

»Er hat sich an den M.O. gehalten«, antwortete Agent Sterling. »Er hat es nur nicht allzu gut getan.«

Und deshalb hast du ihn umgebracht, dachte ich an unseren verbleibenden Täter gerichtet. *Ihr habt beide das gleiche Spiel gespielt, doch er hat versagt. Er wäre gefasst worden. Vielleicht hätte es dazu geführt, dass auch du gefasst wirst.*

»Kannten sie einander?«, fragte ich. »Clark und unser UNSUB – ich wette, sie wussten voneinander, aber haben sie sich wirklich je kennengelernt?«

»Er wollte sie so weit wie möglich auseinanderhalten.« Wer *er* war, erklärte Dean nicht, doch das musste er unter den gegebenen Umständen auch nicht. »Je weniger sie miteinander zu tun hatten, desto mehr Kontrolle hatte er selbst über die Situation. Das ist schließlich sein Spiel, nicht ihres.«

Es reichte nicht aus, ein Profil von Clark und unserem UNSUB zu erstellen. Letztendlich lief alles auf Redding hinaus. Ich sah ihn wieder mir gegenüber am Tisch sitzen, hörte mich die Fragen stellen und ihn antworten. Ich ging sie durch, eine nach der anderen, und war mir die ganze Zeit sicher, dass ich etwas übersehen hatte.

Du hast Clark auf Trina gehetzt, dachte ich. *Aber wen hast du auf Emerson angesetzt?*

Das bohrende Gefühl, dass da etwas war, was ich nicht sah, verstärkte sich. Ich blieb ganz still sitzen, und plötzlich verschwanden alle unwichtigen Einzelheiten, bis nur noch eines übrig blieb. Ein einziges Detail.

Eine Frage.

»Lia«, fragte ich drängend, »bist du sicher, dass Redding bei keiner Frage gelogen hat?«

Sie neigte leicht den Kopf – offensichtlich hielt sie meine Frage keiner Antwort für würdig.

»Ich habe ihn gefragt, wie er seine Opfer wählt.« Ich sah

mich um, um zu sehen, ob jemand meinem Gedankengang folgte. »Ich fragte: *Wie wählen Sie aus, wer stirbt*? Erinnerst du dich noch, was er erwiderte?«

»Er sagte: *Das tue ich nicht*«, antwortete mir Dean. Ich bezweifelte, dass er auch nur ein einziges Wort vergessen hatte, das sein Vater bei jenem Treffen von sich gegeben hatte – oder bei irgendeinem anderen.

»Wenn er die Opfer nicht auswählt«, fragte ich und sah von Dean zu Sterling und Briggs, »wer dann?«

Einen Herzschlag lang wurde es ganz still.

»Sie tun es.«

Ich hatte nicht erwartet, dass die Antwort von Michael kam, aber das hätte ich vielleicht tun sollen. Lia und er hatten Clark kennengelernt, und er war derjenige gewesen, der die versteckte Wut in dem Jungen erkannt hatte.

Sie war nicht so eine, hatte Clark gesagt, als herausgekommen war, dass Emerson mit dem Professor geschlafen hatte – aber er hatte seinen Worten selber nicht geglaubt. Und das bedeutete, er glaubte doch, dass Emerson *so eine* war. Dass sie nichtswürdig und verachtenswert war. Dass sie es verdiente, erniedrigt zu werden.

Er hatte Fotos von ihr unter dem Bett versteckt.

Clark war von Emerson besessen gewesen. Er hatte sie geliebt und er hatte sie gehasst, und dann war sie tot. Der einzige Grund, warum er in ihrem Mordfall kein Verdächtiger war, war, dass er ein Alibi hatte.

»Redding ließ die beiden Täter die Opfer für den jeweils anderen wählen«, fuhr Michael fort, da seine Gedanken in die gleiche Richtung gingen wie meine. »Clark wählte Emerson, doch jemand anderes hat sie getötet. Wie bei *Der Fremde im Zug*.«

»Ein Hitchcock-Klassiker aus dem Jahr 1951«, gab Sloane zum Besten. »In dem Film wird die Behauptung aufgestellt, die sicherste Methode, mit einem Mord davonzukommen, sei, wenn zwei völlig Fremde je das Opfer des anderen umbringen.«

»So hat jeder Mörder ein Alibi, wenn seine Zielperson stirbt«, stellte Briggs leise fest.

So wie Clark, der zusammen mit Hunderten anderer Studenten einen Test geschrieben hatte, als Emerson getötet wurde.

Einer nach dem anderen fielen die Dominosteine in meinem Kopf.

Und wie Christopher Simms, der mit Briggs zusammengesessen hatte, als seine Mutter starb.

Kapitel 42

Ich saß auf der Treppe und wartete. Seit vierzehn Stunden versuchte das FBI, Christopher Simms aufzutreiben. Daniel Redding hatte uns eine weitere Leiche für heute versprochen, doch ich konnte nur abwarten – ob wir richtiglagen. Ob sie ihn rechtzeitig fassen würden. Ich konnte nicht nach oben gehen und ich konnte auch nicht hinuntergehen. Ich konnte nichts tun, als auf halber Höhe sitzen zu bleiben, über die Beweise nachzudenken und zu beten, dass, wenn das Telefon klingelte, wir die Nachricht bekamen, dass sie den Verdächtigen verhaftet hatten, und nicht, dass es ein fünftes Opfer gab.

Egal wie oft ich den Fall auch durchging, die Details blieben dieselben. Clark hatte Emerson gewählt, und jemand anderes hatte sie getötet, als er ein bombensicheres Alibi hatte. Und dieser Jemand hatte ein weiteres Opfer gewählt – Trina Simms.

Ich erinnerte mich an Christophers Augen, als er mich am Arm gepackt und vom Sofa hochgezogen hatte. Er hatte es satt, von seiner Mutter unterdrückt zu werden. Wie konnte er sich besser rächen, als sie – über Umwege – von dem Mann umbringen zu lassen, für den sie romantische Gefühle hegte?

Alles lief auf Daniel Redding hinaus. Christopher hatte vielleicht beschlossen, dass Trina sterben sollte, aber Redding hatte beschlossen, Christopher als Lehrling anzunehmen. Möglicherweise hatte Deans Vater Trina benutzt, um an ihren

Sohn heranzukommen. Und mit Sicherheit hatte er Clark angewiesen, mit ihrem Mord zu warten, bis sie Besuch von Dean bekommen hatte.

Wie lange plant er das schon? Wie viele Dinge hatte er angeschoben, bevor Emersons Leiche auf dem Rasen gefunden worden war? Ich wandte den Kopf nach links und sah zur Wand. An der Treppe hingen Porträts – unser Heim wurde von Serienkillern geziert, als gehörten sie zur Familie.

Was für eine Ironie.

In meiner Hand hielt ich den Red-Rose-Lippenstift. Ich nahm die Kappe ab und drehte ihn hoch, bis die rote Farbe über den Rand der Plastikhülle ragte.

Du wirst nie den Mann finden, der deine Mutter ermordet hat. Reddings Worte kamen mir in den Sinn und verspotteten mich.

»Hast du etwas dagegen, wenn ich dir beim Warten Gesellschaft leiste?«

Ich sah über die Schulter hinweg zu Dean auf, der oben an der Treppe stand.

»Setz dich«, lud ich ihn ein.

Anstatt sich auf eine Stufe über mir zu setzen, kam er herunter und setzte sich neben mich. Die Treppe war breit genug, dass zwischen uns noch Platz war, aber viel war es nicht. Er warf einen Blick auf den Lippenstift in meiner Hand.

Er weiß es, dachte ich. *Er weiß, dass er von Locke ist und warum ich ihn behalte.*

»Ich muss immer an sie denken«, sagte Dean nach einer Weile. »Gary Clarkson. Christopher Simms. Sie waren nie das eigentliche Ziel meines Vaters.«

Ich drehte den Lippenstift herunter und setzte den Deckel auf.

»Das bist du«, stellte ich fest. Ich wusste, dass das stimmte, denn irgendwie wusste ich, dass es hierbei immer um Dean gegangen war.

Dean schloss die Augen. Ich spürte ihn neben mir atmen.

»Ich weiß nur nicht, ob mein Vater die ganze Sache nur angefangen hat, um mich zu zwingen, zu ihm zu kommen, oder ob er darauf setzt, dass einer seiner Lehrlinge sich schließlich als der Bessere beweisen will, indem er mich umbringt.«

Dean machte die Augen auf und ich dachte über seine Worte nach. Emersons Mörder hatte Clark umgebracht. Das war das Werk eines Täters, der Reddings einziger Lehrling sein wollte. Sein einziger Erbe. Sein einziger Sohn.

»Dein Vater will nicht, dass du stirbst«, sagte ich zu Dean. Für Redding wäre das nur ein letzter Ausweg. Er würde Dean nur umbringen, wenn er glauben müsste, dass er ihn tatsächlich verloren hatte. Und Daniel Redding konnte gar nicht glauben, dass er jemals verlieren könnte.

»Nein«, stimmte Dean zu. »Er will nicht, dass ich sterbe, aber wenn einer der Täter weiter gegangen wäre, wenn einer von ihnen gekommen wäre, um mich zu töten, dann hätte ich mich verteidigt.«

Vielleicht sollte es Reddings Meinung nach genau so enden, damit, dass Dean jemanden tötete. Redding betrachtete Dean als eine Erweiterung seiner selbst. Natürlich glaubte er, dass Dean gewinnen würde – und wenn nicht, nun, dann glaubte er vielleicht, dass er es verdient hatte. Weil er schwach war.

Weil er nicht der Sohn seines Vaters war.

Das Telefon klingelte. Ich erstarrte und blieb wie festgefroren sitzen, unfähig, mich zu rühren, unfähig, zu atmen. Zwei Sekunden später hörte das Klingeln auf. Jemand hatte abgenommen.

Bitte lass sie ihn rechtzeitig gefunden haben! Bitte lass sie ihn rechtzeitig gefunden haben!

»Dean.« Mit trockenem Mund zwang ich mich, seinen Namen auszusprechen. Er saß ebenso reglos neben mir. »Letzten Sommer, nachdem das alles geschehen ist, hat Michael mir gesagt, ich solle herausfinden, was ich empfinde. Für dich.«

Ich wusste nicht, warum ich das jetzt sagte – aber ich musste es tun. Gleich würde jemand mit den Neuigkeiten kommen. Gleich würden sich die Dinge verändern. Ich kam mir vor wie ein Zug, der in einen Tunnel rast.

Bitte nicht noch eine Leiche.

»Townsend. Er bedeutet dir etwas«, stellte Dean fest, ebenso heiser wie ich. »Er bringt dich zum Lächeln.« Und du verdienst es zu lachen, hörte ich ihn fast hinzufügen. Ich spürte, wie er gegen die nächsten Worte ankämpfte und sie dennoch sagen musste. »Und was hast du herausgefunden?«

Er fragte. Und wenn er fragte, bedeutete das, dass er es wissen wollte, dass ihm die Antwort etwas bedeutete. Ich schluckte.

»Dean ... ich muss wissen, was du empfindest. Für mich.«

Gleich würden sich die Dinge ändern.

»Ich empfinde ... etwas«, brachte Dean hervor. Er sah mich an und sein Bein berührte meines. »Aber ich weiß nicht, ob ich ... ich weiß nicht, ob es genug ist.« Er fasste meine Hand mit dem Lippenstift. »Ich weiß nicht, ob ich das kann ...«

Was kannst? Dich öffnen? Loslassen? Riskieren, dass irgendetwas so wertvoll für dich wird, dass dich der Verlust in einen Abgrund stürzen lassen würde?

Unten an der Treppe erschien Michael und Dean ließ meine Hand los.

Michael blieb stehen und sah nach oben. »Sie haben ihn gefunden. Briggs' Team hat Christopher Simms gefunden.«

• • •

Sie hatten Christopher Simms vor einem Café verhaftet, wo er auf ein Mädchen wartete. In seinem Truck fanden sie Plastikhandschellen, ein Jagdmesser, ein Brenneisen und schwarzes Seil aus Nylon.

Eine Leiche nach der anderen, weil Briggs und Sterling nicht gut genug sind. Das hatte Redding versprochen. *Weil ihr nicht klug genug seid. Weil ihr schwach seid.*

Aber wir waren nicht schwach und dieses Mal hatten wir gewonnen. Das Jagdmesser würde kein Mädchen mehr aufschlitzen. Die Hände der Kleinen würden nicht auf den Rücken gefesselt werden. Sie würde nicht spüren, wie ihr das glühende Eisen ins Fleisch drang.

Wir hatten das Mädchen im Café gerettet, so wie wir Mackenzie McBride gerettet hatten. Hätte ich mich nicht Daniel Redding gegenübergesetzt, wäre jetzt ein weiteres Opfer tot. Wenn Sterling ihn nicht genügend gereizt hätte, dass er uns mit der Wahrheit zu quälen versuchte. Wenn Lia nicht hinter dem Spiegel gesessen hätte, um Reddings Täuschung zu durchschauen, und keine gefunden hatte. Wenn Sloane nicht erkannt hätte, dass Lias Fähigkeit nicht versagt hatte.

Wenn Michael und ich Clark nie getroffen hätten. Wenn Dean nicht zu Trina gegangen wäre, wie wäre es dann ausgegangen?

Dean verarbeitete die Nachricht auf seine Weise. Michael war gegangen, um an seinem Auto zu arbeiten. Ich stand im

Hof und betrachtete mit dem Lippenstift in meiner Hand die Mülltonne.

Ich war dem Naturtalente-Programm beigetreten, weil ich gehofft hatte, ein anderes kleines Mädchen davor retten zu können, in ein blutverschmiertes Zimmer zu kommen. Genau das taten wir. Trotzdem konnte ich den Lippenstift nicht wegwerfen. Ich konnte die Tür zu meiner Vergangenheit nicht schließen.

Du wirst nie den Mann finden, der deine Mutter ermordet hat.

Woher wollte Redding das wissen? Das konnte er nicht. Trotzdem konnte ich nicht verhindern, dass eine kleine Stimme in meinem Kopf sagte: Gefängnistratsch. Woher wusste Deans Vater überhaupt, dass meine Mutter tot war?

»Nicht.« Michael trat hinter mich. Ich schloss die Finger um den Lippenstift und steckte ihn in die Hosentasche.

»Nicht was?«, fragte ich.

»Denk nicht an etwas, was dazu führt, dass du dich klein und furchtsam fühlst, als stecktest du in einem Tunnel ohne ein Licht am Ende.«

»Du stehst hinter mir«, stellte ich fest, ohne mich umzudrehen. »Wie willst du von da aus meine Emotionen lesen können?«

Michael trat vor mich.

»Wenn ich dir das sagen würde, müsste ich dich umbringen«, scherzte er und fügte hinzu: »Ist es noch zu früh?«

»Witze darüber zu machen, mich umzubringen? Niemals!«, antwortete ich trocken.

Michael strich mir eine Haarsträhne aus dem Gesicht. Ich erstarrte.

»Ich weiß«, sagte er. »Ich weiß, dass du ihn magst. Ich weiß, dass du dich zu ihm hingezogen fühlst. Ich weiß, dass du mitleidest, wenn er leidet. Ich weiß, dass er dich nie so ansieht wie Lia, dass du für ihn keine Schwester bist. Ich weiß, dass er dich will. Er ist total vernarrt in dich. Aber ich weiß auch, dass er sich die meiste Zeit dafür hasst.«

Ich dachte an Dean auf der Treppe, der mir sagte, dass er etwas empfinde, aber nicht sicher war, ob es genug war.

»Das ist der Unterschied zwischen uns beiden«, erklärte Michael. »Ich will dich nicht nur einfach.« Jetzt legte er beide Hände an mein Gesicht. »Ich will dich auch wollen.«

Michael war jemand, der eigentlich nicht zuließ, dass er etwas wollte. Und mit Sicherheit würde er es nicht zugeben. Er ließ nichts an sich herankommen, denn er erwartete stets, enttäuscht zu werden.

»Ich bin hier, Cassie. Ich weiß, was ich fühle, und ich weiß, dass du es auch fühlst, wenn du deinen Widerstand aufgibst und es zulässt.« Er strich mir leicht mit den Fingern über den Nacken. »Ich weiß, dass du Angst hast.«

Mein Herz klopfte so heftig, dass ich es in meinem Bauch fühlen konnte. Ein Strudel von Erinnerungen schoss durch meinen Kopf wie Wasser aus einem geborstenen Wasserhahn.

Michael, wie er in den Diner in Colorado kam, in dem ich arbeitete. Michael im Swimmingpool, der mich bei einem mitternächtlichen Bad küsste. Michael, der sich neben mich aufs Sofa setzte. Michael, der mit mir auf dem Rasen tanzte. Michael, der an dieser Todesfalle von einem Auto arbeitete.

Michael, der beiseitetrat und versuchte, ein anständiger Kerl zu sein. Für mich.

Aber in meinem Kopf gab es nicht nur Michael, sondern auch Dean.

Dean, der neben mir auf der Treppe saß, sein Knie an meines gelehnt. Meine Hand, die seine blutigen Knöchel versorgte. Die Geheimnisse, die wir ausgetauscht hatten. Kniend auf der Erde vor dem verrotteten Zaun um sein altes Haus.

Michael hatte recht. Ich hatte Angst. Angst vor meinen eigenen Gefühlen, Angst davor, mich nach jemandem zu sehnen und ihn zu lieben. Angst davor, einen von ihnen zu verletzen.

Angst, jemanden zu verlieren, den ich liebte, wo ich doch schon so viel verloren hatte.

Aber Michael war hier und sagte mir, was er empfand. Er ebnete das Spielfeld und bat mich zu wählen.

Er sagte: *Wähle mich.*

Michael zog mich nicht an sich. Er neigte sich nicht vor. Es war meine Entscheidung. Aber er war mir so nah, dass meine Hände langsam ihren Weg zu seinen Schultern fanden.

Zu seinem Gesicht.

Trotzdem wartete er – darauf, dass ich es sagte, dass ich die Lücke zwischen seinem Mund und meinem schloss. Ich schloss die Augen.

Das nächste Mal, wenn sich unsere Lippen berühren, das nächste Mal, wenn du deine Hände in mein Haar wühlst, dann bin ich der Einzige, an den du denken wirst. Das waren seine Worte gewesen.

Ich wollte nicht länger darüber nachdenken. Ich machte die Augen auf und ...

Plötzlich tönte um uns herum Mariachi-Musik, sodass ich vor Schreck fast einen halben Meter in die Luft sprang und Michael auf seinem verletzten Bein fast das Gleichgewicht verloren hätte. Gemeinsam drehten wir uns um und sahen Lia an ein paar Lautsprechern herumspielen.

»Ich hoffe, ich störe nicht«, rief sie über die Musik hinweg.

»*Feliz Navidad*?«, fragte Michael. »Echt jetzt? Wirklich?«

»Du hast recht«, gab Lia zu, so ernst und demütig, wie man sein konnte, wenn man den Lärm eines zeitlich überaus fehlpatzierten Weihnachtsliedes übertönen wollte. »Es ist ja gerade erst Oktober. Ich suche ein anderes Lied.«

Sloane steckte den Kopf zur Hintertür hinaus und fragte fröhlicher, als wir sie in den letzten Tagen erlebt hatten: »Wusstet ihr, dass eine Motorsäge Lärm von hundertzehn Dezibel erzeugt?«

Michael sah geradezu mordlüstern aus, doch selbst er brachte es nicht fertig, Sloane finster anzusehen.

»Nein«, seufzte er, »wusste ich nicht.«

»Ein Motorrad liegt eher bei hundert«, verkündete Sloane gut gelaunt und laut weiter. »Ich wette, diese Musik liegt bei hundertdrei. Und ein halb. Hundertdrei und ein halb.«

Lia spielte endlich ihre Tanzmusik.

»Kommt!«, verlangte sie und kam auf uns zu, um mich an der einen und Sloane an der anderen Hand zu nehmen. »Wir haben den bösen Buben erwischt.« Sie zog uns auf den Rasen und wiegte die Hüften im Takt zur Musik. Ihr Blick warnte mich, ihr zu widersprechen. »Ich denke, das muss gefeiert werden, ihr nicht auch?«

Kapitel 43

Mitten in der Nacht wachte ich schweißgebadet auf. Ich hätte mit Albträumen rechnen müssen. Seit fünf Jahren kamen sie ab und zu. Natürlich hatten Reddings Psychospielchen sie wieder hervorgelockt.

Es ist nicht nur das, gestand ich mir mit brutaler Ehrlichkeit ein. Sie kommen, wenn ich unter Stress stehe. Wenn sich etwas verändert.

Es ging nicht nur um Redding. Es ging um Michael und Dean, aber am meisten ging es um mich. Sloane hatte mich beim Spiel *Wahrheit oder Tat?* einmal gefragt, wie viele Menschen ich liebte. Nicht auf romantische Art, sondern die ich einfach nur liebte. Damals hatte ich mich gefragt, ob das Leben mit meiner Mutter als einzige Gesellschaft – und sie dann auf diese Weise zu verlieren – meine Fähigkeit, andere Menschen zu lieben, im Keim erstickt hatte.

Meine Antwort war *einen* gewesen.

Aber jetzt ...

Willst du wissen, warum du mich besonders interessierst, Cassie?, fielen mir Agent Sterlings Worte ein. *Du bist diejenige, die wirklich etwas fühlt. Du kannst gar nicht aufhören, etwas zu empfinden. Für dich geht es immer um die Opfer und deren Familien. Es ist immer persönlich.*

Ich litt mit den Opfern, für die wir kämpften – mit Mackenzie McBride und dem namenlosen Mädchen im Café. Ich litt mit den Menschen in diesem Haus – nicht nur mit Michael und Dean, sondern auch mit Sloane und Lia. Lia, die sich für Dean ins offene Feuer gestürzt hätte.

Lia, die sich mit der gleichen Entschlossenheit eben zwischen Michael und mich geworfen hatte.

Ich versuchte, meinen Geist zum Schweigen zu bringen und wieder einzuschlafen.

Mackenzie McBride. Das Mädchen im Café. Meine Gedanken begannen wieder zu kreisen. Warum? Ich drehte den Kopf auf die Seite. Meine Brust hob und senkte sich mit jedem Atemzug.

Das FBI war an den Fall Mackenzie McBride falsch herangegangen. Die Agenten hatten den Täter übersehen, der sich vor aller Augen verborgen hatte. Aber wir hatten nichts übersehen. Christopher Simms war der Täter. Wir hatten ihn auf frischer Tat ertappt. Er hatte alles Zubehör im Wagen gehabt – Fesseln für Hände und Füße des Mädchens, ein Messer und das Brandeisen.

Das Mädchen im Café. Immer wieder musste ich an es denken. Wer war Christophers Opfer? Redding hatte gewusst, dass heute jemand sterben sollte. Er hatte uns gesagt, dass wir damit rechnen sollten.

Wie wählen Sie aus, wer stirbt?

Das tue ich nicht.

Clark hatte Emerson gewählt.

Christopher hatte seine Mutter gewählt.

Fogle war nur ein Hindernis gewesen, das aus dem Weg geräumt werden musste.

Wer also hatte das Mädchen ausgewählt?

Die Frage ließ mir keine Ruhe. Vielleicht war es nicht wichtig, aber ich schlich mich aus dem Bett und aus dem Zimmer. Nur meine leichten Schritte waren zu hören, als ich mich durch das stille Haus die Treppe hinunterschlich. Die Tür zum Arbeitszimmer – Agent Sterlings derzeitiger Unterkunft – stand einen Spalt offen, und der schwache Lichtschein von drinnen sagte mir, dass auch sie nicht schlief.

Unschlüssig blieb ich vor der Tür stehen und konnte mich nicht durchringen zu klopfen. Plötzlich flog die Tür auf, und dahinter stand Agent Sterling, das braune Haar offen und verstrubbelt, ihr Gesicht ohne Make-up und mit schussbereiter Pistole. Als sie mich sah, stieß sie den Atem aus und senkte die Waffe.

»Cassie! Was machst du denn hier?«

»Ich wohne hier«, gab ich automatisch zurück.

»Du wohnst vor meiner Zimmertür?«

»Sie sind auch nervös«, stellte ich fest. So viel erkannte ich schon an der Tatsache, dass sie bewaffnet an die Tür ging. »Sie können nicht schlafen. Ich auch nicht.«

Verärgert schüttelte sie den Kopf – aber ob sie sich über mich ärgerte oder über sich selber, konnte ich nicht sagen. Dann trat sie einen Schritt zurück und lud mich ein. Ich trat ein und sie schloss die Tür hinter mir und schaltete die Deckenlampe ein.

Ich hatte ganz vergessen, dass Briggs' Arbeitszimmer voller ausgestopfter Tiere stand – Raubtiere kurz vor dem Angriff.

»Kein Wunder, dass Sie nicht schlafen können«, bemerkte ich.

Sie unterdrückte ein Lächeln.

»Er hatte schon immer einen Hang zum Dramatischen.« Sie

setzte sich auf die Klappcouch. Mit offenem Haar sah sie jünger aus. »Warum kannst du nicht schlafen? Macht dir die Fußfessel zu schaffen?«

Ich sah verwundert auf meine Füße, als wären sie gerade erst an meinem Körper aufgetaucht. Das ständige Gewicht an meinem rechten Knöchel hätte mich eigentlich mehr plagen sollen, aber in den letzten Tagen war so viel geschehen, dass ich es kaum bemerkte.

»Nein«, antwortete ich. »Ich meine ja, es wäre schön, wenn Sie sie abmachen könnten, aber deswegen bin ich nicht hier. Es ist wegen der Kleinen, die Christopher Simms in dem Café treffen wollte. Die er entführen wollte.«

Ich sprach nicht aus, was er sonst noch mit ihr vorgehabt hatte, aber ich kannte Agent Sterling mittlerweile gut genug, um zu wissen, dass ihre Gedanken in die gleiche Richtung gingen wie meine.

»Was ist mit ihr?«, fragte Sterling leicht heiser. Ich fragte mich, wie viele Nächte sie wohl so schlaflos verbrachte.

»Wer war sie?«, erkundigte ich mich. »Warum traf sie sich mit Christopher?«

»Sie arbeitet in dem Café«, erwiderte Sterling. »Sie hatte mit jemandem auf einer Online-Dating-Seite gechattet. Er benutzte einen falschen Namen und nur Computer an öffentlichen Orten, aber es ist zu vermuten, dass es Christopher war, der mit der Opferwahl einen Schritt weiter ging. Seine Mutter war tot. Er hatte Emerson getötet – vielleicht hatte er da Geschmack an Mädchen im College-Alter gefunden.«

Der Fremde im Zug, dachte ich. »Christopher hatte ein Alibi für den Mord an seiner Mutter. Clark hatte eines für den an Emerson.« Ich schluckte. Mein Mund war so trocken, dass ich kaum sprechen konnte. »Vielleicht war es das. Vielleicht war Christopher nach Clarks Tod allein – aber Redding wusste, dass bald noch jemand sterben würde, außer Clark. Es war geplant. Und wenn es zum Plan gehörte …«

Ich setzte mich neben Agent Sterling und hoffte, dass sie verstand, was ich sagen wollte, auch wenn ich nicht sicher war, ob das, was ich sagte, einen Sinn ergab.

»Was, wenn es nicht Christopher war, der online mit diesem Mädchen kommunizierte? Was, wenn nicht er sie ausgesucht hat?«

Clark wählte Emerson.

Christopher wählte seine Mutter.

Beide hatten felsenfeste Alibis für den Mord an den Frauen, die sie ausgesucht hatten. Was, wenn sie nicht die Einzigen waren?

»Du glaubst, dass es noch einen Dritten gibt«, sprach Sterling meine Überlegungen aus. Damit wurde es real. Ich stützte mich mit den Handballen auf die Bettkante, um mein Gleichgewicht zu halten.

»Hat Christopher den Mord an Emerson gestanden?«, fragte ich. »Gibt es tatsächliche Beweise, die ihn mit dem Tatort in Verbindung bringen? Irgendwelche Indizienbeweise? Irgendetwas, abgesehen von der Tatsache, dass er geplant hat, ein weiteres Mädchen zu töten?«

Agent Sterlings Telefon klingelte. Es war ein greller Ton, der im Gegensatz zu meinen ruhigen Fragen stand. Anrufe um zwei Uhr nachts bedeuteten nie etwas Gutes.

»Sterling.« Ihre Haltung veränderte sich, als sie ans Telefon ging. Das war nicht mehr die Frau mit den wirren Haaren, die auf dem Bettrand saß. Dies war die Agentin. »Was soll das heißen, er ist tot?«, fragte sie, und dann: »Ich weiß, was das Wort *tot* bedeutet, Dad. Was ist passiert? Wann hast du den Anruf bekommen?«

Jemand war tot. Dieses Wissen drückte mich nieder und ließ mein Herz in meiner Brust heftig gegen die Rippen schlagen. So wie sie spricht, ist es jemand, den wir kennen. Sobald mir das klar wurde, stieg ein Stoßgebet in mir auf, das meine Gedanken beherrschte und alles andere übertönte. Bitte lass es nicht Briggs sein!

»Nein, das ist kein Segen«, sagte Agent Sterling scharf. »Der Fall ist noch nicht abgeschlossen.«

Es ist nicht Briggs, dachte ich. *Director Sterling hätte den Tod seines früheren Schwiegersohnes bestimmt nicht als einen Segen bezeichnet.*

»Hörst du mir zu, Dad? Director, ich glaube, es könnte ...« Sie brach ab. »Wer ist *wir*? Ob es eine Rolle spielt, wer *wir* sind? Ich sage dir ...«

Sie sagte ihm gar nichts, weil er gar nicht zuhörte.

»Ich weiß, dass es politisch gesehen für dich vorteilhaft wäre, wenn dieser Fall abgeschlossen wäre und wenn es nie zur Gerichtsverhandlung käme, weil der erste Mörder den zweiten umgebracht hat und sich dann in seiner Zelle mit den Bettlaken erhängt hat. Das ist sauber und ordentlich. Es ist zweckmäßig. Director?« Sie hielt inne. »Director? Dad?« Heftig drückte sie auf den Bildschirm und warf das Telefon weg.

»Er hat einfach aufgelegt«, sagte sie. »Er hat mir erzählt, dass er einen Anruf vom Gefängnis bekommen hat, in dem man ihm mitteilte, dass man Christopher Simms tot in seiner Zelle gefunden hat. Er hat sich erhängt – zumindest lautet so die derzeitige Theorie.«

Agent Sterling glaubte also, dass zumindest die Möglichkeit bestand – und zwar mit hoher Wahrscheinlichkeit –, jemand hätte Christopher Simms das angetan. Hatte Redding es irgendwie geschafft, dass er umgebracht wurde?

Oder hatte derjenige, der Emerson Cole getötet hatte – und vielleicht auch Clark –, sein Werk vollendet?

Es waren drei Täter. Zwei davon waren tot.

Wenn es einen dritten überhaupt gab, wenn da noch jemand war ...

Agent Sterling riss ihren Kofferdeckel hoch.

»Was haben Sie vor?«

»Ich ziehe mich an«, verkündete sie knapp. »Wenn auch nur der Hauch einer Gefahr besteht, dass dieser Fall noch nicht abgeschlossen ist, arbeite ich daran.«

»Ich komme mit Ihnen.«

Sie sah nicht einmal auf.

»Danke, aber nein danke. Ein paar Skrupel habe ich doch noch. Wenn da draußen ein Killer frei herumläuft, werde ich nicht dein Leben aufs Spiel setzen.«

Aber das eigene zu riskieren ist in Ordnung?, wollte ich fragen, ließ es allerdings sein. Stattdessen ging ich nach oben und zog mich selbst an. Ich sah sie die Auffahrt zu ihrem Wagen entlanggehen.

»Treffen Sie sich dort wenigstens mit Briggs«, rief ich ihr nach. »Wo auch immer *dort* ist.«

Sie drückte auf den Knopf am Schlüssel, um ihren Wagen zu entriegeln. Die Lichter blitzten einmal auf, dann wurde es wieder dunkel.

»Es ist zwei Uhr morgens«, sagte Agent Sterling kurz angebunden. »Geh einfach wieder ins Bett.«

Eine Woche zuvor hätte ich noch mit ihr gestritten und mich geärgert, dass sie mich so beiseiteschob. Aber irgendwie konnte ich sie zumindest teilweise verstehen – selbst nach allem, worum sie uns gebeten hatte, war ihr erster Wunsch immer noch, uns zu beschützen. Sie würde ihr eigenes Leben riskieren, aber nicht meines.

Und wer beschützt dich?, fragte ich mich.

»Rufen Sie Briggs an, dann gehe ich ins Bett«, versprach ich.

Obwohl es dunkel war, konnte ich sehen, dass sie zornig war.

»Na gut«, sagte sie schließlich, nahm ihr Telefon und winkte mir damit zu. »Ich rufe ihn an.«

»Nein«, sagte eine Stimme direkt hinter mir. »Tust du nicht!«

Ich hatte keine Zeit, mich umzudrehen, zu denken oder die Worte zu verarbeiten, weil sich ein Arm um meinen Hals schlang, mir die Luft nahm und mich auf die Zehenspitzen hochzog. Mein Körper wurde flach gegen den meines Angreifers gepresst. Ich schlug die Krallen in den Arm um meinen Hals, woraufhin er sich fester zuzog.

Ich bekam keine Luft mehr.

Etwas Kaltes, Metallisches berührte meine Wange und verharrte an meiner Schläfe.

»Leg die Waffe auf den Boden. Sofort!«

Erst nach einer Schrecksekunde merkte ich, dass er mit Agent Sterling sprach. Und gleich darauf, dass er mir eine Waffe an den Kopf hielt und Sterling genau tat, was er sagte.

Sie würde ihr Leben riskieren, aber nicht meines.

»Hör auf, dich zu wehren«, sagte eine seidenweiche Stimme an meinem Ohr. Er drückte mir die Waffe fester an die Schläfe.

Mir tat alles weh. Ich konnte nicht atmen. Ich konnte nicht aufhören, mich zu wehren.

»Ich tue, was Sie sagen. Lassen Sie das Mädchen los!« Sterling klang ganz ruhig. Ganz weit weg.

Es war dunkel hier draußen, und es wurde noch dunkler, als sich mein Blick verschleierte und mich eine tiefe Schwärze umfing.

»Nehmen Sie mich. Deshalb sind Sie doch hier. Ich bin diejenige, die Redding entkommen ist. Um zu beweisen, dass Sie besser sind als seine anderen Lehrlinge, reicht es nicht zu töten. Sie müssen zeigen, dass Sie besser sind als er. Ihm müssen Sie es zeigen.«

Der Griff um meinen Hals lockerte sich, doch die Waffe blieb, wo sie war. Ich holte keuchend Luft, erst einen, dann zwei Atemzüge.

»Sieh mich an, Cassie!« Sterling wandte ihre Aufmerksamkeit gerade lange genug von dem UNSUB zu mir, um mir diesen Befehl zu geben. Ich brauchte einen Moment, um zu erkennen, warum.

Sie will nicht, dass ich ihn sehe.

»Schlagen Sie sie bewusstlos. Lassen Sie sie hier. Sie gehört nicht zum Plan. Zu Ihrem Plan.«

Sterlings Stimme war ruhig, doch ihre Hände zitterten. Sie spielte ein gefährliches Spiel. Ein falsches Wort und der Mann würde mich ebenso leicht töten wie bewusstlos schlagen.

»Sie kann Sie nicht identifizieren. Wenn sie aufwacht, sind Sie längst weg, und ich gehöre Ihnen. Sie werden mich nicht verlieren wie Redding. Sie werden sich Zeit lassen. Sie machen es auf Ihre Weise, aber Sie wird man nicht finden. Und wenn Sie sich an den Plan halten, wird man auch mich nicht finden.«

Sterling richtete ihre Worte direkt an das UNSUB, spielte mit seinen Ängsten und seinen Wünschen, aber ich hörte ebenfalls, was sie sagte, und was das Schlimmste war, war, dass ich ihr glaubte. Wenn ich den Täter nicht identifizieren konnte, wenn er sie mitnahm, wenn sie mich bewusstlos auf dem Weg liegen ließen, dann wäre es zu spät, wenn ich wieder aufwachte.

Er hätte zu viel Vorsprung.

Aber es gab eine Möglichkeit, Briggs sofort wissen zu lassen, dass etwas nicht stimmte. Eine Möglichkeit, wie er sie finden konnte.

Der Mann ließ meinen Hals los.

»Sieh hierher, Cassie. Sie nur hierher.«

Ich hörte die Verzweiflung in Agent Sterlings Stimme. Sie wollte unbedingt, dass ich nur sie ansah.

Ich drehte mich um. Selbst im Dunkeln war ich ihm nah genug, dass ich seine Züge erkennen konnte. Er war jung, Anfang zwanzig. Hochgewachsen und gebaut wie ein Läufer. Ich erkannte ihn.

Der Wachmann aus dem Gefängnis. Webber. Der, der schon allein von Deans Existenz angewidert gewesen zu sein schien und der ein Problem mit weiblichen FBI-Agenten hatte. Der, der uns nicht erlaubt hatte, im Auto zu warten.

In einem einzigen schrecklichen Augenblick fügte sich alles zusammen: warum er uns nicht im Auto hatte bleiben lassen, woher Redding von meiner Existenz wusste, wie unser UNSUB Christopher Simms im Gefängnis hatte töten können.

»Redding würde mich auch mitnehmen. Er würde auch

mich töten.« Meine Stimme war rau und kaum hörbar. »Sie arbeiten im Gefängnis. Sie wissen, dass er nach mir gefragt hat. Wahrscheinlich waren Sie es, der die Botschaft überbrachte.«

Er konnte mich erschießen. In diesem Moment konnte er mich erschießen. Oder mein waghalsiges Spiel ging auf.

Ich sah nur eine schnelle Bewegung und das Aufblitzen von Metall. Und dann wurde alles schwarz.

Du

Mit schrecklichem Geräusch trifft die Pistole ihren Schädel.

Doch du erschrickst nicht.

Der Körper des Mädchens sinkt zu Boden. Du zielst mit der Waffe auf die hübsche FBI-Agentin. Sie hat dich von oben herab behandelt, als sie Redding besuchen kam. Sie hat es gewagt, dir zu sagen, was du tun sollst.

Wahrscheinlich lacht sie über Männer, die von der FBI-Akademie abgewiesen wurden, und erst recht über die, die von der hiesigen Polizei abgelehnt wurden.

»Heb sie auf«, verlangst du.

Sie zögert. Du richtest die Waffe auf die Kleine.

»Entweder du hebst sie auf oder ich erschieße sie. Deine Entscheidung.«

Dein Herzschlag hämmert dir in den Ohren. Dein Atem wird schneller. Die Luft hat einen fast metallischen Geschmack. Du könntest im Augenblick einen Marathon laufen. Du könntest von den Niagarafällen springen.

Die FBI-Agentin hebt das Mädchen hoch. Du steckst ihre Waffe ein. Sie gehören dir. Du nimmst sie beide. Und dann erkennst du es.

Du wirst sie nicht hängen. Du wirst sie nicht brandmarken. Du wirst sie nicht schneiden.

Du hast die, die entkommen ist. Du hast das Mädchen seines nutzlosen kleinen Sohnes. Dieses Mal, denkst du, machen wir es auf meine Weise.

Du lässt die FBI-Agentin das Mädchen in deinen Kofferraum legen und selbst hineinsteigen. Dann schlägst du sie bewusstlos – und oh, das fühlt sich gut an. Es ist richtig.

Du knallst den Kofferraum zu. Du steigst ins Auto. Du fährst los.

Der Lehrling ist zum Meister geworden.

Kapitel 44

Das Bewusstsein bekam ich nur langsam wieder, während der Schmerz augenblicklich einsetzte. Die ganze rechte Seite meines Gesichts war wund: Sie pulsierte und tat so weh, als würden Nadelstiche bis auf den Knochen gehen. Mein linkes Augenlid flatterte, mein rechtes war zugeschwollen. Allmählich nahm ich meine Umgebung wahr – verrottete Bodendielen, das Seil, der Pfosten, an den ich gefesselt war.

»Du bist wach.«

Mein offenes Auge suchte nach der Quelle der Stimme und fand Agent Sterling. An ihrer Schläfe klebte Blut.

»Wo sind wir?«, fragte ich. Meine Arme waren mir auf den Rücken gefesselt und auch meine Füße waren zusammengebunden. Die Plastikriemen schnitten mir ins Fleisch und sahen unangenehm fest aus, doch außer dem unerträglichen Schmerz in meinem Gesicht konnte ich kaum etwas spüren.

»Er hat dich mit der Pistole niedergeschlagen. Wie geht es deinem Kopf?«

Ich merkte, dass sie meiner Frage auswich. Ich stöhnte, versuchte aber so gut wie möglich, es zu verbergen.

»Wie geht es Ihrem?«

Sie brachte ein kleines, zerrissenes Lächeln zustande.

»Ich bin im Kofferraum seines Wagens aufgewacht«, erzählte sie nach einer kurzen Pause. »Er hat bei mir nicht so fest zugeschlagen. Ich habe so getan, als sei ich bewusstlos, als er uns hier hereingebracht hat. Soweit ich sagen kann, sind wir in irgendeiner verlassenen Hütte. Um uns herum ist nur Wald.«

Ich befeuchtete meine Lippen.

»Wie lange ist er schon weg?«

»Noch nicht lange.« Sterling hing das Haar ins Gesicht. Sie war ebenso gefesselt wie ich: Plastikfesseln um Hände und Füße und an einen Holzpfosten gebunden, der vom Boden bis zur Decke reichte. »Aber lange genug, um zu wissen, dass ich mich nicht befreien kann. Lange genug, um zu wissen, dass du es auch nicht schaffen wirst. Warum, Cassie?« Ihre Stimme zitterte, doch sie sprach weiter: »Warum hast du nicht getan, was ich gesagt habe? Warum hast du ihn dazu gebracht, dich auch mitzunehmen?«

Von einem Satz zum nächsten wich der Zorn aus ihrer Stimme, bis nur noch tiefe, verzweifelte Hoffnungslosigkeit übrig war.

»Weil«, begann ich, konnte aber mein Füße nicht genug bewegen, um mein rechtes Hosenbein hochzuziehen, »ich einen GPS-Tracker trage.«

Sterling hielt den Kopf gesenkt und hob nur den Blick zu mir.

»Sobald ich das Grundstück verlassen habe, hat Briggs eine SMS bekommen«, sagte ich. »Es wird nicht lange dauern, bis er merkt, dass Sie auch weg sind. Er bekommt die Daten von meinem Tracker. Er wird uns finden. Wenn ich Sie hätte allein gehen lassen ...« Ich brach ab. »Briggs wird uns finden.«

Sterling hob den Kopf zur Decke. Zuerst dachte ich, sie würde lächeln, doch dann merkte ich, dass sie weinte, die Lippen so fest aufeinandergepresst, dass sie keinen Laut von sich gab.

Das sieht nicht nach Tränen der Erleichterung aus.

Schließlich stieß Sterling ein komisches kehliges Lachen aus.

»Oh Gott, Cassie!«

Wie lange waren wir schon hier? Warum war Briggs nicht schon durch die Tür gestürmt?

»Ich habe den Tracker nie aktiviert. Ich dachte, ihn zu tragen, sei Abschreckung genug.«

Der Tracker sollte ein Signal senden. Er sollte Briggs direkt zu uns führen.

Mir war nie in den Sinn gekommen, dass sie mich angelogen hatte. Ich hatte gewusst, dass ich ein Risiko eingehe, aber ich hatte geglaubt, ich würde mein Leben riskieren, um ihres zu retten.

Der Tracker sollte ein Signal senden. Er sollte Briggs direkt zu uns führen.

»Sie hatten recht mit Emersons Mörder.« Es waren die einzigen Worte, die ich finden konnte, alles, was noch zu sagen war. Der Killer würde zurückkommen. Niemand würde uns retten.

»Wie das?«

Ich sah ihr an, dass sie das Gespräch nur meinetwegen führte. Im Geiste schalt sie sich wahrscheinlich selbst – dafür, dass sie den Killer nicht gefunden hatte, dass sie eingewilligt hatte, bei uns zu wohnen, und uns an diesem Fall beteiligt hatte, dass sie mich hereingelassen hatte, als ich an ihre Tür klopfte.

Dass sie den Tracker nicht aktiviert hatte. Und mich glauben ließ, sie hätte es getan.

»Sie sagten, dass Emersons Mörder zwischen dreiundzwanzig und achtundzwanzig sei, überdurchschnittlich intelligent, aber nicht unbedingt gebildet.« Ich hielt inne. »Aber wenn er uns in einen Kofferraum gesperrt hat, fährt er wohl keinen Truck oder Geländewagen.«

Sterling brachte ein schiefes Lächeln zustande.

»Ich wette zehn Mäuse, dass es nicht sein Wagen ist.«

Ich zog einen Mundwinkel nach oben und zuckte vor Schmerz zusammen.

»Versuch, dich nicht zu bewegen«, riet mir Sterling. »Du musst deine Kräfte schonen, denn wenn er wiederkommt, werde ich ihn ablenken, damit du fliehen kannst.«

»Ich bin an Händen und Füßen gefesselt. Ich fliehe nirgendwohin.«

»Ich bringe ihn dazu, dich loszumachen und mich loszumachen. Dann lenke ich ihn ab.« Ihre Stimme zeigte ruhige Entschlossenheit, aber auch Verzweiflung – den verzweifelten Wunsch zu glauben, dass das, was sie sagte, machbar war. »Wenn du die Fesseln los bist, rennst du«, sagte sie eindringlich.

Ich nickte, obwohl ich wusste, dass ich nicht würde laufen können. Ich log sie an, und sie akzeptierte die Lüge, auch wenn sie ebenso gut wusste wie ich, dass eine Ablenkung nicht ausreichen würde.

Nichts würde ausreichen.

Es gab nur ihn und uns und die Gewissheit, dass wir in dieser feuchten, modrigen Hütte sterben würden und niemand außer uns selbst unsere Schreie hören würde.

Oh Gott.

»Er ist von Reddings Muster abgewichen.« Jetzt versuchte Sterling, mich abzulenken. »Er hat sich völlig von ihm entfernt.«

Dann würden wir vielleicht nicht so sterben wie Emerson Cole, oder wie die vielen Frauen, die Daniel Redding ermordet hatte, bevor man ihn fasste.

Das hier ist nicht mehr Reddings Fantasie. Es ist deine. Du genießt es, das Leben aus mir herauszupressen. Hat es dir Spaß gemacht, mich mit der Pistole zu schlagen? Wirst du uns zu Tode prügeln? Ich zwang mich weiterzuatmen – in kleinen, flachen Zügen. *Wirst du unsere zerschlagenen Körper der Öffentlichkeit präsentieren, so wie du Emerson über die Motorhaube ihres Autos drapiert hast? Werden wir zu Trophäen, zu Zeugnissen deiner Kontrolle, deiner Macht?*

»Cassie!«

Sterlings Stimme riss mich aus meinen Gedanken.

»Ist es krank, wenn ich mir wünsche, normal zu sein?«, fragte ich. »Nicht, weil ich dann nicht hier wäre – ich würde mein Leben für die geben, die wir gerettet haben –, aber wenn ich normal wäre, würde ich nicht hier sitzen und mich in ihn hineinversetzen, uns mit seinen Augen sehen und wissen, wie es enden wird.«

»Es endet damit, dass du fliehst«, erinnerte mich Sterling. »Du entkommst. Du fliehst, weil du eine Überlebende bist. Weil jemand anderes glaubt, dass du es wert bist, gerettet zu werden.«

Ich schloss die Augen. Jetzt erzählte sie mir eine Geschichte – ein Märchen, das mit ... *dann leben sie noch heute* enden sollte.

»Ich kannte mal ein Mädchen, das seine Flucht aus allen möglichen schrecklichen Situationen plante. Es war ein lebendiger Überlebensführer für die unmöglichsten Szenarien, die man sich denken konnte.«

Ich überließ mich Sterlings Stimme. Ich ließ ihre Worte alles verdrängen, woran ich nicht denken wollte.

»Du bist mit einer schlafenden Kobra auf der Brust in einem Glassarg begraben. Der Sauerstoff wird knapp. Wenn du versuchst, den Sarg aufzubrechen, weckst du die Kobra. Was tust du?«

Ich machte das Auge auf. »Was macht man da?«

»Ich kann mich nicht erinnern. Aber sie hatte eine Antwort. Sie hatte immer einen Ausweg und dabei war sie so verdammt fröhlich.« Sterling schüttelte den Kopf. »Sloane erinnert mich manchmal an sie. Als wir jung waren, arbeitete sie im FBI-Labor. Sie konnte immer besser mit Fakten umgehen als mit Menschen. Die meisten Zweitklässler mögen keine Schulkameraden, die sie ständig in theoretische Lebensgefahren bringen.«

»Aber sie schon«, sagte ich, und als Sterling nickte, fuhr ich fort: »Ihr Name war Scarlett, nicht wahr? Sie war Judds Tochter. Ihre beste Freundin. Was sie Briggs bedeutete, weiß ich nicht genau.«

Sterling starrte mich einen Augenblick lang an.

»Du bist gruselig, weißt du das?«, meinte sie.

Ich zuckte mit den Achseln, so gut es unter den gegebenen Umständen ging.

»Sie war auch Briggs' beste Freundin. Sie haben sich im College kennengelernt. Ich kannte sie seit dem Kindergarten. Sie hat uns einander vorgestellt. Wir sind alle zusammen zum FBI gegangen.«

»Sie ist gestorben«, sagte ich, damit Sterling es nicht tun musste, aber sie wiederholte die Worte trotzdem.

»Sie ist gestorben.«

Das Geräusch einer sich öffnenden Tür beendete unser Gespräch. Alte Angeln quietschten protestierend. Ich bekämpfte den Drang, zur Tür zu sehen. Es war die Schmerzen nicht wert, die die Bewegung mir durch Gesicht und Hals schießen lassen würde.

Du stehst da. Du siehst uns an.

Schwere Schritte sagten mir, dass er näher kam. Gleich würde der Mann, der Emerson, Clark und aller Wahrscheinlichkeit nach auch Christopher umgebracht hatte, zwischen Sterling und mir stehen.

Er hatte ein Jagdgewehr dabei.

Du

Saubere kleine Einschusslöcher und die Ehre, derjenige zu sein, der den Abzug drückt.

Sie gehören dir. Dieses Mal tust du es auf deine Weise.

Die kleine Rothaarige, die dich praktisch angefleht hat, sie mitzunehmen, sieht nicht gut aus. Sie wird die Erste sein, die fällt. Ihr Gesicht ist sowieso schon total verschwollen. Das warst du. Du. Die FBI-Agentin ist in Tränen aufgelöst. Du stellst das Gewehr beiseite und streichst ihr mit dem Daumen über die Wange.

Sie zuckt zurück, kann sich aber nicht wehren. Keine von ihnen kann es.

»Ich werde euch losbinden«, sagst du, nur um die Überraschung in ihren Augen zu sehen. »Ihr werdet laufen. Ich gebe euch zwei Minuten Vorsprung.«

Fang sie. Befreie sie. Jage sie. Töte sie.

»Nun…« Du ziehst das Wort in die Länge und tippst mit dem Gewehrkolben nachdenklich auf den Boden. »Wer ist die Erste?«

Schon durchströmt das Adrenalin deinen Körper. Du bist mächtig. Du bist der Jäger. Sie sind die Beute.

»Ich«, sagt die FBI-Agentin. Weiß sie denn nicht, dass sie nur ein Wildtier auf deiner Zielscheibe ist?

Du bist der Jäger.

Sie ist die Beute.

Du packst die jüngere am Ellbogen.

»Du.« Du stößt ihr das Wort förmlich ins Gesicht. Lässt sie davor zurückschrecken, vor dir zurückschrecken. »Du bist die Erste.« Der Geruch der Angst ist verlockend. Du lächelst. »Ich hoffe, du kannst rennen.«

Kapitel 45

Er zog ein Messer aus dem Stiefel. Ich sah es auf mich zukommen, fühlte schon, wie es mir durch Haut und Muskeln schnitt und das Fleisch von meinen Knochen schälte. Doch stattdessen kniete sich unser Peiniger hin und durchschnitt die Fesseln um meine Knöchel. Das Blut rauschte in meine Füße. Sie kribbelten, als er sich den Fesseln um meine Hände widmete. Einen Augenblick lang hielt er das Messer über meinem Arm fest und zögerte kurz. Er ließ die Spitze leicht über eine Vene gleiten, drückte aber nicht fest genug zu, dass es einschnitt.

Mit einem Ruck waren meine Hände frei.

Er steckte das Messer wieder in den Stiefel und band das Seil um meinen Körper mit den Händen los. Er genoss die Aufgabe, sog den Moment in sich auf und kostete ihn aus. Seine Hand strich über meinen Bauch, meine Seite, meinen Rücken.

Dann war ich frei. Ich sah zu Agent Sterling hinüber. Sie hatte zuerst gehen wollen, hatte mir Zeit erkaufen wollen. Aber wozu? Dies hier war der einzige Ausweg. Wenn er mir wirklich einen Vorsprung ließ, wenn ich schnell genug lief …

Du willst mich glauben lassen, dass ich eine Chance habe, nicht wahr?

Selbst mit diesem Wissen klammerte ich mich an die Hoffnung, dass zwei Minuten ausreichen würden, um im Wald zu verschwinden.

Es gab einen Ausweg. Daran musste ich glauben. Ich musste kämpfen.

Er legte mir die Hand auf den Rücken und schob mich grob zur Tür.

»Cassie«, sagte Agent Sterling mit brüchiger Stimme, »du bist mit einer Kobra auf der Brust in einem Glassarg begraben. Es gibt einen Ausweg. Es gibt immer einen Ausweg.«

Unser Kidnapper ließ mir nicht die Gelegenheit, mich umzudrehen. Mich zu verabschieden. Gleich darauf stand ich auf der Veranda. Sterlings Beschreibung stimmte exakt – wir waren mitten im Wald, doch an der nächsten Stelle der Waldrand etwa fünfzehn Meter entfernt. Weiter innen standen die Bäume dichter. Diese Deckung würde ich brauchen.

Ich brauchte einen Plan.

»Zwei Minuten. Ab jetzt!«

Er stieß mich von der Veranda, sodass ich stolperte. In meinem Gesicht pulsierte der Schmerz. Meine Füße waren noch ganz taub.

Ich rannte los.

Ich rannte, so schnell ich konnte, auf den dichtesten Teil des Waldes zu, den ich sehen konnte. Nach ein paar Sekunden – weniger als zehn, mehr als fünf – hatte ich sie erreicht. Ich raste durch das Unterholz, bis meine Lungen zu brennen begannen. Dann sah ich mich um. Ich konnte ihn durch den Wald nicht mehr sehen, was bedeutete, dass auch er mich nicht mehr sehen konnte.

Wie viel Zeit war vergangen? Wie viel hatte ich noch übrig?

Es gibt immer einen Ausweg.

Weglaufen war keine Lösung. Der Mann, der mich jagte, konnte schneller laufen als ich, er hatte die Figur eines Läufers, und er musste mich nicht einmal einholen – er musste mich nur ins Visier bekommen.

Zwei Minuten sind gar nichts.

Meine einzige Chance war, ihn abzuschütteln, ihn in die eine Richtung zu schicken, während ich in die andere lief. Es widersprach all meinen Instinkten, doch ich lief zurück. Ich bog von der Spur ab, die ich beim ersten Mal hinterlassen hatte, trat nur leicht auf und lief gebückt zwischen dichtem Unterholz und hoffte bei Gott, dass er meiner ursprünglichen Spur folgen würde und nicht dieser.

In der Nähe knackte ein Zweig. Ich blieb ganz still stehen.

Bitte sieh mich nicht. Bitte sieh mich nicht. Bitte sieh mich nicht.

Ein weiteres Knacken. Ein weiterer Schritt.

Er entfernt sich von mir. Er geht weiter.

Viel Zeit hatte ich nicht, bevor er seinen Fehler bemerkte. Ich konnte nirgendwohin. Ich konnte nicht weiterlaufen. Konnte ich klettern? Mich irgendwo eingraben? Ich überquerte einen kleinen Bach und wünschte mir, es wäre ein Fluss, in den ich mich hineinstürzen könnte. Dann hörte ich einen Schrei – er klang fast unmenschlich.

Er musste das Ende meines ursprünglichen Weges erreicht und meinen Trick bemerkt haben. Jetzt würde er sich beeilen, um verlorenen Boden gutzumachen.

Du bist nicht wütend. Nicht so richtig. Das ist das Spiel. Du weißt, dass du mich finden wirst. Du weißt, dass ich nicht entkommen kann. Es gibt wahrscheinlich keinen Ort, an den ich mich flüchten könnte.

Ich hatte keine Ahnung, wo wir waren. Ich wusste nur, dass ich etwas tun musste. Ich bückte mich und hob einen Stein auf. Er war so groß, dass er kaum in meine Hand passte. Mit der anderen Hand griff ich nach einem Ast über meinem Kopf und biss die Zähne zusammen – was den Schmerz nur noch verstärkte.

Keine Zeit. Keine Zeit für Schmerzen. Klettern. Klettern. Klettern.

Ich konnte mich nur mit einer Hand festhalten, mit dem anderen Arm umschlang ich die Äste und ignorierte, dass mir die Rinde die zarte Haut auf der Innenseite aufriss. Ich kletterte so hoch, wie ich kam, ehe die Äste zu dünn wurden, um mein Gewicht zu tragen, und die Blätter zu licht, um mich zu verbergen. Dann nahm ich den Stein in die rechte Hand und hielt mich mit der linken fest.

Bitte sieh mich nicht. Bitte sieh mich nicht. Bitte sieh mich nicht.

Ich hörte ihn, fünfzig Meter entfernt. Vierzig. Dreißig. Dann sah ich ihn, als er den Bach überquerte.

Sein Blick war auf den Boden gerichtet. Spuren. Ich hatte Spuren hinterlassen und die endeten genau unter dem Baum. Ich wusste auf die Sekunde genau, wann er hinaufsehen würde. Ich hatte nur Zeit für einen einzigen Gedanken, eine stille Bitte.

Nicht verfehlen!

Ich warf den Stein mit solcher Wucht, dass ich beinahe selbst vom Baum gefallen wäre. Er sah nach oben.

Ich verfehlte ihn nicht.

Der Stein traf ihn genau über dem Auge. Er ging zu Boden, doch er blieb nicht liegen, und während er sich von den Knien auf die Füße erhob, blutend und benommen, aber äußerst lebendig, spürte ich, wie mich das Adrenalin, das mich bislang angetrieben hatte, verließ. Es würde keine übermenschliche Anstrengung an Kraft oder Geschwindigkeit geben. Das war es: Er zielt mit der Waffe in den Baum, wo ich fünf Meter über ihm an einem Ast hing, zitternd und blutend, und nichts mehr hatte, was ich werfen konnte.

»Sind dir die Tricks ausgegangen?«, rief er, den Finger am Abzug.

Ich dachte an Agent Sterling in der Hütte. Als Nächstes würde er sie jagen und sie durch dieses kranke Spiel hetzen.

Nein.

Ich tat das Einzige, was mir noch übrig blieb. Ich sprang.

Das Gewehr ging los. Der Schuss ging weit vorbei, und ich traf ihn mit den Füßen voran, sodass wir beide als ein Haufen aus Gliedmaßen zu Boden gingen. Er behielt das Gewehr in der Hand, doch ich war zu nah, als dass er es hätte auf mich richten können.

Drei Sekunden.

So lange brauchte er, um die Oberhand zu gewinnen und mich zu Boden zu drücken. Er hielt mich mit einer Hand fest, richtete sich auf und setzte mir statt seiner Hand einen Fuß auf die Brust. Heftig aus einer Kopfwunde blutend stellte er sich hin. Aus meiner Position sah er unglaublich groß aus. Unbesiegbar.

Er hob das Gewehr an die Schulter. Die Mündung war knapp einen Meter von meinem Körper entfernt. Er hielt sie kurz über meinen Bauch und richtete sie dann auf meine Stirn.

Ich schloss die Augen.

»Fang sie. Befreie sie. Jage sie. Töte ...« Plötzlich und ohne Vorwarnung brach er ab. Erst später wurde mir das Geräusch eines Schusses bewusst, und ich hörte Schritte, die auf mich zukamen.

»Cassie! Cassie!«

Ich wollte die Augen nicht aufmachen. Wenn ich sie aufmachte, war es vielleicht nicht real. Das Gewehr war vielleicht noch da. Er war noch da.

»Cassandra!« Nur ein Mann auf der Welt konnte meinen Namen in diesem Ton sagen.

Ich machte die Augen auf. »Briggs!«

»Webber ist tot«, stellte Briggs klar, noch bevor er mich fragte, wie es mir ging.

»Webber?«, krächzte ich. Der Name kam mir bekannt vor, doch ich konnte mit der Information im Moment nichts anfangen, konnte nicht fassen, dass der Mann, der mir das angetan hatte, tatsächlich einen Namen hatte.

»Anthony Webber«, bestätigte Briggs, sah kurz nach meinen Verletzungen und registrierte jede einzelne davon.

»Sterling?«, brachte ich hervor.

»In Sicherheit.«

»Wie haben Sie ...?«

Briggs hob die Hand und nahm sein Telefon hervor. Der Anruf, den er tätigte, war kurz und präzise: »Ich habe sie. Es geht ihr gut.« Dann wandte er sich wieder mir zu und beantwortete die Frage, die ich noch nicht einmal zu Ende gestellt hatte. »Als wir feststellten, dass ihr beide verschwunden seid, hat der Director das ganze FBI mobilisiert, um euch zu suchen. Er sagte immer wieder, dass Veronica versucht hatte, ihm zu sagen, etwas an dem Fall würde nicht stimmen.«

»Aber wie haben Sie ...?«

»Deine Fußfessel.«

»Agent Sterling sagte, sie hätte sie nicht aktiviert.«

Briggs lächelte schief. »Hat sie auch nicht, aber da sie auf einem Regelbefolgungstrip war, als sie sie geholt hat, hat sie den ganzen Papierkram dafür erledigt. Inklusive aller i-Punkte und t-Striche. Wir hatten die Seriennummer und konnten den Tracker ferngesteuert aktivieren.«

Welche Ironie. Ich hatte Agent Sterlings Leben gerettet, weil ich die Regeln gebrochen hatte, und sie meines, weil sie sie befolgt hatte.

Briggs half mir aufzustehen.

»Mein Team ist auf dem Weg hierher«, sagte er. »Wir sind gleich von zu Hause aus los, daher hatten wir einen Vorsprung.«

Wir?

»Cassie!« Dean kam durch das Unterholz gerannt.

»Ich habe ihm befohlen, in der Hütte zu warten«, sagte Briggs zu mir und wiederholte dann an Dean gewandt: »Ich hatte dir befohlen, in der Hütte zu warten.«

Er klang verärgert, doch das hinderte mich nicht daran, drei Schritte auf Dean zuzumachen, oder Dean, einen Herzschlag später bei mir zu sein. Gleich darauf legte er mir die Hände auf die Schultern und berührte mich, um zu bestätigen, dass es mir gut ging, dass ich da war, dass ich real war.

»Was machst du denn hier?«, fragte ich.

Seine Hände wanderten von meinen Schultern zu meinem Gesicht. Er legte die rechte Hand an meine linke Wange, strich an meinen Verletzungen vorbei und grub sich in mein Haar, um meinen Kopf zu halten, als fürchte er, mein Hals sei dazu nicht in der Lage.

»Den Tracker zu aktivieren war Sloanes Idee. Keiner von uns hatte daran gedacht. Briggs war bei uns, als wir die Koordinaten bekamen. Ich habe dafür gesorgt, dass ich im Auto saß, als er losfuhr.«

Briggs hätte keine Sekunde damit verschwendet, ihn hinauszuwerfen.

»Was ist passiert?«, wollte Dean wissen. In seiner Stimme schwangen Gefühle mit, die ich nicht ganz deuten konnte. Wahrscheinlich fragte er nach der Entführung, meinem Gesicht, wie es war, gefesselt in der Hütte zu sitzen und um mein Leben zu laufen, doch ich interpretierte die Frage mit Absicht ein wenig anders.

»Ich habe ihm einen Stein an den Kopf geworfen. Und dann bin ich von dem Baum da auf ihn gesprungen.« Ich deutete vage mit der Hand nach oben. Dean starrte mich undurchdringlich an. Dann zogen sich seine Mundwinkel langsam nach oben.

»Ich habe mich geirrt«, sagte er, »als ich sagte, dass ich irgendetwas fühle.« Er atmete schwer. Ich hingegen konnte gar nicht atmen. »Als ich gesagt habe, ich wüsste nicht, ob es genug ist.«

Er hatte Angst, ebenso wie ich. Aber er spürte es, und ich spürte es, und er war da. Ich hatte so lange versucht, nicht zu wählen, nicht zu fühlen, doch in diesem Augenblick spürte ich, wie etwas in mir durchbrach wie eine Flut durch einen Damm.

Dean zog mich sanft zu sich. Seine Lippen strichen leicht über die meinen, eine unsichere, zögernde Bewegung. Ich legte ihm die Hände um den Nacken und zog ihn näher.

Vielleicht war das ein Fehler. Vielleicht würden die Dinge anders aussehen, wenn sich der Rauch verzogen hatte. Aber ich konnte nicht aufhören, ich konnte nicht mit einem Vielleicht weiterleben, wenn ich leben wollte.

Ich stellte mich auf die Zehenspitzen, schmiegte mich an

ihn und erwiderte seinen Kuss, bis der Schmerz in meinem Gesicht nachließ und zusammen mit dem Rest der Welt verschwand und es nur noch diesen einen Augenblick gab – auf den ich schon nicht mehr zu hoffen gewagt hatte.

Kapitel 46

Ich verbrachte die Nacht im Krankenhaus. Ich hatte eine Gehirnerschütterung, blaue Flecken am Hals, wo er mich gewürgt hatte, und zahllose Kratzer und Schürfwunden an Armen und Beinen. Dean mussten sie förmlich von mir wegziehen.

Ich lebte.

Am nächsten Morgen entließen die Ärzte mich in Agent Briggs' Obhut. Erst auf halbem Weg zu seinem Auto fiel mir auf, dass er zu still war.

»Wo ist Agent Sterling?«, fragte ich.

»Weg.« Wir stiegen ein und ich schloss vorsichtig den Sitzgurt. Briggs fuhr auf die Straße. »Sie war nur leicht verletzt, aber sie ist freigestellt, bis ihr ein Psychologe des FBI grünes Licht für die Arbeit gibt.«

»Wird sie wiederkommen?«, fragte ich mit feuchten Augen. Vor einer Woche noch wäre ich froh gewesen, sie los zu sein, aber jetzt …

»Ich weiß es nicht«, erwiderte Briggs, und in seinem Kiefer zuckte ein Muskel. Er war jemand, der Unsicherheiten nicht gerne zugab. »Nachdem Redding sie entführt hatte – nachdem Dean ihr zur Flucht verholfen hat –, hat sie darum gekämpft, wieder in den aktiven Dienst zu kommen. Sie hat sich in die Arbeit gestürzt.«

Das war damals. Jetzt war heute. Ich hatte geglaubt, dass sich Agent Sterling mit dem Naturtalente-Programm anfreunden würde, doch ich musste an ihr Gesicht denken, als sie mich gefragt hatte, warum ich nicht auf sie gehört hatte. Warum ich den Irren dazu gebracht hatte, mich auch mitzunehmen.

Alles, was sie in diesen letzten furchtbaren Momenten gewollt hatte, war zu glauben, dass ich lebend aus dieser Hölle entkomme.

»Sie gibt sich selbst die Schuld?«, fragte ich, doch das war eigentlich keine richtige Frage.

»Sich selbst, ihrem Vater, mir.« Etwas an seinem Ton sagte mir, dass Agent Sterling nicht die Einzige war, auf deren Schultern die Schuld lastete. »Ihr hättet nie aktiv arbeiten sollen. Euer Leben sollte nie aufs Spiel gesetzt werden.«

Wenn die Naturtalente nicht an diesem Fall gearbeitet hätten, hätte Christopher Simms das Mädchen ermordet. Wenn ich nicht mit Agent Sterling gegangen wäre, wäre sie jetzt tot. Auch wenn das, was ich durchgemacht hatte, schwer auf Agent Briggs lastete, war ich mir doch sicher, dass er letztendlich mit den Risiken dieses Programms leben konnte. Bei Agent Sterling war ich mir da nicht so sicher.

»Wohin fahren wir?«, fragte ich, als Agent Briggs an unserer Ausfahrt vorbeifuhr.

Ein paar Minuten lang antwortete er nicht und fuhr einige Meilen weiter. Schließlich hielten wir vor einem Wohnblock gegenüber vom Gefängnis.

»Ich möchte dir etwas zeigen.«

• • •

Webbers Wohnung hatte zwei Zimmer. Sein Leben war klar eingeteilt. In einem Zimmer schlief er. Ordentlich gemachtes

Bett und dichte Gardinen vor den Fenstern. Im anderen arbeitete er.

Briggs' Team katalogisierte Beweismittel, als wir kamen. Notizbücher und Fotografien, Waffen, einen Computer. Hunderte – wenn nicht Tausende – von Beweismitteltüten erzählten die Geschichte von Webbers Leben.

Oder die Geschichte seiner Beziehung zu Daniel Redding.

»Bitte sehr«, lud mich Briggs ein und deutete auf die sorgfältig dokumentierten Tüten. »Aber zieh Handschuhe an.«

Nicht Dean hatte er zu diesem Tatort mitgenommen. Nicht Michael oder Lia oder Sloane.

»Wonach soll ich suchen?«, fragte ich und streifte mir die Handschuhe über.

»Nach nichts«, erklärte Briggs einfach.

Du hast mich hierhergebracht, damit ich das sehe, dachte ich und verfiel wieder in Profiler-Modus, ohne darüber nachzudenken. *Warum?*

Weil es hier nicht um die Bearbeitung von Beweisen ging. Es ging um mich und das, was ich im Wald erlebt hatte. Ich würde mir immer Fragen stellen wegen Locke, so wie Dean immer Fragen in Bezug auf seinen Vater haben würde, aber dieser Täter – der Mann, der im Wald versucht hatte, mir das Leben zu nehmen – musste keine überlebensgroße Gestalt werden, kein weiterer Geist, der meine Träume heimsuchte.

Sauber gefaltete Bettlaken und Jagdgewehre.

Briggs hatte mich hergebracht, damit ich verstehen konnte und weitermachen konnte, so gut das nach so einem Erlebnis eben möglich war.

Ich brauchte Stunden, um alles durchzugehen. In einem Tagebuch steckte ein Foto von Emerson Cole. Webbers Handschrift – nur Großbuchstaben, schräg gestellt – bedeckte die Seiten und erzählte seine Geschichte in grässlichen, ekelerregenden Details. Ich las es, ging diese Einzelheiten durch, nahm sie auf und erstellte ein Profil.

Vor sechs Monaten wurdest du in Reddings Zellenblock verlegt. Du warst von ihm fasziniert, begeistert, wie er die anderen Gefangenen und die Wachen manipulierte. Das Gefängnis war der einzige Ort, an dem du über Macht und Kontrolle verfügtest, und als eine erneute Ablehnung von der Polizeiakademie kam, reichte das nicht mehr aus.

Du wolltest eine andere Art von Macht. Unangreifbar. Unbestreitbar. Ewig.

Redding hatte Webber um zwei Dinge gebeten: Agent Briggs zu beobachten und Dean zu finden. Webber hatte sich auf beiden Fronten bewiesen. Er war Agent Briggs gefolgt und hatte das Haus gefunden, in dem Dean wohnte, und es Redding berichtet.

Das war der Wendepunkt. Das war der Augenblick, in dem du gewusst hast, dass du, um diesen jämmerlichen kleinen Kerl in Reddings Augen auszulöschen, mehr tun musstest.

Zwischen den Seiten des Tagebuchs steckte ein zusammengefalteter Zeitungsartikel – ein Artikel, den Webber Daniel Redding zum Lesen gegeben hatte und dann in seinem Arbeitszimmer versteckte.

Es war ein Artikel über FBI Special Agent Lacey Locke. Ein Wolf im Schafspelz. Ein Killer aus den Reihen des FBI selbst.

Kurz darauf sagte Redding, du seist bereit. Dass du sein Schüler seist. Er war dein Meister. Und wenn es noch andere gab, die mit dir um deine Rolle wetteiferten, nun, um die würdest du dich zu gegebener Zeit kümmern.

Ich blätterte von einer Seite zur nächsten und wieder zurück, las alles zwei Mal und begann, eine Zeitlinie aufzubauen. Am Tag nachdem er den Artikel über die Locke-Morde gelesen hatte, hatte Redding begonnen, den Grundstock für seine Testreihe – oder *was sein würde*, wie Webber es nannte – für seine Lehrlinge zu legen.

Findest du das nicht merkwürdig?, hatte ich vor einer gefühlten Ewigkeit gefragt. *Vor sechs Wochen hat Locke den Mord an meiner Mutter nachgestellt, und jetzt ist jemand da draußen, der Deans Vater kopiert?*

Während ich hier saß und die Reihe der Ereignisse durchging, die zum Mord an Emerson Cole geführt hatten, sah ich, dass es keineswegs merkwürdig war. Es war kein Zufall.

Daniel Redding hatte damit angefangen, nachdem er von den Locke-Morden erfahren hatte. Dean verstand Killer wegen seines Vaters. Und es verstand sich von selbst, dass Daniel Redding sie auch verstand. Und wenn er Locke verstehen konnte, was sie antrieb, was sie motivierte, was sie wollte, wenn er Dean durch Webber überwachen ließ, wenn er wusste, wer ich war und was mit meiner Mutter passiert war …

Locke hat diese Frauen für mich getötet und Redding hat die Herausforderung angenommen.

Es blieben noch so viele Fragen offen: Woher hatte Redding gewusst, wer ich war, wie hatte er die Verbindung gefunden, die ihm sagte, was mit Locke geschehen war, was er über den Tod meiner Mutter wusste – wenn er überhaupt etwas wusste. Aber die Antworten darauf fanden sich nicht in Webbers Tagebuch.

Nachdem der Test angefangen hatte, konzentrierten sich Webbers Aufzeichnungen weniger auf Redding.

Du hast ihn verehrt – doch dann wurdest du er. Nein, du wurdest etwas noch Besseres. Etwas Neues.

Fünf Menschen waren tot. Seinem eigenen Geständnis auf diesen Seiten zufolge hatte Webber vier davon getötet: Emerson, den Professor und seine beiden Mitstreiter. Der ursprüngliche Plan – den Redding jedem der drei vorgelegt hatte, wobei Webber für die Kommunikation untereinander zuständig war – besagte, dass jeder der drei ein Opfer auswählen und eines der anderen töten sollte.

Du hattest nie Platz für andere.

Es gab ganze Seiten in dem Tagebuch mit Webbers Fantasien darüber, wie es gewesen wäre, wenn er Trina Simms umgebracht hätte. Er hatte es beschrieben, er hatte es sich vorgestellt, und Clark war wegen der Todsünde gestorben, dass er es nicht richtig gemacht hatte. Und Christophers Tage waren gezählt, sobald er verhaftet worden war.

Da war es nur noch einer.

»Cassie?«, fragte Briggs, und ich sah vom Boden zu ihm auf. »Alles in Ordnung?«

Ich war schon seit Stunden hier. Briggs hatte erreicht, was er wollte: Wenn ich die Augen schloss, war ich nicht mehr gefangen in dem Entsetzen, wie ein Tier gejagt zu werden. Ich spürte nicht mehr, wie Webber über mir aufragte oder wie sein Arm mir die Luft abschnürte. Diese Erinnerungen waren zwar nicht verschwunden und würden auch nie verschwinden, aber für Minuten, Stunden, vielleicht sogar ganze Tage, konnte ich es vergessen.

»Ja«, sagte ich, klappte das Tagebuch zu und zog erst den einen und dann den anderen Handschuh aus. »Mir geht es gut.«

• • •

Als wir zum Haus zurückkamen, war es fast schon dunkel. Lia, Dean und Sloane saßen auf der Veranda und warteten auf mich, während Michael mit einem Vorschlaghammer auf die gesprungenen Scheiben des Schrottwagens einschlug.

Jedes Mal, wenn er ausholte, bei jedem Stück Glas, das splitterte, spürte ich, wie auch etwas in mir zersprang.

Er wusste es.

Michael wusste es seit dem Moment, als Dean zurückgekommen war, sobald er ihn gesehen hatte.

Ich wollte nicht, dass das passiert. Ich habe es nicht geplant.

Michael sah auf und bemerkte mich, als hätten meine Gedanken irgendwie den Weg zu ihm gefunden. Er betrachtete mich wie am ersten Tag, als wir uns gesehen hatten, noch bevor ich wusste, was er tun konnte.

»Woran lag es dann?«, fragte er.

Ich antwortete nicht. Ich konnte nicht. Mein Blick glitt zur Veranda. Zu Dean. Michael lächelte mich gleichgültig an.

»Manchmal gewinnt man, manchmal verliert man«, meinte er achselzuckend. Als wäre es nie mehr als ein Spiel gewesen. Als ob ich nichts bedeutete.

Weil er nicht zuließ, dass ich ihm noch etwas bedeutete.

»Auch gut«, fuhr er fort, und jedes seiner Worte traf mich mitten ins Herz. »Vielleicht wird Redding ja ein bisschen lockerer, wenn er jemanden hat.«

Objektiv gesehen wusste ich, was das bedeutete. Wenn du sie nicht daran hindern kannst, dich zu schlagen, dann bring sie dazu, dich zu schlagen. Doch das änderte nichts daran, dass mir seine Worte wehtaten. Die Beulen und Kratzer, das Hämmern in meinem Kopf – all das war nichts gegen Michaels beiläufige Grausamkeit, seine absolute Gleichgültigkeit.

Ich hatte gewusst, dass ich, wenn ich wählte, einen von ihnen verlieren würde. Ich hatte nur nicht geglaubt, dass ich Michael auf diese Weise verlieren würde.

Ich wandte mich wieder zum Haus und versuchte, nicht zu weinen. Dean stand auf. Er sah mich an, und ich erlaubte mir, an den Augenblick im Wald zurückzudenken – und an die Momente, die dorthin geführt hatten. Seine Hand zu halten, mit den Fingern über seinen Kiefer zu streichen. Die Geheimnisse, die wir ausgetauscht hatten. Die Dinge, die niemand anderes – Naturtalent oder nicht, Profiler oder nicht – je verstehen würde.

Hätte ich Michael gewählt, hätte Dean es verstanden.

Ich ging zur Veranda, auf Dean zu, und wurde mit jedem Schritt schneller, als Michael mir nachrief: »Cassie?«

In seiner Stimme lag eine Spur echter Emotion – nur eine Spur, aber ich konnte nicht sagen, wovon. Ich sah über die Schulter, drehte mich jedoch nicht um.

»Was ist?«

Michael sah mich an, und in seinen Augen lagen Gefühle, die ich nicht ganz deuten konnte.

»Wenn ich das im Wald gewesen wäre, wenn ich derjenige gewesen wäre, der mit Briggs gegangen wäre, wenn ich derjenige gewesen wäre, den du in genau diesem Moment gesehen hättest …«

Wäre es dann ich gewesen? Er beendete die Frage nicht und ich beantwortete sie nicht. Als ich weiterging, begann er wieder auf die Scheiben des zerbeulten, kaputten Wagens einzuschlagen.

Der Wind trug seine Worte zu mir. »Ja. Das habe ich mir gedacht.«

Drei Wochen später

Der Tag, an dem meine blauen Flecken verschwunden waren, war der Tag, an dem wir die Zulassungsprüfungen schrieben. Es war außerdem der Tag, an dem Agent Sterling wieder bei uns einzog.

Als wir von der Prüfung nach Hause kamen, hielt sie eine große Kiste im Arm und dirigierte die Möbelpacker. Das Haar hatte sie im Nacken zu einem losen Pferdeschwanz gebunden und ein paar Strähnen klebten verschwitzt auf ihrer Stirn. Sie trug Jeans.

Ich registrierte ihren geänderten Kleidungsstil und die Tatsache, dass Briggs' Sachen aus dem Arbeitszimmer gebracht wurden. Es hatte sich etwas verändert. Möglicherweise hatte unsere Gefangenschaft Erinnerungen in ihr aufgewühlt und sie war in sich gegangen. Jedenfalls hatte sie einen Entschluss gefasst. Etwas, mit dem sie leben konnte.

Neben mir sah Dean Sterling nach, als sie in ihrem Zimmer verschwand. Ich fragte mich, ob er an die Frau dachte, die er vor fünf Jahren kennengelernt hatte. Und ich fragte mich, wie diese wohl zu der Frau stand, die wir jetzt vor uns hatten.

»Glaubt ihr, es hat eine therapeutische Wirkung, die Sachen des Exmannes aus dem Haus zu schaffen?«, fragte Michael, als zwei Umzugsleute mit Briggs' Schreibtisch vorbeikamen.

»Da gibt es nur eine Möglichkeit, das herauszufinden«, behauptete Lia und lief Sterling nach. Wir folgten ihr, ohne zu zögern.

Aus Briggs' Arbeitszimmer war fast jede Spur von ihm getilgt worden und jetzt stand sogar ein richtiges Bett darin anstatt des Futons. Sterling drehte uns den Rücken zu, stellte die Kiste auf dem Bett ab und machte sie auf.

»Wie lief die Prüfung?«, fragte sie, ohne sich umzudrehen.

»Ausgezeichnet«, erwiderte Lia und wickelte sich eine Haarsträhne um den Zeigefinger. »Wie ging die bundesbehördlich angeordnete psychologische Bewertung?«

»So lala.« Sterling klappte die eine Kiste auf und drehte sich zu uns um. »Wie geht es dir, Cassie?«, fragte sie, doch ich hörte ihr an, dass sie die Antwort schon wusste.

Manche Leute sagen, dass gebrochene Knochen umso stärker zusammenwachsen. An den guten Tagen sagte ich mir, dass das stimmte und dass jedes Mal, wenn die Welt versuchte, mich zu zerbrechen, ich ein wenig unzerbrechlicher wurde. An den schlechten Tagen vermutete ich allerdings, dass ich immer zerbrochen bleiben würde, dass Teile von mir nie wieder ganz in Ordnung kommen würden – und dass dies die Teile waren, die mich so gut in meinem Job machten.

Es waren die Teile, die dieses Haus und die Menschen darin zu einem Zuhause machten.

»Mir geht es gut.«

Lia enthielt sich eines Kommentars zu meiner Antwort auf Agent Sterlings Frage. Sloane legte den Kopf schief und betrachtete Sterling verwundert.

»Sie sind wieder da«, stellte sie mit gerunzelter Stirn fest. »Die Wahrscheinlichkeit für Ihre Rückkehr war ziemlich gering.«

Agent Sterling wandte sich wieder den Kisten auf dem Bett zu.

»Wenn die Dinge schlecht stehen«, sagte sie und nahm etwas aus einer der Kisten, »muss man die Regeln ändern.«

Sloanes Gesichtsausdruck ließ keinen Zweifel daran, dass sie diese Aussage recht dubios fand. Ich war zu sehr damit beschäftigt, darüber nachzudenken, was Sterling damit gemeint hatte, die Regeln zu ändern, um mir Gedanken über Wahrscheinlichkeiten zu machen.

Du bist mit einer schlafenden Kobra auf der Brust in einem Glassarg begraben. Ich dachte an das Spiel, das Sterling mit Scarlett Hawkins gespielt hatte. Unmögliche Situationen verlangten unmögliche Lösungen. Veronica Sterling war eigentlich mit der Absicht gekommen, das Programm abzuwickeln, und jetzt zog sie bei uns ein.

Was hatte ich übersehen?

»Soll das heißen, du bist fertig mit dem Davonlaufen?«

Als ich mich umdrehte, sah ich Judd in der Tür stehen. Ich fragte mich, wie lange er schon da war, und dachte darüber nach. Er hatte Agent Sterling aufwachsen sehen. Als sie das FBI verlassen hatte und diesem Programm den Rücken gekehrt hatte, hatte sie sich auch von ihm distanziert.

»Ich gehe nirgendwohin«, erklärte Sterling. Sie ging zum Nachttisch, wickelte den Gegenstand in ihrer Hand aus und warf das Seidenpapier fort, das ihn in der Kiste beschützt hatte.

Ein Bilderrahmen.

Ohne auch nur zu versuchen, es mir anzusehen, wusste ich, was auf dem Bild zu sehen war. Zwei kleine Mädchen, eines dunkelhaarig, eines blond. Beide strahlten in die Kamera. Dem kleineren – Scarlett – fehlten zwei Schneidezähne.

Ich sah Dean an und wusste instinktiv, noch bevor sich unsere Blicke trafen, dass seine Gedanken parallel zu meinen verliefen. Sterling hatte eine Menge Zeit darauf verwendet, ihre Gefühle für sich zu behalten. Sie hatte lange Zeit darauf verwendet zu versuchen, nichts zu empfinden und die Person, die sie früher war, zu unterdrücken.

»Ich möchte ja so einen rührseligen Moment nicht gerne unterbrechen«, meinte Michael gerade scharf genug, um mich vermuten zu lassen, dass er nicht nur den Moment zwischen Judd und Sterling meinte, sondern auch die Übereinstimmung zwischen Dean und mir, »aber entdecke ich da nicht eine gewisse Anspannung in Ihrem Kiefer, Agent?« Er ließ seine Augen auf und ab gleiten und katalogisierte alles an Sterlings Haltung und seinem Ausdruck. »Es ist nicht so sehr Stress als ... Vorfreude.«

In diesem Moment klingelte es, und Sterling richtete sich auf, sodass sie ein wenig eindrucksvoller aussah als noch gerade eben.

»Sie haben Besuch«, sagte sie zu Judd. »Es sind gleich mehrere.«

Briggs kam als Erster, gefolgt von Director Sterling. Ich hatte angenommen, dabei bliebe es, doch schnell wurde klar, dass wir noch jemanden erwarteten.

Jemand Wichtigen.

Ein paar Minuten später fuhr eine dunkle Limousine vor und ein Mann stieg aus. Er trug einen teuren Anzug und eine rote Krawatte und ging energisch, als wäre jeder Schritt Teil eines großen Planes.

Als wir alle im Wohnzimmer saßen, stellte Agent Sterling ihn uns als Leiter des nationalen Geheimdienstes vor.

»Erster Berater des Nationalen Sicherheitsrates«, ratterte Sloane hervor. »Untersteht dem Präsidenten direkt. Leiter der Geheimdienstorganisationen, die aus siebzehn Einheiten besteht, darunter CIA, NSA, DEA ...«

»... und das FBI?«, schlug Lia trocken vor, bevor Sloane alle siebzehn Organisationen auflisten konnte, die der Mann vor uns leitete.

»Bis letzte Woche hatte ich noch keine Ahnung von der Existenz dieses Programms«, erklärte der Mann mit der roten Krawatte.

Plötzlich wurden Sinn und Zweck dieses Treffens klar. Wenn die Dinge schlecht stehen, muss man die Regeln ändern. Agent Sterling hatte das Naturtalente-Programm verraten.

»Ich habe Ihren Bericht sehr aufmerksam gelesen«, sagte der Geheimdienstleiter zu Agent Sterling, »und ich habe über das Für und Wider dieses Programms, seine Stärken und Schwächen nachgedacht.«

Er ließ das Wort *Schwäche* ein wenig in der Luft hängen. Director Sterlings Gesicht blieb ruhig. Dieser Mann war sein Boss. Er konnte das Programm schließen. Aus Sicht des FBI-Director konnte der Geheimdienstleiter auch noch Schlimmeres tun. Wie viele Gesetze hatte Agent Sterlings Vater gebrochen, indem er dieses Programm verheimlicht hatte?

Agent Sterling zieht ein. An diese Tatsache hielt ich mich. Das bedeutete doch bestimmt nicht, dass der Boss ihres Vaters hier war, um einen Schlusspunkt zu setzen. Bestimmt nicht.

Da er spürte, dass Director Sterling nicht der Einzige im Raum war, den seine Worte beunruhigten, wandte sich der Geheimdienstleiter an uns alle.

»Agent Sterling scheint zu glauben, dass dieses Programm Menschenleben retten kann – und dass ihr, wenn man euch die Teilnahme an aktiven Ermittlungen erlaubt, noch viele mehr retten könntet.« Er hielt inne. »Sie glaubt auch, man könne sich nicht darauf verlassen, dass ihr auf euch selbst aufpasst und dass man sich bei keinem an einer laufenden Ermittlung beteiligten Agenten, auch wenn er noch so gute Absichten hat, darauf verlassen kann, dass er euer physisches und psychisches Wohlergehen an erste Stelle setzt.«

Ich sah Agent Sterling an. Das war nicht nur eine Anklage gegen das Programm, das war eine Anklage gegen das, was sie uns hatte tun lassen.

Was, wenn sie uns bleiben lassen, wir aber nicht mehr mit echten Fällen arbeiten? Bevor ich hergekommen war, hatte es vielleicht ausgereicht zu lernen, wie man ein Profil von Menschen erstellt. Aber jetzt nicht mehr. Das, was ich durchgemacht hatte, sollte eine Bedeutung haben. Ich brauchte ein Ziel. Ich musste helfen.

»Ausgehend von Agent Sterlings Beurteilung der Risiken für dieses Programm«, fuhr der Geheimdienstleiter fort, »empfiehlt sie, das Programm umzustrukturieren und dass Judd Hawkins als Fürsprecher für euch fungiert und dass alle Abweichungen vom Protokoll von diesem Fürsprecher sanktioniert werden müssen, unabhängig von den möglichen Konsequenzen für den vorliegenden Fall.«

Umstrukturiert. Ich dachte über das Wort nach. Die Kiefer von Director Sterling mir gegenüber pressten sich aufeinander, doch sein Gesicht blieb unbeteiligt. Wenn die Empfehlung seiner Tochter angenommen wurde, dann würde Judd das letzte Wort darüber haben, was wir tun durften und was nicht.

Judd, nicht Director Sterling.

»Ihr werdet alle innerhalb des nächsten Jahres achtzehn?«, fragte der Mann, der gekommen war, um über unsere Zukunft zu entscheiden. Bei jemandem, der direkt dem Präsidenten unterstellt war, hörte sich das eher wie ein Befehl an als wie eine Frage.

»Noch zweihundertdreiundvierzig Tage«, bestätigte Sloane. Wir anderen nickten nur.

»Sie bleiben hinter den Kulissen.« Der Geheimdienstleiter heftete seinen strengen Blick auf den Director. »Das sind die Regeln.«

»Einverstanden.«

»Die Agenten Sterling und Briggs werden ihre Teilnahme an allen Fällen überwachen, vorausgesetzt, Mr Hawkins stimmt zu. Darüber, was oder was nicht in die Zuständigkeit dieses Programms fällt, hat er das letzte Wort – das gilt auch für Sie.«

Der Director erstarrte, zögerte aber nicht mit seiner Antwort: »Einverstanden.«

»Und wenn Sie das nächste Mal ein innovatives Programm in aller Stille gründen wollen – lassen Sie es.«

Er ließ Director Sterling keine Zeit, etwas zu antworten, nickte nur kurz und ging.

»Ich glaube, ich spreche für uns alle, wenn ich frage, was hier eigentlich gerade passiert ist«, bemerkte Michael.

Die Regeln wurden geändert, dachte ich.

»Das Naturtalente-Programm wurde unter Aufsicht gestellt«, erklärte Agent Sterling. »Es wird ein paar neue Regeln geben. Neue Protokolle. Und die werden etwas bedeuten. Keine weiteren besonderen Ausnahmen – nicht einmal von mir.«

Sie sah uns streng an, doch Michael musste etwas gesehen haben, was ich nicht bemerkte, denn er begann zu grinsen. Auch Agent Sterling lächelte – und sah mich direkt an.

»Wir werden diese Regeln brauchen«, fügte sie hinzu, »denn von morgen an habt ihr die Befugnis, an laufenden Ermittlungen teilzunehmen.«

Sie schlossen uns nicht aus. Sie ließen uns ein. Anstatt mir mein Ziel zu nehmen, hatten sie es neu belebt.

Dies war eine ganz neue Welt.

Monika Feth

Spiegelschatten

480 Seiten, ISBN 978-3-570-30922-3

Ein Mörder geht um im Raum Köln/Bonn. Seine Opfer sind allesamt junge Männer. Als Romy Berner, Volontärin beim KölnJournal, mit der Recherche beauftragt wird, muss sie feststellen, dass alle Toten dem Freundeskreis ihres Zwillingsbruders Björn angehörten – und dass der Mörder ihr näher ist, als sie ahnt ...

cbt

www.cbt-buecher.de

30135